HEYNE BÜCHER

100 MILLIONEN HEYNE TASCHEN BÜCHER

Jubiläumsband

HANS BLICKENSDÖRFER

DIE BASKENMÜTZE

Vorwort von »Papillon«

Roman

WILHELM HEYNE VERLAG
MÜNCHEN

HEYNE-BUCH Nr. 5142
im Wilhelm Heyne Verlag, München

Genehmigte, ungekürzte Taschenbuchausgabe

Printed in Germany 1975
Umschlaggestaltung: Atelier Heinrichs, München
Gesamtherstellung: Ebner, Ulm

ISBN 3-453-00480-9

Papillon

Ein Wort zur »Baskenmütze«

Viele Menschen glauben, wenn sie sonntags in der Kirche sitzen, daß sie Brüder seien. Aber wenn man ihr Treiben außerhalb der Kirchenmauern betrachtet, dann muß es sich um einen recht flüchtigen Glauben handeln. Ich glaube, daß die Menschen hinter Mauern, deren Fenster nicht bemalt, sondern mit Eisenstäben gesichert sind, eher zu Brüdern werden, und ich weiß, wovon ich spreche. Ich weiß, welche echten, durch keine Verstellungskünste geknebelten Freundschaften da entstehen, wo man das Recht verwirkt hat, als Mensch behandelt zu werden.

Natürlich weiß ich auch, daß dort ein Nährboden für Egoismus und blanken Selbsterhaltungstrieb ist. Das meiste, was ich über die Unzulänglichkeit der Menschen, über ihre Feigheit und über ihren Mut gelernt habe, verdanke ich nicht der Freiheit, sondern dem Bagno.

Als mich Hans Blickensdörfer in Caracas besuchte, haben wir uns nicht lange abtasten müssen. Alle, die sich die Freiheit aus Situationen erkämpft haben, die der Herdenmensch mit feigem und stumpfem Fatalismus als aussichtslos betrachtet, sind auf die gleiche Wellenlänge geschaltet. Deshalb habe ich ihm in mein Buch eine Widmung geschrieben, unter die ich »ton pote Papillon« setzte.

»Pote« bedeutet Freund, Kumpel, Leidensgefährte. Man wird das begreifen, wenn man »Die Baskenmütze« gelesen hat. Für jeden, der, wo immer auf der Welt und unter welchen Umständen auch immer, das unabwägbare Abenteuer der Flucht riskiert, präsentieren sich die Probleme bei all ihrer Vielfalt gleich. Es sind die gleiche Angst und der gleiche Mut, die ihn zittern und kämpfen lassen.

Und oft genug ist es nur die Verzweiflung, die den Mut zu einem Risiko schafft, welches, vernünftig betrachtet, sinnlos ist.

Als einen, der das große Abenteuer der Flucht mit all seinen Tiefen und Höhen ausgekostet hat, fasziniert mich die konzentrierte, sich nie auflösende Spannung dieses Buches, aber ich schätze auch seinen versöhnlichen, humorvollen Tenor, der unter dem unmittelbaren Eindruck der Ereignisse nie hätte entstehen können. Deshalb ist es gut, daß »Die Baskenmütze« jetzt, da sich Europa endlich zu vereinigen beginnt, erscheint.

Ich schreibe dieses Vorwort zwischen den hohen Bergen von Caracas, viele tausend Kilometer von dem kleinen Hügel entfernt, der sich Montmartre nennt und mein Schicksal wurde. Aber intensives Miterleben und Verstehen überbrücken jede Entfernung.

Henri Charrière

I

Die Falle ist ausweglos. Einer der Gendarmen hat die Pistole schon entsichert in der breiten Hand, und in seinen Augen blitzt geiler Haß, der nicht warten will.

Sie werden ihn nicht bremsen. Es ist wie damals in Rußland, als wir die ersten Politkommissare gefangennahmen. Keiner hat die Männer gebremst, die sich für die Genickschüsse meldeten. Es waren legitime Schüsse auf Befehl des Führers.

Aber wer wie ich selber an der Reihe ist, hofft dennoch auf das Wunder. Auf den Mann, der dazwischenspringen und sagen wird, daß der da vor mir nicht schießen darf.

Ich sehe die Kühe, die die einzigen Zeugen dieses Mordes sein werden und nur hungrig-blöde Augen für das fette, dampfende Gras der Normandie haben. Das Dorf ist weit, und es ist noch sehr früh an diesem ersten Sonntag seit dem Waffenstillstand am 8. Mai 1945. Noch hat keine Glocke zur ersten Messe geläutet, und selbst wenn jetzt schon jemand ins Dorf führe, er könnte von der Straße aus sowieso nichts sehen wegen der hohen Hecken, hinter denen die Ferme versteckt liegt.

Der Bauer läßt sich von den drei Gendarmen beglückwünschen. In einer Stunde wird es das ganze Dorf wissen, daß er einen herumstreunenden Deutschen, der keine Uniform, sondern Zivil trägt, mutig aufgegriffen und der Polizei übergeben hat. Und dann haben sie ihn erschossen, weil er flüchten wollte. Das ist ihr großer Fall. Und die Pistolen sollen rauchen, wenn sie weggesteckt werden, und es muß passieren, ehe die Glocken läuten.

Sie stecken die Köpfe zusammen und deuten flüsternd zu den Hecken hinüber, an denen die milchigen Schwaden des Frühnebels hängen. Das ist der Fluchtweg, und es wird keine Zeugen geben.

Sie biegen mir die Arme auf den Rücken. Der kalte Stahl der Handschellen schneidet in meine Gelenke. Dann das helle, knirschende Einrasten – wie eine Entmannung. Es ist der Beweis dafür, daß sie schießen wollen. Wenn es nur darum ginge, mich zum Verhör zu führen, hätte mich einer der Gendarmen an die eigene Hand gebunden. Aber einer, der auf der Flucht erschossen wird, darf keinem Gendarmen an der Hand baumeln. Er muß mit dem Kopf im Dreck liegen.

»Allez, en route!«

Der kleine Dicke mit dem Stiernacken, der mit seinen Tressen wie ein Kapitän der Gendarmerie aussieht, aber wohl nur Sergeant ist, kickt den Motor der schweren BMW-Seitenwagenmaschine an und läßt ihn aufheulen. Einer schwingt sich auf den Sozius, der andere zwängt sich in den Seitenwagen. Dann legt der Fahrer den Gang ein und schwenkt in einer kurzen, scharfen Kurve auf den Feldweg ein.

»Vorwärts«, brüllt er, »und nicht umdrehen«, als ich zur Seite springe, um dem Vorderrad auszuweichen. Er bremst und dirigiert mich wieder auf den Feldweg. Zum Glück ist er so holprig, daß die Maschine mit den drei Männern wie wild zu hüpfen anfängt.

Die Angst macht die Kehle trocken. Im Vorwärtsstolpern riskiere ich einen Blick nach hinten. Sie müssen sich festhalten und können nicht zielen. Und je schneller ich gehe, um so mehr werden sie durchgeschüttelt.

Noch hundert Meter bis zur Straße. Sie verläuft dicht hinter der hohen Hecke. Auf diesen hundert Metern muß es passieren. Auf der Straße werden sie nicht schießen. Für dieses Mordgeschäft, für das sie keine Rechenschaft ablegen wollen, brauchen sie Deckung.

Wenn ich diese hundert Meter schaffe, habe ich Aufschub. Dann müssen sie mich in die Stadt bringen, und es wird ein richtiges Verhör geben, zu dem Dorfgendarmen gar nicht berechtigt sind.

Aber diese hundert Meter scheinen kein Ende zu nehmen. Als meine Sätze länger werden, brüllt der Kapitän: »Halt!« Er stellt den Motor ab. Ich drehe mich um und blicke in drei wütende Gesichter und zwei Pistolenläufe.

»Wer hat gesagt, daß du rennen sollst?« Jetzt brauchen sie nur abzudrücken, und alles ist vorbei. Aber ich weiß, daß sie mich von hinten brauchen. Ein Flüchtling, der durch die Brust geschossen wird, ist keine edle Trophäe, auch wenn es sich um einen Deutschen handelt, der in diesem Mai 1945 und an dieser Stelle vogelfrei ist wie die Lerche, die hoch über unseren Köpfen trillert.

Noch vierzig Meter bis zur Hecke. Ich gehe rückwärts, und als der Kapitän wieder den Gang einlegt und Gas gibt, höre ich plötzlich von rechts das Klappern von Pferdehufen auf der Straße. Vielleicht ist das eine Bauernfamilie, die zur Kirche fährt. Wenn sie jetzt schießen, werden sie den Leuten alles erklären müssen.

Noch dreißig Meter. Wenn ich, ohne zu rennen, noch die Hälfte davon schaffe, müssen sie ihre Pistolen wegstecken. Zehn Schritte im Rückwärtsgang, und dann ist das Traben des Pferdes so laut, daß ich mich der Straße zuwende.

Der Kapitän bremst so scharf ab, daß die beiden Pistolenhelden Mühe haben, nicht abgeworfen zu werden. Sie beraten sich kurz, während der Landauer dem Dorf zurollt. Die Leute im Wagen haben offenbar nichts bemerkt. Die Gendarmen sprechen miteinander, und wenn ich die Gesprächsfetzen recht verstehe, dann sagt der Chef ungefähr: »Erschossen wird er so oder so, aber es ist besser, wenn wir ihn zum Verhör abliefern.«

Das Herz pocht mir im Hals. Tatsächlich. Zehn Meter

vor der Straße nehmen sie mir wieder die Hände vom Rücken. Der Gendarm, der als erster zur Waffe gegriffen hatte, streckt wütend seine Linke her. Die Handschellen schließen sich um unsere beiden Gelenke. Als wir wie siamesische Zwillinge im Gleichschritt vor dem leise tuckernden Motorrad die letzten paar hundert Meter zum Dorf zurücklegen, bessert sich seine Stimmung zusehends. Er genießt seinen Auftritt, denn jetzt gibt es gaffende Zuschauer, und er ist es, an dessen Angel der große Fisch zappelt.

Es ist ein Sonntagmorgen, an dem die Menschen nicht nur des Herrn gedenken, sondern ihm dankbar sind. Jeder auf seine Art freilich. Ich danke ihm dafür, daß er die Kirchgänger im Landauer zur richtigen Minute losgeschickt hat. Die Gendarmen sind dankbar für ihren Fang, und die Mädchen in ihren weißen Röcken denken an den Ball im »Café des Sports«, obwohl sie so tun, als wären ihnen die jungen Burschen in den schlechtsitzenden Sonntagsanzügen, die ihnen der Krieg übrigließ, völlig gleichgültig.

Die Leute starren mich an. Ich kenne sie alle noch, mit Ausnahme einiger Kriegsgefangener, die inzwischen heimgekehrt sind. Während mein Gelenk von der Handschelle schmerzt, mit der ich an meinen Bewacher gekettet bin, sind sie frei und tragen stolz die Abzeichen zivilen Lebens: verwegene bunte Schals, kunstseidene Krawatten und Pomade im Haar.

Vor dem Café glänzt der schwarze »Traction« des Besitzers, das einzige Luxusauto von Lieurey, in der Morgensonne. Man scheint keine schlechten Geschäfte gemacht zu haben im »Café des Sports« während der deutschen Besatzung.

Monsieur Deschamps dagegen, der Konkurrent vom »Café du Commerce«, hat noch immer seinen alten Vorkriegs-Renault, den er zum Kirchgang freilich gar nicht braucht, weil er dazu mit seiner rothaarigen Odile nur die Dorfstraße zu überqueren hat. Von weitem schon habe ich die Wirtin an ihrem wiegenden Schritt erkannt.

Aber dies ist nicht die Zeit für idyllische Betrachtung und Erinnerung. Hier geht es ums nackte Leben. Es genügt, wenn nur ein einziger aus dieser friedlichen Ansammlung von Kirchgängern plötzlich die Lust zur Lynchjustiz verspürt – und es ist um mich geschehen. Und kann sie nicht den Bravsten befallen, wenn ihm an einem herrlichen Sonntagmorgen ein solcher Fang präsentiert wird?

Für das Normandie-Dorf Lieurey gerät an diesem Morgen plötzlich die Welt aus den Fugen. Denn Monsieur Josselin hat vor einer guten Stunde das getan, was man an diesem so lange herbeigesehnten Kriegsende »son devoir de Français« nennt: Er hat sich verhalten wie ein rechter Franzose. Von den Möglichkeiten, die ihm offenstanden, hatte er die patriotischste und spektakulärste gewählt, was ihm heute nicht angekreidet werden soll, obwohl doch einiges dazu zu sagen bleibt.

Zunächst nur das: Er hätte, wenn er mir schon nicht helfen wollte, nicht unbedingt bei der Gendarmerie anzurufen brauchen. Seine Frau hatte versucht, mich in der Küche mit einem Liter Apfelmost aufzuhalten. Ihre mißtrauische Miene hätte mich warnen müssen. Als hilfesuchender Tramp hatte ich frühmorgens angeklopft, denn schließlich hatte ich den Josselins ein Jahr vorher gewaltigen Ärger erspart, als die Feldgendarmerie zur Haussuchung anrückte. Damals hatte ich rechtzeitig Josselins Jagdflinte im Garten vergraben und ihn damit vor der Deportation nach Deutschland, wenn nicht vor Schlimmerem, bewahrt. Ein wenig konnte ich in meiner Not doch auf späte Gegenleistung hoffen.

Hätte er mir die Hilfe verweigert und mich nur zum Teufel gejagt, dann wäre ihm zwar nicht das Verdienst des letzten Widerstandskämpfers seines Dorfes zugefallen, aber es wäre wohl menschlich anständiger gewesen. So hatten sie mich in Sicherheit gewiegt, und ich war nichtsahnend den Gendarmen von Lieurey in die Hände gefallen.

Diese Gendarmen freilich, die mich vorher am liebsten niedergeknallt hätten, werden jetzt zu meinen Beschützern vor der empörten Menge, weil ihre Köpfe wieder klar geworden sind und sie sich der alten Polizeiregel erinnern, daß der Delinquent unversehrt vor das Fallbeil oder die Gewehrläufe kommen muß.

Als die ersten Steine fliegen, stellen sie sich mit bemerkenswerter Entschlußkraft vor mich, und der Kapitän schreit, daß es an allen Ecken des Marktplatzes zu hören ist: »Hier wird nicht gelyncht, Leute! Das, was ihr jetzt tun wollt, hätten wir längst selbst gekonnt, aber wir kennen unsere Pflicht, nom de Dieu! Der Kerl wird jetzt eingesperrt und morgen nach Evreux zum Verhör gebracht, und ihr könnt euch darauf verlassen, daß das keine Sonntagsschule ist. Wer ihm jetzt auch nur ein Haar krümmt, bekommt es mit mir zu tun!«

Die Gefängniszelle ist im Spritzenhaus der Feuerwehr, hat eine hölzerne Pritsche, eiserne Gitter und stinkt nach faulem Gummi. Wenn ich das Gesicht an die rostigen Stäbe presse, zwischen denen Spinnennetze schimmern, sehe ich am linken Ende des Marktplatzes das Eckhaus der Witwe Dernancourt und einen Zipfel der roten Markise des »Café du Commerce« mit der Reklameaufschrift »Bière de la Meuse«.

Es hat sich nichts geändert. Ein Dorf wechselt sein Gesicht nicht so schnell wie die eitle, hektische Stadt, und ich kenne auch das Gesicht, das sich jetzt den Stäben nähert. Es ist die Wirtin, der die Landser unter die Bluse greifen durften, wenn der Calvados floß, und sogar noch tiefer, wenn der Alte im Keller war.

Sie hat dickes Sonntags-Rouge auf den Lippen, die sie jetzt haßerfüllt aufreißt: »Sale boche! Schmutziges Schwein!« schreit sie in mein halbdunkles Verlies. Sie zischt regelrecht, weil sie die schlecht placierte Zahnlücke noch immer nicht hat reparieren lassen, und dann spuckt sie mir so schnell ins Gesicht, daß ich nicht mehr ausweichen kann. Ich muß den Geifer mit dem Ärmel abwischen, weil sie mir beim Filzen nicht einmal ein Taschentuch gelassen haben.

Da jetzt auch Steine durchs Gitter fliegen, ziehe ich mich aufs rechte Ende der Holzpritsche zurück, das im toten Winkel liegt und weder mit Speichel noch mit Wurfgeschossen zu erreichen ist. Meine volle Deckung erhöht den Zorn der wütenden Schaulustigen, und zum Glück ist das Schloß, an dem sie jetzt rütteln, so solide wie das Eichenholz der Tür, aus dem sie in der Normandie so prächtige Bauernschränke machen.

Gegen Mittag bringt mir der kleine Dicke, der die Zeit jetzt auf meiner Armbanduhr abliest, einen Kanten Brot, Wasser und einen halben Camembert. »Ich habe gewartet, bis die Leute zu Hause beim Mittagessen sitzen«, sagt er, und im Zwielicht erahne ich in seinem Gesicht den Anflug eines Grinsens.

Wir sind uns offenbar nähergekommen, weil er sich heute morgen bezähmt und vielleicht schon ein telefonisches Lob für sein entschlossenes Durchgreifen erhalten hat.

»Es gibt immer noch ein paar, die dich lynchen wollen. Aber keine Angst, wir passen schon auf, und wenn wir heute nacht vor deiner Tür Posten beziehen müßten.«

Zwar habe ich das Gefühl, als ob mich einer da streichelnd an den Galgen führen wolle, aber zunächst sind einmal wertvolle 24 Stunden gewonnen. Viel Zeit für einen Illegalen, den man offensichtlich zunächst auch bei Kräften halten will, denn Brot und Camembert sind so reichlich bemessen wie das Wasser.

Und als es dunkelt, fliegt plötzlich ein Päckchen Gauloises nebst Streichhölzern durch die Stäbe. Ich springe hoch, um diesem Samariter zu danken, aber ich höre nur noch das Klappern sich eilig entfernender Stöckelschuhe. – Eine Frau! Die Sache entbehrt nicht der Romantik. Vielleicht Madame Wirtin, die ihr giftiges Spucken von heute früh jetzt mit einem heimlichen Freundesdienst wiedergutmachen will? Schließlich ist es keinem Mann unter dieser Sonne gegeben, in die tiefste Tiefe einer Frauenseele zu blicken.

Oder Simone, die jetzt neunzehn sein muß, aber schon mit siebzehn küssen konnte wie keine andere? Leider immer nur nach dem Abendessen, wenn es dunkel war wie jetzt und uns niemand hinter den Hecken sehen konnte. Es waren heiße, aber auch würzige Küsse, denn ihre Mutter kochte mit viel Knoblauch. Ich hatte Simone am Vormittag unter der aufgebrachten Menge gesehen, als die Kirchenglocken läuteten, aber sie hatte sofort den Blick abgewandt und war nicht unter denen, die ans Gitter kamen. Ich zwinge mich dazu, zu glauben, daß sie es gewesen ist, die mir die Zigaretten durch die Stäbe geworfen hat, obwohl auf der Packung kein »S« oder ein sonstiger Hinweis steht, und auch auf der Streichholzschachtel nicht. Aber sie konnte ja auch kein Risiko eingehen.

Nach zehn Minuten kommt der Dicke und schnuppert.

»Wer hat dir Zigaretten gegeben?«

»Kein Mensch«, sage ich. »Was kann ich dafür, daß ihr sie beim Filzen übersehen habt?«

Ein paar Sekunden denkt er angestrengt nach. Aber da die Glimmstengel nun einmal da sind und ich nach seiner festen Überzeugung die nächste Woche sowieso nicht überleben werde, wird er großherzig.

»Von mir aus kannst du qualmen. Aber wehe, wenn's im Spritzenhaus brennt!« sagt er, und ich grinse.

Aber der Spaß ist gleich wieder vorbei, denn Vertraulichkeiten mag Gaston nicht, wie ich ihn getauft habe, seit er mittags mein Essen hereinbalanciert hatte. Im übrigen ist er dienstlich hier, denn er hat das Koppel umgeschnallt und die ekelhafte Polizeimütze auf, die aussieht wie eine gelbe Konservendose mit Suppenwürze und die mich noch in vielen Träumen verfolgen wird.

»Du bekommst einen Gast für die Nacht. Einen Algerier. Haben ihn gerade beim Klauen erwischt! Elendes Saupack! Streunt nur herum, um ehrliche Leute zu betrügen. Schöner Sonntag, den ihr uns da eingebrockt habt!«

Fünf Minuten später bringt er ihn. Er ist vielleicht 22,

wie ich, hat schwarze, stechende Augen und vermutlich Flöhe unter seinem schmutzigen Pullover. Seine Füße duften wie der Rest meines Camemberts, den ich in eine alte Zeitung gewickelt habe, falls Gaston den Abendservice vergessen sollte.

Aber Gaston bringt eine Bohnensuppe mit Fleischbrocken, zwei Teller und außerdem zwei braune Wolldecken, die eine gewaltige Staubwolke aufwirbeln, als er sie auf die Pritsche wirft. Zum Essen läßt er uns eine Stalllaterne da, und auch einen leeren Eimer bringt er uns für die Nacht. »Nicht daß ihr euch einbildet, daß deswegen geklingelt wird. Ich will jetzt nicht mehr gestört werden!«

Daraus wird nichts. Denn obwohl genügend Platz für zwei auf der Pritsche ist, rückt mir der Algerier immer näher, und was ich zunächst für die unschuldigen Bewegungen des Halbschlafs gehalten habe, entpuppt sich bald als recht eindeutige und widerwärtige Annäherung, für die ich nun absolut kein Verständnis habe.

Mit beiden Fäusten schlage ich gegen die Eichentür. Sicher können sie hier allerhand mit mir anstellen, aber die Frage ist zu klären, ob sie einen geilen, stinkenden Strauchdieb auf mich loslassen dürfen.

Ich klopfe mit aller Kraft und brülle durch das vergitterte Loch. Aber es rührt sich nichts. Da läßt mich der geschärfte Instinkt des Vogelfreien, der ich seit einigen Wochen bin, blitzschnell den Kopf herumreißen. Im Mondlicht funkelt das gezückte Rasiermesser des Algeriers, und aus seinen Kohlenaugen glimmt wilder Haß.

Mit zwei Schritten bin ich beim Pißkübel und will ihn diesem Ekel mit voller Wucht ins Gesicht schleudern, als Gaston die Tür aufreißt. Diesmal hemdsärmelig, mit Hosenträgern und offensichtlich aus dem familiären Nachtmahl gerissen.

»Seid ihr total verrückt geworden? In Ketten werde ich euch legen, wenn ihr nicht pariert!«

Aber dann sieht er das Messer in der Hand des Algeriers.

»Ach, so sieht es aus, du Hundesohn! Hab ich dich nicht abgegriffen, und hast du nicht versichert, alles herausgerückt zu haben? Schmeiß das Ding auf den Boden, oder ich knalle dich ab, du lausiger Bastard!«

Der Algerier wirft ihm die Klinge vor die Füße.

»Was für ein verdammtes Bordell!« flucht der Gendarm, und er ahnt nicht, wie nahe er der Wahrheit ist.

»Wenn ihr mir schon einen Schwulen auf die Pritsche legt, dann nehmt ihm wenigstens das Messer weg. Mich habt ihr ja auch wie einen Dieb gefilzt«, sage ich und hoffe, daß es mutig klingt.

». . . und keine Zigaretten gefunden«, brummt Gaston, der mehr Humor hat, als er zu früher Morgenstunde gezeigt hatte. »Wenn es jetzt keine Ruhe gibt, komme ich wirklich mit den Ketten!«

Als er, immer noch fluchend, die Tür zuschließt, setze ich mich mit hochgezogenen Knien auf die Pritsche und erkläre dem Algerier: »Jetzt hat jeder von uns nur noch seine Hände. Wenn du noch einen einzigen Versuch machst, drehe ich dir den Hals um. Bei mir kommt es nicht mehr darauf an, ob ich noch einen windigen Schwulen umbringe. Ich werde so oder so an die Wand gestellt. Frag den Kapitän!«

Das macht ihn friedfertig. Er legt sich so weit hinüber auf die andere Seite der Pritsche, daß ich genügend Platz zum Schlafen habe.

Aber ich kann nicht. Ich zünde mir eine Gauloise an der anderen an, nicht nur zur Beruhigung, sondern weil ich sie aufgeraucht haben will vor der nächsten Filzung. Morgen früh werden sie mir die restlichen Zigaretten wegnehmen, so, wie sie mir meinen amerikanischen Proviant abgenommen haben, der bei vernünftiger Einteilung wenigstens für vierzehn Tage gereicht hätte.

In diesen vierzehn Tagen hatte ich die Freiheit erreichen wollen, und nun sitze ich in einem französischen Spritzenhäuschen in der Normandie, zusammen mit einem Ganoven, der sich seinerseits mit ein paar Monaten Gefängnis aus der

Affäre ziehen wird. Denn sein Fall ist, im Gegensatz zu meinem, vorgesehen. Mühelos wird man ihn durch die Mühle der Justiz drehen: Drei Monate. Der nächste, bitte!

Ich sitze auf der Pritsche. Der blaue Rauch der zehnten oder fünfzehnten Gauloise zieht durch die Stäbe, hinter denen friedlich und satt das Dorf Lieurey schläft.

2

Vor vier Wochen noch war ich in Berlin. Sie hatten mir in Spandau eine Panzerfaust in die Hand drücken wollen – zur sinnlosen Verteidigung der Reichshauptstadt. Jetzt sitze ich hier auf dieser Pritsche. Ein sinnloser Zufall? Die Gedanken, zunächst verschwommen und getrübt durch die Angst, die mir an diesem Sonntagmorgen ins Genick schlug, werden in dieser längsten Nacht meines Lebens, Stalingrad eingeschlossen, plötzlich glasklar.

Nein, es ist kein Zufall, daß ich hier sitze. Aber wie kann ich das erklären? Kann ich den Leuten, die über mich richten werden, verständlich machen, daß mein Leben von Anfang an ganz anders geprägt war als das der meisten meiner Landsleute: nicht nur durch eine Nation, sondern durch zwei – durch die deutsche und die französische gleichzeitig? Werde ich meine Richter bitten können, meine Geschichte zurückzublättern bis zu einem bestimmten Sommerabend des Jahres 1914 in Lothringen?

Sie müßten sich, wenn sie mich begreifen wollten, dort mit einem Mann befassen, der an diesem Abend beim Versuch, die goldgelben Früchte eines Mirabellenbaumes zu plündern, mit knapper Not dem Heldentod entrann. Dieser 26jährige deutsche Reserveleutnant, der heftig blutend in einem lothringischen Obstgarten lag, trägt im Grunde die Schuld an allem, was in diesem Buch noch zu sagen sein wird. Denn er war mein Vater.

Ein Scharfschütze hatte ihn vom Baum heruntergeschossen, eine im Krieg völlig legitime Art, Mirabellendiebe unschädlich zu machen. Und das noch vor der ersten Attacke, die der Kaiser meinem Vater gegen die Franzosen befohlen hatte. So purzelte er herunter, ohne das Weiße im Auge des Feindes gesehen zu haben, weil er in seinem jugendlichen Leichtsinn vergessen hatte, daß es sich mit vollem Bauch schlecht kämpft und leicht stirbt.

Es war ein Wunder, daß er von seinen Bauchschüssen genas, gegen alle Erkenntnisse der medizinischen Wissenschaft, weshalb ich, folgerichtig, auch meine Existenz als ein Wunder bezeichnen könnte. In Wirklichkeit verdanke ich sie den französischen Sanitätern, die den Mann unverzüglich in ein Feldlazarett schafften. In diesen ersten Kriegstagen des Sommers 1914 war Patriotismus noch nicht in Haß umgeschlagen, gab es noch selbstverständliche Ritterlichkeit.

Monate später, in einem fast komfortablen Etappenlazarett, empfing mein Vater sogar das Eiserne Kreuz, das der Kaiser mit Hilfe des Roten Kreuzes auch Kriegsgefangenen verleihen konnte, und damit war er ein offiziell beglaubigter Held. Daß ihn sein Geschick ausgerechnet beim Stehlen von Mirabellen ereilt hatte, stand dabei nicht zur Debatte.

Freilich, meinem Vater hat diese patriotische Belohnung nie so recht geschmeckt. Hatte er sie wirklich verdient? – Je besser es ihm ging, desto mehr dachte er über Sinn und Unsinn dieser Dinge nach. Besonders nachdem ihn die Franzosen zur völligen Genesung in einen weitab vom Kriegslärm gelegenen idyllischen Luftkurort der Pyrenäen gebracht hatten. Während Millionen seiner Zeitgenossen in Schützengräben verlausten, machte er, der »Prisonnier de luxe«, eine Kur in würziger Bergluft, bei fettem Ziegenkäse und saftigem Schinken.

Undankbar ist der Mensch. Bei klarem Blick für die Situation in Deutschland und Frankreich hätte er zufrieden sein müssen. Aber wer handelt schon immer nach seiner

Vernunft? Ob vaterländisches Gefühl den Ausschlag gab oder ganz einfach sein Heimweh – er entschloß sich jedenfalls zur Flucht. Schließlich ist sie, wie uns die Bücherflut zweier Weltkriege bescheinigt, die edelste Pflicht des Kriegsgefangenen.

Später, als ich alt genug war, um alles zu begreifen, hat er mir gestanden, wie er damals sein holpriges Schulfranzösisch »à la manière naturelle« aufbesserte: mit Hilfe der glutäugigen Schwester Geneviève nämlich, deren Vorzüge er mir so liebevoll schilderte, daß ich freilich bezweifeln muß, ob sich der Unterricht auf das Pauken unregelmäßiger Verben beschränkte. Sein Französisch bekam jenes Raffinement, dem der Deutsche meist vergeblich nachstrebt, und er eignete sich sogar den schwierigen meridionalen Akzent der Südfranzosen an.

Geneviève, die vielleicht meine Mutter geworden wäre, hätte nicht Gott Mars dieses Pyrenäen-Intermezzo mit seinem Taktstock begleitet, lieferte ihm indes nicht nur das Rüstzeug zur Flucht, sondern hatte auch Anteil an ihrem Scheitern. Denn ihre Kochkünste, durch heimliche Anleihen aus der Sanatoriumsspeisekammer veredelt, machten den Luxusprisonnier, dem einst bei Erbsensuppe mit Speck das Wasser im Munde zusammengelaufen war, zum Gourmand.

So fingen sie ihn, acht Tage nach seiner Flucht, wieder ein, als er im finsteren Walde ein helles Lagerfeuer entfacht hatte, um eine gestohlene Gans zu braten – ein unverzeihlicher Luxus für einen, der sich auf französisch verabschiedet hat und die Heimat wiedersehen will.

Sie erwischten ihn, wie damals in Lothringen, beim Naschen.

Fortan tat er nichts mehr, was verboten war. Nur verschiedene Privilegien wurden ihm gestrichen, und die Freundschaft mit Geneviève ging in die Brüche. Aber dafür wurde er 1918, als das Reich kapitulierte, mit einer Internierung in der Schweiz belohnt, in Engelberg, am Fuße des Titlis. Und dort verliebte sich der Exkrieger bald in eine junge Schweizerin, die wenig später seine Frau werden sollte. Als ehemaliger Staatsbeamter und Kriegsveteran brauchte sich mein Vater um seine Zukunft keine Sorgen zu machen. Der Mut der Rose Endriss freilich, inmitten der deutschen Inflation die wohlhabende Schweiz zu verlassen, um einen Deutschen zu heiraten, war bewundernswert.

Eines Tages war ich da, brüllte, wenn ich Hunger hatte, weinte, wenn ich zornig war, und lachte, wenn mir einer gefiel. So einer war Onkel Leo, das schwarze Schaf der Familie, was ich natürlich nicht wissen konnte. Mir gefiel er, weil er immer lustig war. Ihm jedoch schmeckte die geregelte bürgerliche Arbeit nicht, und deswegen mußte er nach Meinung der Familie weg. Man sammelte, bis das Geld für seine Schiffspassage nach Amerika zusammen war. Die Musikanten, die am Pforzheimer Bahnhof aufspielten, zahlte er selbst, und die Tanten machten ob dieser peinlichen musikalischen Überraschung bitterböse Gesichter. Ich heulte, als er mich ans Zugfenster hochzog und an seine Brust drückte, und obwohl ich gerade erst drei geworden war, weiß ich noch ganz genau, daß außer mir niemand eine Träne vergoß.

Aber der Familienclan wurde bald eines anderen belehrt, denn im Handumdrehen wurde aus dem deutschen Taugenichts ein überaus erfolgreicher Amerikaner. Sein zahntechnisches Labor genoß in Louisville, Kentucky, einen ausgezeichneten Ruf, und durch die Heirat mit der Tochter eines Häusermaklers besaß er, als sich ein neuer Weltkrieg ankündigte, insgesamt 42 Häuser in der Stadt. Möglich, daß er uns gerne einige davon vermacht hätte, denn er war, wie man immer häufiger von der Verwandtschaft hörte, als die Zeiten schlechter wurden, ein guter Mensch. Aber der Schlag traf ihn, ehe er ein Testament machen konnte, und nur amerikanische Erben profitierten von seiner deutschen Tüchtigkeit.

Ich wuchs heran, und ich hatte das Gefühl, in einer herrlichen Zeit zu leben. Mein bester Freund war der kleine

Max Goldmann, und ich durfte mit ihm spielen, so oft ich wollte. Doch als wir zehn wurden, hörte das auf.

Das war 1933. Es war das Jahr, in dem ich in die Sexta kam. Der Doktor Bloch wurde mein Klassenlehrer, allerdings nur für kurze Zeit. Meine Mutter sagte, daß ihn die Goldmanns mit nach Amerika genommen hätten, aber in der Schule redeten sie von KZ. Auch die Lehrer Waldvogel und Lutterer verschwanden, und unser Hausarzt, der gemütliche, dicke Doktor Roos, kam nur noch nachts, wenn ihn keiner sehen konnte, und bald hieß es, auch er sei in Amerika.

»Warum wandern wir eigentlich nicht aus?« fragte ich meinen Vater ahnungslos. »Der Onkel Leo hat schon ein Auto, und er könnte dir sicher eine prima Arbeit verschaffen.« – Aber da wurde er bitterböse und verbot mir, über solche Dinge zu sprechen.

Überhaupt wurden immer mehr Dinge verboten. Zum Beispiel die Pfadfinder. Und so kam ich zum Jungvolk. Es gefiel mir am Anfang auch sehr gut. Bei den Heimabenden wurden die Lausbubengeschichten von Ludwig Thoma vorgelesen, und die Geländespiele waren nicht schlecht. Nur Fußball durfte man im Fähnlein York nicht spielen, denn unser Fähnleinführer hatte X-Beine und einen Tick für Lagerfeuer und Landsknechtslieder. Ludwig Thoma wurde bald durch Walter Flex ersetzt, und wir hörten viel von Blut und Ehre.

Auch die Winterhilfe für die Armen war wichtig, aber ich begriff nicht, daß man uns verbot, bei »Knopf« einzukaufen. Das war das größte Kaufhaus der Stadt, und es gehörte zu meinen schönsten Erlebnissen, in der Vorweihnachtszeit einen Bummel durch seine vielen Etagen zu machen. Seine elektrische Eisenbahn nahm ein halbes Stockwerk ein, und stundenlang konnte ich dieses Wunder mit heißen Augen betrachten.

Aber man durfte nicht mehr. Dennoch beschloß ich, trotz striktem Verbot meines Fähnleinführers, meine ersten

Fußballschuhe bei »Knopf« zu kaufen. Erstens waren sie um vier Mark billiger als in den Spezialgeschäften, und zweitens waren es echt englische aus weichem, rötlichem Leder und mit extra Polsterung für die Knöchel.

Wunderschuhe für neun Mark fünfzig! Aber ich mußte sie bald schwarz anstreichen, denn ich hatte nicht gewußt, daß es Augen gab, die darüber wachten, daß die Befehle auch ordnungsgemäß durchgeführt wurden. Unser Fähnleinführer ließ nämlich die Eingänge des Kaufhauses von Spitzeln bewachen. Als ich herauskriegte, daß mich Kellers Fritz verpfiffen hatte, wurde er von mir so verprügelt, daß er vierzehn Tage lang vom Turnen befreit war.

Doch schnell wurde ich darüber belehrt, daß man auch als Zehnjähriger solche Dinge nicht mehr mit den Fäusten regeln durfte. Es herrschte eine neue Ordnung, und mein Vater wurde wegen der Fußballschuhe zum Ortsgruppenleiter bestellt. Es gab heftige und leise Auseinandersetzungen mit der Mutter, bei denen ich ausgeschlossen war, und ein paar Tage später trat mein Vater dem Reichskolonialbund bei und wurde gleich Zellenleiter. Die Fußballschuhe mußte ich dem Winterhilfswerk spenden – das war mein erster Beitrag für die in unserem Land immer mehr um sich greifende soziale Gerechtigkeit.

Und dann meldete sich ausgerechnet – Paris. Meine Mutter, erzogen in Territet-Montreux, wo man ein etwas langgezogenes, aber höchst korrektes Französisch spricht, hatte mich zweisprachig aufwachsen lassen, und deshalb hatte mein Vater, viel frankophiler, als es ein deutscher Beamter in diesen Zeiten eigentlich sein durfte, mit Hilfe eines Pforzheimer Schmuckfabrikanten einen gleichaltrigen französischen Briefpartner für mich ausfindig gemacht.

»Dein Französisch klingt nicht schlecht«, sagte er, »aber du hast keine Ahnung vom Imperfekt des Konjunktivs. Der Junge, den ich ausfindig gemacht habe, wird dir das alles beibringen. Er ist der Erste in seiner Klasse.«

Klassenbeste konnte ich nicht leiden, aber mein Vater

blieb hart. »Eines Tages wirst du mir dankbar sein«, pflegte er zu sagen, wenn meine französischen Briefe, mit roter Tinte korrigiert, aus Paris zurückkamen.

Aber dankbar war ich ihm erst, als im Sommer 1936 der erste Ferienaustausch mit meinem Brieffreund Germain Delbès zustande kam. Zwar wohnte er im ersten Arrondissement, mitten im Marktviertel, wo die Lastwagen aus Nanterre schon morgens um drei mit viel Lärm ihr Gemüse abladen, aber Paris war faszinierender, als ich es mir in meinen kühnsten Träumen vorgestellt hatte. Und ich lernte Menschen kennen, die ganz anders waren, als sie von unserem Geschichtslehrer dargestellt worden waren.

Nach den zweiten Ferien in Paris beneidete ich jeden, der dort leben durfte, und selbst die Clochards unter den Seinebrücken kamen mir nicht mehr armselig vor, sondern eher wie lebendige Beweise für eine paradiesische Freiheit. Ich beschloß, später unbedingt in Frankreich zu leben, aber Entschlüsse, die man mit vierzehn und in einer solchen Zeit faßt, sind wie Spreu im Wind, und schon der nächste Urlaub in Paris fiel einem HJ-Lager zum Opfer. Vormilitärischer Drill war 1938 wichtiger als eine suspekte Ferienreise ins Ausland.

Und ein Jahr später war Krieg.

Schwärzeste Phantasie konnte sich nicht ausmalen, welche Blüten der Inflationsjahrgang 1923 treiben würde. Er war Adolf Hitlers erste volle Ernte, denn er stand zwölf Jahre lang unter seinen Befehlen. Ich war zehn Jahre alt, als der »Führer« 1933 an die Macht kam, und 22, als er sich im Keller der Reichskanzlei umbrachte.

Die Kriegsjahre sind in der Erinnerung ein makabrer Film, eine schnelle Folge teils verschwommener, teils überdeutlicher Szenen: Siegesrausch – Sondermeldungs-Fanfaren – Einberufung – Rußland – Abstumpfung gegenüber Gefahr und Tod, Haß und Mord – im Kessel von Stalingrad verwundet – aus dem Heimatlazarett nach Frankreich versetzt.

Wieder in Frankreich! Wohin führte das alles, wie sollte es enden? Daß es kein gutes Ende sein konnte, wurde immer klarer. Aber was konnte man tun? Die Fahnenflucht, war sie ein Ausweg? Der Flirt mit diesem Gedanken war das Hasch meiner Jugend, aber es blieb bei kurzen Träumen, obwohl der einjährige Aufenthalt in Frankreich mir manche Gelegenheit zum Untertauchen bot. Mein Französisch bekam damals den Schliff der Perfektion, ja ich hatte sogar die Chance, den »Argot« zu erlernen, einzudringen in jene phantasievollen Wort- und Begriffsschöpfungen der Pariser Vorstädte, welche das Französische auf so eigenwillige Weise bereichert haben und es ständig weiter tun. Manche Bekanntschaft führte zur Freundschaft, bis hin zum Verschwinden letzter Spuren von Mißtrauen. Einer französischen Familie brachte dieser enge Kontakt später sogar Unglück, als sie den Mut hatte, mir ihre Freundschaft auch dann noch zu bewahren, als die sogenannte vaterländische Pflicht genau entgegengesetztes Handeln forderte.

Dann die alliierte Invasion und der Rückzug nach Deutschland. Der Krieg geriet in seine Agonie. Schließlich 1945 der schaurige Maskenball des Jahrhunderts: Die deutschen Opportunisten verschwanden in ihren Löchern, während im befreiten Frankreich neuer Opportunismus zu erblühen begann. Denn der Opportunist pflegt nicht zu kommen, wenn er einer Idee nützt – er kommt erst dann aus seinem Loch, wenn die Erfolgschance weit über dem Risiko steht.

Recht und Unrecht wurden ein unentwirrbarer Knäul, und für viele war das Kriegsende noch lange nicht gleichbedeutend mit überleben. Das ist es, die mich letztlich bewogen hat, alles so niederzuschreiben, wie es damals geschah. Ich habe nichts hinzugefügt und nichts Wesentliches weggelassen. Heute freilich, da das Abenteuer nur noch auf dem Bildschirm flimmert, mag dieser Geschichte in ihrer absurden Zusammenballung von glücklichen, verrückten und unglücklichen Episoden der Charakter des Unwirklichen anhaften.

Jede Zeile indes ist wahres Erlebnis, und es gibt außer meinen alten Aufzeichnungen, die mir bei der Detailschilderung halfen, auch amtliche Protokolle über alle wesentlichen Fakten.

Begonnen hat alles in den letzten Apriltagen des Jahres 1945 auf einer Dienstreise nach Berlin, die so sinnlos war wie alles, was in diesen letzten Kriegstagen noch unternommen wurde. Aus der vergleichsweise sicheren Ersatzabteilung des Panzerregiments 36 in Bamberg, das nun schon von den Amerikanern besetzt war, lief ich den Russen in die Hände, und es schien unmöglich, aus dieser Falle wieder herauszukommen.

3

Berlins äusserster Westen hört in diesen Tagen an der U-Bahn-Station Wannsee auf. »Alles aussteigen, der Zug fährt nicht weiter«, tönt es aus dem Lautsprecher eines intakten Bahnsteiges. Die amerikanischen Bomber haben diesen grünen Westzipfel der Hauptstadt weitgehend verschont.

Ich verlasse den Zug mit einigem Herzklopfen, denn Endstationen sind die bevorzugten Jagdgründe der Feldgendarmen. Ihr bemerkenswerter Spürsinn hätte meine Reise vermutlich hier, am Bahnhof Wannsee, enden lassen, aber sie fehlen heute aus irgendwelchen Gründen, die ich mir nicht zu erklären versuche. Obergefreite in einer dem Untergang geweihten Armee haben es längst aufgegeben, nach Gründen zu forschen.

Um so wachsamer ist das Auge. Es entdeckt, zwischen Frauen, Mädchen und alten Männern, ein Schild, dessen Deutlichkeit weder etwas zu wünschen noch zu hoffen übrigläßt:

»Die Kommandantur von Berlin erklärt sämtliche Dienstreiseausweise und Urlaubsscheine für ungültig. Offiziere,

Unteroffiziere und Mannschaften haben sich unverzüglich in der Spandauer Kaserne zur Verteidigung der Reichshauptstadt zu melden.«

Die Zivilisten läßt das Schild unbeeindruckt, denn die meisten von ihnen haben hier einen Unterschlupf, in dem sie die Kapitulation der Stadt, in der es nichts mehr zu verteidigen gibt, abwarten können. Schließlich steht der Russe schon in Köpenick, und es gibt weder Kanonen, die ihn mit Geschossen, noch einen Hauptmann, der sie mit einem Trick wieder vertreiben könnte.

Draußen auf der Straße entwirrt sich die Menschenladung, die der Zug ausgespien hat, in beängstigender Eile. Innerhalb von dreißig Sekunden habe ich das beruhigende Gefühl verloren, in einer anonymen Masse geborgen zu sein. Es ist, als ob sie in die Erde versickert wäre wie die Tropfen eines plötzlichen Gewitterregens.

Das Geschützfeuer der Russen, die immer weiter gegen den Stadtkern vordringen, läßt am Wannsee noch keine Fensterscheibe erzittern. Aber die Menschen hier wissen seit Tagen, daß Berlin dem russischen Bären zum Fraß hingeworfen wird. Denn die Amerikaner, die längst und ohne Widerstand brechen zu müssen, hier sein könnten, haben an der Elbe haltgemacht. Angst steht in allen Gesichtern.

Ich muß weg vom Vorplatz des Bahnhofs, aber meine Schritte sind unschlüssig, ich weiß keine Richtung. Eine junge Frau mit ihrem Kinderwagen kommt mir entgegen, und ihr fragender Blick streift mich. Aber im Bruchteil einer Sekunde huscht er vorbei, und der Moment, sie anzusprechen, ist verpaßt. Als ich mich umdrehe, sehe ich nur in das rosige, lachende Gesicht eines Säuglings.

Wenn es nur schon Nacht wäre! Noch bin ich jeder Kontrolle hilflos ausgesetzt, obwohl meine Papiere in Ordnung sind und mir im Augenblick nicht viel mehr passieren kann, als bei der sinnlosen Verteidigung Berlins mithelfen zu müssen.

Fast gebe ich der Versuchung nach, an irgendeiner Haustür zu klingeln, um unterzutauchen, bis es Nacht wird. Aber welche ist in diesen Tagen die richtige Tür?

Zur Nervosität kommt die Unschlüssigkeit. Ein Soldat kann nicht ziellos durch Wannsee wandern, wenn in der Spandauer Kaserne eine Panzerfaust für ihn bereitliegt. Er muß zeigen, daß er ein Ziel hat.

Da biegen plötzlich drei Uniformierte um die Ecke. Ich kann ihnen nicht ausweichen. Doch zu meiner großen Erleichterung tragen sie die braunen Uniformen der »Organisation Todt«, der Bautruppe Hitlers.

Auch sie stutzen einen Moment. Dann spricht mich der älteste an, ein vielleicht fünfzigjähriger, starkknochiger Mann mit Händen wie ein Schmied.

»Wohin so eilig, Landser? Suchst wohl das Führerhauptquartier, um Befehle abzuholen? Wir würden dir gern den Weg zeigen, aber wir haben eine andere Richtung.«

Der Ton klingt gut. Das sind keine Leute, die Fallen stellen. Doch Vorsicht bleibt angebracht.

»Zur Spandauer Kaserne soll ich. Scheint eine Frontsammelstelle zu sein.«

»Sieh da, ein Held!« Der Mann mit den Bärentatzen kichert. Aber dann wird er ernst. »Du kannst das natürlich tun, aber wenn du nichts Besseres vorhast, kannst du ebenso bei uns einsteigen. Viel Platz ist nicht, aber wir haben prima Papiere und fahren an die Elbe zum Ami. Das heißt, wir wollen's probieren. Transportgarantie gibt's nicht. Aber wir haben's verdammt eilig!«

Zwei Minuten später sitze ich unter der Plane eines Lastwagens, unter der sich die bunteste Gesellschaft versammelt hat, mit der ich je gereist bin. Ein Dutzend Mädchen und Frauen, ein paar Kinder, Soldaten, zwei Leutnants und sogar ein Hauptmann, der keineswegs den Eindruck macht, als hätte er hier etwas zu sagen. So an die dreißig mögen es sein, und sie sind nicht sehr erfreut darüber, daß auch ich mich noch hineinzwänge.

»Wann geht's endlich los«, knurrt der Hauptmann.

Schweißperlen stehen ihm auf der Stirn, und es scheint, als kämen sie nicht nur von der stickigen Luft unter der Plane. »Wenn ihr noch länger zuwartet, holen uns die Feldgendarmen heraus und knallen uns ab wie Hunde!«

»Das ist unsere Sache«, sagt der Mann, der mich auf der Straße aufgelesen hat. »Im übrigen können Herr Hauptmann noch jederzeit aussteigen. Wir haben zunächst mal die Straßen ausgekundschaftet, die nicht kontrolliert werden, und jetzt werden wir erst ein paar Kilometer fahren, um an einer sicheren Stelle die Nacht abzuwarten.«

Als der Wagen anfährt, krabble ich immer noch zwischen Beinen, Koffern und Taschen herum, bis eine Frau ein wenig zur Seite rückt und ich auf dem Ende ihres Koffers halbwegs Platz finde. Im Halbdunkel sehe ich nur ein rotes Kopftuch und ein junges, herbes Gesicht.

In dieser Nacht fahren wir, solange der Brennstoff reicht. Es gibt viele Halte, aber keine Kontrollen. Flüchtende Soldaten berichten uns, der Korridor zur Elbe werde immer schmäler, die Russen seien schon in zwei großen Zangenbewegungen nördlich und südlich an Berlin vorbeigerollt.

Als der Tank leer ist, dreißig Kilometer vor dem Städtchen Burg bei Magdeburg, wissen wir nicht, ob wir schon eingeschlossen sind. Eine Möglichkeit, neuen Sprit zu fassen, gibt es nicht. Aber eingeschlossen sind wir offenbar noch nicht. Der Weg nach Burg ist frei, und dieses Ziel hat nur den Fehler, rechts der Elbe zu liegen, welche die Alliierten aus Gründen, die wir erst viel später begreifen werden, wenn Eisenhower und Churchill ihre Memoiren vorlegen, nicht überschritten haben.

Die dreißig Kilometer bis zur Elbe sind ein Tagesmarsch, der uns keine großen Sorgen mehr bereitet, denn die Gerichtsbarkeit der Wehrmacht hat auf diesem letzten freien Streifen eines eroberten Landes aufgehört. Niemand kümmert sich mehr um die in Richtung Elbe zurückflutenden Regimenter. Der schlagende Beweis für die Auflösung jeglicher Ordnung ist ein Generalleutnant, der unsere auf mehr als zweihundert Menschen angewachsene Kolonne per Fahrrad überholt und kurz absteigt, um einen Schluck Wasser zu erbitten. Als die roten Biesen seiner strampelnden Hose hinter der nächsten Kurve verschwinden, weiß jeder, daß die Hakenkreuzfahne endgültig vom Mast gerissen ist und jeder tun kann, was er will. Da ich nicht viel bei mir habe, fällt es mir nicht schwer, Inges Koffer zu tragen. Sie ist die Frau, die mir gestern abend auf dem Lkw Platz gemacht hat. Da ich aber doch gelegentlich absetzen muß, rutschen wir immer weiter zurück ans Ende der langgezogenen Kolonne. Inge ist ein paar Jahre älter als ich, lebt in Magdeburg und hat den letzten Feldpostbrief ihres Mannes vor drei Monaten aus Kurland erhalten.

»In Magdeburg können Sie einen Anzug meines Mannes bekommen, und ich kann Sie auch verstecken«, sagt sie. »Aber erst müssen wir über die Elbe. Vielleicht lassen sie nur Frauen und Kinder hinüber.«

Doch es kommt ganz anders. Denn in Burg, dessen Westrand die Elbe in einem breiten Bogen umrundet, schließt sich ein Teufelskreis um uns. Seit zwei Tagen lassen die Amerikaner niemanden mehr über den Strom, und das Städtchen quillt über von Soldaten und Flüchtlingen aus dem Osten. Man darf das rettende Ufer sehen, aber es ist so weit entfernt wie New York.

Burg ist eine riesige Mausefalle für Zehntausende geworden. Scheinwerfer tauchen nachts das schwarz und träge dahinfließende Wasser in gleißendes Licht, und Maschinengewehrsalven peitschen vom linken Ufer herüber, wenn sich etwas im Wasser regt. General Eisenhowers Befehl, an der Elbe eine unüberwindliche Barriere zu errichten, wird erbarmungslos befolgt.

»Wir haben vielleicht noch zwei Tage Zeit, bis der Russe hier ist«, meint Inge. »Wir werden zuerst einmal in Burg bei Freunden Quartier suchen.«

Das Koffertragen zahlt sich aus: Ich werde ein Dach über dem Kopf haben und nicht an morgen denken.

Während sich Inge auf Quartiersuche macht, gehe ich noch einmal zum Ufer hinunter. Es ist zu einem Heerlager geworden, in dem Tausende von Landsern und Offizieren in apathischer Hoffnungslosigkeit auf das Eintreffen der Russen warten. Ihre Waffen haben sie, wie es die Amerikaner per Lautsprecher befahlen, zu großen Stapeln aufgetürmt.

Nicht mehr als zehn Amerikaner, die auf das rechte Ufer der Elbe übergesetzt sind, bewachen diesen geschlagenen Haufen. Keine Gruppe rottet sich mehr zusammen, um mit dem gewaltigen Waffenlager, das ihr zur Verfügung steht, den Übergang zu erzwingen. Dafür sieht man serviles Anbiedern von Generalstabsoffizieren, die den Amerikanern Uhren aus echtem Gold und Deutsche Kreuze aus Dublee offerieren, um in ein Boot steigen zu dürfen. Aber sie blitzen ebenso ab wie die Landser, die nichts anzubieten haben. Eine späte und makabre Stunde unterschiedsloser Zusammengehörigkeit zwischen Offizieren und Mannschaften.

Die aufkommende Nacht läßt Zeltplanen und Decken feucht werden, und die Männer frösteln. Die Lethargie ist ansteckend, und meine Ratlosigkeit ist auf dem Tiefpunkt angelangt, als ich zum Treffpunkt mit Inge zurückkehre.

»Ich werde hinüberschwimmen, wenn es dunkel ist«, sage ich. »Sie können nicht jeden abknallen, und wenn ich viel tauche, haben sie keine Zielscheibe.«

»Gar nichts wirst du tun, sondern wir werden heute nacht alles in Ruhe besprechen. Für Quartier ist gesorgt.«

Haus, das bedeutet Wärme, dicke Wände und Geborgenheit. Aber sie hat mir noch mehr gesagt: Zum erstenmal hat sie mich mit du angeredet.

Im Wohnzimmer sitzt ein Dutzend Menschen um einen Volksempfänger. Es gibt in Burg Strom und Gas wie im tiefsten Frieden. Jetzt erst erfahre ich, daß Hitler nicht mehr lebt. Vom Heldentod in der Reichskanzlei ist die Rede und davon, daß Großadmiral Dönitz die Nachfolge des Führers übernommen hat. Nichts von Göring, Himmler, Goebbels.

Wenn die Russen nicht vor der Stadt stünden, könnte man aufatmen. Aber jetzt ist alles zu spät.

Der Hausherr unterbricht die Debatten mit der vernünftigen Feststellung, daß der Iwan sicher nichts übriglassen werde von dem, was noch im Keller sei. Wir sollten mit ihm aufs Leben trinken und darauf, daß sein Haus stehenbleibe. Die Chancen dafür stehen nicht schlecht, denn längst ist beschlossen, daß Burg kampflos übergeben wird. Weiße Bettlaken hängen überall aus den Fenstern, wo vor kurzem noch Hakenkreuzfahnen flatterten.

Wir trinken Sekt und Moselwein, und als sich die Gäste die Stiegen des verdunkelten Treppenhauses hinuntertasten, ist es lange nach Mitternacht. Ich ziehe meine Knobelbecher aus, mit denen ich ausgerüstet wurde, um die Welt zu erobern. Inge richtet die Bettcouch her, als wäre das die selbstverständlichste Sache der Welt. Und als ich mich abwende und mir sehr lange an Jacke und Hose zu schaffen mache, nennt sie mich einen Dummkopf, der noch nicht begriffen hat, daß morgen das Ende der Welt sein kann. »Jetzt kommt es doch nicht mehr darauf an, was die Leute sagen!«

Sie hat recht. Worauf kommt es überhaupt noch an? Der Krieg ist aus, Deutschland ist zerbrochen – aber wir leben. Bis morgen? Bis übermorgen? Von der Laune der Sieger wird es abhängen, von denen der eine dem anderen das Städtchen Burg bei Magdeburg geschenkt hat.

Nichts denken ist besser. Der Verstand kann mit einer Situation, auf die er seit Jahren gewartet hat, nicht fertig werden. Aber hier ist Geborgenheit für eine ganze Nacht, und die Frau, die nackt vor mir steht, ist für mich wie das Leben selbst, als sie mich mit ungeduldigen Händen entkleidet.

Es ist eine Umarmung ohne Vorspiel, von einer Hemmungslosigkeit, die jeden Gedanken ausschaltet. Unsere hungrigen Körper nehmen sich ihr Recht. Viel später erst, als der Rausch vorbei ist und ihre Hände nicht mehr zittern, sondern mir streichelnd durchs Haar fahren und den Kopf an die schweren Brüste betten, spüre ich anderes: Mutterinstinkt, die Kraft behutsamen Schutzes, die sich selbst von der hoffnungslosesten Situation nicht brechen läßt.

Die kurze Nacht ist zu Ende, als der Hausherr am frühen Morgen, ohne anzuklopfen, die Tür aufreißt: »Die Russen stehen dreißig Kilometer vor Burg!« ruft er herein.

Er hat es von einem Kradmelder gehört, und ich weiß, daß die Panzer jetzt in einer Stunde hier sein können. Aber vielleicht ist es auch nur eine dieser Latrinenparolen, die uns seit Berlin verfolgen wie ein Hornissenschwarm.

Vorsichtshalber verzichte ich auf Rasur und Frühstück und bin schon fünf Minuten später auf der Straße. Ein verdammter Leichtsinn, diese verschenkte Nacht! Es muß irgendeinen Weg über die Elbe geben. Inge kann ein paar Tage warten, um hinüberzukommen, aber für mich zählt jetzt jede Minute.

Drunten an der Elbe ist das Heerlager noch größer geworden. Sie versuchen schon gar nicht mehr, bei den zehn Amerikanern, die hier den verrücktesten Brückenkopf der Kriegsgeschichte bilden, eine Passage zu erbetteln.

Dafür sind die Amis jetzt von einer Handvoll wild gestikulierender französischer Kriegsgefangener umringt. Und man braucht kein Hellseher zu sein, um zu begreifen, daß die Franzosen sich nicht geschlagen geben wie die Deutschen. Doch auch sie, die erwartet hatten, im Triumphzug übergesetzt zu werden, prallen auf Ablehnung. Mir kommt der Verdacht, daß die Amerikaner noch nicht einmal gemerkt haben, wer da vor ihnen steht. Uniform ist für sie Uniform. Das Schauspiel ist so unwirklich und komisch, daß es mich anzieht wie ein Magnet.

Die Männer in den Khaki-Uniformen, die fünf Jahre hinter deutschem Stacheldraht verbracht haben, verstehen die Welt nicht mehr. Sie werden von ihren Befreiern genauso behandelt wie die besiegten Deutschen, werden achselzuckend zurückgedrängt in den grauen Haufen, der schicksalsergeben darauf wartet, von den Russen übernommen zu werden.

Das Interesse dieser Handvoll Franzosen, so schnell wie möglich über die Elbe zu kommen, ist höchst verständlich: Sie wollen endlich nach Hause, und man hat gehört, daß die Russen erst einmal alles, was Uniform trägt, zusammenpferchen. Ich habe mich inzwischen der streitenden Gruppe so weit genähert, daß ich alles verstehen kann, was da in zwei Sprachen aufeinanderprallt.

»You stay here like everybody and wait for the Russians«, sagt der amerikanische Wortführer, offenbar ein Offizier, und die Art, wie er die Lippen schmal macht, läßt keinen Zweifel darüber, daß das Thema für ihn erledigt ist. Mit diesem Befehl ist er herübergeschickt worden, und er wird nicht zurückkehren, ohne ihn ausgeführt zu haben.

Wütend ziehen sich die Franzosen zur Beratung zurück. »Ils sont con comme la lune«, schimpft ein untersetzter, breitschultriger Bursche mit waschechtem Pariser Faubourg-Akzent und den alerten Augen eines Montmartre-Apachen. Was er sagt, heißt in freier Übersetzung ungefähr, daß die Amerikaner so doof seien wie die Nacht.

»Es hat keinen Zweck, mit ihnen zu streiten«, sagt ein anderer mit schütterem blonden Haar, der schon über vierzig sein muß. »Sie werden nur sturer, und außerdem verstehen sie kein Wort Französisch oder Deutsch.«

Aber aufgeben wollen sie nicht. »Nach dem, was man hört, kann es noch Stunden dauern, bis die Russen eintreffen«, sagt einer, den sie P'tit Louis nennen. »Wir haben also noch etwas Zeit. Sie werden doch wenigstens begreifen, daß Frankreich eine alliierte Nation ist.«

»Gar nichts werden sie begreifen«, sagt der mit dem Apachengesicht resigniert und setzt sich, kaum drei Meter vor mir, in den Sand. Er holt eine Packung »Troupe« aus der Tasche und bietet ringsum an. »Laßt uns erst mal eine Zigarette lang nachdenken.«

Der scharfe Duft des schwarzen Tabaks steigt mir in

die Nase. Da wage ich's: »Pourrais bien m'en offrir une – könntest mir ruhig eine anbieten«, sage ich und versuche, es kumpelhaft klingen zu lassen.

Die Überraschung der Franzosen ist perfekt. »Pour une surprise, c'est une surprise – so etwas gibt's ja gar nicht«, grinst der Apache und hält mir die Packung hin. Nochmals zündet er sein Sturmfeuerzeug an. Wir müssen die Köpfe dicht zusammenstecken, denn scharf weht der Wind vom Westen über den Fluß herüber.

P'tit Louis rückt näher und mustert mich von Kopf bis Fuß, während ich den scharfen Rauch inhaliere und mein Magen knurrt.

»Spricht wie wir und kämpft für das große ›Resch‹. Was haben sie dir denn dafür bezahlt? Mit euresgleichen sollte man gar nicht reden!« – Aber ich weiß schon, wie ich mit P'tit Louis reden werde, und die Elbe erscheint mir plötzlich nicht mehr ganz so unüberwindlich.

»Ich bin Elsässer«, lüge ich und lasse die Zigarette im Mundwinkel wippen, als hätte ich nie anders geraucht. »Und in diese Uniform haben sie mich hineingepreßt wie alle anderen. 1943 wurde das Gesetz, wie ihr wißt.«

Sie wissen es, und ich spüre, daß sie mir glauben wollen, weil sich da etwas anbahnen könnte. Und so komme ich ohne Umschweife zur Sache.

»Ich kann ganz gut Englisch, und wenn ihr mir eine Uniform gebt, könnte ich die Amerikaner vielleicht rumkriegen«, höre ich mich sagen und wundere mich, wie leicht es mir von der Zunge geht und mit welcher Bereitwilligkeit sie in das Geschäft einsteigen.

»D'accord, mon vieux. Ersatzklamotten hat jeder von uns dabei.« P'tit Louis ist schon aufgesprungen und drängt zu seiner Packtasche. »Wenn du uns 'rüberbringst, dann miete ich in der nächsten Woche den ganzen Moulin Rouge für dich!«

»Deine Begeisterung«, bremse ich ab, »kann uns nicht über die Elbe tragen. Glaubst du vielleicht, daß ich mich in diesem Ameisenhaufen umziehen kann, ohne daß es hundert Leute sehen?«

»Du könntest ein Bad nehmen und dann einfach die neue Uniform anziehen«, schlägt P'tit Louis vor.

»Und vorher eine Kugel in den Arsch kriegen. Sie lassen einen ja nicht einmal mehr zum Waschen ans Ufer!«

»Er hat recht«, sagt Xavier, der Bretone mit den blonden Haaren und der ruhigste von allen. »Die Sache gefällt mir, aber wir müssen in die Stadt, möglichst in einen Keller. Ich werde mit ihm gehen, ihr anderen wartet hier. Wenn der Russe vorher kommt, habt ihr Pech gehabt. Aber wir werden uns beeilen.«

Er nimmt eine schwere Packtasche mit, und unterwegs überlege ich mir, ob es nicht das beste wäre, zu Inge und ihren Freunden zu gehen. Dort würden zwar Zeugen sein, aber Inge war sicher, und die anderen hatten Angst vor den Russen. Außerdem gab es bestimmt keinen Kreisleiter mehr, der die Anzeige aufgenommen hätte.

Ich erkläre das Xavier, der zuerst skeptisch ist, aber dann einwilligt.

Minuten später wird das Wohnzimmer mit der Bettcouch zum zweiten und letzten Mal meine Zufluchtsstätte.

Unwiderruflich ist alles, was jetzt geschieht. So muß es Einbrechern zumute sein, wenn sie den Schweißbrenner vor einem Kassenschrank herausholen, oder Juwelendieben, wenn sie den Stein heben, um ein Schaufenster zu zerschmettern.

Inge fleht mich an, die Finger von der Sache zu lassen. »Vielleicht richtet der Russe ein Lager hier in Burg ein, und ich kann dir Lebensmittel zukommen lassen. Und denke an den Schutz des Roten Kreuzes. Wenn es nicht klappt, was du vorhast, kann dir keiner mehr helfen!«

Ich weiß, daß ich ihr nachgegeben hätte, wenn Xavier, der jedes Wort verstand, nicht ungeduldig dazwischengefahren wäre.

»Glaubst du, ich hab meine Kameraden da draußen im

Stich gelassen, um mir Weibergeschwätz anzuhören? Was riskierst du schon? Papiere hat keiner von uns, denn die sind alle im brennenden Stalag Finsterwalde geblieben, und eine Erkennungsmarke werde ich dir noch verschaffen. Dann hast du genausoviel wie jeder von uns. Glaubst du vielleicht, daß bei dem Saustall, der jetzt herrscht, noch irgend jemand etwas nachkontrollieren kann?«

Vor dem großen Schrankspiegel schlüpfe ich in seine Uniform. Die Hose ist fast neu und hat richtige Bügelfalten, die Jacke ist ein englischer Battle-Dress, den im vergangenen Jahr das Rote Kreuz geliefert hat. Auch Kriegsgefangene können nicht fünf Jahre lang die Montur tragen, mit der sie in den Stacheldraht gelaufen sind.

Xavier ist zufrieden. Die Hose ist zwar ein bißchen lang, ich muß sie bis fast an die Brust hochziehen. Inge erbietet sich, sie kürzer zu machen, doch er winkt unwirsch ab. »Wir haben keine Zeit, und außerdem geht er zu keiner Schönheitskonkurrenz.«

Fehlt nur noch die Kopfbedeckung. Ich kann zwischen einem khakifarbenen Käppi und einer Baskenmütze wählen, die bei den französischen Kriegsgefangenen immer mehr en vogue gekommen ist. Sie wirkt wie ein ziviler Tupfen auf der Uniform.

Xavier setzt mir die Baskenmütze auf und zieht das leicht überhängende Oberteil bis an den Rand der linken Ohrmuschel. Sie sitzt nicht ganz so schräg wie die von P'tit Louis, aber mit einem leichten Anflug von Verwegenheit. Ich finde, daß sie mich mehr verwandelt als die ganzen Klamotten.

Xaviers ungeduldige Stimme reißt mich aus Gedanken, die noch verfrüht sind. »Und wenn du rauchst, dann behalte die Zigarette auch beim Sprechen im Mundwinkel und spiele nicht mit den Fingern damit herum wie die Deutschen. Und jetzt ans Gepäck, aber schnell!«

Er hat alles schon in zwei Teilen auf dem Boden ausgebreitet. Nur Rasierapparat, Zahnbürste, Seife und Handtuch genehmigt er mir. Alles Wehrmachtsgut fliegt nebst Briefen und ein paar Fotos in den von Inge mit Zeitungspapier rasch angeheizten Ofen. Auch mein einziges Buch, ein Tucholsky, der mich den ganzen Krieg über begleitet hat.

Zum Schluß habe ich nur noch das Soldbuch in der Hand. Doch Xavier hat nur ein Kopfschütteln für meinen fragenden Blick. Aber dieses letzte Stück will mir nicht so leicht aus der Hand. Man wirft seinen einzigen und letzten Ausweis nicht ins Feuer wie Briefe oder Bücher. Erst als mir einfällt, daß auch Xavier darin lesen und dann keine Zeile von elsässischer Herkunft finden könnte, werfe ich das Soldbuch den anderen Sachen nach. Im nächsten Moment züngeln die Flammen um den zerknitterten und vom Schweiß ausgeblichenen Reichsadler mit dem Hakenkreuz. Ich weiß jetzt, daß außer mir niemand mehr wissen kann, wer ich wirklich bin.

Xavier läßt mir keine Zeit, diesem Gedanken nachzuhängen. »Über deinen ›Ausweis‹ kannst du links der Elbe nachgrübeln!«

»Ausweis« sagt er auf deutsch, weil es zum Repertoire jedes französischen Gefangenen gehört. Aber es klingt lustig. Sie sagen »Oswess«, wie sie »große Resch« sagen oder »Reschbanne«, was Reichsbahn bedeutet. Ich muß in meiner neuen Rolle daran denken.

Inge winkt aus dem Fenster, aber ich deute den Abschiedsgruß in der von Landsern verstopften Straße nur an.

Ein paar Minuten später sind wir wieder am Fluß, und P'tit Louis, den man – wie die Milch auf dem Feuer – offenbar nicht allein lassen kann, rennt uns entgegen.

»Eine volle Stunde wart ihr weg. Habt ihr denn überhaupt kein Verantwortungsgefühl? Es wurden schon Wetten angeboten, daß der Russe euch geschnappt hat!«

Doch dann klopft er mir mit anerkennendem Grinsen auf die Schulter: »Gutt Prisonnier, serr gutt Prisonnier. Wie heißt du, libber Freund?«

Und sein schallendes Lachen ist ein umwerfender Beweis

für jene blitzschnell fluktuierende Gemütsbewegung, die dem Deutschen den Franzosen so oft suspekt erscheinen läßt, obwohl er ihn im Grunde darum beneidet.

»Er heißt Jean Marchand«, sagt der Bretone Xavier mit seiner Bierruhe. »Es ist mir unterwegs eingefallen, daß Jean Marchand ein hübscher Name ist, von dem es in Frankreich ein paar tausend gibt. Jetzt fehlt ihm nur noch eine Plaquette matricule.«

Dieses graue, runde Blech der Erkennungsmarke ist für P'tit Louis kein Problem. Er nestelt an seiner Packtasche herum, in der offenbar nichts fehlt, was Reisende in die Freiheit in diesen Tagen benötigen.

»Da, häng dir das um den Hals. Es ist saubere deutsche Wertarbeit und hat mich keinen Sou gekostet.«

Dann reicht er mir noch eine zerbeulte Aluminiumfeldflasche. »Echter Cognac, mein Lieber, und nur für große Gelegenheiten. Nimm einen kräftigen Schluck, damit du vor den Amerikanern nicht in die Knie gehst.«

Wie Feuer brennt es mir bis hinunter in die Magengrube. Und da die Flasche nicht hohl klingt, setze ich gleich ein zweites Mal an.

»He, he«, schreit P'tit Louis und greift nach seinem Schatz. »Es war nur von einem Schluck die Rede!«

Und dann marschieren wir, acht Mann hoch, auf den amerikanischen Offizier zu, der von den Deutschen längst nicht mehr behelligt wird, weil er Maschinenpistolen auf sie richten ließ. Die feurige Selbstsicherheit, die aus meinem Magen hochsteigt, macht mir die Beine federleicht.

»Hi, Captain«, sage ich und deute mit der Hand an der Baskenmütze eine nicht allzu respektvolle Ehrenbezeigung an. Und mein Instinkt, durch den Cognac eher angeheizt als eingeschläfert, sagt mir, daß er zwischen Ablehnung und Neugierde schwankt. Denn seine Augen blinken interessierter, als es die gerunzelte Stirn wahrhaben will. Das ist ein Mann, der zwar Befehle ausführt, aber selbständiges Denken noch nicht aufgegeben hat.

»Ich schätze, Sie haben nicht viel übrig für französische Kriegsgefangene?« frage ich ihn.

»Das stimmt nicht«, erwidert er schnell, und mein Schulenglisch scheint ihn halb zu irritieren und halb zu belustigen.

»Wenn Sie eine kleine Ahnung davon hätten, was wir fünf Jahre lang hinter deutschen Stacheldrähten mitgemacht haben, würden Sie uns bestimmt ans andere Ufer lassen, anstatt uns den Russen in die Hände zu spielen.«

»Das«, antwortet er, »steht außerhalb meiner und auch Ihrer Kompetenz. Es ist nicht unsere Aufgabe, den Sinn solcher Befehle zu erforschen. Ich fühle mich aber durchaus berechtigt, Leute, wie ihr Burschen es seid, anzuhören, und wenn ich will, kann ich euch sogar ein Boot geben, weil ich nicht einsehe, warum ihr euch mit den Russen um eure Freiheit herumschlagen sollt, obwohl ich davon überzeugt bin, daß sie euch nichts tun würden.«

Die Entscheidung ist gefallen, und mit dem größten Triumphgefühl, das ich mit meinen 22 Jahren je verspürt habe, drehe ich mich zu meinen Gefährten um und sage nur: »Ça y est – das wär's!«

P'tit Louis fällt mir um den Hals und liegt im nächsten Moment beinahe im Wasser, weil er den Kahn, den zwei Soldaten auf Befehl des Offiziers heranziehen, so schwungvoll betritt, daß er beinahe kentert.

»Dieser Idiot will uns noch im letzten Moment ersaufen lassen«, grinst Xavier.

Und dann rudern uns zwei Soldaten der US Army unter den neidischen Blicken Tausender deutscher Augenpaare lachend über den Strom, als ob es nichts Einfacheres auf der Welt gäbe.

4

Die Strömung ist stärker, als es vom Ufer aus den Anschein hatte, und erst vier oder fünf Minuten später legen wir auf der anderen Seite an. Am östlichen Ufer, das wir eben verlassen haben, wirbeln, als wir zurückblicken, plötzlich riesige Staubwolken hoch. Sie können nur von russischen Panzern herrühren.

Keine Minute zu früh sind wir entkommen. Wir krabbeln die Böschung hoch, wo uns zwei Neger mit Stahlhelmen und Maschinenpistolen ziemlich verblüfft in Empfang nehmen. Spontan hält ihnen P'tit Louis seine Zauberflasche hin, aber sie lehnen mit der Bemerkung ab, daß sie auf Patrouille seien. Doch als ihnen unsere beiden Ruderer, die unterwegs auch einen kräftigen Schluck genommen haben, erklären, daß sie hiermit acht französische Kriegsgefangene abliefern, lachen sie, und die Flasche ist im Nu leer. P'tit Louis wirft sie mit der Bemerkung in die Elbe, daß dies seine Flaschenpost an Stalin sei.

Das nächste, was wir erfahren, ist, daß es in der Welt links des Flusses für französische Kriegsgefangene keine Befehle mehr gibt. Die beiden Neger zeigen auf einen Kirchturm am Horizont. Dies sei das Dorf Rogätz, wo ihre Einheit liege und wo man uns weiterhelfen werde.

Drei oder vier Kilometer gehen wir über Feldwege, ohne einer Menschenseele zu begegnen. Und mein Freiheitsrausch, eine Mischung aus Cognac und nervenzerfetzender Anspannung, verflüchtigt sich.

Wie soll es weitergehen? Ein Soldbuch und eine deutsche Uniform hätten jetzt alles wieder in Ordnung bringen können. Ein paar Monate amerikanischer Gefangenschaft bei humaner Behandlung und dann ein Entlassungsschein mit untadeligem Stempel. Aber ich kann nicht mehr umsteigen.

Als wir in Rogätz einmarschieren, singen die anderen »La Madelon«, und ich bin der einzige, der den Kopf senkt, obwohl mir Xavier Mut zu machen versucht: »Mach dir keine Sorgen, du gehörst zu uns, und wir beschützen dich.«

Dann aber muß ich den Kopf heben, weil die anderen nicht verstehen, was ein Amerikaner aus dem Fenster eines Gebäudes schreit, das offenbar die Schule von Rogätz ist und jetzt als Kommandantur dient: »He, Boys, wohin des Wegs? Wenn einer von euch Englisch spricht, dann soll er zu mir heraufkommen.«

Wir halten an wie brave Gäule, und ich bitte meine Freunde, unten im Schulhof zu warten. Auf der Treppe spüre ich, wie die Kniekehlen weich werden und das Herz klopft. Aufregung schlägt auf den Magen, besonders wenn er leer ist. Und dann stehe ich dem Ortskommandanten des Dorfes Rogätz gegenüber, der, wie ich nach zwei Minuten weiß, aus San Antonio, Texas, stammt und eine Pionierabteilung befehligt.

Aus allen Knopflöchern stinkt ihm dieses plötzliche Etappendasein nach einem zügigen Vormarsch. Das Gespräch mit mir ist für ihn eine willkommene Abwechslung. Für den Mann, der aus Texas kam, um Europa zu befreien, scheint einer, der fünf Jahre deutscher Kriegsgefangenschaft hinter sich hat, ein Fabelwesen zu sein, das er am liebsten abtasten würde, um zu prüfen, ob noch alle Knochen an der richtigen Stelle sitzen.

Ein »Oswess« interessiert ihn überhaupt nicht. Was er hören will, sind Erlebnisse hinter dem Stacheldraht, und die biete ich ihm auch, besonders nachdem er eine Flasche Bourbon-Whisky aus dem Schreibtisch geholt hat. Ich bin ihm dankbar für den ersten amerikanischen Whisky meines Lebens, obwohl er meinen Hunger nicht stillt. Aber er weckt die Phantasie, und ohne mit der Wimper zu zucken, erzähle ich ihm von einer fünfjährigen Gefangenschaft in der Mark Brandenburg als Zwangsarbeiter bei der »Reschbanne« und Erntehelfer bei den Bauern, wobei ich mir sogar erlaube, der deutschen Sache einen kleinen Dienst zu erweisen.

»Es hat bei den Deutschen, wie überall auf der Welt, Gute und Schlechte gegeben«, sage ich, was ihm nicht unsympathisch zu sein scheint, denn er wirft ein, daß sein Urgroßvater aus dem Schwarzwald stammte und ein aufrechter Mann gewesen sei.

»Aber ihr habt sicher gewaltigen Hunger!« fällt ihm plötzlich ein, und er schlägt sich an die Stirn wie einer, der die größte Unhöflichkeit seines Lebens begangen hat. Er rennt ans Fenster und brüllt wie ein texanischer Stier nach den sieben anderen, um sie heraufzubitten. Doch nichts rührt sich im Hof. Xavier, P'tit Louis und Co. sind wie vom Erdboden verschwunden. Gemeinsam rennen wir die Stiegen hinunter. Was bin ich ohne sie anderes als ein über die Elbe geflogenes Staubkorn?

Alles Suchen ist vergeblich. Einer jener idiotischen Zufälle, gegen die keine Armee der Welt gefeit zu sein scheint, hat die sieben anderen entführt. Um so leichter vermutlich, als sie sich nicht zu verständigen vermochten, denn nach einer fürchterlichen Schimpfkanonade des Ortskommandanten stellt sich heraus, daß sie von einem Lkw aufgeladen und ins nächste Auffanglager für französische und belgische Kriegsgefangene gebracht worden sind, während wir uns über die guten und bösen Deutschen unterhalten haben.

Der Schlag ist hart, wenn auch der Kommandant alles tut, um mir zu helfen. »In drei Tagen kannst du in Paris sein, aber heute nacht bist du mein Gast, und wir werden erst mal richtig essen und dann ins Kino gehen. Erst gestern habe ich es in einer Feldscheune eingerichtet, und ich garantiere dir einen prima Western!«

Gestern bei einem deutschen Abschiedsabend, heute Ehrengast bei einer amerikanischen Kinopremiere. Was würde der Captain tun, wenn er wüßte, was jetzt in meinem Kopf vorgeht? Im gleichen Kopf, der zu dieser Stunde das

»dawai, dawai« der Russen hören würde, wenn nicht eine Baskenmütze auf ihm säße.

Das Essen ist ein bemerkenswerter Sonderfall, denn weil es noch zu früh für die Offiziersmesse ist, besteht mein Gastgeber darauf, daß ich sofort in der Küche vollgestopft werde.

Die Küchenbullen, fünf wohlgenährte Neger, die lachen, als ob fünf Klavierdeckel auf und zu klappten, schleppen Konserven und Frischwaren heran, und der Texaner, dessen Urgroßvater aus dem Schwarzwald kam, schlägt sich vor Vergnügen auf die Schenkel, als ich alle Hemmungen abwerfe und mir meinen ausgehungerten Bauch vollschlage.

Beim anschließenden Essen in der Offiziersmesse kann ich nicht einmal mehr zusehen, weil der solcher Genüsse völlig entwöhnte Magen rebelliert und alles wieder von sich gibt. Der Kompaniearzt beschimpft meine Wohltäter und erklärt ihnen, daß man einen Kriegsgefangenen mit solcher Überfütterung töten könne, aber er bringt mich mit ein paar Tabletten wieder auf die Beine, so daß ich zwei Stunden später ins Kino gehen kann.

Ich sitze in einem richtigen Lehnsessel zwischen dem Chef und seinem Adjutanten, und es gibt prasselnden Beifall der G.I.'s, als ich wie ein Hauptdarsteller vorgestellt werde. Während des Films schiebt mir der Kommandant eine Mentholzigarette nach der anderen in den Mund mit der Bemerkung, daß der Doktor keine Ahnung davon habe, wie robust einer sein müsse, der es fünf Jahre bei den Deutschen ausgehalten hat. Vom Film weiß ich nur noch, daß ich am Schluß einschlief. Die überreizten Nerven nahmen nichts mehr auf und schalteten einfach ab.

Seinen Höhepunkt erreicht der Abend erst, als man mich später bei Whisky und Reimser Champagner in der Offiziersmesse fragt, ob ich Verwandte in den USA habe.

»Sure, mein Onkel Leo ist ein bekannter Mann in Louisville, Kentucky«, sage ich.

Wir stoßen auf seine Gesundheit an, und dann hat der Kommandant einen großartigen Einfall. »Du mußt deinem Onkel sofort einen Feldpostbrief schicken. Wir werden alle unterschreiben und bestätigen, daß es dir glänzend geht.«

Und die US Mail nimmt ihren Lauf. Drei Tage später erhält Onkel Leo tatsächlich einen etwas verworrenen Brief, in dem ich ihm in englischer Sprache meine Befreiung durch die Amerikaner melde, und das einzige, das an diesem Brief seine unanfechtbare Richtigkeit hat, sind sechs oder sieben Unterschriften und ein paar Whiskyflecken, denn es geht hoch her im improvisierten Kasino. Sehr viel später erst habe ich Onkel Leo in einem zivilen Luftpostbrief erklären können, weshalb er der erste der Familie war, der erfuhr, daß ich den Krieg überlebt hatte.

Der Katzenjammer am nächsten Morgen ist so niederschmetternd, daß mein gemartertes Hirn auf die Idee kommt, den sympathischen Kompaniearzt zu fragen, ob er mich nicht in sein Krankenrevier stecken könne.

Aber ich ahne nicht, daß diese Pläne zur selben Stunde von einem trinkfesten und unternehmungslustigen texanischen Kommandanten vernichtet werden. Er hat schon im Morgengrauen seine Feldtelefone heißlaufen lassen, um mir auf dem schnellsten Wege die Heimreise zu ermöglichen. O liebenswerter Freund und Saufkumpan mit deiner herrlichen und verdammten Hilfsbereitschaft. Heimreise wohin? Die Frage stellt sich in ihrer ganzen verzwickten Gefährlichkeit, als ich den Jeep besteige, der nach dem phantastischen Frühstück auf mich wartet. Aus allen Fenstern der Kommandantur winken die G.I.'s, und eigentlich fehlen nur noch die »Stars and Stripes« der Regimentskapelle, als der Kommandant sich gerührt von mir verabschiedet.

Ein freundlicher Sergeant sitzt am Steuer des Jeeps, und auf meine Frage, wo es hingehe, grinst er gönnerhaft: »Nach Paris noch nicht gleich, mein Junge, obwohl ich verdammt gerne diese kleine Dienstreise mit dir machen würde. Aber ein paar Meilen von hier ist ein Lager, in dem sie Transporte nach Frankreich zusammenstellen.«

Wir kurven durch Dörfer, Kiefernwälder und Felder und finden kein Lager. Immer häufiger muß der Sergeant anhalten, um seine Karte zu studieren, bis endlich am Horizont die typischen Wachttürme eines Kriegsgefangenenlagers auftauchen.

Der Anblick ist nicht geeignet, meine Stimmung zu heben, und der Sergeant scheint es zu spüren. »Keine Angst, Junge, Posten gibt es da keine mehr!«

Das ist aber ein Irrtum. Denn wir haben uns komplett verfahren, und schon von weitem habe ich erkannt, daß sich hinter diesem Stacheldraht keine französischen Kriegsgefangenen bewegen. Was da in grauen, wattierten Jacken herumläuft, sind unzweifelhaft Russen, auch wenn es der Sergeant, der noch nie welche gesehen hat, nicht glauben will. Die Gewißheit erhalten wir am Tor, und als erstes wird mir bewußt, daß ich mir hier nicht den geringsten Schnitzer erlauben darf. Denn der rumänische Lagerkommandant spricht ein astreines Französisch, weshalb die Unterhaltung auch mit mir und nicht mit dem Amerikaner stattfindet.

»Pech gehabt, mein Junge, hier bist du am falschen Platz. Aber du wirst sehen, daß es ein lustiges Lager ist, und ich schlage vor, daß du eine Nacht hierbleibst. Ich habe gute Beziehungen, und morgen abend kannst du schon in einem Heimkehrertransport sitzen.«

Der Sergeant ist froh, mich auf diese Weise loszuwerden und nicht länger herumsuchen zu müssen.

Ich aber betrete das außergewöhnlichste aller Lager, das eine Mischung von Landsknecht-Camp und Bordell ist, denn auch an Frauen ist kein Mangel, ukrainischen Arbeiterinnen, die sich ganz einfach ihren männlichen Leidensgenossen angeschlossen haben. So bin ich also doch noch bei den Russen gelandet, aber dieser graue Haufen ist ungefährlicher als die Rote Armee, die inzwischen alle Gebiete östlich der Elbe besetzt hat. Seine Raubzüge freilich müssen bemerkenswert gewesen sein, denn in den Baracken sind Radioapparate, Federbetten, Klubsessel und Kaffeemaschinen aufgestapelt. Aber die größte Freude der Männer sind ein paar Motorräder, mit denen sie regelrechte Sandbahnrennen veranstalten.

»Ich habe sie ihnen gelassen«, sagt der rumänische Kommandant, »weil sie außer Krach und Staub nicht viel damit machen können, und die armen Kerle brauchen nach allem, was sie mitgemacht haben, ein Ventil. Aber der Spaß wird aufhören, wenn wir sie der sowjetischen Armee übergeben. Sie ahnen noch nicht, was dann an Verhören auf sie zukommt. Denn es ist ein bunt zusammengewürfelter Haufen, und die politischen Kommissare werden ihn sehr genau unter die Lupe nehmen.

Zwei Autos, die sie herangeschleppt hatten, haben wir ihnen allerdings wieder wegnehmen müssen«, fährt er fort und deutet auf einen Opel und einen DKW, die außerhalb des Stacheldrahts stehen und völlig intakt zu sein scheinen. »Sie werden morgen abgeholt und sollen deutschen Ärzten zur Verfügung gestellt werden. Es sind schon verrückte Tage, die wir da erleben, cher ami.«

Einen Moment lang fasziniert mich die Idee, mir einfach einen solchen Wagen zu schnappen und heimzufahren nach Freiburg. Aber schnell bin ich wieder auf dem Boden der Wirklichkeit. Überall wimmelt es von Kontrollen, und ein französischer Kriegsgefangener mit eigenem Wagen und ohne Papiere käme bestimmt nicht weit, ganz abgesehen vom Benzinproblem.

Es läßt sich unter der Flagge, die ich gewählt habe, nur mit dem Strom segeln. Zeit gewinnen ist die einzige taugliche Medizin, und immerhin sind mir nun wieder ein fast voller Tag und eine ganze Nacht geschenkt worden, in denen mir nichts passieren kann.

Ich versuche, alle Probleme zu verdrängen, als mich die Russen zum Festschmaus einladen. Sie haben einen Ochsen am Spieß gebraten, und der »Franzuski Kamerad« soll sich die besten Stücke aussuchen. Die Sache wird, wenn ich an den amerikanischen Galaabend denke, von so irrsinniger Unwirklichkeit, daß ich schon deshalb zugreife, um zu prüfen, ob ich nicht träume. Das Fleisch ist saftig, es gibt hochprozentigen Schnaps und Bier dazu, und noch vor Einbruch der Dämmerung ist die russische Seele in Hochstimmung.

Die Balalaika zupft es aus den Kehlen heraus: Stenka Rasin, das Glöckchen, und mit heißem, peitschendem Rhythmus Kaljinka. Die Flammen des Lagerfeuers prasseln, die Röcke der Mädchen wehen im wirbelnden Tanz.

Dann erzwingt ein sonorer, kräftiger Baß Stille, und alle lauschen dem Heimweh des Kosaken nach seinem Dorf, von dem er ausritt, die Heimat zu beschützen.

Ein Mädchen von knapp zwanzig Jahren setzt sich zu mir und deutet auf die Baracke, in der sie schläft. Ringsherum lachende, aufmunternde Gesichter, aber ich sage, daß ich im Freien bleiben will, und deute auf den wattierten Schlafsack, den mir die Amerikaner geschenkt haben.

Ich sehe die Gefahr: Zu sorglos und selbstverständlich war das Deutsch gewesen, das ich mit den Russen sprach. Sie mögen sich nichts dabei gedacht haben, aber dem feinhörigen Rumänen, der in Paris studiert hat, wäre es aufgefallen. Und so habe ich Angst vor unruhigem Halbschlaf, der mir deutsche Worte entschlüpfen lassen könnte, mehr noch als vor dem Ungeziefer in den Strohsäcken der ukrainischen Schönen.

Es ist die erste oder zweite Mainacht des Jahres 1945, und obwohl der Schlafsack komfortabel ist, fröstle ich unter dem klaren Sternenhimmel. Dumpfes Schnarchen dringt aus den dünnen Holzwänden der Baracken, diesem Ghetto der Verfemten, in dem viele noch nicht wissen, ob sie ihre Rechte als Sowjetbürger verwirkt haben. Ihre Überlebenschance freilich ist größer als die meine, und würden nicht auch sie mich morgen früh hängen, wenn sie ahnten, welcher Vogel ihnen da in den Stacheldraht geflogen ist?

Meine Situation wird eine immer härtere Zerreißprobe für die Nerven, die wieder zu flattern beginnen, als der amerikanische Lastwagen gegen acht Uhr am Lagertor hält. Sechs Franzosen und drei Belgier hat er schon aufgeladen, die zum Sammelplatz nach Haldensleben gebracht werden müssen.

Wir sind an die dreißig, als wir gegen Mittag dort eintreffen, wo der Marktplatz von französischen und belgischen Gefangenen nahezu überquillt. Gar nicht so schlecht für mich, denn diese anonyme Masse bietet einem Vogelfreien Schutz. Zu klären bleibt nur, wie die Formalitäten der Erfassung gehandhabt werden. Sie können, wenn die Transporte in Gang kommen sollen, nicht allzu streng sein.

Schnell finde ich heraus, daß sich überall kleine und größere »Familien« gebildet haben. Kumpels, die vom Amerikaner befreit wurden oder in kleinen Gruppen aus den Stalags geflüchtet sind, so wie meine sieben Freunde von der Elbe.

Ein halbes dutzendmal mache ich die Runde über holpriges Kopfsteinpflaster, ohne eines der vertrauten Gesichter zu entdecken. Vielleicht haben sie schon einen früheren Transport erwischt, und so froh ich über die Hilfe des besonnenen Xavier gewesen wäre, ich darf mich jetzt nicht nervös machen lassen.

Reizvoll ist natürlich auch der Gedanke, in ein Bürgerhaus hineinzuschlüpfen und den Leuten alles zu erzählen, aber amerikanische Militärpolizei hat die Gassen abgeriegelt, in denen man Kontakt mit der Bevölkerung bekommen könnte, und so bleibt nichts zu tun, als weiter im Strom zu schwimmen. Vielleicht erwische ich einen Transport in Richtung Süden, der über Freiburg fährt, und ich brauche nur auszusteigen, um fünf Minuten später an der eigenen Haustür zu klingeln.

Aber Träume helfen nicht weiter, und die konkrete Tatsache, an die ich mich zu halten habe, ist die improvisierte Schreibstube, die ich längst an einer Ecke des Marktplatzes entdeckt habe und vor der sich eine lange Schlange von Gefangenen aufgebaut hat.

Immerhin scheint die Art der Abfertigung zwanglos und von beruhigender Schnelligkeit zu sein. Die freiwilligen französischen Schreibstubenbullen machen nicht den Eindruck, als ob sie ihren Landsleuten und Leidensgenossen das Leben erschweren wollten.

Trotzdem darf ich nichts dem Zufall überlassen. Ehe ich mich der Schlange anschließe, frage ich deshalb einen abseits sitzenden Burschen, der offenbar keiner Gruppe angehört und nur noch auf das Kommando zum Einsteigen wartet, welcher Art die Formalitäten seien. Nicht gerade freundlich blickt er auf.

»Mach's wie die anderen«, sagt er. Aber dann bequemt er sich doch noch, etwas hinzuzubrummen: »Du brauchst nur deinen Namen und deine Numéro matricule anzugeben. Mehr können die in diesem Saustall doch überhaupt nicht registrieren. Dann bekommst du drei Zettel, einen für die Entlausung, einen für ein Lebensmittelpaket und den dritten mit der Nummer des Transports. Aber es wird gut sein, wenn du dich beeilst, denn wenn es denen einfällt, Feierabend zu machen, hockst du morgen früh noch auf diesem gottverdammten Pflaster.«

Die Schlange ist lang, aber sie kommt flott voran. Die Schreiber an den langen Tischen arbeiten rasch, und als ich mit leicht belegter Stimme mein »Jean Marchand« herausstoße, »Numéro matricule 48.544«, und am Hals nach dem Beweisstück nestle, blickt der Mann hinter dem Tisch gar nicht auf, sondern schiebt mir drei Zettel zu: »Zuerst bitte zur Entlausung!«

Bei dieser Prozedur wird mir, wie zuvor schon beim Essen, klar, daß die Amerikaner nicht nur bessere Waffen als wir in diesen Krieg brachten. Hier haben sie ein Pulver, das die Läuse in Sekunden erledigt, einschließlich der Eier, wie mir der amerikanische Sanitäter versichert, ehe er mir gute Heimreise wünscht. »Der nächste, bitte!«

Dann fliegt mir ein Lebensmittelpaket vor die Brust, und ich kann gerade noch die Arme hochreißen wie ein Torhüter, der nicht aufgepaßt hat. »Wenn's ums Fressen geht, schläft man nicht«, lacht der Ami hinter seinem Paketstapel. »Der nächste, bitte!« Und weiter geht's wie am Fahrkartenschalter. Ich bekomme einen Zettel über den Tisch geschoben, der mich dem Train de Rapatriement Nummer 31 zuteilt. Er soll den Bahnhof Haldensleben um 23.30 Uhr verlassen.

Entlaust und mit diesen Kostbarkeiten versehen, gehe ich auf den Marktplatz zurück und setze mich neben den Eigenbrötler, der mir Auskunft erteilt hatte. Er stiert noch immer vor sich hin.

»Ça y est«, sage ich. »Das wär's. Ich fahre um 23.30 Uhr.«

»Ich auch«, knurrt er.

Irgend etwas müssen wir gemeinsam haben, denn von der Euphorie, die Tausende auf diesem Platz erfaßt hat, ist bei ihm nichts zu spüren. Er will in Ruhe gelassen werden und sagt es mir ins Gesicht. Mein Gefühl, an den richtigen Mann geraten zu sein, wird zur Sicherheit.

»Ich möchte dich was fragen.«

Unwillig schaut er mir zum erstenmal voll ins Gesicht. »Habe ich dir nicht gesagt, daß ich meine Ruhe will? Du hast dein Freßpaket und deinen Zug und brauchst nur noch die Marseillaise zu singen. Also verschon mich mit deinem Gequassel!«

»Das werde ich nicht tun.« Ich wundere mich, daß meine Stimme so ruhig klingt, als hätte ich nur gesagt, daß dies ein schöner Tag sei.

In seinen Augen blitzt Überraschung auf. Und ich erkläre ihm, als sei dies die selbstverständlichste Sache der Welt, daß ich gar nicht hierher gehöre und mit den allergrößten Schwierigkeiten zu rechnen habe, wenn jemand dahinterkommt.

Ich weiß, daß ich hoch spiele, aber es sind die verrückten Ereignisse der letzten drei Tage, die diesen verzweifelten Mut entfachen.

Ich kann es einfach nicht mehr allein tragen, und wenn er jetzt aufsteht, um einen amerikanischen Militärpolizisten zu rufen, ist es mir auch egal. Aber er steht nicht auf. »Sprich weiter«, sagt er, »mich kann nichts mehr überraschen.« Und er ist gar nicht so verblüfft, wie ich gedacht hatte.

»Daß etwas nicht mit dir stimmt, habe ich gleich gemerkt, aber es interessiert mich so wenig, wie es dich interessieren wird, daß mit mir etwas nicht stimmt. Ich fahre nach Grenoble in ein leeres Haus. Vor drei Monaten habe ich erfahren, daß meine Frau mit einem anderen durchgebrannt ist. Verstehst du jetzt, daß mich dieser ganze Zirkus ankotzt?«

Ich verstehe es, aber mein Selbsterhaltungstrieb ist stärker als das Mitgefühl. Hier sitzt einer, der mir beim Transport helfen kann, und diese Hilfe sagt er mir zu.

Wir sind die kleinste Gruppe der Reisenden, die, von den Amerikanern sorgfältig abgezählt, um 23 Uhr in den Bahnhof von Haldensleben einmarschiert, um auf den Güterzug der »Reschbann« zu warten. Es dauert ein wenig länger als vorgesehen, weil es Anfang Mai 1945 in Deutschland keine Fahrpläne mehr gibt. Aber kurz nach Mitternacht dampft eine Lokomotive mit mehr als vierzig Waggons im Schlepptau heran, und die Franzosen schimpfen über die peinliche Sorgfalt, mit der die Amerikaner Wagen um Wagen füllen, ohne Rücksicht auf die Sonderwünsche einzelner Gruppen, die nicht auseinandergerissen werden wollen.

»Schließlich ist's ja auch egal, pas vrai, les gars – was, Jungs?« Der das sagt, ist ein langer, hagerer Kerl mit heiserer Stimme und von jenem Typ, der sofort und ungebeten überall das Kommando übernimmt. Er hat eine Leibwache um sich geschart, die ihn respektvoll »Normandie« nennt. »Hé Normandie, tiens Normandie«, tönt's von allen Seiten, und man gibt ihm recht, als er feststellt, daß dieser fette Ami auch nur seinen Job tut, zumal die Freßpakete erstklassig sind. Zum Schluß, nach Käse und kalifornischem Dosenobst, kann man sich sogar eine echte Havanna anzünden.

»Schmeckt besser als die ranzigen Kekse von Pétain. Hätten uns ruhig schon früher mal was von dem Zeug in die Stalags schicken können!«

Ich sehe jetzt, warum sie den Langen »Normandie« nennen. Er hat sich den Namen seiner Heimat mit großen gelben Lettern auf den Ärmel genäht, und als der erste Ruck der Lokomotive endlich die Waggons erschüttert, ist er es, der die Lieder vorschlägt. Das heißt, er stimmt sie mit heiserem Baß, der keine Konkurrenz duldet, an, und spontan fällt der ganze Haufen ein. Das Repertoire übersteigt meine Möglichkeiten bei weitem. Bei vielen Liedern kann ich nur den Refrain mitsummen, doch bei »Auprès de ma Blonde«, der »Madelon« und »Sambre et Meuse« steige ich voll ein, und auch bei der »Normandie« halte ich mit. Es ist das Lieblingslied unseres Reisemarschalls, das alle zwanzig Kilometer an die Reihe kommt und von dem Burschen aus der Normandie erzählt, der die ganze Welt gesehen hat und immer wieder zum Schluß kommt, daß kein Land mit den Schönheiten seiner Heimat konkurrieren kann. Und nur vor diesem Lied nimmt unser Vorsänger die Zigarre für ein paar Sekunden aus dem Mund, um die Feierlichkeit des Folgenden zu unterstreichen. Wenn er ahnte, daß ich dieses Lied als Besatzungssoldat in normannischen Kneipen lernte, würde er mir mit einer Hand den Hals umdrehen. Einer von uns würde jedenfalls die Normandie nicht wiedersehen.

Und so laut ich kann, falle ich in den Refrain ein: »J'irai revoir la Normandie, c'est le pays qui m'a donné le jour.«

Aber Fernand, mein Beschützer aus Grenoble, gibt mir Ellenbogenstöße. »Du benimmst dich wie ein Idiot. Laß ihm seine Schau und halte dich zurück. Du hast allen Grund dazu.«

Er zwingt mich auch, die ständig kreisende Whiskyflasche schneller weiterzugeben. Was würden sie tun, wenn sie herausbrächten, wer ich bin? Mich einfach unter die Räder werfen oder, um das Pläsier zu verlängern, mich draußen am Bremserhäuschen aufhängen, wie ich es einmal bei einem SS-Transport in Rußland gesehen habe? Ich ziehe mich in meine Ecke zurück und zünde eine der amerikanischen Zigarren an. Die Uhr zeigt drei, aber noch immer übertönt Normandies heisere Stimme das Rollen der Räder.

Ich muß eingeschlafen sein, denn Fernands Hand rüttelt mich wach. »Du stöhnst, als ob sie dich an der Gurgel hätten, und es klingt ziemlich deutsch.«

Er flüstert es, denn es ist ruhig geworden im Waggon, und vor der Schiebetür liegt Normandie und schnarcht der Heimat entgegen.

»Wenn du pennen willst, werde ich aufpassen. Ich kann sowieso nicht schlafen, aber mir kann wenigstens nichts passieren.«

Als die Sonne aufgeht, hält der Zug in Bückeburg. Draußen auf dem Bahnsteig gibt es Wasser, und schlaftrunken und durstig taumeln wir aus den Waggons. Die Maschine wird gewechselt, und es ist genug Zeit zum Waschen und sogar zum Rasieren. Man schlägt Schaum und zieht frische Hemden hervor. Wer weiß, ob wir nicht heute schon Frankreich erreichen!

Aber so schnell können die Räder auf der eingleisigen und vom Krieg schwer mitgenommenen Strecke gar nicht rollen. Es vergehen noch einmal 24 Stunden, ehe wir bei Wesel die einzige intakte Rheinbrücke erreichen.

Die Hoffnung auf eine Fahrt durch Süddeutschland ist längst dahin, und es wird Zeit für mich, aus dem Zug und aus der Uniform herauszukommen. Und dies muß passieren, bevor wir die Grenze erreichen.

Bei jedem Aufenthalt fragen wir die amerikanischen Lokführer nach dem nächsten Maschinenwechsel, und links des Rheins kommt plötzlich eine Auskunft, die mir den Atem nimmt: »Mönchengladbach«, schreit der Mann im olivgrünen Drillich von seinem Führerhaus herunter. »Mäntschänglädbäck. In two hours, I guess.«

In zwei Stunden sind wir da, der Maschinenwechsel wird

mindestens eine Stunde beanspruchen, es wird heller Tag sein, und ich brauche nur die paar Minuten vom Bahnhof zur Hohenzollernstraße zu gehen. Läuten, guten Tag sagen, ein Bad nehmen, Zivilkleider anziehen. So einfach ist das. Denn in München-Gladbach, wie es damals noch heißt, wohnt Magda, deren Briefe und Fotos in den Ofen von Burg flogen, als das große Abenteuer begann. Magda Glassmacher, achtzehn Jahre alt, blond, hübsch und in der Abiturklasse, falls der Schulbetrieb schon wieder aufgenommen worden ist.

Im Sommer 1944 hatten wir uns auf »Drei Ähren« in den Vogesen kennengelernt. Sie verbrachte dort mit einer Freundin ihre Schulferien, während ich einer der Pensionäre des großen Lazaretts war, das man hier eingerichtet hatte. Ich war schon wieder weit genug genesen, um Spaziergänge machen zu können, durch dunkle Tannenwälder hinauf zur Galz, wo man einen weiten Blick über die Rheinebene und Kolmar bis hinüber zum Schwarzwald hat. Oder ich wanderte nach Labaroche, das damals Zell hieß und wo immer mehr elsässische Lazarettinsassen verschwanden, als Paris gefallen war und die alliierten Invasionstruppen näherrückten.

Damals durchstreifte ich mit Magda Glassmacher die Wälder, in denen sich Deutsche und Franzosen im Ersten Weltkrieg zähe und verlustreiche Stellungskämpfe geliefert hatten. Wir saßen auf mächtigen Felsbrocken, lagen auf sonnigen Lichtungen und gaben uns Versprechen, wie sie in diesen Tagen zu Tausenden gemacht wurden am Rande eines Abgrundes, dessen Größe und Tiefe sich keiner vorzustellen wagte.

Und jetzt rolle ich in einem französischen Heimkehrertransport auf Mönchengladbach zu, um mein Versprechen auf eine Art einzulösen, die sich unsere blühendste Phantasie nie auszumalen vermocht hätte.

Fernand will alles tun, um mir in Mönchengladbach zu helfen, aber vorbereiten läßt sich nichts. Der richtige Augenblick muß sich aus der Situation ergeben. Auf alle Fälle wird er mir im letzten Moment, wenn wir einen brauchbaren Ausgang erspäht haben, die Packtasche reichen.

Es ist, als ob sich die Räder plötzlich auf der Stelle drehten. Viel zu langsam für meine Ungeduld kriecht der Zug durch das Land am Niederrhein, in dem überall die Wunden des Krieges sichtbar sind, obwohl er hier schon seit vielen Wochen beendet ist. Aber das Leben regt sich schon zielbewußter als da, wo wir herkommen. Man sieht Bauern auf den Feldern, und die Menschen in den Städten machen sich an die Beseitigung des Trümmerschutts.

Gegen 16 Uhr holpert der Zug im Schrittempo über die notdürftig ausgebesserten Gleisanlagen des Hauptbahnhofs von Mönchengladbach. Einige Beton- und Eisenträger stützen noch die Reste des zerfetzten Daches der Halle. Von zwei Notbaracken aus wird der eingleisige Verkehr dirigiert. Zwischen amerikanischen und englischen Uniformen tauchen auch ein paar Männer in abgeschabten Mänteln der Reichsbahn auf, aber für Zivilpersonen scheint das ganze Bahnhofsgelände »Off Limits« zu sein.

Noch ehe die Maschine, die hier abgekoppelt wird, zum Stehen kommt, schiele ich nach meinem Gepäck, doch Fernand legt mir die Hand auf die Schulter. »Nur jetzt keine Panik. Wir haben eine volle Stunde Zeit und können in Ruhe die Lage peilen.«

Es dauert gar nicht lange, bis Fernand einen Ausgang entdeckt hat. Es ist ein Bombentrichter von sechs Meter Durchmesser, der die Betonwand durchbrochen hat und wie eine Rutschbahn hinunter zur Straße führt.

»Hier mußt du 'raus. Die Militärpolizei am Hauptportal kann den Trichter nicht einsehen, und selbst wenn dich draußen einer anhält, riskierst du nichts. Jeder muß sich mal die Füße vertreten. Bloß von uns darf dich keiner abhauen sehen.«

Der Moment ist günstig, denn fast alle Insassen der hinteren Waggons sind nach vorne gegangen, um Wasser zu holen.

Ich setze mich wie zur Erledigung eines menschlichen Bedürfnisses halb in den Trichter, und schon fliegt mir die Packtasche nach. Fernand hat prompt reagiert.

Jetzt heißt es, schnell über den Bahnhofsplatz zu kommen, der von der Spitze des Zuges aus eingesehen wird. Zum Glück ist er zu dieser Stunde recht belebt, und ohne mich umzudrehen, erreiche ich eine Kreuzung. Ich strebe in den Schutz halbwegs intakter Häuser und suche nach der ersten offenen Tür, um von der Straße wegzukommen. Ich werde nach der Hohenzollernstraße fragen und die Nacht abwarten. Doch der Plan scheitert an dem harmlosen Gruß eines alten Mannes, der alles ändert und, ohne es zu ahnen, meine vagen Dispositionen umwirft. »La guerre finie«, sagt er mit einem zaghaften Lächeln.

»Wo ist die Hohenzollernstraße?« frage ich ihn. Und der erste Deutsche, mit dem ich Kontakt aufnehme, seit ich die Uniform gewechselt habe, ist sehr hilfsbereit. Er bemüht sich sogar, mir französisch zu antworten. »Es ist ganz nah, knapp drei Minuten!«

Winzige drei Minuten, und nur Zivilisten um mich herum. Ein paar neugierige Blicke, die mir nicht schaden können, sondern mir, im Gegenteil, Mut machen. Keiner von denen kann mich aufhalten, und warum soll ich mich verkriechen?

Doch meine Hochstimmung ist schnell verflogen, denn die Hohenzollernstraße ist ebenfalls »Off Limits«. Von weitem schon sehe ich das große weiße Schild, das bedeutet, daß die Besatzungstruppen in den fast unversehrten Häusern dieser Straße Quartier genommen haben. Jeder weitere Schritt ist gefährlich.

Die Nerven behalten, Zeit gewinnen. Ich gehe zehn Minuten, eine Viertelstunde, bis ich merke, daß ich sinnlos im Kreis laufe und einen Entschluß fassen muß. Er ist mit der gleichen Plötzlichkeit da, wie die Enttäuschung gekommen war. Die Glassmachers haben eine Tuchfabrik im Vorort Neuberg, und sie müssen dort sein, wenn man sie aus ihrer Wohnung vertrieben hat.

Eine Stunde Fußmarsch noch, und alles ist ausgestanden.

In der hereinbrechenden Dämmerung frage ich mich nach der Fabrik durch, und dieses Radebrechen unter der Baskenmütze ist so vergnüglich, daß ich bester Laune bin, als ich, kaum zwanzig Meter von der Fabrik entfernt, einer Streife in die Arme laufe. Zwei Amerikaner mit Stahlhelmen und Karabinern, blutjunge, aber sehr reservierte und dienstliche Gesichter, halten mich an.

Das Halbdunkel hilft mir bei der Lüge, doch nur mühsam gelingt es mir, etwas von einem Heimkehrertransport zu stammeln, der ohne mich weiterfuhr, weil ich mich beim Wasserholen zu weit entfernt hatte.

Es ist keine sehr starke Geschichte. Und meinen schwachen Einwand, daß ich schon allein zur Bahnlinie zurückfinde, nehmen die Amerikaner gar nicht erst zur Kenntnis.

Dafür nehmen sie mich in die Mitte, und fünf Minuten später will der Wachhabende im Untergeschoß eines großen, offenbar vollbelegten Gebäudes meine Papiere sehen. Es ist die erste Zerreißprobe für die Erkennungsmarke, und nach ein paar bangen Sekunden ist sie bestanden. Das Blech und die Erklärung, daß alles andere im Stalag verbrannt sei, genügen ihm. Ich werde aber nicht entlassen.

»Es ist jetzt Curfew, striktes Ausgangsverbot, verstehst du«, erklärt der Ami. »Nach fünf Minuten würde dich eine andere Patrouille aufgreifen. Pech, daß der Zug ohne dich weiterfuhr. Ich gebe dir zwei Soldaten mit, die dich am Bahnhof abliefern und dafür sorgen, daß du in den nächsten Heimkehrertransport kommst. So riskierst du weder Unannehmlichkeiten noch Zeitverlust.«

Man bietet mir Zigaretten und Bier an, und dann geht's zum Bahnhof zurück. Es ist ein Marsch von der deprimierenden Ausweglosigkeit eines Gefangenentransports, obwohl die beiden bewaffneten Wächter so tun, als handle es sich um einen harmlosen nächtlichen Spaziergang zu dritt. Der Gedanke, mit einem schnellen Satz in einer Ruine zu verschwinden, ist hoffnungslos, denn sie würden mich entweder selber erwischen oder ein ganzes Bataillon alarmieren. Ich muß froh sein, daß es ohne Verhör abgegangen ist.

Die Nacht macht den Bahnhof zu einem Ort gespenstischer Betriebsamkeit. Zwar brennen nur wenige Lichter unter dem zerborstenen Dach der Halle, aber einzelne Kommandos arbeiten an Schienen und Weichen, und aus den beiden Baracken dringt das schrille Läuten von Telefonen.

Beim Bahnhofschef, einem älteren Offizier, werde ich abgeliefert. Aber er ist so beschäftigt, daß er nur mit halbem Ohr hinhört. Er schickt mich in die Kantine – dort soll ich essen und warten.

Jetzt, gegen 22 Uhr, ist die Wirtschaftsbaracke fast leer. Sechs oder acht Soldaten in ihren olivgrünen Arbeitsanzügen sind beim Essen, und unschlüssig sehen sich meine beiden Wächter an. Sie wissen nicht recht, ob ihr Auftrag erfüllt ist.

Eine Viertelstunde bleiben sie noch sitzen und sehen mir beim Essen zu. Doch ihr Wunsch nach Feierabend ist größer als mein Hunger, und es fällt mir nicht schwer, sie davon zu überzeugen, daß sie ihre Pflicht getan haben. Beim Rausgehen sehe ich sie noch mit dem Küchenchef sprechen und auf mich deuten.

Dann bin ich allein. Und da auch der Küchenchef hinter seiner Selbstbedienungstheke verschwindet, schiebe ich den Teller weg. Es kann nicht schwer sein, in der dunklen Stadt zu verschwinden.

Doch als ich gerade nach der Baskenmütze greifen will, geht die Tür auf. Ein junger Offizier steuert nach einem kurzen, prüfenden Blick durch den Raum schnurgerade auf meinen Tisch zu und nimmt Platz. Knapp stellt er seine Fragen. – »Ja, ich habe meinen Zug verfehlt und warte jetzt auf den nächsten.«

Er hat ein intelligentes, fast jungenhaftes Gesicht, aber die klugen Augen hinter den randlosen Brillengläsern tasten mich so scharf ab, daß ich die Gefahr in Sekundenschnelle und fast körperlich spüre. Das ist keiner der harmlosen

Troupiers, mit denen ich es bisher zu tun hatte. Sogar an der Packtasche bleibt sein Blick hängen.

Dann sagt er ganz kurz, als ob alles in bester Ordnung sei: »Nach fünf Jahren kommt es auf ein paar Stunden nicht mehr an. Wo bist du denn zu Hause?«

»Paris«, antworte ich, ohne dem Frieden zu trauen.

»Eine schöne Stadt. Wie alt bist du?«

Fast hätte ich 22 gesagt und wäre ihm in die Falle gelaufen. »25 bin ich.«

»So ein Pech. Ein Jahr jünger, und du wärst gar nicht in den Krieg marschiert. Hast du eigentlich Papiere?«

Jetzt habe ich seine Taktik durchschaut. Hinter jedem jovialen Satz kommt eine gefährliche Frage, und natürlich weiß er längst, daß ich keine Papiere habe. Doch es gibt nur die alte Ausrede, und ich weiß, daß er per Feldtelefon keine Beweise heranholen kann.

»Meine Papiere sind im Stalag Finsterwalde verbrannt. Viele von uns reisen jetzt so.«

»Du hast also gar nichts bei dir?«

Jetzt macht er keine Umschweife mehr, und ich höre den triumphierenden Unterton, der mich zwingt, meinen letzten Trumpf auszuspielen.

Langsam öffne ich Bluse und Hemd und ziehe die Erkennungsmarke heraus. Sie ist feucht, und als der Leutnant sie in die Hand nimmt, zieht er wie unabsichtlich ein wenig an der Schnur, so daß ich mich weit zu ihm hinüberlehnen muß.

Er betrachtet das Blech, wiegt es in der Hand und gibt es zurück. »Die Marke ist echt.«

Damit hat er bestätigt, daß dies ein Verhör ist, und es scheint ihn zu ärgern.

»Hast du Fotos bei dir?«

Ich schüttle den Kopf.

»Eigentlich komisch. Jeder Kriegsgefangene hat Fotos und Briefe. Die Post hat doch ganz gut funktioniert?«

»Das schon, aber alles ist in meinem Spind verbrannt. Hunderten ist es in Finsterwalde so gegangen.«

Nachdenklich, als ob er hier den Gegenbeweis finden könne, schaut er sich in der Kantine um. Sie hat sich geleert bis auf zwei nicht mehr ganz nüchterne Soldaten, die er mit einem ärgerlichen Blick streift. Und dann sieht er plötzlich auf die Uhr.

»Well, ich muß rasch zum Fahrdienstleiter rüber. Bin in drei Minuten wieder da. Dann werden wir einen Schluck auf die glückliche Heimkehr trinken.«

Ist er so sicher, daß ich sitzen bleibe, oder braucht er Verstärkung? Die Kantine hat zwei Türen, und ich überlege keine Sekunde. Kaum hat er die eine zugeschlagen, da reiße ich schon die andere auf und renne in die Nacht hinaus. Es ist keine Kurzschlußreaktion, sondern reiner Selbsterhaltungstrieb.

Zum Glück brennt nur noch die Notbeleuchtung, und mit ein paar Sätzen finde ich hinter einem Güterwagen Deckung. Dann kann ich, fast lautlos, fünfzig Meter an einem mit Unkraut bewachsenen Bahndamm geduckt entlanglaufen. Bis hierher dringt die Notbeleuchtung nicht, und ich will gerade ein paar Sekunden verschnaufen, als eine schrille Trillerpfeife Alarm auslöst und die schneidende Stimme des Leutnants die Suche nach einem Franzosen befiehlt.

Jetzt ist die Situation eindeutig. Wenn sie mich fassen, gibt es keine Ausrede mehr, auch meine Flucht führt ins Gefängnis, wenn sie mir nicht gleich eine Kugel durch den Kopf jagen.

Plötzlich gleißendes Licht. Der Leutnant hat volle Beleuchtung befohlen und versammelt alle greifbaren Leute, um das Bahnhofsgelände zu durchkämmen.

Ich kralle mich in den schrägen Bahndamm und fange zu robben an. Wenn ich vorhin nicht die fünfzig Meter gerannt wäre, hätten die Scheinwerfer mich jetzt schon erfaßt. Zum Glück haben die Amerikaner die Suche auf der anderen Seite begonnen.

Keuchend und aus allen Poren schwitzend, schaffe ich weitere zehn Meter, aber dann höre ich, daß sie sich teilen und auf meine Seite herüberkommen. Noch liege ich im toten Winkel, aber es gibt keine Chance mehr, aus dieser Falle herauszukommen.

Die Schiebetüren von Güterwaggons werden aufgerissen, und wie Irrlichter huschen Lichtkegel von Taschenlampen durch die Nacht. Jede Bewegung ist sinnlos geworden.

Das Stimmengewirr und die Schritte auf dem Schotter werden immer lauter. Doch da ist plötzlich noch ein anderes Geräusch: das dumpfe Rollen eines Zuges und gleich darauf das Quietschen von Bremsen. Keine Armlänge entfernt von mir rollende Räder und dann ein plötzlicher Ruck, der die Wagen mit solcher Wucht gegen die Lokomotive schleudert, daß die Schwellen zittern.

Immer tiefer kralle ich mich in die feuchte Erde und höre den Lokführer etwas von einer »verdammten Sauerei« brüllen.

Und dann geschieht das Unfaßbare: Zwei Meter von meinem Kopf entfernt öffnet sich eine Schiebetür im gleichen Moment, in dem die Lokomotive wieder anzieht.

Einen Sekundenbruchteil lang starre ich in das schwarze Loch des Wagens. Was dann geschieht, ist nichts als ein Reflex. Mit einem verzweifelten Satz klammere ich mich an der Tür fest und gebe mir im Laufen noch einen letzten Ruck, der mich bäuchlings in den Waggon schleudert. Instinktiv rolle ich mich von der offenen Tür weg, durch die jetzt gleißendes Licht dringt, weil der Zug aufregend langsam durch den hell beleuchteten Hauptbahnhof von Mönchengladbach fährt, vorbei an fünfzig Soldaten und einem Leutnant . . .

5

Dreissig Sekunden mögen vergangen sein, seit ich mich von der Böschung in dieses fahrende Versteck hineinwuchtete. Und ich liege noch halb betäubt und keuchend am

Boden, als mir der Strahl einer Taschenlampe in die Augen sticht.

»Scheint ein Franzose zu sein«, höre ich den Mann mit der Lampe in breitem Amerikanisch sagen. Und dann geht in einer anderen Ecke des Wagens das weiche Licht einer Laterne an. Ich bin von sechs Negern umringt, die weiße Unterhemden mit hochgeschlossenen Kragen tragen. Von ihren Gesichtern sehe ich im Halbdunkel nur die Zähne und Augen blitzen. Vermutlich haben sie geschlafen, denn es muß bald Mitternacht sein, und da kann ein plötzlich durch die Tür geschleuderter Findling schon einige Aufregung verursachen.

Wir starren einander an, und nur das Rollen der Räder ist zu hören.

Ich rapple mich auf und taste die dreckverschmierte Uniform ab. Bis auf die Packtasche, die an der Böschung liegenblieb, ist alles da, sogar die Baskenmütze, die den Mann mit der Taschenlampe auf einen Franzosen tippen ließ.

Ich reiße mich zusammen. Wie ein Automat raßle ich mein Sprüchlein herunter, daß ich meinen Transport verpaßt habe. Und ich füge hinzu: »Ich bin einfach aufgesprungen, weil ich glaubte, daß dies der nächste Heimkehrertransport sein könnte. Man ist nicht wählerisch, wenn man fünf Jahre darauf gewartet hat.«

Die Überraschung weicht verständnisvoller Entspannung. Sie schlagen mir mit breitem Lachen auf die Schultern und wollen mehr wissen. Aber ich bin jetzt hellwach. Die holländische Grenze rückt immer näher, und wenn der Zug hält, muß ich verschwinden.

»Fünf Jahre sind verdammt lang«, sage ich, »und ihr könnt euch vorstellen, daß ich jetzt heim will und nichts anderes.«

»Klar, Junge.«

»Wohin fahren wir eigentlich?« frage ich.

»Nach Frankreich fahren wir, mein Lieber, genau in deine Richtung«, antworten meine unfreiwilligen Gastgeber mit breitem Lachen. »Du hättest es nicht besser treffen können. Dies ist ein Urlaubertransport von siebenhundert Mann nach Le Havre, und hier bist du im Küchenwagen. Du bleibst natürlich bei uns, und beim nächsten Halt werden wir es dem Train-Commander sagen. Nur der Ordnung halber.«

Und dann öffnen sie ihre besten Büchsen, um den Frankreichheimkehrer zu stärken.

Ich esse, doch ich setze mich so, daß ich die Schiebetür mit einem Ruck aufreißen kann. Aber der Zug hält erst wieder bei Morgengrauen in Holland. Die Station heißt Maastricht.

»Wir werden dich jetzt beim Train-Commander vorstellen«, sagt der Küchenchef, »und dann kannst du, wenn du Lust hast, bei der Vorbereitung des Frühstücks helfen.«

Der Befehlshaber des Zuges, ein grauhaariger Oberst mit väterlichem Blick und farbenfrohen Auszeichnungen auf der linken Brustseite, klopft mir auf die Schulter: »Selbstverständlich kannst du mit uns fahren, Junge. Wir haben den gleichen Weg und sind froh, dir helfen zu können!«

Wir fahren durch Holland in Richtung der belgischen Grenze. Überall saubere Backsteinhäuser mit breiten Fenstern, die Einblick in komfortable bürgerliche Behaglichkeit bieten. Es ist wie in der Schweiz, die jetzt mein Ziel ist, ohne Fahrplan freilich, denn in dieser Situation läßt sich nichts mehr planen. Kinder winken uns zu. Die Schiebetüren der Waggons sind geöffnet, die amerikanischen Fronturlauber lassen ihre Beine hinausbaumeln und winken zurück.

In Belgien werden die Häuser wieder grau, aber die Stimmung wird immer besser. Wir halten auf großen und kleinen Bahnhöfen, wo Mädchen hinter langen Tischen mit Liebesgaben für heimkehrende Kriegsgefangene warten. Aber es gibt jedesmal eine Enttäuschung: »Ce sont des Américains, es sind Amerikaner!«

Die Enttäuschung ist beiderseitig, denn als Befreier glauben die Amerikaner, ein legitimes Recht auf Belohnung zu haben, und sie hätten gar nichts gegen ein Fläschchen Wein einzuwenden. In diesem Zug ist alles zu haben – außer Alkohol. Doch alles Winken ist vergebliche Mühe: Die Flaschen bleiben, wie Zinnsoldaten aufgereiht, auf den Tischen, und es gibt nur ein paar Kußhändchen, für die sich, wie der schwarze Küchenchef durchaus richtig bemerkt, kein Schwein was kaufen kann.

»Man müßte Franzose sein wie du«, grinst er mich an. »Da fängt der Mensch bei denen erst an.«

Und dann schlägt er sich mit der flachen Hand auf die Stirn: »Hallo, wir müssen doch irgendwo noch so ein blauweißrotes Fähnchen haben. Wenn unser Frenchy damit winkt, werden sie uns die Weinfässer nur so in den Wagen rollen!«

Alle sechs fangen eifrig an zu suchen. Und sie finden das Fähnchen. Es ist nicht mehr ganz sauber und sieht eher wie ein Spüllappen aus, aber die Farben sind noch gut zu erkennen, und triumphierend drückt es mir Jim, der Küchenboß, in die Hand: »Hier ist deine Angel, Frenchy, nun schaff was ran!«

Schon der erste Versuch ist ein Volltreffer. »Schau nur, ein Franzose!« ruft eine helle Mädchenstimme, und ehe ich weiß, wie mir geschieht, bekomme ich zwei schallende Küsse auf die Backen und werde temperamentvoll umarmt. Die Neger klatschen sich vor Begeisterung auf die Schenkel. »Nimm sie doch mit, du darfst sie auch ganz für dich allein haben!«

»Was machst du denn bei den Amerikanern?« will sie wissen.

»Oh, sie haben mich nur mitgenommen, weil ich meinen Transport verpaßt habe. Feine Kerle, aber sie haben schrecklichen Durst. Habt ihr nicht etwas für uns? Ihr könnt Büchsenmilch, Seife und alles mögliche dafür kriegen.«

Die Mädchen geben mit vollen Händen, und so stapelt sich Flasche um Flasche im Küchenwagen.

Doch wir können, obwohl wir den Rotwein wie Wasser

trinken, noch reichlich davon abgeben, weshalb die Stimmung nicht nur im Küchenwagen, sondern allgemein aufgelockert ist, als wir uns der Stadt Maubeuge und damit der französischen Grenze nähern. Ich spüre, daß mir der Wein etwas von der Angst nehmen kann, die in mir wächst, je mehr wir uns Frankreich nähern. Die Versuchung, einfach hemmungslos mitzusaufen, ist groß, doch ich widerstehe ihr und ziehe mich in einen Winkel des Wagens zurück, der von der Tür aus nicht eingesehen werden kann.

In Frankreich gehen in den Häusern die Lichter an, und im Schutze der Nacht traue ich mich wieder an die Tür, wenn der Zug hält. Er tut es oft, und ich bin froh darüber. Denn ich muß wissen, wann es Zeit zum Abspringen wird. Bis Le Havre kann ich auf keinen Fall im Zug bleiben.

Aber die Sache ist viel komplizierter als eine Zivilreise mit Fahrkarte, und ich muß versuchen, die Route ausfindig zu machen, die der Zug nimmt. Zum Glück hält er an den kleinsten Stationen.

Da ist einer jener französischen Dorfbahnhöfe, an denen die Zeit seit der Jahrhundertwende vorbeigegangen ist, ohne Spuren zu hinterlassen: Perron, Pissoir, Schalter, winzige Wartehalle, Apéritif-Plakat und der Mann, der mit dem Hammer an die Räder schlägt, weil sein Großvater es genauso gemacht hat.

Ich biete ihm eine Packung »Lucky Strike« an, aber er will viel lieber etwas zum Essen und wundert sich gar nicht, daß ihn da ein französischer Kriegsgefangener aus einem amerikanischen Küchenwagen bedient, in dem sechs Neger ihren Rausch ausschlafen.

»Hör zu, ich habe meinen Heimkehrertransport verpaßt und will nach Paris. Die Amis haben mich ein Stück mitgenommen.«

»Das Beste, was du tun kannst, ist, dich in Hirson zu melden«, sagt er und nimmt eine Handvoll Büchsen in Empfang. »Dort haben sie ein Auffanglager eingerichtet, durch das alle Kriegsgefangenen geschleust werden. In einer Viertelstunde seid ihr da, und du bekommst Papiere, Fahrkarten und alles, was du brauchst.«

Und dann lacht er glucksend: »Stell dir vor, gestern haben sie einen Deutschen aus einem Heimkehrertransport herausgeholt und gleich an die Wand gestellt. Ist ja auch ein starkes Stück, nicht wahr?«

Es ist gut, daß das Bahnhöfchen nur Signallichter hat und ich diesen Schlag im Dunkeln verdauen kann. Ich bin so stocknüchtern, als hätte ich keinen Tropfen Alkohol getrunken, während der Zug in Richtung Hirson weiterfährt.

Hirson kann der Stolperstein sein. Hier wird den heimkehrenden Kriegsgefangenen auf den Zahn gefühlt. Mit der Erkennungsmarke ist da kein Staat mehr zu machen, und ich habe allen Grund, mich unter die schlafende Besatzung des Küchenwagens zu mischen. Aus ihm können auch die raffiniertesten französischen Spürhunde keinen herausfischen.

Fast eine Viertelstunde bleibt der Zug in Hirson stehen. Gendarmen patrouillieren auf den hell erleuchteten Bahnsteigen, und auf der weißen Banderole steht mit großen Lettern »Centre de Rapatriement«. Hier also ist die Endstation für die Heimkehrertransporte. Es ist kein Kunststück, der Bürokratie mit ihren unbequemen Fragen zu entgehen, denn der amerikanische Truppentransport steht außerhalb französischer Kompetenz. Trotzdem atme ich auf, als die Maschine wieder Dampf macht und uns in Richtung Charleville-Mezières zieht.

Ich kenne die Gegend wie meine Hosentasche. Vor eineinhalb Jahren lag unser Regiment hier, und wenn meine Rechnung stimmt, muß der Zug in einer Entfernung von weniger als fünfzehn Kilometern an dem Dorf vorbeifahren, in dem ich mit meiner Kompanie einquartiert war.

Der Entschluß, dort um Hilfe zu bitten, kommt spontan. Ich habe gute Freunde in diesem Dorf. Da hatte es Kontakte gegeben, die weit über flüchtige Bekanntschaften hinausgegangen waren, und besonders das Verhältnis zur Familie B. war von offener Herzlichkeit gewesen. Meine Quartiersleute, eingefleischte Gegner Hitlers, hatten nach anfänglichem Mißtrauen begriffen, daß wir einer Meinung waren. Zu diesem Entschluß gehört rechtzeitiges Aussteigen, und es bietet sich geradezu an, weil der Zug jetzt immer häufiger auf offener Strecke hält.

Es ist schwer, die vom Rotwein benebelten Küchenbullen zu wecken, aber es widerstrebt mir, dieses Asyl wie ein Dieb zu verlassen. Es ist nicht leicht, den vom Wein benebelten Köpfen klarzumachen, daß ich jetzt gehen muß, weil es von hier einen direkten Zug nach Paris gibt und ich zwei Tage verlieren würde, wenn ich bis Le Havre mitführe.

Doch Jim, der Boß, hat Verständnis und zieht mich an seine breite Brust.

Dann torkeln sie alle auf dem schwankenden Boden herum, um aus den imposanten Vorräten das Beste herauszupicken. Wir müssen sorgfältig sortieren, damit alles in die Tragtasche paßt, die sie mir nebst Rasier- und Waschzeug schenken. Mit Ausnahme der Uniform ist jetzt alles US-Army-Eigentum, und beim nächsten Halt auf freier Strecke werde ich mit Umarmungen und guten Wünschen entlassen. »Good luck, Frenchy!«

Gebrauchen kann ich es schon, denn als das rote Schlußlicht des Zuges langsam hinter einer Kurve verschwindet, schützen mich keine amerikanischen Holzplanken mehr vor der Gefahr, sondern nur noch die Nacht und die Wälder der Ardennen.

6

Aber die Nacht geht schon ihrem Ende entgegen. Nach einer Stunde Fußmarsch ist die Dämmerung da, und es wird höchste Zeit, ein Versteck zu finden. Jetzt bin ich froh, daß ich noch eine Zeltplane eingepackt habe, denn es ist kalt und naß, und ich muß länger als zwölf Stunden im Unterholz zubringen, ehe ich weitermarschieren kann.

Ich wähle eine Stelle, die nicht einzusehen ist und wo mich im allerschlimmsten Fall nur ein Hund aufstöbern könnte. Nasses Gras und viel faules und frisches Laub sorgen für ein Versteck, das für einen Tag Sicherheit bieten kann, wenn man nicht ausgerechnet hier eine Treibjagd auf die berühmten Wildschweine der Ardennen veranstaltet.

In die Zeltplane eingewickelt, schlafe ich ungefähr zwei Stunden. Dann wecken mich die Vögel und die Sonne, die das Gras dampfen läßt. Es gibt Kondensmilch, Kekse und Corned beef, und ich erlaube mir nach diesem Frühstück auch noch eine Zigarette, obwohl das ein gefährlicher Luxus ist. Mit angespannten Sinnen horche ich auf die vielfältigen Stimmen des Waldes und versuche, mir in meinem Versteck etwas Bewegung zu machen.

Als die Sonne hoch steht, wird mein Nest warm und fast trocken. Der Wind muß sich gedreht haben, denn vom Osten her sind die Schläge einer Kirchturmuhr zu hören. Und plötzlich dringen Stimmen von dem Pfad herüber, der etwa sechzig bis achtzig Meter entfernt an meinem Versteck vorbeiführt. Holzfäller, Bauern, Spaziergänger oder Jäger? Den ganzen Tag habe ich darauf gewartet, denn dies ist keine menschenleere Gegend, wie ich weiß. Doch die Stimmen entfernen sich, und dann ist wieder nur das Rascheln der Blätter zu hören. Die Schatten der Bäume werden länger, und als die Sonne untergeht, beginne ich, mein Lager aufzuräumen. Ein verlorener Tag, der mich keinen Schritt weitergebracht hat. Die Nerven sind bis zum Zerreißen gespannt. Die Nacht muß eine Entscheidung bringen.

Sie ist günstiger als die vorherige, denn Sterne erleichtern mir die Orientierung. Wenn ich mich nicht verlaufe, kann ich das Dorf gegen Mitternacht erreichen.

Die Landstraße ist gefährlich. Ein halbes dutzendmal zwingen mich Autoscheinwerfer, die wie gespenstische weiße Kegel durch die Nacht zucken, in den Graben, aber dann habe ich Gewißheit: nur noch vier Kilometer bis zum Dorf.

Ich gehe parallel zur Straße, über Felder oder am Waldrand, und bei jedem Geräusch suche ich Deckung.

Lange bevor ich Lichter sehe, höre ich das Dorf. Helle Mädchenstimmen vermischen sich mit den Klängen eines Akkordeons. Ausgerechnet heute abend ist Ball im Dorf, und es hört sich an, als würde im Freien getanzt. Wie soll sich da einer in der Uniform eines Kriegsgefangenen durchschleichen?

Wenn ich das Ende des Tanzes abwarte, ist Mitternacht vorbei, und die Türen sind verschlossen. Die Entscheidung ist nicht zu verschieben.

Gärten und Hecken bieten beim Anschleichen etwas Schutz, aber wenn gefeiert wird, ist die alltägliche Ordnung durchbrochen. Türen, die um diese Zeit sonst fest verschlossen sind, werden auf- und zugestoßen. Minutenlang hocke ich hinter Bäumen oder presse mich, wenn Schritte ertönen, an Wände. Es ist Wahnsinn, das Dorf in dieser Stunde zu betreten, aber ich muß die Uniform loswerden und kann jetzt nicht mehr zurück in den Wald. Hinter einer Hecke ziehe ich die Jacke aus in der Hoffnung, daß Hemd und Baskenmütze mich nicht gleich verraten.

Zwei dunkle Seitengassen nehme ich fast im Laufschritt, dann stehe ich vor dem richtigen Haus. Das untere Stockwerk ist beleuchtet, und auch die Laterne am Eingang brennt. Ich komme mir vor wie eine Schießbudenfigur, die von hundert Augenpaaren aufs Korn genommen wird. Denn vom Tanzplatz aus kann man mich sehen, und es bleibt nur die Hoffnung, daß mich von hinten keiner erkennt.

Endlich nähern sich schlürfende Schritte. Der Hausherr öffnet selbst, und ehe er sich von seiner Überraschung erholt hat, stehe ich im Gang und habe die Tür hinter mir zugeschlagen.

Im Gesicht des fünfzigjährigen Mannes steht Überraschung, dann Erkennen und Furcht. Es verstreichen ein paar Sekunden, ehe er auf die Treppe deutet, die ins obere Stockwerk führt: »Schnell hinauf, wir haben Besuch.«

Mit drei Sätzen bin ich oben. Seine Hand umklammert das Geländer, und ich blicke in seine immer noch vom Schreck geweiteten Augen. Er nimmt zwei Stufen, kehrt aber dann um und geht mit hängenden Schultern ins Wohnzimmer zurück.

Ich setze mich in die hinterste Ecke des Ganges und warte. Fünf Minuten, vielleicht auch zehn. Dann geht die Tür des Wohnzimmers wieder auf, und behutsam, um das Knarren der hölzernen Stufen zu vermeiden, kommt der Hausherr die Stiege herauf.

Die fassungslose Überraschung ist aus seinem Gesicht verschwunden. Die Augen blicken nicht mehr erschreckt, sondern vorwurfsvoll fragend, und trotz der Erregung ist seine Stimme beherrscht.

»Zuerst habe ich an einen Geist geglaubt, aber jetzt sind Sie schon bei mir untergeschlüpft, ohne daß ich es verhindert hätte. Ich bitte um eine Erklärung.«

Ehe ich antworten kann, öffnet er eine Tür. Sie führt in ein Mansardenzimmer mit schrägen Wänden. »Wenn unsere Gäste etwas merken, kann uns das Kopf und Kragen kosten.«

Bevor er Licht macht, schließt er die hölzernen Läden vor dem kleinen Fenster, und dann erzähle ich in ein paar Sätzen, wie ich in diese Situation geraten bin und warum ich ihn um Hilfe bitte.

Als ich fertig bin, kommt keine Antwort. Nur das Akkordeon tönt vom nahen Platz herüber, wo das Fest seinen Höhepunkt erreicht hat. Jetzt erst wird mir vollends klar, daß sich etwas geändert hat und daß wir nicht mehr 1944 schreiben.

Aus der Entfernung betrachtet, war das Ansinnen durchaus zumutbar, aber plötzlich merke ich, daß ich einen arglosen, unbescholtenen Mann in diese Sache hineinziehe. Im befreiten Frankreich gelten andere Maßstäbe als diejenigen, über die wir beide damals so oft gesprochen hatten.

Doch obwohl es ihn in höchste Gefahr bringt, entschließt sich Monsieur B., mir zu helfen. »Lassen Sie mich überlegen, was wir tun können. Wenn unsere Gäste gegangen sind, wird Ihnen meine Frau etwas zu essen bringen. Ich gehe jetzt wieder hinunter.«

An der Tür dreht er sich nochmals um: »Es ist gefährlich für uns alle, und wenn ich nicht genau wüßte, mit wem ich es zu tun habe, würde ich sofort die Polizei rufen. Deshalb muß ich Sie bitten, keine Wunder von mir zu erwarten.«

Für mich freilich ist das Wunder schon geschehen. Die Furcht vor der Entdeckung, die mir in den letzten Tagen und Nächten im Nacken saß, ist endlich fort. Trotz der Musik draußen schlafe ich in dem alten Sessel so tief wie im schönsten Himmelbett, und es ist zwei Uhr morgens, als Monsieur B. mich weckt. Seine Frau bringt ein Tablett mit den üppigen Resten des Abendessens und Bettwäsche für das zerschlissene Sofa. Das Gefühl der Geborgenheit wird so stark, daß ich sie umarmen möchte. Aber es wird nur ein verlegener Händedruck.

»Lassen Sie's gut sein«, sagt sie. »Ich bin sicher, daß Sie meinem Mann in einer ähnlichen Situation auch geholfen hätten. Wenn wir Sie verraten, werden Sie, so wie die Stimmung jetzt ist, aufgehängt, ohne überhaupt gehört zu werden. Es wäre natürlich das beste für alle, wenn wir Sie gleich wieder loswürden, aber morgen früh schicken wir Sie noch nicht weg. Sie können sich den ganzen Tag in diesem Zimmer ausruhen. Im Schrank hängen alte Anzüge unseres Sohnes. Ich denke, Sie werden etwas Passendes finden. Alles andere besprechen Sie mit meinem Mann.«

Erst gegen Mittag weckt mich das Pochen an der Tür. »Schon dreimal wollte ich Ihnen das Frühstück bringen, aber ich glaube, Sie hätten weitergeschnarcht, auch wenn das Haus über Ihrem Kopf zusammengebrochen wäre. Jetzt fallen Frühstück und Mittagessen eben zusammen.«

Zum erstenmal sehe ich den Anflug eines Lächelns in

ihrem Gesicht, und mit einem Heißhunger, wie ich ihn seit dem Elbübergang nicht mehr verspürt habe, putze ich die Platte leer. Dann schlafe ich wieder bis zum Abend, an dem die Einzelheiten meiner Weiterreise festgelegt werden.

Ich werde das Haus noch vor der Dämmerung verlassen und zu Fuß auf der Hauptstraße nach Charleville gehen. Um diese Zeit sind keine Kontrollen zu fürchten, und ich werde rechtzeitig am Bahnhof sein, um den Frühzug über Reims nach Paris zu erreichen. Weiteres Reisegeld bis zur Schweizer Grenze lehne ich ab, da mir Freunde meiner Mutter in Paris helfen werden, und erst nach langem Sträuben willigt Madame ein, als kleine Gegenleistung wenigstens den Bohnenkaffee aus meinen amerikanischen Vorräten anzunehmen. Gerne hätte ich ihr alles überlassen, aber sie lehnt entschieden ab. »Sie haben noch einen weiten Weg vor sich.«

Keiner von uns ahnt, wie recht sie damit hat, als ich zum erstenmal seit dem letzten Urlaub wieder in ein weißes Hemd schlüpfe und eine Krawatte umbinde. Der dunkelblaue Anzug des Sohnes sitzt wie angegossen, aber die schwarzen Halbschuhe sind eine Nummer zu klein und drücken an den Fersen. »Bis Charleville haben Sie sie ausgetreten«, meint Monsieur B.

Dann verabschiede ich mich.

Auf den ersten Kilometern ist es völlig still, und als der Berufsverkehr einsetzt, habe ich schon fast die Stadt erreicht. Meine äußere Erscheinung ist vorzüglich, und niemand kann ahnen, daß in meiner Brusttasche keine Papiere stekken. Und wer sollte überhaupt auf die Idee kommen, einen sauber gekleideten jungen Mann nach seinen Papieren zu fragen?

Ein Billett zweiter Klasse Paris rutscht auf dem Bahnhof von Charleville-Mezières unter der Glasscheibe durch, als gebe es nichts Selbstverständlicheres. Noch fast eine Stunde habe ich Zeit, und den dampfenden Milchkaffee nebst knusprigen Hörnchen am Büfett lasse ich mir nicht entgehen.

Es kann einem schon den Kopf verdrehen, wenn man plötzlich mit einer absolut einwandfreien Fahrkarte durch die Sperre schlendert, Zigaretten und Zeitungen kauft und sich ein Abteil aussucht – und ist doch vogelfrei, kann jede Sekunde entlarvt werden.

Im Zug gibt es genug freie Plätze, und ein Abteil, in dem zwei ältere Damen und ein Pfarrer Platz genommen haben, zieht mich in seiner Harmlosigkeit mehr an als die anderen. Und auch gegen den Jüngling, der kurz vor der Abfahrt zusteigt, ist nichts einzuwenden.

In Reims, wo die Frauen und der Geistliche aussteigen, werde ich für ein paar Sekunden aus meiner Reisebehaglichkeit gerissen, als ein dicker Gendarm mit einer riesigen Ledertasche durch den Gang poltert. Er mustert den Jüngling und mich, verschwindet dann aber im übernächsten Abteil.

In friedensmäßigem Tempo rattert der Zug durch die eintönige Landschaft der Champagne. Die Zeitung meldet in großer Aufmachung die von Generalfeldmarschall Keitel unterzeichnete bedingungslose Kapitulation Deutschlands und kündigt eine große Parade mit General de Gaulle auf den Champs-Élysées an. Im Parc de Princes findet ein wichtiges Spiel um den französischen Fußballpokal statt, und die Folies Bergère präsentieren eine neue Revue mit den schönsten Beinen, die Paris je sah.

Frankreich scheint den Krieg hinter sich zu haben. Als der Zug die grauen, schmalbrüstigen Häuser der östlichen Vorstädte passiert und langsam über die Weichen von Pantin schlingert, drückt mich die Angst vor Kontrollen nicht so sehr wie der Schuh. Man kann sich auf einem großen Bahnhof unauffällig herumdrücken, bis man eine Lücke findet, aber man hat einen verdammt schlechten Stand, wenn sich nicht die Schuhe ausweiten, sondern die Füße.

Die pfenniggroßen Wasserblasen schmerzen schauderhaft, als ich über den Bahnsteig humple.

Aber gleich werde ich in der Metro sitzen und zu meinen

Schweizer Freunden nach St. Mandé hinausfahren, die Füße in Hausschuhe stecken und in aller Ruhe die nächste Etappe der Reise vorbereiten.

Keine Polizei an der Sperre. Nur die Fahrkarte wird verlangt, und ich kann, ohne den Bahnsteig zu verlassen, in die Metro umsteigen. Nie habe ich die feuchtwarme, stickige Luft dieses unterirdischen Labyrinths mit solchem Hochgenuß geatmet.

St. Mandé-Tourelles. Es läuft wie am Schnürchen. Jetzt noch eine kleine Anstrengung für die Füße, und alles ist ausgestanden. Wer will freien Schweizer Bürgern etwas anhaben, wenn sie einen Freund aufnehmen?

Aber warum sind die Rolläden bei der Familie Quentin um die Mittagszeit noch geschlossen? Der Anblick läßt Schlimmes ahnen, und es wird von der Concierge mit bedauerndem Achselzucken bestätigt: »Tut mir leid, die Familie Quentin ist vor drei Tagen in die Schweiz gefahren und wird nicht vor Ende des Monats zurückkommen.«

Mit einem tonlosen »Merci, Madame« humple ich wieder auf die Straße hinaus. Von einer Sekunde auf die andere verliert Paris jeden Charme und wird hoffnungslos grau. Ich habe viel zuwenig Geld, um eine Fahrkarte bis zur Schweizer Grenze lösen zu können.

Zwar habe ich noch andere französische Freunde in Paris, aber kann ich erwarten, daß sie reagieren wie die Familie B., und ist es nicht besser zu versuchen, meine amerikanischen Lebensmittel auf dem Schwarzmarkt zu Geld zu machen?

Doch ich bin viel zu unbeweglich in den Schuhen, die wie Eisenringe in die Fersen schneiden, und der Schmerz hat sich seit dieser schlimmen Enttäuschung verdoppelt.

Nach deutscher Rechnung besitze ich nur noch etwa 40 Mark. Für die Eisenbahn zuwenig, aber genug, um meinen Durst zu stillen. In einem kleinen Bistro bestelle ich ein Bier und öffne die Schnürsenkel. Die Lage ist immerhin besser als in Mönchengladbach, aber bevor es Nacht wird, muß mir etwas eingefallen sein.

Zunächst stelle ich eine Liste von Namen auf. In Gedanken natürlich nur. Aber bei all diesen Namen sind angesichts der veränderten Situation Einschränkungen zu machen. Selbst Germain, der Freund aus unbeschwerter Jugendzeit, mit dem seit 1939 jede Verbindung abgerissen ist, kann ganz anders reagieren, als ich es mir vorstelle. Trotzdem setze ich ihn an die Spitze meiner Liste.

Die zweite Möglichkeit ist der schwarze Markt. Mein amerikanischer Lebensmittelvorrat ist mehr wert als die Fahrkarte nach Belfort. Aber ich kann ihn nicht vor den Metro-Stationen anbieten wie die alten Frauen ihre Maiglöckchen.

Beim dritten oder vierten Anlauf kommt mir die Idee, das Geschäft in einem Bordell zu machen. Sie entspringt sehr realen Überlegungen: Gunstgewerblerinnen schwärmen nicht gerade für die Polizei, auch sie haben Beziehungen zum schwarzen Markt, und im Hintergrund steht die Chance, im Bordell ein Stündchen lang die Schuhe von den schmerzenden Füßen ziehen zu können. Grund genug, um mit der Metro wieder stadteinwärts zu fahren.

Mühsam schleppe ich mich mit der schweren Tasche die Treppen der Station Strasbourg-St. Denis hinauf. Zwar ist es die geheiligte Zeit des Mittagessens, aber in der Rue Blondel, wo die Damen in 24stündiger Schichtarbeit und zu gutbürgerlichen Preisen tätig sind, dürfte man nicht vergeblich anklopfen.

Ich werde auch empfangen, doch das Angebot beschränkt sich zu dieser ungewöhnlichen Stunde auf eine überaus mollige Blondine mit Hamsterbäckchen und Kuhaugen, in denen ich keinen Funken Verständnis für mein Anliegen entdecken kann. Meine amerikanischen Büchsen lassen ihr nicht das Wasser im Mund zusammenlaufen, sondern machen sie zornig.

»Solche Kunden habe ich gerne! Du hast dich in der Haustür geirrt, mein Lieber. Hier wird mit Geld bezahlt und nicht mit Corned beef oder Schuhwichse!«

»Eigentlich wollte ich die Sachen nur verkaufen«, werfe ich schüchtern ein.

Aber das bringt sie erst recht in Wut. »Hat man da noch Töne! Hausierer im Puff, on aura tout vu!«

Und so blase ich, gepackt von der Furcht, daß sie jetzt noch einen Louis rufen könnte, zum Rückzug, ohne auch nur für eine Sekunde die Schuhe abgestreift zu haben, dennoch fest überzeugt davon, daß es in dieser Gasse genügend Mädchen von der hilfsbereiten Art gibt, deren Hoheslied Guy de Maupassant sang. Aber es gibt keine Wünschelrute, um sie aufzuspüren, und vielleicht verschleudert zu dieser Stunde eine ihre Gutmütigkeit und Hilfsbereitschaft an einen völlig falschen Klienten. Doch zu einem zweiten Versuch fehlt mir der Mut.

Die nächste Station heißt Rue Pierre Lescot, und auch dieser Versuch mißglückt. Das Schild an der Wohnung des zweiten Stocks lautet auf einen anderen Namen, und resigniert wende ich mich wieder dem dunklen Treppenhaus zu, in dem es nach faulen Melonen riecht wie damals, als ich als Dreizehnjähriger immer drei Stufen mit einem Satz nahm.

Oder soll ich doch läuten? Das Risiko, die neuen Mieter nach dem Verbleib der Familie Delbès zu fragen, ist gering, und vielleicht kann ich ihre neue Adresse erfahren.

Ich störe gerade beim Mittagessen, und die Hausfrau öffnet die Tür nur einen winzigen Spalt. »Die Delbès sind schon im ersten Kriegsjahr hier ausgezogen. Zuerst nach Toulouse, und dann sollen sie nach Südamerika ausgewandert sein. Tut mir leid, Monsieur, daß ich Ihnen nicht mehr sagen kann.«

Die Tür schlägt zu. Groß ist die Versuchung, die Schuhe auszuziehen und mich ins dunkle Treppenhaus zu setzen. Häuser, in denen man einmal ein gastliches Bett hatte, sind wie ein Stück Heimat. Doch dieses hier ist kalt, fremd und unwirtlich geworden wie die ganze Stadt, die ich noch vor wenigen Stunden so voller Hoffnung betreten hatte. Auf dem Weg zur Metro-Station Etienne Marcel fallen mir die

Trödler des Flohmarkts von St. Ouen ein, und eine Stunde später habe ich die engen Schuhe gegen ein paar ausgetretene, aber bequeme Latschen getauscht und vor Freude noch drei Packungen Chesterfield dreingegeben.

Die geschwollenen Füße gehen plötzlich wie auf Samt, und meine Stimmung hebt sich wieder, obwohl die Nacht mit ihren Problemen näherrückt. Ein Hotelzimmer würde meine ganze Barschaft verschlingen, ganz abgesehen davon, daß selbst im miesesten Schuppen Papiere verlangt werden.

Immerhin sind die vom Schmerz befreiten Füße ein Pluspunkt. Und man geht gut und gefahrlos in der Masse, die sich an diesem Samstagnachmittag über die großen Boulevards wälzt. Es ist die Stunde des Apéritifs, und in den Straßencafés kommen die Garçons mit den weißen Jacken ins Schwitzen. Paris rüstet zur Nacht, und sie kündigt sich vielversprechend für ein paar junge amerikanische Soldaten an, die mit kichernden Mädchen am Arm sicher durch das Menschengewühl steuern. Die Mädchen sind die gleichen geblieben, nur die Uniformen haben gewechselt.

Furcht vor der Nacht beschleicht mich. Schon schlage ich weite Bogen um Gendarmen, die den Verkehr regeln, obwohl mir die Vernunft sagt, daß sie damit voll beschäftigt sind. Doch die Vernunft ist machtlos gegen das ekelhafte Gefühl, von allen Seiten beobachtet zu werden. Und die schwere Tragtasche wirkt verdächtiger als am Tage.

Der einzige Mensch, von dem ich jetzt noch Hilfe erhoffe, wohnt nicht in Paris, sondern in der Normandie. Doch es wäre blanker Unsinn, jetzt dorthin zu fahren. Die Normandie liegt nordwestlich von Paris, die Schweiz aber südöstlich. Alle Vernunft spricht dagegen. Aber was wiegt sie noch, wenn ich an das Normandiedorf Lieurey denke, das mir 1943, nach Stalingrad, wie ein Paradies erschienen war? Das schönste Zimmer eines großen Bauernhofes hatte ich bewohnt. Die freundlichen Quartiersleute lasen mir jeden Wunsch von den Augen ab. Profitiert hatten freilich beide Seiten, denn als Kompaniedolmetscher konnte ich viel für sie tun, und als die Kompanie nach Glos-sur-Risle verlegt wurde, hatte es beinahe Tränen gegeben. Und natürlich das Versprechen, nach dem Krieg gemeinsam ein großes Fest zu feiern.

Mein Geldbeutel kann eine Fahrt in die Normandie verkraften, und mit den neuen Schuhen ist auch der 12-Kilometer-Fußmarsch von der letzten Bahnstation bis zum Dorf zu bewältigen. Der Gedanke, in dem breiten, weichen Bett sorglos schlafen zu können, zwei oder drei Tage, ja vielleicht sogar eine ganze Woche, ist unglaublich verführerisch.

Eine halbe Stunde später kaufe ich am Bahnhof St. Lazare die Fahrkarte für den Schnellzug nach Rouen. Die große Halle gleicht an diesem Samstagabend einem Bienenstock, und der Zug ist überfüllt wie in den Tagen, in denen es in Paris nichts zu essen gab und man in die Normandie fuhr, um für teures Geld Butter, Eier und Käse zu kaufen. So waren die Normandiebauern die reichsten des Landes geworden.

Ich aber darf mich getrost für den Ärmsten des Zuges halten, denn die paar Francs, die ich herausbekam, haben gerade noch zu einem Bier gereicht. Und ich bin viel bescheidener eingestiegen als noch am Morgen in Charleville. Aber ich habe wenigstens wieder ein Ziel, auch wenn es in der falschen Richtung liegt.

Es gibt nur noch Platz in den Gängen. Mit angezogenen Knien sitze ich auf der dicken Tasche, und ein Kind, dem es auf dem Schoß seiner Großmutter nicht paßt, plärrt mir die Ohren voll. Bis ich auf die Idee komme, es mit amerikanischen Keksen zu füttern. Auch die Großmutter nimmt eine Handvoll und schimpft auf die Amerikaner, die viel mehr tun müßten, um das ausgeplünderte Land wieder auf die Beine zu bringen. »Alles ist immer noch knapp wie im Krieg, und warum hängen sie nicht ein paar Wagen mehr an, damit man nicht wie Vieh transportiert wird?«

Sie redet zuviel, und nachdem ich ihr in allen Punkten recht gegeben habe, markiere ich den Schlafenden, während der Zug hineinfährt in den riesigen Obstgarten der Normandie, wo die Amerikaner vor einem knappen Jahr landeten, um die Franzosen zu befreien.

In Serquigny, einem langweiligen Nest, das man nur deshalb kennt, weil es ein Eisenbahnknotenpunkt ist, muß ich umsteigen. Nur noch vierzig Minuten geht es jetzt mit einem kleinen Bummelzug weiter, und ich verkrieche mich hinter einer Zeitung, weil es schon ein scheußliches Pech wäre, jetzt erkannt zu werden. Zwei Jahre sind eine zu kurze Zeit, um ein Gesicht zu vergessen.

Aber es gibt keine Probleme. Brav rattert das Züglein in den kleinen Bahnhof, den ich als Endstation gewählt habe. Lieber ein paar Kilometer länger durch die Nacht gehen als auf bekannte Gesichter stoßen. Nach Glos-sur-Risle sind es noch drei Kilometer.

Ein Waldversteck kommt nicht mehr in Frage. Noch vor Sonnenaufgang will ich auf dem Hof von Monsieur Josselin sein.

Ich gehe am Rand der Landstraße entlang, immer bereit, bei jedem Licht oder Geräusch sofort Deckung zu suchen. Um das Dorf Glos, in dem noch ein paar Lichter brennen, mache ich einen weiten Bogen. Dann kommt die schmale, leicht ansteigende Straße nach Lieurey, gesäumt von den typischen Hecken der Normandie. Nur zweimal muß ich vor Autoscheinwerfern hinter ihnen verschwinden, denn in der Nacht zum Sonntag herrscht Ruhe auf nächtlichen Straßen dritter Ordnung. Schemenhaft sehe ich in der Dämmerung flaumige weiße Wolken über den violettschwarzen Himmel ziehen. Es wird einen schönen Sonntag geben.

Als der schmale Kirchturm von Lieurey am Horizont auftaucht, breite ich hinter einer Hecke die Zeltplane aufs nasse Gras, um den Sonnenaufgang abzuwarten, denn allzufrüh darf man an einem Sonntagmorgen auch die Bauern nicht stören.

Ich warte also die Zeit des Melkens ab, ehe ich mich durch die Wiesen dem Haus nähere. Das Scheppern von Milcheimern ist zu hören, und für meine Ohren klingt es wie eine anheimelnde Empfangsmusik.

Nach dem dritten Klopfen schlurfende Schritte im langen Korridor und dann das doppelte Drehen des großen Schlüssels im schweren Schloß der Eichentür. Normandiebauern sind mißtrauische Leute, und der da wird staunen! Aber es ist nicht das freudige Staunen, das sich meine Phantasie ausgemalt hat. Sprachloses Entsetzen steht in Monsieur Josselins weit aufgerissenen Augen. Er starrt mich an wie einen Geist. Einen Moment lang fürchte ich, daß er mir die Tür vor der Nase zuschlagen wird. Aber er tritt einen Schritt zurück und stammelt: »Wie ist so etwas möglich, was wollen Sie hier?«

Unaufgefordert trete ich ein, und mit zitternden Händen deutet er auf die Küchentür. Ich öffne sie und laufe in einen neuen Schock hinein, denn der Schreckensschrei, den seine Frau ausstößt, beseitigt die letzten Zweifel: Ich habe einen großen Fehler begangen. Und ich spüre, daß er nicht wiedergutzumachen ist.

Sie fängt sich schneller als er. »Wie können Sie so etwas wagen«, faucht sie wie eine gereizte Katze, und ich bin sprachlos über die Wandlung eines Menschen, der mich fast mütterlich umsorgt hatte.

Gibt es einen Rückzug aus dieser Falle? Ich zwinge mich, mitten in der Küche stehend, zur Ruhe, während mir der Bauer mit seiner massigen Gestalt die Tür verstellt und die Bäuerin sich an der Herdplatte festhält, als ob höchste Vorsicht vor mir geboten sei.

Ich spüre, daß es unmöglich ist, hier den richtigen Ton zu finden. »Ich wollte Sie eigentlich nur um einen Gefallen bitten. Ich brauche ein paar hundert Francs und möchte sie mit amerikanischem Proviant bezahlen. Ich bin auf der Flucht und will in die Schweiz, aber ich sehe, daß Sie mir nicht helfen wollen. Ich verstehe Ihren Standpunkt, aber ich flehe Sie an, mich nicht zu verraten. Sie dürfen sicher sein, daß ich nichts verbrochen habe, und niemand wird erfahren, daß ich hier war, wenn Sie mich wieder laufenlassen.«

Den schnellen Blick, den sie wechseln, kann ich nicht deuten. Ich kann nur hoffen, daß sie auf meinen Vorschlag eingehen. Und es hat den Anschein.

»Sie müssen begreifen, daß wir uns strafbar machen, wenn wir Ihnen helfen«, sagt die Bäuerin ruhiger.

Ich nicke beklommen.

»Wir haben Sie also nicht gesehen«, fährt sie fort und füllt einen großen Krug mit Apfelmost. »Trinken Sie und ruhen Sie sich ein bißchen aus. Aber mehr können wir nicht tun für Sie.«

Ich schenke mir ein und nehme einen großen Schluck. Als ich das Glas absetze, merke ich, daß der Alte fehlt und die Tür geschlossen ist.

»Wo ist Ihr Mann?«

»Wieder im Stall. Er war beim Melken, als Sie klopften.«

Ihre Augen blicken unsicher an mir vorbei. Ich fühle, daß sie mir eine Falle stellen. »Wollen Sie mich der Polizei melden?«

»Aber nein, gewiß nicht!«

Sie sagt es eine Spur zu hastig, und mir ist völlig klar, daß der Alte nicht im Stall ist.

Ich stehe auf und will zur Tür, aber mit einer Behendigkeit, die ich der Frau nicht zugetraut hätte, stellt sie sich mir in den Weg.

»Bevor die Sache mit meinem Mann durchgesprochen ist, kommen Sie nicht aus dem Haus!«

»Aber ich will ihn ja nur suchen!«

Im selben Moment reißt er die Tür auf. »Was ist los, wollen Sie schon wieder gehen?«

»Ja, das will ich. Ich habe Sie genug belästigt und danke für den Most.«

»Aber wer redet denn von Belästigung. Sie müssen schon entschuldigen, Monsieur Hans, wenn ich in der ersten Überraschung etwas schroff war. Schließlich ist es für uns Franzosen nicht ungefährlich, einem Deutschen zu helfen. Aber vielleicht finden wir eine Lösung, wenn wir die Sache in Ruhe besprechen.«

Und zu seiner Frau gewandt: »Schenk ihm nur ein, man sieht doch, wie müde und durstig er ist!«

Wieder wechseln sie verstohlene Blicke, und die Dienstfertigkeit von Madame ist so verdächtig wie die plötzliche Aufgeräumtheit von Monsieur. Ich nehme noch einen Schluck und beschließe, dem Theater ein Ende zu machen.

»Kann ich mal auf die Toilette?«

Damit haben sie nicht gerechnet. Ratlos blicken sie einander an, und dann stammelt er: »Das geht leider nicht. Sie wird nämlich umgebaut, und da müßte ich Sie schon in den Stall führen.«

Jetzt liegen die Karten auf dem Tisch. Er hat mit der Polizei telefoniert, aber am Sonntagmorgen pflegen auch die Gendarmen länger zu schlafen. Und da ich jetzt nicht mehr ausreißen kann, ohne Großalarm in der ganzen Normandie auszulösen, greife ich nochmals zum Mostkrug und sage ihnen, daß sie sich nicht mehr zu verstellen brauchen. »Ich werde warten, bis Sie mich der Polizei übergeben haben.«

Das Schweigen ist peinlich, und die beiden tun mir beinahe leid mit ihrem hilflosen Achselzucken. Doch niemand im Dorf wird etwas von dieser Hilflosigkeit erfahren, wenn sie das Lob für ihre vaterländische Haltung einheimsen.

Sie sehen aus dem Fenster, und nach endlosen Minuten atmen sie auf. Mit lautem Geknatter holpert ein schweres Motorrad über den Feldweg, der von der Straße zum Hof führt, und energischen Schrittes verläßt der Hausherr die Küche, um die Gendarmen zu empfangen.

Es sind nur drei, aber sie machen einen Spektakel wie ein halbes Dutzend, und triumphierend reißt Monsieur Josselin die Tür auf: »Gut, daß ihr da seid. Der Kerl ist frech geworden. Beinahe hätte ich ihn selber erledigen müssen.«

»Gut gemacht, Josselin, man wird das höheren Orts zu würdigen wissen.«

Sie tasten mich nach Waffen ab. Dann klirren die Handschellen, und man treibt mich mit entsicherten Pistolen über den Feldweg, der in die Straße mündet. Die Tasche mit der amerikanischen Verpflegung liegt im Seitenwagen. Im Spritzenhäuschen des Dorfes erhalte ich nur das Waschzeug zurück.

7

Alles ist US-Army-Ware. Auf diesen Beweisstücken baue ich in der Nacht auf der Holzpritsche neben dem schnarchenden algerischen Einbrecher die Geschichte auf, die ich beim Verhör erzählen werde. Wenn sie daran glauben, daß ich in Belgien aus einem amerikanischen Kriegsgefangenenlager geflüchtet bin und versucht habe, in die Schweiz zu trampen, müssen sie mich, entsprechend der Genfer Konvention, in ein Gefangenenlager überstellen.

Das gibt mir Hoffnung, als am nächsten Morgen die Handschellen erneut zuschnappen. Man bindet mich mit dem Algerier zusammen, und da die Gendarmen von Lieurey über kein Auto verfügen, fährt der Wagen vom »Café des Sports« vor.

Er ist mir gut bekannt. Aber damals hatten der Mann am Steuer und ich andere Fahrten gemacht. Wir transportierten heimlich Fleisch und Butter, die den Feldgendarmen nicht in die Hände fallen durften. Der Cafétier hatte mich bei besonders gefährlichen Fahrten gebeten, den Beifahrer zu machen, um die Ware bei eventuellen Kontrollen als Kompanieeigentum zu erklären. Ein Fläschchen Calvados war ihm das immer wert gewesen.

Immerhin hat der Kaffeehausbesitzer mehr Anstand als der reiche Bauer und verzichtet auf Schimpfreden. Er spricht auf der ganzen Fahrt nach Evreux kein Wort.

Der Algerier wird im Gefängnis abgeliefert, und mich bringt man in eine alte Kaserne, in der viele Fensterscheiben fehlen und die jetzt als Kriegsgefangenenlager für Deutsche dient.

Es ist ein fast heimatliches Gefühl, Landsleute in feldgrauen Uniformen zu sehen. Daß sie mich vor dem Verhör in eine Arrestzelle stecken, ist kein Grund zur Beunruhigung. Ich bin gut vorbereitet, als mich der Posten abholt.

An der Wand hängt ein Bild des Generals de Gaulle, und hinter einem behelfsmäßigen Schreibtisch sitzt ein älterer Major. Daneben, an einem Schreibmaschinentisch, ein Unteroffizier, der einen harten elsässischen Akzent spricht und offenbar dolmetschen soll.

Aber ich habe meine Verteidigungsrede so gut einstudiert, daß ich einen Dolmetscher ablehne. Erst viel später wird mir klar, wie schwerwiegend dieser Fehler war. Zunächst aber blickt der Major überrascht auf und gibt dem Unteroffizier ein Zeichen, den Raum zu verlassen.

»So, und nun erzählen Sie mal schön der Reihe nach.«

Die Stimme klingt angenehmer als die der Gendarmen. Sie hat nicht den triumphierenden Unterton des kleinen Wichtigtuers einem wehrlosen Gefangenen gegenüber.

Ich bin ihm dankbar dafür und bemühe mich, den Ausbruch aus dem imaginären amerikanischen Lager, anschließende Schwarzfahrten in Güterzügen und die Beschaffung der Zivilkleidung so glaubwürdig wie möglich zu schildern. Da unterbricht er mich plötzlich.

»Genug jetzt. Die Sache geht über meine Kompetenz hinaus. Ihr Französisch ist leider zu gut, mein Freund. Ich vermute, daß dies ein Fall für die Sûreté oder für das Deuxième Bureau ist, wie Sie wollen.«

Und ohne meine verzweifelten Einwände anzuhören, läßt er mich in den Strafbunker zurückführen. Der Verzicht auf den Dolmetscher war ein unverzeihlicher Fehler. Vielleicht hätte er mir dreißig Tage Arrest gegeben und mich dann als normalen Kriegsgefangenen übernommen, wenn mich nicht die Eitelkeit dazu getrieben hätte, ihm mein Märchen in seiner Sprache zu erzählen.

So ist eine ganz neue Situation entstanden. Ich soll dem Deuxième Bureau überstellt werden, hinter dem sich der staatliche französische Geheimdienst verbirgt. Der Sonderposten vor der Tür der Arrestzelle nimmt mir die letzten Hoffnungen.

Der Major, an den Umgang mit echten Kriegsgefangenen gewöhnt, ist zu der Überzeugung gekommen, einen großen Fisch im Netz zu haben. Und um das zu unterstreichen, schickt er sofort den Friseur in meine Zelle. Er rasiert mir den Schädel kahl wie einem Sträfling, der schlimmer Taten überführt ist.

Und mehr als Worte sagen die bösartig funkelnden Augen des Postens vor der Tür. Als er mir einen Blechnapf mit Rübensuppe bringt, stößt er mir den Gewehrkolben mit solcher Wucht in die Hüfte, daß ich zusammenknicke.

»Kleiner Vorgeschmack, Herr Spion. Beim Deuxième Bureau werden sie die Wahrheit schon aus dir heraustrommeln!«

Spion! Ich bleibe wie betäubt auf dem Zementboden liegen, unfähig, einen Gedanken zu fassen. Was gibt es noch zu spionieren für ein Land, das den Krieg verloren hat? Die Frage ist zwar logisch, aber völlig unangebracht in einem Land, das so sehr von Emotionen geschüttelt wird wie Frankreich in diesen Tagen nach dem Sieg.

Symptomatisch für meine Situation ist die scharfe Bewachung, die sie am nächsten Morgen aufbieten, um mich nach Rouen zu transportieren. Vier Gendarmen nehmen mich unter der Plane eines kleinen Lastwagens in die Mitte, und trotz meiner Handschellen überwachen sie jede meiner Bewegungen. Noch trage ich den Zivilanzug. Nur die Krawatte hat man mir vom schmutzigen Hemdkragen gerissen.

Gezückte Pistolen beim Aussteigen in der Rue Edouard Fortier in Rouen. Nach meiner Schätzung sind wir nicht sehr weit vom Bahnhof »Rue Verte« entfernt, aber Bahnhöfe werden in absehbarer Zeit kaum mehr eine Rolle für mich spielen. Es ist eine vornehme Straße mit Vorgärten und Villen. Durch ein schmiedeeisernes Tor werde ich in einen kleinen, gepflegten Park geführt, dessen Kiesweg in ein Haus mündet, das weiter als die anderen von der Straße entfernt liegt. Es ist eine Villa im Stil der Jahrhundertwende, aber sie wirkt verwahrlost, und an vielen Fenstern sind keine Vorhänge. Vor den kleinen Kellerfenstern sind dicke Eisenstäbe angebracht, und ein schmutziges Parterrefenster wirft mir mein Spiegelbild entgegen.

Es ist wie ein Blick ins Verbrecheralbum: Glatze, Bartstoppeln und ein schmutziges, offenes Hemd. Entsetzt ist auch ein junger Mann in tadellos geschnittenem dunkelblauem Anzug, der mich in Empfang nimmt und die Gendarmen anfaucht: »Welcher Idiot hat ihm eine Glatze schneiden lassen? Es ist nicht zu fassen, wieviel Blödsinn in den Kasernen gemacht wird!«

Zu mir sagt er: »Sie müssen schon entschuldigen, aber gegen Dummköpfe ist eben kein Kraut gewachsen.«

Er öffnet eine breite Tür und läßt mich vorausgehen wie einen Besucher. Der große, hohe Raum ist nur spärlich möbliert, und sein einziges Prunkstück ist ein schöner Marmorkamin. An den Wänden helle, viereckige Flecken, die einmal von Bildern überdeckt waren, und auf dem Parkettboden ein paar abgewetzte Sessel um einen mächtigen verzierten Schreibtisch.

Drei Männer starren mich mit zorniger Überraschung an, und ehe der Jüngling, der mir den Vortritt ließ, etwas sagen kann, poltert der Kahlköpfige hinter dem Schreibtisch: »Schon wieder einer mit Glatze! Man sollte diesen Hornochsen wirklich das Handwerk legen!«

Dann folgt die höfliche Vorstellung: »Kommissar Fournier, Inspektor Thiétard und Inspektor Bernadet.« Und der untersetzte Inspektor Thiétard, der eben noch bissig wie eine gereizte Bulldogge blickte, sagt lachend: »Machen Sie sich nichts draus, Haare kriegen Sie wieder, aber die Leute, die Ihnen die Glatze schnitten, werden nie Verstand bekommen.«

Fournier, der Kommissar, bietet mir einen Sessel und gleich darauf eine Zigarette an. »So, jetzt wollen wir es uns erst einmal bequem machen und uns ganz zwanglos unterhalten. Sie sind, wie Sie gemerkt haben, bei zivilisierten Menschen. Die Militärs sind überall auf der Welt die gleichen Dummköpfe, nicht wahr?«

Die Stimme klingt aufmunternd und fast väterlich. Und da mir auch die anderen zunicken, schwindet die Angst, mit der ich dieses Haus betreten habe. So sehen keine Henkersknechte aus. Das sind kultivierte Menschen, die begreifen werden, daß der Spionageverdacht ein Hirngespinst des Majors war.

Aber ich muß mich genau an das halten, was ich in der Kaserne sagte. Keine Abweichung darf Verdacht erregen, und ich bringe die ganze Geschichte, die nur in ihrem letzten Teil wahr ist, auch nahtlos und ohne durch Zwischenfragen unterbrochen zu werden, zu Ende. Bei dem Intermezzo im Bordell der Rue Blondel lachen sie herzlich, und offensichtlich unterhalten sie sich so gut, daß ich es fast bedaure, mit der Verhaftung im Hause Monsieur Josselins Schluß machen zu müssen.

»Eine hübsche Geschichte«, sagt Kommissar Fournier und blickt gedankenverloren den blauen Rauchkringeln seiner Gauloise nach. »Eine wirklich hübsche Geschichte, gar nicht schlecht.«

Er bleibt durchaus jovial, und sie nicken einander zu wie ein Lehrerkollegium, das mit dem Prüfling nicht unzufrieden ist.

Was mir auffällt, ist nur der plötzliche Wechsel vom Sie zum Du. Und sie lassen mir keine Zeit, darüber nachzudenken.

»Nun hör mal gut zu«, sagt der Kommissar und zündet sich eine neue Zigarette an, ohne mir, wie zuvor, die Pakkung über den Tisch zu reichen. »Deine Geschichte klingt nicht übel, und sie paßt hundertprozentig zu deinem amerikanischen Gepäck. Aber damit wir keine Zeit verlieren, wirst du uns nun die richtige Geschichte erzählen. Inspektor Thiétard wird schon unruhig.«

Thiétard ist in der Tat aufgesprungen und hat sich zynisch grinsend und breitbeinig vor mir aufgebaut. »Ich empfehle dir dringend, auf den Kommissar zu hören. Bis jetzt hast du noch ungestraft gelogen, aber das kann sich schnell ändern!«

Doch Fournier beschwichtigt: »Mach den Jungen doch nicht kopfscheu, er könnte wirklich auf die Idee kommen, es mit Barbaren zu tun zu haben. Nehmen wir einmal an, unser Freund wäre bereit, in unsere Dienste zu treten. Wir haben noch große Aufgaben zu erledigen, und wenn er offen zu uns ist, gibt es interessante Arbeit für ihn.«

Gönnerhaft nickt er mir zu. »Laß dich nicht nervös machen. Mein Angebot gilt, und wenn du klug bist, können wir noch heute nacht alle zusammen im besten Restaurant von Rouen essen. Mein Wort darauf!«

Thiétard, der widerwillig zu seinem Sessel zurückgegangen ist, zischt mich an: »Du siehst, man verprügelt dich nicht, sondern baut dir sogar goldene Brücken. Jetzt 'raus mit der Sprache: Wo hast du Geld und Sender versteckt?«

Geld und Sender? Ich fange an zu begreifen, daß sie tatsächlich davon überzeugt sind, einen Spion im Netz zu haben. Ehe ich ausweichen kann, schlägt mir Thiétard mit der flachen Hand so wuchtig und blitzartig ins Gesicht, daß ich aus dem Sessel kippe.

»Das war nur ein längst fälliger Willkommensgruß, cher ami! Wenn du singen willst, kann's dabei bleiben. Andernfalls müssen wir ein bißchen nachhelfen.«

Seine Stimme ist schrill, und blanker Haß funkelt in Augen, aus denen vor fünf Minuten noch Wohlwollen strahlte.

»Ich kann nichts anderes aussagen.«

»Wie du willst. Wir haben Zeit.« Thiétards Hand klatscht mir, diesmal mit dem Rücken, auf die andere Backe. Dann zieht er mich mit einem harten Griff am Hemd hoch. »Nun sag uns endlich, wo du Geld und Sender versteckt hast!«

»Ich habe mit Spionage nicht das geringste zu tun, sondern bin als Angehöriger des Panzerregiments 36 in Gefangenschaft geraten.«

Jetzt lachen wieder alle wie über einen guten Witz. Aber ein gutes Lachen ist es nicht.

»Ausziehen!«

Wie ein Peitschenknall zuckt das Wort hinter dem Schreibtisch hervor. Fourniers Augen sind eng geworden wie die einer Raubkatze, und die beiden anderen reißen mir die Jacke vom Leib, daß die Nähte krachen.

»Hosen 'runter!«

Finger krallen sich in meine Hüfte, und Knöpfe reißen, weil sie mir nicht einmal Zeit lassen, den Gürtel zu öffnen. Als ich splitternackt dastehe, ziehen sie mir die Arme hoch, um unter den Achselhöhlen nach dem eintätowierten Zeichen der Blutgruppe zu suchen, das untrügliche Kennzeichen der SS-Angehörigen. Daß sie nichts finden, macht ihre Laune nicht besser.

»Hinlegen!«

Thiétards Faust trifft mich voll in den Magen, aber sie lassen mir keine Zeit, mich am Boden zu krümmen, sondern werfen mich auf den Rücken. Inspektor Bernadet, der bisher nur zugesehen hat, bindet mir mit einem dünnen Strick die Füße zusammen, und Thiétard holt einen geflochtenen Ochsenziemer aus dem Schrank. Seine dicken Wurstfinger streicheln ihn, und er läßt ihn ein paarmal pfeifend durch die Luft sausen, ehe er meine nackten Fußsohlen trifft.

»Papas Zungenheber wird dir guttun, Freundchen!«

Ich will die Zähne zusammenbeißen, aber die Schläge schmerzen so fürchterlich, daß eine Beherrschung unmöglich ist. Erst nach etwa zwanzig Schlägen, als die Haut aufspringt und der Ochsenziemer blutig wird, läßt der stechende Schmerz nach, und wie durch einen Wattenebel höre ich Fourniers Stimme.

»Genug für den Anfang!«

Schweißperlen stehen auf Thiétards Stirn, und nur unwillig legt er den Ochsenziemer weg.

Der Kahlköpfige hinter dem Schreibtisch wiederholt: »Das genügt als Willkommensgruß. Laßt ihn ein bißchen nachdenken. Er kennt jetzt die Methoden des Hauses. Marcel soll ihn in den Keller führen und Thellier herausbringen. Bei ihm kannst du dich meinetwegen verausgaben, Thiétard.«

Ich darf Unterwäsche und Hemd wieder anziehen. »Den Anzug wirst du freundlicherweise uns überlassen«, sagt der Chef. »Nicht daß wir ihn nötig hätten, sondern weil wir ihn fein säuberlich zerlegen werden, um zu sehen, was du Hübsches eingenäht hast. Marcel wird dir eine von den alten Uniformen geben, die die Deutschen in diesem Haus zurückgelassen haben. Es waren übrigens deine Freunde von der Gestapo, und auch der Ochsenziemer stammt von ihnen. Solide deutsche Wertarbeit!«

Der alte Gendarm Marcel bringt mir eine abgewetzte Kommißhose und eine Feldjacke, und auf Socken hinke ich eine schmale Kellertreppe hinunter. Das also war das Gestapo-Hauptquartier von Rouen.

Die Zelle ist ein schwarzes Loch mit feuchtem Boden und nicht einmal so groß, daß man die Beine im Sitzen ausstrekken könnte. Die Füße brennen wie Feuer, und ich weiß nicht, welche Stellung ich einnehmen soll, als der Gendarm nochmals aufschließt und mir einen nassen Lappen hinhält.

»Wasch deine Füße damit ab und wickle sie dann ein«, flüstert er. »Aber sag ihnen nichts davon!«

Dann fällt die Tür wieder ins Schloß, und es ist stockdunkel. Um die Schmerzen an den zerschundenen Füßen zu lindern, setze ich mich mit angezogenen Knien auf den naßkalten Steinboden. Dieser Keller steckt voll seltsamer Geräusche. Nicht nur die langsamen, schlurfenden Schritte des Polizisten sind zu hören, sondern der pfeifende Ton von Wasser in den Rohren und, weit entfernt, Stimmen. Sogar Frauenstimmen kann ich unterscheiden, aber zu verstehen ist nichts, auch wenn ich das Ohr an die modrige Backsteinwand presse.

Plötzlich aber wird alles von Schmerzensschreien übertönt, die aus dem ersten Stock zu kommen scheinen. Der Mann muß wie ein Stier brüllen, denn die Wände sind dick, und ich begreife jetzt, warum sie dieses Haus gewählt haben. Und auch der Ärger der Inspektoren über meinen kahlgeschorenen Kopf wird mir verständlich, denn er erschwert erheblich den Vergleich mit vorliegenden Agentenfotos.

Es ist schwer, Ordnung in die wirren Gedanken zu bringen. Sie sind fest überzeugt davon, daß ich mit Sicherheitsdienst, Abwehr oder Gestapo zu tun habe, und es gibt nicht ein einziges Stück Papier, mit dem ich meine Identität nachweisen könnte. Andererseits haben sie keine Möglichkeit, meine Spur zurückzuverfolgen. Sie können meine Geschichte von der Flucht aus einem amerikanischen Kriegsgefangenenlager in Belgien nicht entkräften. Ich versuche mir das einzuhämmern. Eine Stunde, zwei, vielleicht auch drei. Jeder Zeitbegriff geht in diesem stockdunklen Loch verloren.

Ein Pochen an der Eisentür rüttelt mich auf. »Leg das Tuch weg und zieh die Socken an«, flüstert Marcel. »In ein paar Minuten muß ich dich 'raufführen. Sie sind jetzt fertig mit dem anderen.«

Als ich die Kellertreppe hinter mir habe, sehe ich, daß es Nacht geworden ist. Eine kahle Glühlampe brennt im Korridor, der zu der breiten Tür führt, hinter der die Wahrheit gesucht wird.

Die Inspektoren haben es sich bequem gemacht und die Jacken ausgezogen. Behagliche Wärme schlägt mir entgegen, im Kamin glimmen Holzscheite, und es riecht nach Harz und Knoblauchwurst. Jetzt merke ich, daß ich seit dem frühen Vormittag nichts mehr gegessen habe.

Auf dem Schreibtisch steht eine üppige Aufschnittplatte, und daneben liegt, knusprig und frisch, ein Weißbrot.

»Ich habe mir erlaubt, dir ein Abendessen richten zu lassen«, sagt Kommissar Fournier mit einer einladenden Handbewegung.

»Alles ist für dich«, fährt er fort und nimmt lässig ein

Stück Hartwurst vom Teller. Ich zwinge mich, sein provozierendes Schmatzen zu überhören.

»Höflichkeitshalber sollte ich dich gleich zugreifen lassen, aber erst muß der Wein noch geholt werden. Ich kann einem Mann von Lebensart nicht zumuten, ohne einen guten Tropfen zu beginnen. Am besten erzählst du uns gleich mal, wo du die Zivilklamotten herhast.«

»Vom Flohmarkt in St. Ouen, das habe ich Ihnen doch schon gesagt.«

»Gewiß, gewiß, cher ami. Es würde uns aber trotzdem interessieren, was dieser halbe Briefumschlag an einen Herrn B. in Lyon bedeutet.«

Er legt einen Papierfetzen auf den Tisch. »Wir haben ihn in der rechten Innentasche gefunden.«

Die Tinte ist alt und verwaschen, aber Name und Adresse sind mit einiger Mühe lesbar. Ein Brief der Eltern an den Sohn, dessen Anzug ich trug. Zwar hatte ich flüchtig in die Taschen gegriffen, als ich in die Jacke schlüpfte, aber nichts entdeckt. Dieser Schlag ist härter als Thiétards Fausthiebe.

Mit einem Handgriff dreht mir der Kommissar den Strahl der Lampe voll ins Gesicht.

»Wer ist B.?«

Meine Augen schmerzen im grellen Licht, krampfhaft bemühe ich mich um Ruhe. »Ich habe keine Ahnung, Herr Kommissar. Den Anzug habe ich für amerikanische Büchsen und Zigaretten auf dem Pariser Flohmarkt gekauft.«

»Also gut. Morgen werden wir mehr wissen. Die Kriminalpolizei in Lyon ist schon bei der Arbeit.«

»Ich habe Ihnen die Wahrheit gesagt. Was kann ich für einen alten Papierfetzen in einem Anzug vom Trödler?«

»Das wird sich herausstellen«, sagt der Kommissar. »Aber jetzt sag uns, wie deine Auftraggeber heißen und wo wir deinen Sender abholen können. Je schneller wir fertig sind, um so eher kommst du zu deinem Abendessen.«

Ich beiße die Zähne zusammen und weiß, daß nicht einmal die Haut der Wurst für mich gedacht ist.

Thiétard, trotz seiner Korpulenz von erstaunlicher Beweglichkeit, springt wie ein Gummiball aus seinem Sessel hoch. »Hab' ich's euch nicht gesagt, daß er uns für Idioten hält?«

Und ehe ich die Arme zur Deckung hochreißen kann, prasseln mir seine Faustschläge gegen Kinn, Nase und Augen. Der Schmerz zwingt mich in die Knie, bis ich unter Fußtritten ohnmächtig zusammenbreche.

Ein Eimer eiskalten Wassers bringt mich wieder zu Bewußtsein, und als ich hervorstammle, nichts anderes aussagen zu können, wirft mich ein Leberhaken Thiétards erneut um. Der Schmerz ist so fürchterlich, daß ich mich auf dem nassen Holzboden krümme.

Fournier gebietet Einhalt. »Nach diesen Erfahrungen wird er morgen vernünftig sein. Marcel kann ihn wieder in den Keller bringen.«

Obwohl ich in diesem feuchten Loch nicht liegen kann, bringt mir die völlige Erschöpfung etwas Schlaf. Aber am Morgen klebt die Zunge am Gaumen, denn ich habe seit 24 Stunden nichts gegessen und getrunken, und der Durst wird so quälend, daß ich die Zunge an die modrige feuchte Backsteinwand presse.

Marcel läßt mich an einem Wasserhahn trinken, ehe er mich wieder hinaufführt. »Es ist verboten, denn wenn sie einen weichmachen wollen, gibt's nicht einmal Wasser, aber ich glaube, du wirst jetzt was kriegen. Sie sind besser gelaunt als gestern.«

Den triumphierenden Gesichtern sehe ich an, daß sie etwas erfahren haben. Selbst Thiétard ist friedfertig. Auf dem Schreibtisch steht ein Teller mit Camembert und Brot und eine Kanne Kaffee. Diesmal ist es ernst gemeint.

»Bedien dich«, sagt der Kommissar nachlässig, als ob Essen und Trinken hier selbstverständlich seien. Hastig greife ich zu, aber Fournier grinst: »Du kannst dir ruhig Zeit lassen, es nimmt dir keiner was weg. Außerdem haben wir Interesse daran, daß du stark bleibst.«

Was hat das zu bedeuten? Der heiße Kaffee brennt in der Kehle, und sie nicken gnädig, als ich frage, ob ich den Rest des Brotes einstecken darf.

Ohne Umschweife kommt Fournier zur Sache: »Es war nicht schwer, die Leute zu finden, die dir den Anzug gaben. Sehr dumm von ihnen, einen Zettel mitzuliefern. Siehst du, nun wissen wir schon eine ganze Menge über dich. Raffinierter Trick mit der französischen Uniform. Ein Anfänger bist du nicht.«

Mein Helfer aus dem Ardennendorf ist also verhört worden und ist jetzt vielleicht in der gleichen Situation wie ich. Er muß glauben, daß ich ihn preisgegeben habe. Ich riskiere eine Frage: »Was ist mit Monsieur B. geschehen?«

Fournier grinst belustigt. »Eigentlich solltest du gemerkt haben, daß wir die Fragen stellen, aber weil du so großes Interesse zeigst, will ich dir ausnahmsweise antworten: Er sitzt, wie du, hinter Schloß und Riegel.«

Gegen diesen Schlag gibt es keine Abwehr. »Ich werde ein volles Geständnis ablegen«, sage ich in das erwartungsvolle Schweigen hinein.

Zufrieden lehnt sich der Kommissar in seinen Sessel zurück. »Brav, mein Junge. Auch uns ist es lieber, wenn wir nicht nachhelfen müssen. Glaub bloß nicht, daß uns eure Gestapo-Methoden Spaß machen.«

Das ist wieder der väterliche Ton der ersten Stunde, und wenn die Haut meiner Füße nicht aufgesprungen wäre, würde ich ihm glauben. Aber ich begreife auch, daß ein Deutscher in meiner Situation in diesem Land jetzt nichts anderes erwarten kann.

Fournier schiebt mir Zigaretten und Feuerzeug hin. »So, und nun wirst du alles schön der Reihe nach erzählen. Inspektor Bernadet wird ein Protokoll aufnehmen.«

Der scharfe schwarze Tabak läßt ein Schwindelgefühl aus der Magengrube hochsteigen. Mein Körper ist geschwächt, und ich habe das Brot zu schnell hinuntergewürgt. Ich atme tief durch, um den Brechreiz zu überwinden, und dann erzähle ich, ohne ein Detail auszulassen, die ganze Geschichte vom Elbübergang bis zur Verhaftung bei Monsieur Josselin. Es ist eine Erleichterung, nicht mehr lügen zu müssen.

Aber die Wahrheit schmeckt ihnen nicht. Lange bevor ich fertig bin, hört Bernadet mit dem Stenografieren auf, und Fournier raucht die ganze Packung leer, ohne sie mir ein einziges Mal hinzuhalten. Sie sind enttäuscht.

Der Kommissar sagt mit schmalen Lippen: »Wir haben viel Geduld aufgebracht, um uns eine noch phantasievollere Geschichte als die erste anzuhören. Kaum gibt man dir zu essen, fängst du schon wieder an zu lügen. Hol das Telefon, Bernadet. Da steckt mehr drin als in Thiétards Armen.«

Der Inspektor entnimmt dem Wandschrank ein schmales braunes Kästchen und stellt es dorthin, wo mein Frühstücksgeschirr stand. Es ist ein deutsches Feldtelefon.

»Die Deutschen sind gute Techniker«, grinst Fournier. »Aber das weißt du ja besser als wir.« Und er spielt wie gedankenverloren mit der kleinen schwarzen Kurbel.

Bernadet schließt an jedem Pol zwei Drähte an, mit den beiden anderen Enden umwickelt er meine Daumen. »Gleich wirst du was läuten hören.«

Ganz langsam dreht er an der Kurbel. Die Stromstöße durchzucken meinen Körper wie Feuer und reißen mich aus dem Sessel. Es sind blitzartige Schocks durch das ganze Nervensystem, keinem anderen Schmerz vergleichbar, und es ist nur der Anfang.

»Schneller«, höre ich den Kommissar noch sagen. Dann mache ich noch vier oder fünf Luftsprünge wie ein Veitstänzer, ehe ich unter den jagenden Stromstößen zusammenbreche.

Die Ohnmacht muß diesmal schwerer gewesen sein, denn ich wache in einer riesigen Wasserlache auf. Wie durch einen Schleier sehe ich das Gesicht Bernadets, der mir den Puls fühlt.

»Wollen wir ihm noch ein paar Funken einblasen, Chef?«

Der Kommissar schüttelt den Kopf. »Genug für heute. Er ist wichtig und muß bei Kräften bleiben. Er kommt jetzt zu den anderen in die Waschküche. Es kann nichts schaden, wenn er merkt, daß wir von jedem die Wahrheit erfahren.«

Auf der Kellertreppe wird es mir schwarz vor den Augen, und der Gendarm muß mich stützen. »Legt ihn erst mal aufs Sofa«, sagt er, als er mich in einen großen Raum schiebt.

Drei Mädchen und sechs Männer springen von Stühlen und Bänken auf und starren mich an. Eines der Mädchen breitet eine braune Wolldecke über eine zerschlissene Liege, deren Federn quietschen, weil ich immer noch am ganzen Körper zittere.

»Sie haben ihm den Telefonschock gegeben«, sagt einer der Männer. »Legt ihm ein nasses Tuch auf die Stirn und laßt ihn eine Weile ruhen.«

Dann höre ich sie nur noch flüstern. Über meinem Kopf tanzen Staubkörnchen in den roten Strahlen der untergehenden Sonne, die durch das vergitterte Kellerfenster dringen.

Ein Klirren weckt mich. Der Gendarm und ein dickes Mädchen, das sie Nounourse nennen, teilen aus einem großen Bottich Suppe aus. Es schwimmen Fleischbrocken drin. Eine gute Suppe, die heiß durch die Kehle läuft und Kraft gibt. Ich bekomme eine doppelte Portion, und als ich den Löffel weglege, ist der Schock überwunden. Ich will wissen, mit wem ich es zu tun habe.

Doch der Mann, der für das nasse Tuch und vermutlich auch für die doppelte Portion gesorgt hat, flüstert mir ins Ohr: »Laß dich nicht ausfragen, hier haben die Wände Ohren.« Und laut sagt er: »Ihr wißt alle, daß es der Deutsche ist, das genügt. Was sie ihm vorwerfen, geht uns nichts an, und wenn wir es wüßten, würde es ihm verdammt wenig nützen. Hier hat jeder seine eigenen Sorgen. Und glaubt ja nicht, daß er es als Deutscher besser hat als wir!«

Ich blicke mich um. Außer mir tragen alle Zivil, aber es gibt noch einen zweiten Glatzkopf, und es sind nicht nur die fehlenden Haare, die ihn von den anderen unterscheiden. Er hockt abseits und hat kaum etwas gegessen. Bei jedem Geräusch zuckt er zusammen. Starr ist sein Blick auf die Tür gerichtet, er hört nicht zu und sagt nichts.

»Alors, Tellier«, sagt der Mann, der mich vorgestellt hat. »Du hockst da wie ein geprügelter Hund und fängst an, uns auf die Nerven zu gehen. Wenn sich jeder so gehenlassen würde wie du, wäre dieser Keller ein Irrenhaus. Glaubst du vielleicht, du bist der einzige, den sie da oben nicht mit Samthandschuhen anfassen?«

Langsam dreht sich der Glatzkopf um. Seine Augen sind geschwollen, die Backen aufgedunsen. Das kann nicht nur vom Weinen kommen, es sind Spuren von Thiétards Fäusten. »Warum laßt ihr mich nicht in Ruhe«, sagt er. Seine Stimme klingt hohl. »Fünf Jahre war ich in deutscher Gefangenschaft und dann genau drei Tage zu Hause. Hinterhältig bin ich denunziert worden, und jetzt werde ich jeden Tag verprügelt.« Dann geht die Stimme in ein kaum verständliches Schluchzen über: »Ich will zu meiner Mutter . . .«

»Laßt den Feigling in Ruhe«, sagt eines der Mädchen. »Als ihn seine deutsche Bäuerin ins Bett nahm, hat er sicher auch geheult, weil er seine Kameraden verraten mußte.«

Sie erzählen mir, was Tellier vorgeworfen wird. Man weiß, daß er auf einem thüringischen Bauernhof wie ein Pascha lebte und der Bäuerin den an der Front stehenden Mann nicht nur im Stall, sondern auch im Bett ersetzte. Kein ungewöhnlicher Fall, vor allen Dingen kein Fall für die französische Geheimpolizei. Er wurde es jedoch dadurch, daß André Tellier Listen über unzuverlässige Kriegsgefangene seines Lagers anfertigte. Zahlreiche Heimkehrer erstatteten Anzeige; sie glaubten zu wissen, daß diese Listen über Telliers Bäuerin in die Hände der Gestapo gelangt waren.

»Ich bin sicher, daß er schon alles zugegeben hat«, flüstert mir der Mann zu, der im Keller das Regiment führt. »Er ist viel zu weich, um Thiétard zu widerstehen, außerdem ist er dumm. Mit solchen Scheißkerlen werden sie leicht fertig.«

»Und was geschieht dann?«

Zwei Jünglinge haben sich zu uns in die Ecke gesetzt, und Marceau, der dreißig sein mag und mit Abstand der Kellerälteste ist, spricht halblaut weiter.

»Von hier aus kommst du in jedem Fall nach Bonne Nouvelle. Verurteilt wird hier nämlich keiner. Das überlassen sie den Gerichten, wenn sie dich ausgepreßt haben.«

»Was ist Bonne Nouvelle?«

»Hübscher Name, was? Aber dahinter verbirgt sich eines der beschissensten Gefängnisse. Wenn du willst, kannst du gleich deine künftige Adresse notieren: 1, Rue de la Motte, Rouen, Seine Inférieure.«

»Aber wenn man gar nichts verbrochen hat, was zu einem Prozeß ausreichen würde?«

In Marceaus intelligenten Augen steht mitleidige Überraschung. »Bist du wirklich so blöd, oder gehört das zu deiner Taktik? Hier kommt keiner ohne Prozeß 'raus, und wenn ich dir einen guten Rat geben darf, dann rechne mit dem Schlimmsten. Wenn sie dich nicht erschießen, sind zwanzig Jahre Zwangsarbeit eine angenehme Überraschung. Fünf Jahre sind übrigens das Minimum für Bagatellfälle, aber da brauchst du schon gute Beziehungen.«

»Ist ja nicht wahr«, ruft ein Mädchen vom Tisch herüber. Sie trägt ein graues, hochgeschlossenes Kleid, ihr Gesicht ist hübsch und intelligent. Sie hat das Sofa hergerichtet, als ich mit dem Gendarmen hereinwankte.

»Warum machst du ihm angst, Marceau? Du weißt ganz genau, daß auch von hier schon Leute entlassen wurden, ohne nach Bonne Nouvelle zu kommen.«

»Das waren Verwechslungen«, sagt Marceau mit geringschätziger Handbewegung. »Du müßtest so gut wie ich wissen, daß wir alle für die Bullen fette Brocken sind. Und wenn eines von euch Weibern glaubt, an Bonne Nouvelle vorbeizukommen, indem es beim Nachtverhör ausplaudert, was hier unten gesprochen wird, dann ist es auf dem Holzweg.«

Er blickt mich mit einem ironischen Zucken in den Mundwinkeln an: »Du mußt wissen, daß die Mädchen zum Nachtverhör geholt werden, wenn es dem diensthabenden Inspektor langweilig wird. Sie kommen dann erst am frühen Morgen wieder in den Keller und haben keinen Kratzer abbekommen. Wenigstens keinen sichtbaren.«

Er dreht schnell den Kopf zur Seite, um einem Blechteller auszuweichen, der mit hellem Klirren an die Wand prallt.

»Wie du siehst, ist es nicht ungefährlich, sich mit Giselle anzulegen. In Sigmaringen scheinen rauhe Sitten geherrscht zu haben.«

Und ehe Männer und Frauen von dem Polizisten Marcel in ihre getrennten Schlafkeller geführt werden, weiß ich fast alles über die Insassen des Kellers der Villa von Rouen.

Es ist Strandgut des Krieges, bezichtigt der Kollaboration mit der deutschen Besatzungstruppe oder, wie im Falle der Mädchen, der Zusammenarbeit mit dem Vaterlandsverräter Pétain. Sie waren ihm nach der Räumung Vichys ins Exil nach Sigmaringen gefolgt und nach der Heimkehr prompt verhaftet worden. Die Verhaftungswelle rollt weiter, denn das befreite Frankreich lechzt nach Schuldigen und Verrätern.

Am nächsten Tag sind sogar vier Inspektoren um den Chef versammelt: ein neuer Mann mit stechenden schwarzen Augen namens Barrault und der junge Mann, der mich ins Haus geleitet hatte. Sie nennen ihn Yves, er dürfte in meinem Alter sein. Er hat ein gescheites, schön geschnittenes Gesicht und Künstlerhände. Es ist unvorstellbar, daß dieser Mann wehrlose Menschen foltert wie der brutale Thiétard.

»Wir wissen jetzt, daß du deinen Auftrag von der Pétain-Regierung bekommen hast«, sagt der Kommissar ohne Einleitung. »Ich könnte dir sogar alle Einzelheiten erzählen, weil es Leute gibt, die geplaudert haben.«

Ich bin sprachlos, und meine Überraschung deuten sie auf ihre Weise.

»Seht nur, wie er bleich wird«, schreit Thiétard. »Mit unserer Tüchtigkeit hast du nicht gerechnet, Freundchen. Hast uns für Provinztrottel gehalten und geglaubt, daß sie nur in Paris etwas davon verstehen, Agenten auf die Spur zu kommen!«

Und schon hat er mir zwei Backpfeifen verpaßt, die wie Feuer brennen.

Fournier hält ihn zurück. »Spar dir das für später auf. Jetzt soll er uns erst einmal seine Kontaktleute in der Normandie nennen.«

»Aber es gibt keine Kontaktleute, ich habe keinen Auftrag!«

Ich rufe es erregt in fünf wissende Gesichter hinein, und der Kommissar erwidert genußvoll: »Du kannst dir dein Märchen von der Schweiz sparen. Wer von Paris aus dahin will, fährt nicht in die Normandie. Aber du hattest, wie wir inzwischen wissen, gute Gründe dafür. Oder ist die Sprengung einer amerikanischen Pipeline kein guter Grund?«

»Ich habe nie etwas von einer amerikanischen Pipeline gehört.«

Wieder lachen sie wie über einen guten Witz.

Nur Thiétard fängt an, mit den Zähnen zu knirschen.

»Auch nichts von den beiden Fallschirmspringern, die aus Sigmaringen kamen und nur ein paar Kilometer von der Stelle entfernt aufgegriffen wurden, an der man dich gefaßt hat?«

Die Sache geht über meine Vorstellungskraft. Kontaktleute, Sender, amerikanische Pipeline, Fallschirmspringer. Stupide Zufälle und blühende Phantasie verstricken sich zu einem Netz, das ich nicht mehr entwirren kann. Diese Männer hier sind so fest davon überzeugt, einen großen Fang gemacht zu haben, daß sie schon an das Lob aus Paris und ihre Beförderung denken.

Und vielleicht meint es der Kommissar sogar ehrlich mit seinem Friedensangebot: »Wir hatten am Anfang nur einen kleinen Agenten hinter dir vermutet. Für die großen gelten andere Gesetze. Wenn du klug bist, wird dir kein Haar gekrümmt, und du kannst für uns arbeiten. Machst du Schwierigkeiten, dann kann ich nichts mehr für dich tun, obwohl es mir leid täte, einen so pfiffigen Jungen an die Wand stellen zu lassen.«

Die Drohung ist zu deutlich. Ich bringe kein Wort über die Lippen, obwohl ich genau weiß, daß sie mir auch das wieder falsch auslegen.

»Wie heißt du eigentlich wirklich?« Fourniers Stimme klingt harmlos.

»Herr Kommissar, ich habe alles angegeben. Auch Namen der Eltern und Heimatadresse.«

»Aber du hast doch selbst zugegeben, nie Kriegsgefangener gewesen zu sein.«

»Aber ich müßte es längst sein.«

»Kannst du mir das erklären?«

»Ich habe nichts anderes versucht, als der Gefangennahme zu entgehen. Das ist nach der Genfer Konvention nicht strafbar, und wenn man dabei erwischt wird, kommt man in ein Lager.«

»Sie haben dir dein Sprüchlein gut eingebleut, mein Junge, aber bei uns zieht das nicht. Schade, daß das elektrische Bad kaputt ist und die Handwerker erst morgen kommen. Deine Freunde von der Gestapo haben bei ihrer eiligen Abreise vergessen, es mitzunehmen, und du wirst die Ehre haben, der erste Deutsche zu sein, der nach den französischen Widerstandskämpfern hineinsteigt. Es sei denn, du überlegst dir, ob du uns endlich die Wahrheit sagen willst.«

Trotz Thiétards Murren erfolgt mein Abmarsch ohne Prügel. Diesmal führt mich Marcel in eine geräumige, mit Tisch und zwei Stühlen ausgestattete Einzelzelle, in der Licht brennt. Die Wände sind trocken, und frische Luft strömt aus zwei offenen Kellerfenstern.

Schon nach fünf Minuten dreht sich der Schlüssel wieder im Schloß, Marcel führt einen kleinen, rundlichen Zivilisten herein, den ich bisher nicht gesehen habe und der sich mit einem freundlichen »Guten Tag« einführt. Verdutzt ergreife ich die ausgestreckte Hand.

»Mein Name ist Lämmle.«

»Werden Sie hier auch festgehalten?«

»Im Moment ja. Ich werde aber nächste Woche entlassen. Am Anfang ging es mir wie dir, bis ich merkte, daß man mit der Wahrheit am weitesten kommt.«

Es klingt linkisch und einstudiert, und sein gekünsteltes Schriftdeutsch ist das eines Elsässers, der seinen Dialekt gewöhnt ist. Der ganze Kerl riecht förmlich nach Spitzel, und als er mich plump vertraulich Kamerad nennt, muß ich mich zusammennehmen, um bei aller Trostlosigkeit der Lage nicht laut aufzulachen.

»Ich könnte dir helfen«, sagt er. »Wenn ich deinen Fall kenne, kann ich dir raten, wie du dich verhalten mußt. Ich habe dir auch was zum Rauchen mitgebracht.«

Er legt eine volle Packung Gauloises und Zündhölzer auf den Tisch. Sofort lasse ich sie in der Hosentasche verschwinden, und diese Blitzreaktion irritiert ihn. Doch er wirbt weiter um mein Vertrauen.

Ich lasse ihn zappeln, bis er merkt, daß ich ihn durchschaut habe. Da weicht die salbungsvolle Miene unverhohlenem Ärger: »Wenn du nicht im guten willst, wirst du es bald bereuen!«

»Du kannst ihnen, wenn du mir wirklich helfen willst, mitteilen, daß ich die Wahrheit gesagt habe. Danke für die Zigaretten!«

Wütend klopft er an die Tür, die Marcel sofort mit einem schadenfrohen Lächeln öffnet. Er muß alles belauscht haben, und es scheint ihm Spaß zu machen, daß der Spitzel abgeblitzt ist.

Aber Monsieur Lämmle hat mir nicht nur Zigaretten, sondern auch einen guten Einfall gebracht. Er hat mich an die Elsässer in der Bamberger Ersatzabteilung des Panzerregiments 36 erinnert, der ich zuletzt angehörte. Sie müssen inzwischen heimgekehrt sein und meine Identität bezeugen können. Wenn ich dem Kommissar einen Elsässer nennen kann, der vor sechs Wochen noch Stubendienst mit mir in der Bamberger Kaserne machte und mich im »Alten Eckenbüttner« bei Dünnbier ungeniert fragte, was ich von einer Flucht in die Vogesen hielte, dann muß er seinen gewaltigen Irrtum einsehen. Die Idee fasziniert mich derartig, daß ich mit den Fäusten gegen die Eisentür hämmere, bis der alte Marcel herbeischlurft. Umständlich sucht er nach dem richtigen Schlüssel und öffnet.

»Sie müssen mir helfen, Marcel, ich habe eine wichtige Aussage zu machen!«

»Tiens, ich hätte nicht gedacht, daß du zu denen gehörst, die dem Lämmle auf den Leim gehen. Hast ihn doch ganz schön leerlaufen lassen und ihm trotzdem die Zigaretten abgenommen. Eigentlich müßte ich sie konfiszieren, aber du kannst sie brauchen. Sie richten das elektrische Bad für dich her. Scheinst ein großer Fisch zu sein, obwohl ich's nicht recht glauben kann.«

»Ich bin auch keiner, Marcel, sie haben sich nur in etwas verbissen. Wie ist das elektrische Bad?«

»Es ist das Schlimmste, was sie haben«, sagt er und sieht an mir vorbei. »Wenn du etwas zu sagen hast, sag's lieber vorher.«

»Aber ich will sie auf etwas aufmerksam machen, was mich retten könnte. Lämmle hat mich auf eine Idee gebracht, ohne es zu wissen.«

Marcel kratzt sich an seinen grauen Schläfenhaaren. »Das paßt ihnen jetzt wahrscheinlich nicht in den Kram, denn sie haben Tellier in der Mangel, und ich glaube, daß sie anschließend essen gehen. Es ist schon fast acht Uhr. Spar dir das für morgen auf und sei froh, daß sie dich für heute in Ruhe lassen. Übrigens sind sie stocksauer auf Lämmle, weil er dich nicht zum Reden gebracht hat.«

In der Waschküche gibt es wieder die dicke Suppe, aber Tellier braucht keine. Halb ohnmächtig und mit blutenden

Sohlen wird er von Marcel gegen neun Uhr hereingeführt. Diesmal hat sogar Marceau Mitleid mit diesem heulenden Bündel Mensch.

»Wenn sie so weitermachen, brauchen sie kein Gericht mehr für den«, brummt er und geht an den Wasserhahn, um ein nasses Tuch für Tellier zu richten.

»Ich frage mich, wo da der Unterschied zu den SS-Methoden ist, die sie so sehr verdammen. Wollt ihr wissen, wann sie Widerstandskämpfer geworden sind? Als die Amerikaner die Arbeit gemacht und die Deutschen aus dem Land vertrieben hatten. In den Arsch gekrochen sind sie ihnen, und ihr Widerstand bestand darin, daß sie dabei ganz leise ›Merde‹ sagten.«

»Jetzt übertreibst du aber«, falle ich ihm ins Wort. »Es gab harte Burschen im Maquis, die uns schwer zu schaffen machten!«

»Bestreite ich ja gar nicht. Aber diese Männer bleiben im Hintergrund wie vorher auch. Was oben schwimmt, sind die Opportunisten.«

»Keiner von uns liegt gut im Rennen«, sage ich. »Sieh mich an. Ich habe für Hitler den Kopf in Rußland hingehalten. Du hast nicht in der Scheiße gelegen, sondern diesen Wahnsinnigen aus der Ferne bewundert. Dein Pech! Mein Pech ist, daß ich glaubte, mich mit einem Trick vor den Russen retten zu können. Andere, die echte Nazis waren, sind längst zu Hause. Mich wird man durch den Wolf einer Justiz drehen, die nicht richtet, sondern Exempel statuiert, und kein Hahn wird danach krähen.«

»Stimmt«, sagt Marceau. »Und wenn du selbst kein Nazi warst, wird es dir verdammt wenig nützen. Ja, ich habe auf sie gesetzt. Aber das geht dich einen Dreck an, verstehst du?«

Sein Ton ist aggressiv, und in seinen Augen funkelt Haß.

Da schiebt sich Giselle, die mir schon warnende Blicke zugeworfen hat, zwischen uns. »Schluß jetzt! Das fehlt gerade noch, daß auch hier unten geprügelt wird!«

Plötzlich steht Marcel, von der erregten Diskussion angelockt, in der Tür. »Macht mir keinen Ärger, Freunde! Ihr wißt genau, daß ich Radaubrüder in Dunkelzellen sperren muß. Jetzt ist sowieso Schluß. Ab in die Schlafräume, in fünf Minuten höre ich keinen Ton mehr!«

»Schon gut, Marcel.« Marceau schlägt ihm auf die Schulter. »Wir wissen, was wir an Ihnen haben! Es gibt keinen Streit, ich hatte vergessen, daß unser Deutscher morgen einen schweren Tag hat.«

Das elektrische Bad. Auch ich hatte es beinahe vergessen. Nun packt mich wieder die Angst. Erst nach Mitternacht schlafe ich ein paar Stunden.

Thiétard muß früh aufgestanden sein, denn schon um sieben Uhr poltert er durchs Haus und brüllt nach Marcel.

»Sag dem Boche, daß er gut frühstücken soll. Es wird ein anstrengender Tag für ihn!«

Obwohl mir die anderen gut zureden, rühre ich Kaffee und Brot kaum an. Vergeblich versuche ich, mir einzureden, daß diese Folter nicht schlimmer sein kann als die anderen.

Als mich Marcel gegen acht Uhr hinaufführt, sind schon alle Inspektoren versammelt, und durch die offene Türe eines kleinen Nebenzimmers sehe ich eine Blechbadewanne, die mit einem braunen Brett abgedeckt ist, in dem sich eine kreisrunde Öffnung für den Kopf befindet.

»Sie lassen eiskaltes Wasser ein«, hat mir Marceau erklärt, »und du steckst bis an den Hals drin. Dann jagen sie Stromstöße hinein. Du weißt ja, wie Wasser leitet, und der Strom trifft dich am ganzen Körper. Ich kenne Leute, die jede Folterung ertrugen, aber nach dem elektrischen Bad alles gestanden. Am besten ist es, wenn du versuchst, eine Ohnmacht zu simulieren, ehe sie vollen Strom geben.«

Der Rat ist sowenig beruhigend wie Thiétards gute Laune.

»Heute wird gebadet, Freundchen. Blitzblank werden wir dich waschen!« Sein gutturales, hemmungsloses Lachen verrät geile, unbezähmte Vorfreude.

Ich suche Fourniers Augen, aber sie weichen mir aus.

Also muß ich meinen Trumpf ausspielen: »Ich möchte Ihnen eine wichtige Mitteilung machen, Herr Kommissar.«

Überrascht blickt er auf. »Hosen voll, was? Also, schieß los.«

»Da Sie mir grundsätzlich nichts glauben, nicht einmal meinen Namen, möchte ich Sie darauf aufmerksam machen, daß ich noch vor sechs Wochen mit Leuten zusammen war, die jederzeit bezeugen können, daß alle Angaben über meine Person und Wehrmachtseinheit stimmen.«

»Nun mal langsam! Wann ist dir denn dieser Schabernack eingefallen? Glaubst du, wir stürzen uns in eine langwierige Korrespondenz, damit du Zeit gewinnst? Da mußt du dir schon etwas anderes einfallen lassen.«

»Wenn Sie mir nur eine Minute zuhören würden, Herr Kommissar.«

»Gut. Du siehst, ich gebe dir jede Chance. Ich höre.«

»Vor sechs Wochen war ich noch Angehöriger der Genesendenkompanie der Panzerabteilung 36, Bamberg. In dieser Kompanie gab es mindestens ein Dutzend Elsässer, mit denen ich befreundet bin. Ich glaube nicht, daß es zeitraubender Recherchen bedarf, sie zu finden, denn sie müssen längst zu Hause sein.«

Fournier rümpft die Nase, aber immerhin ist er – im Gegensatz zu Thiétard – ein altgedienter Kriminalist.

Er nimmt die Fährte auf. »Hast du Adressen?«

»Drei oder vier kriege ich bestimmt zusammen.«

Er schiebt ein Stück Papier über den Tisch, und ich schreibe drei Adressen auf: aus Straßburg, Thann und Colmar. Der Seppi Deckert ist dabei, ein glänzender Fußballer, und Fredy Henk, Sohn des Besitzers des Colmarer Hotels »Bristol«.

Doch schon hält es Thiétard nicht mehr im Sessel. »Jetzt reicht's wohl, Chef«, schnaubt er und schielt zu der improvisierten Badestube hinüber. »Wenn Sie ihn so weitermachen lassen, wird er Ihnen noch erzählen, daß er mit General de

Gaulle soupiert hat. Worauf warten wir eigentlich noch?«

»Auf eine Probe«, sagt Fournier mit aufreizender Ruhe, und die Überraschung Thiétards ist ebenso vollkommen wie die meinige.

Und zu Yves Roulet, dem jungen Inspektor, sagt der Kommissar: »Mach die Tür zu. Baden kann er auch noch am Montag, wenn wir mehr wissen. Die Sitzung ist geschlossen, Messieurs.«

Kopfschüttelnd führt mich Marcel in den Keller. »Wie hast du das nur fertiggebracht, Junge? Im Keller hatten sie schon Wetten abgeschlossen, daß sie dich nie mehr wiedersehen würden.«

»Ich glaube, Marcel, daß ich endlich eine Chance habe.«

Der alte Polizist zuckt skeptisch mit den Schultern. »Ich wünsche es dir. Du darfst aber nicht vergessen, daß sie in ihren Methoden unberechenbar sind. Trotzdem kannst du recht haben.«

In der Waschküche bestürmen sie mich mit Fragen, aber ich denke an Marceaus Worte: »Hier redet keiner über seinen Fall. Die Verhöre finden einen Stock höher statt.«

»Sie haben sich's anders überlegt«, sage ich nur.

»Sie werden Material über dich sammeln und noch auf einige Details warten«, meint Marceau. »Anders läßt sich dieser Aufschub nicht deuten. Aber freu dich nicht zu früh. Es könnte sein, daß Thiétard heute nachmittag allein Dienst macht und sich eine Sondervorstellung mit dir erlaubt.«

Aber Thiétard hat an diesem Nachmittag dienstfrei. Zwar macht Marceau ein bedenkliches Gesicht, als mich der Gendarm sofort nach dem Mittagessen abholt, doch es sieht nicht so aus, als ob das Bad stattfinden sollte. Nur Bernadet und der junge Roulet sind im Zimmer. Zum erstenmal ist der kleine Radioapparat eingeschaltet und verbreitet eine seltsam unwirkliche Freizeitstimmung in diesem Raum.

»Heute ist kein Verhör«, sagt Bernadet. »Wir wollen uns nur ein wenig mit dir unterhalten. Aber zieh keine falschen Schlüsse daraus. Es gibt nichts, was deine Unschuld beweist, auch wenn der Kommissar einen seiner menschenfreundlichen Tage hatte.«

»Es wäre doch möglich, Herr Inspektor, daß er mir endlich glaubt.«

»Der glaubt nicht mehr an Märchen. Wir haben es hier mit SD-Leuten zu tun gehabt, deren Französisch nicht halb so gut war wie deines. Und du willst nur Obergefreiter gewesen sein? Das ist doch wirklich zum Lachen.«

Der Braten ist leicht zu riechen. Sie appellieren an meine Eitelkeit.

»Herr Inspektor, ich weiß, daß es sinnlos ist, Ihnen zu erzählen, daß ich kein Nazi war. Erstens sagt das jeder Deutsche, der Ihnen in die Hände fällt, und zweitens sind Sie der Meinung, daß jeder Deutsche ein Nazi gewesen sein muß. Ich war keiner. Sie werden mir das natürlich nicht abnehmen.«

»Es läßt sich ja auch schwerlich beweisen, was du da sagst«, wirft Roulet ein, der bisher nur zugehört hat.

»Darüber bin ich mir vollkommen klar. Ich dachte nur, Sie wollten sich mit mir unterhalten. Im übrigen gibt es, gar nicht weit von hier, Leute, die mich während der Besatzungszeit recht gut kennengelernt haben. Warum erkundigen Sie sich nicht in Lieurey oder in Glos?«

Mit einer ungeduldigen Handbewegung winkt er ab. »War es nicht vielleicht Monsieur Josselins Pflicht, dich anzuzeigen?«

»Das habe ich nicht bestritten. Ich weiß, daß sich nicht nur die Zeiten, sondern auch die Menschen ändern. Aber ist es für einen Franzosen gefährlich zuzugeben, sich mit einem Deutschen unterhalten und gemerkt zu haben, daß er kein Nazi war?«

»Keineswegs.«

»Und warum ziehen Sie dann in Lieurey und in Glos keine Erkundigungen über mich ein?«

Der junge Inspektor grinst. Es tut gut, hier einmal ein Lächeln zu sehen. »Obwohl es dich nichts angeht, sollst du ruhig wissen, daß wir diese Erkundigungen eingezogen haben. Ich will dir sogar sagen, daß diese Auskünfte dich – na sagen wir einmal – nicht belastet haben. Glaubst du, daß der Kommissar dich heute morgen sonst hätte laufenlassen? Aber du darfst nicht vergessen, daß fast zwei Jahre vergangen sind. In dieser Zeit konnten sie dich zum SD versetzen.«

»Ich habe Ihnen alle Einheiten und ihre Standorte angegeben.«

»Aber du hast nichts bewiesen, und es spricht zuviel gegen dich. Denk doch nur daran, daß einer, der in die Schweiz will, von Paris aus nicht in die Normandie fährt!«

»Und was ist mit den Elsässern, mit denen ich noch vor sechs Wochen zusammen war?«

»Wir werden auch das nachprüfen. Tatsache ist, daß du uns mit deinem amerikanischen Kriegsgefangenenlager in Belgien einen schönen Bären aufgebunden hast.«

»Ich habe das nur getan, um einen Franzosen zu schützen, der mir half. Vielleicht hätten Sie in der gleichen Situation nicht anders gehandelt.«

Das ist zuviel. Bernadet haut auf den Tisch: »Jetzt verlangt er schon, daß Beamte der Sûreté Deutsche verstecken. Inspektor Thiétard hätte dich dafür in der Luft zerrissen! Ich denke, wir hören uns lieber ein wenig Musik an als deine Frechheiten.«

Plötzlich ertönt die heisere, sich vor Begeisterung überschlagende Stimme eines Sportreporters: »Neuer Angriff der französischen Nationalmannschaft, die hier in London großartig aufspielt und die Engländer in die Defensive drängt.«

Bernadet stellt auf volle Lautstärke. Es steht 2:1 für England, das auf der Insel noch nie ein Länderspiel verloren hat. Bernadet kriecht fast in den Apparat hinein. »Tolle Sache, was?«

Ich rücke ihm nach und weiß nicht mehr, daß ich an der gleichen Stelle blutig und ohnmächtig geschlagen worden bin. Es gibt wieder Länderspiele, und ein eigenartiger Zauber geht von den vertrauten Namen aus unbeschwerten Tagen aus: Di Lorto, Heisserer, Aston, Matthews. Und dann reißt der Torschrei des französischen Reporters den Inspektor Bernadet zu einem Freudentanz hoch: »2:2! Frankreich hat ausgeglichen!«

Er stößt mir vor Begeisterung die Faust ins Kreuz, und auch sein Kollege kriegt eins ab. »Wer hat's geschossen? Hast du den Namen mitgekriegt, Yves?«

Roulet lacht. »Bei dem Krach? Außerdem weißt du, daß ich nicht viel vom Fußball verstehe.«

»Heisserer war es«, sage ich.

Ungläubig starrt mich Bernadet an. »Das willst du gehört haben, wo man sein eigenes Wort nicht versteht? Und woher kennst du überhaupt Heisserer?«

»Mein Hobby. Ich kenne auch die meisten anderen. Aston war übrigens der einzige Franzose, der 1938 auf dem Arsenalplatz in Highbury in der Kontinentauswahl stand, die gegen England 3:5 verlor. Zwei Deutsche, Kupfer und Kitzinger, waren auch dabei. Wollen Sie auch die Mannschaft wissen?«

Jetzt bringt er den Mund nicht mehr zu. Ich sage in einem Zug: »Olivieri, Foni, Rava, Kupfer, Andreolo, Kitzinger, Aston, Szengeller, Piola, Braine, Brustad.«

Bernadet, der mir vor ein paar Tagen die Füße zusammengebunden hat, um Thiétard die Arbeit zu erleichtern, schlägt mir auf die Schulter, als ob ich ein Tor erzielt hätte.

»Den Oscar Heisserer habe ich schon 1937 im Parc de Princes gesehen«, sage ich. »Übrigens war er als Elsässer auch deutscher Soldat.«

Da merke ich, daß ich mir jetzt etwas erlauben kann, und füge hinzu: »Er hat die Uniform natürlich leichter losgebracht als ich.«

Doch da wird Bernadet wieder dienstlich: »Hören wir uns den Rest der Übertragung an.«

Es bleibt beim 2:2, und nach dem Schlußpfiff steige ich

wieder in den Keller. Ehe wir in die Schlafräume geführt werden, kommt Marcel nochmals in die Waschküche und drückt mir die mit einem Bindfaden zusammengeschnürte Sportzeitung »L'Equipe« in die Hand: »Ein Gruß von Inspektor Bernadet.«

Als ich die Schnur aufreiße, fällt ein Riegel Schokolade heraus, und Marceau sagt kopfschüttelnd: »Junge, Junge, du hast das Große Los gezogen!«

Keines der vielen Länderspiele, die ich später gesehen habe, nicht einmal der deutsche Sieg im Weltmeisterschaftsendspiel von Bern 1954, ist in meiner Erinnerung so unauslöschlich wie dieses Spiel England–Frankreich, das ich nur hörte.

Am Montag verstreichen die Stunden langsamer als sonst. Wollen sie mich schmoren lassen, oder bekommen sie keine Bestätigung meiner Angaben?

Marceau muß nach oben und kommt niedergeschlagen zurück: »Sie wissen genug über mich. Ich komme in den nächsten Tagen nach Bonne Nouvelle.«

Es ist überhaupt ein ruhiger Tag, wenn man davon absieht, daß die dicke Nounourse von Marcel heulend in den Keller zurückgebracht wird. Auch sie muß nach Bonne Nouvelle. »Dabei haben sie mir versprochen, daß ich von hier aus heim darf«, schluchzt sie.

Marceau grinst unverschämt: »Das ist der Dank für deine Spitzeldienste, aber du hast es ja nicht glauben wollen. Du bist kein Haar besser als Tellier, und wenn du jetzt nicht gleich mit dem Flennen aufhörst, kriegst du hier deine Sonderbehandlung!«

Das wirkt. Es wird still im Keller.

8

Die Zeitungen, die gelegentlich auch bei uns landen, schütten ihren Haß über die »Kollaborateure« aus, deren prominenteste Philippe Pétain und Pierre Laval sind. Am schlimmsten treibt es »L'Humanité«, das offizielle Organ der Kommunistischen Partei Frankreichs, obwohl es gerade die Kommunisten waren, die mit Hitler liebäugelten. Erst als er den Angriff auf Rußland befahl, schwenkten sie um. Jetzt aber, in diesem Frühjahr 1945, gebärden sie sich extrem nationalistisch.

Charles de Gaulle, der von seinem englischen Exil aus nicht müde geworden war, Pétain und Laval als Verräter zu brandmarken, fordert, wie die Kommunisten, die große Säuberung.

Er hatte die Flucht nach England gewählt, um von dort den Kampf weiterzuführen. 40 Millionen Franzosen aber blieben, weil sie keine andere Wahl hatten. Sie mußten arbeiten und mit den Deutschen auskommen, wenn sie weiterexistieren wollten.

Frankreich insgesamt mußte weiterleben, und es konnte seine Direktiven nicht aus London beziehen. Es brauchte eine Verwaltung, die nicht, wie de Gaulle, ignorieren konnte, daß das Land besetzt war. Diese Regierung sah sich mit der unlösbaren Aufgabe konfrontiert, dem Volk zu nützen und gleichzeitig den Aggressor zufriedenzustellen. Marschall Pétain, der Sieger von Verdun, 85 Jahre alt, als man ihn rief, war ein aufrechter Mann, der für sein Volk das Beste wollte, aber weder geistig noch körperlich der Bürde seines Amtes gewachsen war. Pierre Laval war ein unbequemerer Partner, da er nichts anderes im Sinn hatte als ein Minimum von Konzessionen für die Deutschen und ein Maximum von Vorteilen für Frankreich.

Diese Gedanken gehen mir im Keller von Rouen durch

den Kopf, der wieder ein wenig über die eigene Angst hinausdenken kann. Meine Chancen, in ein Kriegsgefangenenlager zu kommen, sind gestiegen. Wie aber steht es um die Chancen der anderen? Wenn die Köpfe von Pétain und Laval gefordert werden, wie soll es da Nachsicht für diejenigen geben, die in ihrem Kielwasser schwammen?

Es gibt in diesem Frühjahr 1945 keine Hoffnung auf milde Richter.

Am nächsten Tag eröffnet mir der Kommissar, daß die Nachforschungen positiv genug ausgefallen seien, um den Spionageverdacht zu zerstreuen.

Mit unbeschreiblicher Erleichterung frage ich ihn: »Werden Sie mich jetzt in ein Gefangenenlager überweisen?«

»So einfach ist die Sache nun auch wieder nicht«, sagt Fournier. »Du vergißt, daß du dich durch das Tragen der französischen Uniform strafbar gemacht hast. Außerdem sind noch einige Punkte zu klären. Übrigens erwarten wir noch heute einen Landsmann von dir. Einen echten Geheimdienstler, und diesmal täuschen wir uns nicht, was, Thiétard?«

Der Bulle faucht mich an: »Wir beide sind noch nicht fertig miteinander, Freundchen. Könnte dir so passen, jetzt in einem Lager zu verschwinden! Und was deinen feinen Landsmann anbelangt, so werdet ihr nur Französisch miteinander sprechen. Kein einziges deutsches Wort, oder ich breche euch sämtliche Knochen!«

Es ist ein Komplex, den sie alle haben: keiner von ihnen spricht eine Fremdsprache. – Thiétard ist der gefährlichste, weil er seine Komplexe mit einer Rachsucht kompensiert, die er mit »gesundem Volksempfinden« verwechselt. Und ich habe ihm einen Triumph gestohlen, der vielleicht zur Beförderung gereicht hätte.

Am Abend bringt Marcel den Deutschen in die Waschküche. Er ist blond, knapp dreißig und trägt ein frisches weißes Hemd mit Krawatte. Aber diese zivile Pracht verschwindet unter schmutzigem Feldgrau, denn sein Anzug wird im ersten Stock in seine Bestandteile zerlegt.

Er stellt sich als Heinz Ziegler vor, was mir nach Decknamen riecht. Er weiß, daß er nur Französisch mit mir reden darf. Daß er mich mit »Sie« anspricht und sehr distanziert ist, stört mich nicht. Ihn interessieren praktische Details: Methoden des Verhörs und Mentalität der Inspektoren. Man merkt, daß er von diesen Dingen etwas versteht. Ein Profi, der auch unumwunden zugibt, SD-Offizier gewesen zu sein.

»Ich kann nichts abstreiten, denn sie haben alle Unterlagen. Wenn ich Glück habe, kann ich vielleicht meinen Kopf retten.«

»Wo und weshalb hat man Sie erwischt?«

»Jemand hat mich erkannt und angezeigt. Aber ich möchte nicht darüber sprechen. Sie werden das verstehen.«

Marceau mischt sich ein: »So vornehm brauchst du nicht zu tun, auch wenn sie dir die Krawatte gelassen haben. Hier sitzen alle im gleichen Boot, und wenn du ein paar Sonderbehandlungen hinter dir hast, wirst du froh sein, ein paar Kumpels zu haben. Schaut euch nur seine manikürten Fingernägel an. Wenn Thiétard da nicht mit der Beißzange 'rangeht!«

Ziegler wirft ihm einen ärgerlichen Blick zu, in dem aber schon Unsicherheit ist.

»Damit der Herr Offizier aber klarsieht«, macht Marceau mit dem gleichen Zynismus weiter, »ich buhle nicht um seine Gunst, und mein Kumpel wird er gar nicht erst werden. Ich verreise nämlich morgen nach Bonne Nouvelle und werde so schnell keine Krawatte mehr brauchen.«

Marceau wird am nächsten Morgen zusammen mit zwei anderen und der heulenden Nounourse von der »grünen Minna« abgeholt. Er hat übrigens recht gehabt. Zieglers arrogante Art paßt nicht in den Keller, und als er nach ein paar Tagen, von Thiétards Fäusten weich geklopft, Anbiederungsversuche macht, beißt keiner an.

Ich allein sorge für kühlende Tücher und versuche, ihm Mut zu machen, aber ich bin jetzt nicht mehr so häufig im

Keller, weil ich einige Privilegien genieße. Im Garten verrichte ich die Arbeit des verschwundenen Monsieur Lämmle, und gelegentlich wasche ich den schwarzen Citroën des Kommissars.

Ein hübsches Auto, diese »Traction«, von der sie sagen, daß sie besser auf der Straße liegt als je ein Wagen zuvor. Manchmal steckt sogar der Schlüssel in der Zündung, und ich glaube, daß sie mich damit provozieren wollen.

Das nimmt mir nicht die Freude an dem erfrischenden Gefühl, das unbewachte Spaziergänge im Garten nach den vielen Tagen und Nächten im Keller hervorzaubern. Es hat freilich eine eunuchenhafte Bremse, die sofort einrastet, wenn das schmiedeeiserne Gartentor offensteht. Marcel wäre der letzte, der etwas merken würde, aber ich trage eine alte deutsche Uniform, und ich habe keinen Franc in der Tasche. Nach fünfhundert Metern wäre das Abenteuer zu Ende, und Thiétard hätte Grund zum Feiern. Mit dem Auto würde es sich auf ein paar Kilometer verlängern, bis jede Straße durch Großalarm blockiert wäre. Sie wissen schon, daß sie mich allein in den Garten lassen können, und nur Thiétard mag mir insgeheim eine so chancenlose Dummheit zutrauen.

Doch er braucht sich nicht über Mangel an Arbeit zu beklagen. Sie haben einen der Neuen mit dem Telefonschock so zermürbt, daß er eine lange Adressenliste preisgegeben hat. Sie müssen laufend die »grüne Minna« von Bonne Nouvelle anfordern, um im Keller Platz zu schaffen.

Immer noch hoffe ich auf die Einweisung in ein Kriegsgefangenenlager, aber die Tage vergehen, und ich werde ein Faktotum, dem die Inspektoren im Garten »ça va« zurufen. Mit Ausnahme von Thiétard. Für ihn bin ich Luft.

Daß er sich dennoch intensiv mit mir beschäftigt, erfahre ich eines Morgens, als ich Unkraut jäte. Der Weg ist so schmal, daß ich aufstehen und Platz machen muß, als sich knirschende Schritte nähern.

»Bonjour, Monsieur Bernadet.«

Der Inspektor, der mir fast jeden Abend seine Sportzeitung und ein paar Zigaretten gibt, bleibt stehen: »Es sieht nicht so gut aus, wie ich gehofft hatte. Thiétard hat beim Kommissar durchgesetzt, daß du wegen unerlaubten Uniformtragens vor Gericht kommst. Das bedeutet ein normales Verfahren und zunächst Untersuchungshaft in Bonne Nouvelle. Ich bin eigentlich nicht befugt, es dir zu sagen, denn wer hier weggeht, hört erst vom Untersuchungsrichter, was ihm vorgeworfen wird. Sie werden dich in den nächsten Tagen abholen, aber du liegst nicht so schlecht im Rennen wie die meisten anderen.«

Also doch nach Bonne Nouvelle. Die Enttäuschung ist um so niederschmetternder, als mir Bernadet Hoffnungen aufs Gefangenenlager gemacht und sich auch dafür eingesetzt hat.

Im Keller versucht mich Giselle zu trösten. Sie ist das letzte der Mädchen, das die Stellung behauptet, und man sagt, daß sie einen Onkel in Paris habe, dessen Beziehungen bis zu de Gaulle reichen.

»Reg dich nicht auf. Du kannst mit ein paar Monaten davonkommen, und dann können sie dich nicht mehr in ein Lager stecken, sondern müssen dich ausweisen. Besser als ein paar Jahre Gefangenschaft, oder nicht?«

»Und wer garantiert mir, daß ich nur ein paar Monate bekomme? Am liebsten würde ich heute nacht abhauen!«

»Du bist verrückt. Morgen hätten sie dich wieder und würden dich halbtot schlagen. Nein, ich weiß für heute nacht etwas viel Besseres.«

Sie zieht mich in eine Ecke und flüstert mir ins Ohr: »Ich werde Marcel fragen, ob er uns für eine Stunde sein Zimmer gibt, wenn die Inspektoren weg sind. Bernadet hat Wachdienst und schläft. Und wenn nicht, dann drückt er ein Auge zu.«

So schnell kann ich das nicht verdauen. Wenn sie den verrücktesten Fluchtplan ausgeknobelt hätte, wäre ich ganz ruhig geblieben. So aber schießt mir das Blut in den Kopf, auf dem die Haare sich inzwischen greifen lassen wie Igelborsten. Es will nicht in diesen Kopf, daß ein hübsches Mädchen wie Giselle einen solchen Kerl mag, da es doch gut aussehende Burschen mit prächtigen Haaren im Keller gibt.

Sie hat sich alles genau überlegt: »Wenn ich nachher mit Marcel die Suppe hole, mache ich alles klar. Er wird dich, wenn ihr in eurem Schlafraum seid, nach oben holen. Keiner wird sich etwas dabei denken, weil jeder weiß, daß du dich mit Bernadet gut verstehst. Sie werden glauben, daß er Langeweile hat und über Fußball reden will. Und bei mir gibt es überhaupt kein Problem, denn ich bin allein im Frauenquartier.«

Die Argumente sind einleuchtend. Aber wird Marcel, bei all seiner Gutmütigkeit, den Kuppler spielen? Das wenigste, was er riskiert, ist der Verlust einer angenehmen Dauerstellung.

»Marcel ist der sympathischste Flic der Welt, aber er wird uns nicht seine Bude geben und womöglich noch Schmiere stehen«, flüstere ich.

»Denk nicht soviel und laß mich nur machen.«

Als die beiden eine halbe Stunde später den großen Suppenbottich hereintragen, zwinkert sie mir so überlegen zu, daß kein Zweifel besteht, wer gesiegt hat.

Ich schaffe nur eine halbe Portion. Zu erregend ist das, was in einer Stunde passieren wird, und Bonne Nouvelle ist so weit weg wie Sibirien. In den Schläfen hämmert das Blut, und vergessen sind die modrigen Mauern des Kellers und die Qualen der ersten Tage, weggezaubert von einem Mädchen.

Kurz nach zehn Uhr dreht sich der Schlüssel im Schloß, und Marcel ruft in unbeteiligtem Ton meinen Namen. Erst als wir – außer Hörweite der Waschküche – die Stufen erreichen, sagt er mit gedämpfter Stimme: »Seid ja still, damit Bernadet nichts hört. Es kann mich meine Pension kosten, was ich da mache. Ich hätte nein gesagt, wenn sie dich nicht nach Bonne Nouvelle schicken würden. Aber macht um Gottes willen keinen Lärm.«

»Danke, Marcel, wir werden dir keine Schwierigkeiten machen.«

»Zieh die Schuhe aus. Die Holztreppe knarrt fürchterlich, und Bernadet darf nicht hören, daß zwei hinaufgehen.«

Das Stampfen seiner Stiefel dröhnt durch das nächtliche Haus, und ich husche hinterher wie eine Katze.

Marcels Zimmer ist sowohl der Zeit als auch dem Haus angepaßt. Neben einem Louis-XVI-Stuhl, über dessen runder Lehne etwas verrutscht und mit hängenden Schultern eine Uniformjacke hängt, steht ein kostbarer runder Tisch mit eingelegten Ornamenten und daneben ein scheußlicher Militärspind. Auf dem Tisch eine halbvolle Literflasche Rotwein. Vertrocknete, flaschengroße Kreise auf der polierten Platte zeigen, daß hier ohne Tischtuch gegessen und getrunken wird. Auch das Bett mit den Eisenstäben paßt nicht zu den Resten bürgerlichen Wohlstandes, aber es kommt mir schöner vor als jedes Himmelbett.

»Ich hole sie jetzt«, sagt Marcel, und zum erstenmal, seit Giselle dieses verrückte Ding eingefädelt hat, sehe ich den Anflug eines komplicenhaften Grinsens in seinen Augenwinkeln.

Sie kommt ebenfalls auf Strümpfen, und als Marcel die Tür zugemacht hat, setzt sie sich ohne Umstände aufs Bett und deutet auf die Weinflasche: »Nimm einen Schluck. Reden können wir morgen im Keller.«

Giselle liegt nackt auf der braunen Wolldecke, und ich sehe nicht mehr das blonde, aufgelöste Haar, sondern die dunkelbraunen Spitzen ihrer Brüste und das gleichfarbene Dreieck zwischen ihren festen, langen Schenkeln. Es ist ein unfaßbares Märchen, und ich küsse diesen bebenden Körper, bis sich meine Lippen an der Brust festsaugen und das Mädchen stöhnend meine Hand zwischen ihre Schenkel preßt. Die Begierde schlägt mit solcher Gewalt über uns zusammen, daß alles vorbei ist, ehe es angefangen hat.

Jetzt erst stört mich das grelle Licht von Marcels Tischlampe, und ich stehe auf, es zu löschen. Trotzdem bleibt es hell, denn es ist eine klare Sommernacht, und das fahle Mondlicht wird verstärkt durch die Beleuchtung der Rue Edouard Fortier, deren Geräusche von den Kronen der alten Bäume des Parks verschluckt werden.

Wieder und wieder umklammern wir einander. Erst viel später deckt sie das Bett auf und zieht mich unter das Laken. Minutenlang hören wir nur das Pochen unserer Herzen in der Stille der Nacht, bis ich mir's nicht länger verkneifen kann: »Was, glaubst du, würde geschehen, wenn Thiétard das wüßte?«

»Kannst du nichts anderes denken? Vergiß doch diesen Idioten und was morgen sein kann. Nur die Stunde zählt, und ich habe gewußt, daß sie kommen würde.«

»Du hast es gewußt?«

»Ja, aber den Mut bekam ich erst, als ich wußte, daß du nach Bonne Nouvelle kommst. Du brauchst jetzt viel Kraft, und du sollst wissen, daß ich an dich denke.«

»Du bist ein wunderbares Mädchen, Giselle. Aber wer hilft dir? Glaubst du, daß sie dich nach Hause lassen?«

Sie schmiegt sich noch fester an mich. »Vielleicht kann mein Onkel verhindern, daß ich nach Bonne Nouvelle muß. Aber wir wollen nicht davon reden. Laß uns einfach alles vergessen.«

Ich hole den Rest des Weines und eine angebrochene Packung Gauloises vom Tisch und ziehe den Stuhl mit Marcels Jacke wie einen Nachttisch ans Bett.

Der Abendwind bläst durchs halboffene Fenster und drückt den Rauch ins Zimmer zurück. Aber wenn wir beide den Atem anhalten, kann ich Ringe blasen, die skurrile Formen annehmen und sich auflösen, wenn sie der Luftzug erfaßt.

»Wir sind wie diese Ringe, Giselle. Wenn wir hinauswollen, machen sie uns fertig.«

»Warum bist du nicht glücklich wie ich? Ist es wichtig, ob man sich draußen liebt oder hier?«

Wir trinken aus der Flasche und rauchen.

Von der Straße herauf dringen die Stimmen junger Burschen und das Kichern von Mädchen herein.

»Das Kino ist aus«, sagt Giselle. »Es soll jetzt gute amerikanische Filme geben, und überall wird getanzt. Es ist bald Juli, und die reichen Leute fahren nach Nizza und Monte Carlo.«

»Und die Armen nach Bonne Nouvelle«, sage ich und leere die Flasche. Am liebsten würde ich mir jetzt die Uniform anziehen und durchs Fenster steigen. Ich sage es Giselle.

»Erstens kannst du das Marcel nicht antun, und zweitens würden sie dich schnappen, glaub mir's. Und sie würden dir das Dreifache aufbrummen. Sei froh, daß sie dich nicht mehr für einen Agenten halten. Es wäre Wahnsinn, das aufs Spiel zu setzen.«

Plötzlich ein leises Pochen und dann das Drehen des Schlüssels. Wir hatten beide nicht bemerkt, daß wir eingeschlossen waren. Marcel öffnet die Tür nur so weit, daß er den Kopf durch den Spalt stecken kann, und Giselle zieht die Decke hoch.

»Los, Kinder, die Stunde ist um. Bernadet hat immer noch Licht, und es wird Zeit, daß ihr verschwindet.«

Dann erst sieht er die leere Weinflasche und den Aschenbecher auf dem Stuhl.

»Von Rauchen und Saufen war allerdings keine Rede! Ihr nützt meine Gutmütigkeit ganz schön aus.«

»So wird man im Keller, Marcel.«

»Schon recht. Aber jetzt ist Schluß. Macht euch fertig, in fünf Minuten komme ich wieder.«

Aber schon nach zwei Minuten, als ich im Hemd dastehe, klopft er wieder.

»Fast hätte ich's vergessen. Hier sind neue Klamotten für dich!«

Er wirft eine Art von Monteuranzug aufs Bett, bei dem Hose und Oberteil aus einem Stück sind. »Die Inspektoren wollen dich nicht in der deutschen Uniform gehen lassen, weil du dann wie ein Kriegsgefangener aussehen würdest. Aber es steht dir auch kein Zivilanzug zu, und so haben sie diesen Kompromiß gefunden.«

Die Idee ist raffiniert, denn die Uniform hätte bedeutet, daß man mich als Kriegsgefangenen betrachtet, für den die Richtlinien der Genfer Konvention gelten. In diesem Fall hätten sie mich in ein Lager stecken müssen.

»Ich weiß nicht, ob ich noch da wäre, wenn Sie mir diesen Anzug früher gebracht hätten, Marcel.«

»Glaub ich dir. Sie haben deshalb auch bis zum letzten Moment damit gewartet. Morgen früh kommst du nämlich nach Bonne Nouvelle, und nur deshalb habt ihr beide den alten Marcel heute abend rumgekriegt. Aber ich bin für Sicherheit, und deshalb gibst du mir jetzt dein Ehrenwort, daß du heute nacht nicht abhaust.«

»Tu's«, sagt Giselle, die sich die langen blonden Haare vor dem halbblinden Spiegel kämmt.

»In Ordnung, Marcel«, sage ich und schlage ein. »Ich werde Ihnen keine Schwierigkeiten machen.«

Am Morgen beim Abschied ist Giselles Hand kalt und zittert ein wenig. Thiétard ist höchstpersönlich in die Waschküche gekommen, um mich abzuholen. Er sorgt auch dafür, daß mir die beiden Gendarmen Handschellen anlegen, bevor ich in den Gefängniswagen steige. Ich bin der einzige, der an diesem Tage nach Bonne Nouvelle fährt.

Der Tag ist wie geschaffen für eine Fahrt ins Gefängnis. Endloser Regen tropft aus tiefhängenden, bleigrauen Wolken, und in den Bistros schüttet man gegen den Weltschmerz Calvados in den Kaffee. Der Regen trommelt auf das Blechdach des Kastenwagens, der durch die Pfützen holpert.

9

Nach einer halben Stunde quietschen die Bremsen in einem tristen Vorstadtviertel. Es muß das Hauptportal des Gefängnisses sein, schemenhaft erkenne ich durch die Gitter eine schmutziggraue Umfassungsmauer von mindestens sechs Metern Höhe. Gegenüber, auf der anderen Seite des holprigen Kopfsteinpflasters der Rue de la Motte, liegt ein winziger Laden von unbeschreiblicher Trostlosigkeit.

Als sich das schwere eiserne Tor schließt, verschwindet, mit einem roten Apéritifplakat, der letzte Farbtupfer. Ein kleiner Streifen schmutzigen Grüns noch zwischen der ersten und zweiten Mauer – offenbar der Gemüsegarten des Direktors von Bonne Nouvelle. Dann ist alles nur noch schmutziges Grau.

Die Gendarmen nehmen mir die Handschellen ab und führen mich durch den Regen in die Geôle, das Befehlszentrum des Gefängnisses, in das die einzelnen Trakte sternförmig einmünden. Das Bewachungspersonal trägt schwarze Uniformen und große runde Schirmmützen wie die französischen Eisenbahner. In Empfang genommen werde ich von einem mürrisch dreinblickenden Surveillant-Chef.

»Kein anderes Gepäck?« schnauzt er, als ich Rasierzeug, Seife, Zahnbürste und Ersatzhemd aus einem grünen amerikanischen Armeehandtuch wickle.

»Nein, alles andere hat die Sûreté behalten.«

Beim Wort »Sûreté« pfeift er durch die Zähne und beginnt, die Papiere zu studieren.

»Ein Deutscher, sieh mal an. Unerlaubtes Tragen der französischen Uniform. Etwas Besseres ist dir wohl nicht eingefallen, was?«

Dann fährt er fort: »Der Rasierapparat bleibt hier. Wir haben unseren eigenen Verschönerungssalon, es kostet dich keinen Centime. Alles andere kannst du behalten, auch diesen Arbeitsanzug. Anstaltskleidung kriegst du nach der Verurteilung. In Untersuchungshaft kannst du rauchen, falls du was hast, und wenn du Franzose wärest, könntest du auch Briefe schreiben. Aber nach Deutschland geht natürlich nichts.«

»Oui, Monsieur.«

»Es heißt nicht Monsieur, sondern Monsieur le Surveillant-Chef, merk dir das!«

»Oui, Monsieur le Surveillant-Chef.«

»Und jetzt ab in die Zelle!«

Ein gewöhnlicher Surveillant ohne silberne Litzen führt mich über den langen Gang des Erdgeschosses, auf dessen schwärzlichem Steinboden unsere Schritte wie in einem Tunnel hallen. Alle drei Meter eine mit grauem Blech beschlagene Holztür mit Guckloch und über uns drei mit eisernen Treppen verbundene Etagen mit den gleichen Gängen. Vor einer offenen Zelle unterhalten sich, auf Besen gestützt, zwei in graue, sackartige Lumpen gehüllte Gestalten mit gedämpften Stimmen. Es sind, wie ich später erfahre, die »Balayeurs«, die den untersten von zahlreichen begehrten Jobs ausüben. Schließlich hält der Surveillant vor einer Tür und zieht den schweren Schlüsselbund heraus.

»Voilà. Um zwölf Uhr kriegst du Suppe und später eine Decke.«

Die Zelle ist leer und der Anblick noch trostloser, als ich befürchtet hatte. Das fahle Licht des Regentages fällt durch ein schmutziges, undurchsichtiges Fenster. Es ist so hoch an der Außenmauer angebracht, daß man seine rostigen, daumendicken Eisenstäbe nur dann erreichen kann, wenn man sich auf den nach Urin und Kot stinkenden schwarzen Kübel stellt, der mit schmutziger Pappe abgedeckt ist. Ein tropfender Wasserhahn mit einem winzigen metallenen Becken und ein Häufchen Stroh unter dem Fenster vervollständigen die Einrichtung. An der hohen, schwarzgrauen Decke hängt eine nackte Glühbirne.

Brot kriege ich keines zu meiner dünnen Suppe. Es ist schon am Morgen verteilt worden, und der Aufseher, der den Trupp der Essenholer überwacht, zuckt bedauernd mit den Schultern: »Tut mir leid. Neuzugänge können erst am folgenden Tag berücksichtigt werden.«

Die Suppe schmeckt wie lauwarmes Wasser, und ein paar Rübenstücke sind nicht einmal gekocht, sondern halb roh. In der Rue Edouard Fortier hatte es zwar Prügel, aber auch fette Suppen mit Nudeln und Fleisch gegeben. Hier habe ich nicht das Gefühl, etwas gegessen zu haben, als ich die blecherne »Gamelle« zurückgebe. Abends wird's besser sein, versuche ich mich zu trösten, während der Regen monoton gegen die blinden Scheiben klatscht.

Aber es wird nicht besser. Als das Geklapper am Abend auf den Gängen wieder losgeht, ist die gleiche Brühe im Blechnapf, und wieder wird mein Wunsch nach Brot mit einem Achselzucken abgetan: »Brot gibt's morgen. Das Haus ist überfüllt, und wir müssen froh sein, wenn die Suppe reicht.«

»Wenn ich den Wasserhahn aufdrehe, habe ich die gleiche Suppe.«

Als Antwort knallen sie mir die Tür vor der Nase zu. Ich lege die schmutzige braune Decke, die sich wie ein Sack anfühlt, auf den Strohhaufen und versuche zu schlafen, aber diese erste Nacht in Bonne Nouvelle mißlingt mir gründlich. Bis morgens um drei Uhr höre ich jede halbe Stunde die dünnen Schläge einer Kirchturmuhr und finde keine Antwort auf die Frage, warum ich in Einzelhaft sitze.

Das Gefängnis ist tatsächlich überfüllt. Mindestens fünf oder sechs teilen sich sonst überall die paar Quadratmeter einer Zelle, die ich ganz allein bewohne.

Ich muß bis zum Freitag warten, um den Grund zu erfahren. Freitags kommt der Friseur. Er heißt René, hat lockige, geölte schwarze Haare, Pausbacken und ein gepflegtes Bärtchen. Er trägt die Kluft der Gefangenen, aber er sieht aus wie einer, der sich jeden Tag eine ordentliche Mahlzeit leisten kann.

Umständlich stellt er seinen Bauchladen mit Seife und Pinsel ab, und als der Wachmann, der ihn hereinließ, verschwunden ist, fängt er mit der Konversation an.

»Du bist also der Deutsche, der am Mittwoch kam.«

»Ja«, sage ich, »und ich wäre froh, wenn mir endlich einer sagen würde, warum ich in Einzelhaft sitze.«

Er grinst und fängt an, mit dem lauwarmen Wasser aus dem Hahn Schaum zu schlagen: »Erst will man dich weichmachen. Zwar liegen sie in den anderen Zellen wie Heringe im Faß, aber Einzelhaft ist unangenehmer, weil du mit keinem reden kannst. Und ein Deutscher ist was Neues für sie, verstehst du? Sie wollen, daß dir der Arsch mit Grundeis geht. In einer anderen Zelle könnten sie dir was von ihren Freßpaketen abgeben, aber der Surveillant-Chef meint, daß du das nicht verdient hast. Wenn er könnte, würde er dir auch noch das Brot am Morgen streichen, und dann wärst du in einer Woche krepiert.«

»Woher weißt du das alles?«

»Der Friseur weiß alles. Ich bediene sämtliche Ober- und Unterwächter und komme in alle Zellen. Auch mit den Friseuren der anderen Blocks stehe ich in Verbindung, und es gibt in Bonne Nouvelle kein Geheimnis für uns. Wenn du willst, werde ich mich ein wenig um dich kümmern.«

»Fein«, sage ich.

»Du mußt allerdings wissen«, fährt er fort und fängt an, mich einzuseifen, »daß im Gefängnis alles Geld kostet. Hast du welches?«

»Nein, keinen Sou.«

Er runzelt die Stirn und legt den Pinsel weg. »Überhaupt nichts? Und du hast auch niemand, der dir Geld besorgen könnte?«

»Nein.«

Das Rasiermesser rupft mehr, als es schneidet, und erst als das Blut tropft, wird er etwas vorsichtiger.

»Ich werde dir sagen, was los ist. Wenn du draußen keinen hast, der dir hilft, krepierst du. Alle kriegen Freßpakete, und die meisten noch Geld dazu. Sie schütten die Suppe in das Spülbecken und die Küchenbullen wissen das. Sie werden jeden Tag dicker und die Suppe dünner. Kein Mensch kann von dieser Brühe leben.«

»Ich werde es wohl müssen.«

»Jetzt wasch dich erst mal ab und hör mir zu. Wenn du draußen tatsächlich keinen hast, der dir helfen kann, mußt du aus dieser Zelle raus und unter Leute kommen, die was zum Knabbern haben.«

»Aber wie?«

»Das mußt du schon mir überlassen. Aber erwarte keine Blitzaktion. Wenn du also ein paar Tage nichts von mir hörst, bedeutet das nicht, daß ich's vergessen hätte.«

Er nimmt drei Gauloises aus einer Packung. »Damit du siehst, daß ich nicht bloß schwätze. Ein paar Streichhölzer lasse ich dir auch da.«

»Aber du weißt, daß ich nicht zahlen kann.«

»Es gibt genug Leute, die zahlen, und da kann schon einmal ein Habenichts dazwischenrutschen. Und damit du's weißt: Mir haben sie fünf Jahre wegen Kollaboration mit den Deutschen aufgebrummt. Ich bleibe also nur in der Übung.«

Plötzlich packt er seinen Bauchladen zusammen und flüstert: »Draußen hört einer mit.«

Sekunden später dreht sich der Schlüssel im Schloß, und ich kann gerade noch Zigaretten und Streichhölzer in der großen Brusttasche meines Arbeitsanzuges verschwinden lassen.

»Hat der Boche vielleicht Dauerwellen und Maniküre bestellt?«

Der Surveillant Masson hat eine unangenehme Fistelstimme, und als er die Tür wieder zugehauen hat, bellt er draußen auf dem Gang immer noch wie ein gereizter Kläffer den Friseur an.

Ich fange an zu lernen. Das Gefängnis hat, außer dem Lärm zur Essenszeit, seine ständigen Nebengeräusche, deren

Deutung wichtiger ist als das Geklirr der Blechnäpfe, die nur sonntags mit winzigen Stückchen Pferdefleisch Abwechslung bringen.

Das an die Tür gepreßte Ohr nimmt die auf leisen Sohlen fegenden Balayeurs wahr; sie machen ein dünnes, kratzendes Geräusch, wenn sie eine Botschaft zu überbringen haben. Sie sind es, die Kreuzundquerverbindungen zwischen verschiedenen Stockwerken und Trakten herstellen und dafür mit Geld, Tabak oder Lebensmitteln entlohnt werden. Auch mir haben sie ihre Dienste angeboten, aber das Kratzen an der Tür ist selten geworden, weil sie wissen, daß hier nichts zu holen ist.

Auch die Schritte der Surveillants lerne ich unterscheiden. Masson beispielsweise hat einen kurzen, nervösen Schritt, der plötzlich aufhört. Das ist der Moment, in dem er sich anschleicht, um an der Tür zu lauschen. Tessiers Schritt dagegen ist gleichmäßig und ungefährlich. Man weiß, wann er am Guckloch steht, und er will auch, daß man es weiß.

Eines Abends kommt er, als das Licht schon gelöscht ist, und bringt mir eine halbwegs saubere Decke. Ich sitze nach der dumpfen Schwüle des Julitags unter dem Fenster.

»Ich habe da eine bessere Decke gefunden. Gib den alten Fetzen her.«

»Merci, Monsieur Tessier.«

»Brauchst dich nicht zu bedanken. Andere haben sogar eigene Matratzen.«

»Ist das erlaubt?«

»Warum nicht? Man kann sich sogar Bettzeug bringen lassen. Bonne Nouvelle ist überbelegt. Wir haben nicht einmal genügend Wolldecken. Hast du niemand, der dir was schicken könnte?«

»In Frankreich nicht.«

»Ich hab's mir gedacht. Als Deutscher kannst du in einem französischen Gefängnis keine Vergünstigungen erwarten.«

»Aber warum isoliert man mich? Ich bin kein Schwerverbrecher, und die Tage wären nicht so unerträglich lang, wenn ich mit anderen reden könnte. Vom Hunger will ich gar nicht reden. Am Anfang habe ich Freiübungen gemacht, aber mit leerem Magen hält man das nicht durch.«

»Du willst also mit anderen zusammen sein?«

»Natürlich.«

»Nun ja, entscheiden kann ich da nichts. Aber ich glaube, daß es zu machen ist. Übrigens hat auch der Friseur schon rumgebohrt. Manchmal frage ich mich, ob es in diesem Haus noch etwas gibt, wo er die Finger nicht drin hat!«

»Hat er tatsächlich so viel Einfluß?«

»Das ist eine Frage, die du dir selbst beantworten kannst, wenn du lange genug hier bist. Ich wollte dir nur eine Decke bringen. Gute Nacht.«

»Bonne nuit, Monsieur Tessier, et merci.«

Zwei Tage später kommt er noch vor der Brotverteilung. »Du kommst als sechster Mann in Nummer 108. Zufrieden?«

In weniger als einer halben Minute bin ich bereit. Zelle 108 empfängt mich mit zwei Überraschungen: mit einem höllischen Gestank – und mit André Tellier, dem Prügelknaben der Rue Edouard Fortier. Ein Glücksfall, wie sich gleich erweist, denn die vier anderen schimpfen über den unerwünschten Zugang. Tellier aber schüttelt mir die Hand wie einem alten Kumpel. Ich staune über seine Verwandlung. Er sprüht förmlich vor Optimismus.

Der scheußliche Gestank kommt aus dem Kübel, der für eine Person gedacht ist und von fünfen benutzt wird.

Als die Decken zusammengelegt sind, gibt es auch für den sechsten Mann noch ein Plätzchen an der Wand, und man betrachtet mich nicht mehr feindselig, sondern interessiert.

Nach der Vorstellung muß ich meine Geschichte erzählen. Ich tu's ausführlich, weil den anderen die Abwechslung willkommen ist. Anschließend klärt man mich gerne darüber auf, daß hier ordentliche Leute und keine »Collabos« sind, obwohl Bonne Nouvelle bis unters Dach mit Leuten gefüllt ist, die ihre vaterländischen Pflichten vergaßen.

Olivier und Touchard, Burschen meines Alters, sind zwar nicht zum erstenmal in Bonne Nouvelle, aber brave Patrioten. Sie gehören einem Ring an, der in Le Havre schwungvolle Einbrüche tätigt. Marcellin ist mit amerikanischen Benzinfässern erwischt worden und Vissers beim Schmuggeln von Schokolade und Tabak. Eine bunte und keineswegs unsympathische Gesellschaft, bei der die beiden fröhlichsten Gangster von Le Havre den Ton angeben.

Nach Hunger und Isolierung beginnt für mich in Zelle 108 wieder ein Stück Leben. Jeder greift in seine Schachtel, gibt mir ein Stück Brot, einen Keks oder Apfel, und es ist mir verdammt gleichgültig, ob Tellier in einem deutschen Lager krumme Dinger gedreht hat oder ob Olivier und Touchard die Wohnungen unbescholtener Bürger ausgeräumt haben. Sie helfen mir, ohne daß ich sie darum bitten muß, und ich spüre dankbar, daß es bei den Ausgestoßenen der Gesellschaft Solidarität gibt.

Man lebt nicht schlecht in 108. Jeden Tag kommen Pakete, und der Gestank wird erträglicher, wenn der Kübel geleert ist. Allerdings bin ich der zweite Parasit, denn auch Vissers, der Belgier, erhält keine Päckchen. Aber man verpflegt uns mit, ohne ein Wort darüber zu verlieren.

Olivier und Touchard werden freilich auch großzügig von ihren freischaffenden Kompagnons versorgt, und in ihren umfangreichen Paketen sind goldgelbe Butter und gebratene Hähnchen keine Seltenheit.

»Sechs Monate werden wir's aushalten«, sagt Olivier. »Mehr ist nicht drin für die Bullen, denn wir haben prima Anwälte, und die Kleinigkeit, die sie uns nachweisen können, würde fast zum Freispruch reichen, wenn wir nicht vorbestraft wären. Hinter die großen Dinger kommen sie nicht. Die werden mit den Amerikanern gedreht, und ihr könnt mir glauben, daß es heute leichter ist, ein Liberty-Schiff auszuräumen, als einem Bauern eine Henne zu klauen. Du brauchst nur einen Neger zu bestechen, und schon kannst du mit einem Sattelschlepper Benzin davonfahren.«

»Oder mit trinkbarem Sprit«, ergänzt Touchard seinen Kumpel. »Schade, daß man Whisky nicht in den Knast bringt. Wir haben da nämlich eine hübsche Ladung beerdigt.«

»Warum eigentlich nicht? Man müßte mit Masson sprechen.«

»Mit Masson?« Der einfältige Tellier ist entsetzt. »Mit dem könnt ihr doch so was nicht machen. Der ist schärfer als ein Wachhund!«

»Womit bewiesen wäre, daß du keine Ahnung vom Knast hast.«

Olivier sagt es mit nachsichtigem Grinsen und bietet reihum Zigaretten an.

»Du hast vielleicht eine Ahnung von deutschen Gefangenenlagern, aber vom Knast verstehst du überhaupt nichts. Sonst wüßtest du, daß ein Typ wie Masson genau der Mann ist, der uns Whisky verschafft.«

Tellier wird rot. »Ich bin ein Opfer von Intrigen und dulde keine gemeinen Anschuldigungen, merk dir das! Gestern hat mir mein Anwalt gesagt, daß er auf Freispruch plädieren wird.«

»Mach dir nur nicht gleich ins Hemd. Alle sind unschuldig im Knast, und alle Anwälte plädieren auf Freispruch. Komischerweise wird dieser Scheißladen trotzdem nicht leer. Was Masson anbelangt, so darfst du sicher sein, daß man mit ihm leichter ein Geschäft machen kann als mit dem Gerechtigkeitsfanatiker Tessier. Wollen wir wetten, daß uns Masson Whisky bringen wird?«

»Diese Wette halte ich«, sagt Tellier.

Touchard reibt sich die Hände. »Laß uns überlegen, Freunde, worauf wir wetten. Ich wollte schon lange mal wieder Erdbeeren mit Schlagsahne essen, aber unsere Leute draußen können nur die Erdbeeren liefern. Ich bin deshalb dafür, daß die Wette um einen Liter Sahne von Telliers Bauernhof geht.«

»Kein Problem. Aber die Wette gewinne ich.«

Die Wette wird abgeschlossen, und noch am selben Abend

bittet Olivier den Surveillant Masson um ein Gespräch. Nach zehn Minuten kommt er zurück und baut sich breitbeinig vor Tellier auf. »Du kannst deinem Alten gleich schreiben, daß er den Rahm schickt. Masson kriegt in der nächsten Woche zwölf Flaschen Bourbon-Whisky an seine Privatadresse. Sechs davon bringt er in die Zelle. Wir arbeiten also mit einem Verlust von fünfzig Prozent, aber das ist mir nicht zu teuer, um dir klarzumachen, wie ein richtiger Monsieur im Gefängnis lebt!«

Nach ein paar Tagen feiern wir das Fest, und zum erstenmal läuft der Kübel über.

Bei der »Promenade« im winzigen Mauerdreieck sind unsere der Sonne entwöhnten Gesichter bleicher als sonst, und Olivier wird von Masson auf die Seite genommen. Wenn die Männer von 108 kotzen und bis tief in die Nacht hinein unflätige Lieder singen, wird die Zufuhr von Whisky und Rahm rigoros abgeschnitten.

Der Juli nähert sich seinem Ende, und es gibt Tage, an denen die dicken Mauern von Bonne Nouvelle so von Hitze durchglüht werden, daß wir wie lahme Fliegen auf dem heißen Steinboden liegen. Selbst Olivier verliert in dieser Treibhausluft die Lust am Reden, und erst abends, wenn der Backofen abkühlt, wird er wieder munter. Aber auch er wird allmählich nervös, weil die Anklageschrift ausbleibt und damit die Vorladung zum Untersuchungsrichter.

René, der Friseur, weiß zu berichten, daß sich die Akten auf den Gerichten bis unter die Dächer stapeln und die verrücktesten Irrtümer entstehen.

Als er mit Bauchladen und Hocker Einzug hält, um sechs Bärte zu beseitigen, sagt er: »Vorgestern haben sie einen entlassen, weil der Untersuchungsrichter feststellte, daß er völlig unschuldig saß.«

»Wundert mich überhaupt nicht«, brummt Olivier. »Bei dem Saustall gibt es keine Übersicht mehr, und wenn du Pech hast, hockst du sechs Monate in Untersuchungshaft und wirst dann zu drei Monaten verdonnert. Was nützt es mir, daß sie die U-Haft anrechnen, wenn ich drei Monate zuviel 'runterreiße!«

»Du könntest sie mir verkaufen«, grinse ich. »Ihr habt wenigstens eure Anwälte. Aber ich? Wenn ich Pech habe, sitze ich im nächsten Sommer auch noch hier.«

»Du kannst Gift drauf nehmen, wenn du keinen Anwalt nimmst.« René klatscht mir den Schaum auf die Wangen.

»Aber du weißt doch, daß ich weder Geld noch Beziehungen habe. Sogar Schreibverbot habe ich, obwohl mir kein Mensch gesagt hat, warum.«

»Das ist das kleinste Problem. Ich befördere jeden Brief unzensiert hinaus, für dich sogar kostenlos. Aber eine Adresse brauchst du natürlich. Fällt dir gar nichts ein?«

»Kann ich auch in die Schweiz schreiben?«

»Warum nicht? Der Postverkehr ist mit allen Ländern normal, nur nicht mit Deutschland.«

»Dann werde ich meinem Onkel Fredy nach Basel schreiben.«

»Na, also. Habe ich dir nicht gesagt, daß der Friseur immer einen Weg weiß? Schreibzeug kriegst du von deinen Kumpels.«

Er kritzelt etwas auf einen Zettel, und da wir keinen Tisch haben, drückt er ihn gegen die Wand.

»Dies ist die Adresse eines erstklassigen Anwalts beziehungsweise einer Anwältin. Sie heißt Maître Chassepoule und hat hier schon vielen geholfen. Es interessiert sie nicht, ob du Deutscher bist oder Franzose. Genau das richtige für dich. Nicht umsonst natürlich. Die Leute in der Normandie können gut rechnen.«

»Das ist ja das Problem!«

»Gar kein Problem ist es, wenn in dem Brief an Maître Chassepoule einer jener hübschen Schweizer Hundert-Franken-Scheine liegt, die hier zu einem phantastischen Kurs gewechselt werden.«

»Und wenn der Brief von der Zensur geöffnet wird?«

»Was aus der Schweiz kommt, ist für die Franzosen immer

in Ordnung. Erkläre deinem Onkel, um was es geht. Heute nachmittag hole ich den Brief ab, und nächste Woche hast du einen Anwalt.«

Das Gefühl, plötzlich einen Brief schreiben zu dürfen, ist von solcher Faszination, daß ich nach jedem Satz aufhöre, um über das linierte weiße Blatt zu streichen, das mir Marcellin gab und das auf geheimnisvollen Wegen diese Mauern verlassen wird, um in die Schweiz zu reisen.

Als ich fertig bin, wickelt Olivier eine Whiskyflasche aus seiner Decke und schickt Tellier als Wache an die Tür: »Paß auf, solange wir auf die gute Reise dieses Briefes trinken. Gefährlich ist nur Tessier, weil er nichts vom Whisky weiß.«

Zwei Stunden später holt der Friseur den Brief ab, und von diesem Augenblick an fühle ich mich nicht mehr als der Außenseiter in Zelle 108.

Das hat mancherlei Auswirkungen. Als Marcellin, der ruhigste und intelligenteste der Besatzung, seine Zeitung erhält, verspüre ich zum erstenmal Interesse am politischen Tagesgeschehen.

Zeitungen sind natürlich verboten, aber wer Geld hat, kann sie sich leisten. Marcellin erlaubt sich diesen Luxus, für den er an Masson den zehnfachen Preis zu entrichten hat. An manchen Tagen kriegt er sogar drei oder vier verschiedene Blätter, und er legt jetzt besonderen Wert darauf, weil in Paris der Prozeß gegen Marschall Pétain begonnen hat.

Es ist ein Ereignis, das die ganze Nation in Atem hält. Wird man ihn als Verräter brandmarken und erschießen, oder gibt es, nach allem, was geschehen ist, noch einen letzten Rest von Achtung für den Sieger von Verdun? Pétains Schicksal hängt an einem dünnen Faden. Die Reaktionen auf 108 sind, wie bei den freien Bürgern, unterschiedlich.

Vissers, der Belgier, hat keine Meinung, aber Marcellin, bisher der phlegmatischste der Zelle, schäumt vor Wut über die Prozeßführung gegen den 89jährigen Marschall.

»Na und?« Olivier bestreicht sich sorgfältig ein Weißbrot

mit Camembert und reinigt sein Messer mit einer von Marcellins alten Zeitungen.

»Dein Pétain kann mich, wenn du's genau wissen willst! Hat er sich nicht von den Deutschen herumkommandieren lassen und dafür jeden Tag sein Beefsteak gekriegt? Und was hat meine Mutter auf den Tisch stellen können? – Unwürdig der französischen Justiz! Daß ich nicht lache! Was sie mit uns machen, ist unwürdig! Oder bist du vielleicht anderer Meinung?«

Marcellin greift wieder nach seiner Zeitung: »Ihr seht nicht über euren kleinen Ganovenhorizont hinaus!«

»Aber unseren Whisky säufst du!«

»Warum nicht? Erstens habt ihr ihn mir angeboten, und zweitens muß man im Gefängnis nehmen, was man kriegt. Aber wenn sie über einen 89jährigen, der sich freiwillig gestellt hat, wie die Hyänen herfallen, mache ich mir meine Gedanken.«

»Was heißt freiwillig gestellt?«

»Pétain hätte sehr wohl in der Schweiz bleiben können, als ihn die Deutschen aus Sigmaringen abgeschoben hatten. Aber er wollte sich dem Tribunal stellen.«

»Schön blöd«, sagt Touchard.

»So kann man es natürlich auch sehen«, sagt Marcellin und dreht ihm zum Zeichen, daß er jetzt in Ruhe seine Zeitung lesen will, den Rücken zu. An diesem Abend beginnt meine Freundschaft mit ihm. Er gibt mir seine Zeitungen, aber ich muß höllisch aufpassen, daß Olivier und Co. nur die Seiten mit den Annoncen in die Finger kriegen, wenn sie auf dem Kübel sitzen.

Der Pétain-Prozeß ist Frankreichs Spiegelbild dieses heißen Sommers. Ein verzerrtes, unwahres Bild eines noch immer hungernden und von Leiden gezeichneten Landes, das erst wieder Züge von Vernunft und Klarheit annehmen kann, wenn die alten Rechnungen beglichen sind.

Deshalb muß der Prozeß Pétain geführt werden. Und er kann gar nicht anders abrollen als in hektischer, unversöhnlicher Atmosphäre. Zu viele Ventile, die blockiert waren, sind geöffnet worden.

Im Gefängnis freilich sieht man es durch die Guckloch-optik, und man ist ja auch gewissermaßen Kollege des alten Mannes. Das führt zu Assoziationen, und Touchard fragt, als er nach dem Abendessen auf dem Kübel hockt: »Ob sie ihn auch in so eine Zelle führen, wenn der Verhandlungstag vorbei ist?«

Olivier winkt überlegen ab: »Der hat ein Appartement mit WC und allem Drum und Dran. Glaubst du vielleicht, daß Marschälle in Kübel scheißen?«

»Ich wünsche dir nicht, daß sie dich mit 89 einsperren«, sagt Marcellin. »Aber du kannst beruhigt sein. Nach dem, was in den Zeitungen steht, ist sein Komfort nicht viel größer als deiner, und die Eisenstäbe sind überall gleich dick.«

»Ist ja auch richtig so.«

In diesem Stadium bleiben die Unterhaltungen auf 108 gewöhnlich stecken. Aber auch in den Bürgerstuben hat der Staatschef, der mit den Deutschen paktierte, nicht viel Verständnis zu erwarten. Längst hat man vergessen, daß man einen gebraucht hatte, der die Nation gegenüber den Deutschen vertrat. Und ist es nicht eine makabre Duplizität staatlicher Hilflosigkeit, daß man für seine Verurteilung einen Staatsanwalt aus dem Ruhestand holen muß, genauso, wie Philippe Pétain aus dem Ruhestand geholt worden war, als die Regierung im Juni 1940 vor dem großen Scherbenhaufen stand? Ein Greis mit ruhmreicher Vergangenheit hatte da kitten sollen, wo es nichts mehr zu kitten gab.

Mutig nützt die Verteidigung ihre Chancen. Sie stellt die verfassungsmäßige Legitimität eines Gerichts in Frage, in dem außerdem Richter sitzen, die einen Eid auf Pétain geschworen haben. Auch Mongibeaux, Präsident de la Cour de Cassation, der den Vorsitz übernommen hat, gehört zu ihnen, aber großzügig sieht man in den Zeitungsredaktionen über solche Peinlichkeiten hinweg. Als Generalstaatsanwalt aber braucht man einen Mann mit weißer Weste, und er springt wie aus der Trickkiste hervor: Mornet, einer der gefürchtetsten und giftigsten Männer der französischen Justiz zwischen den beiden Weltkriegen, wird aus der Pensionärsversenkung geholt, und diese unverhoffte Aufgabe macht ihn aggressiver und unerbittlicher denn je. Er, den der Mata-Hari-Prozeß berühmt gemacht hat, greift mit beiden Händen zu, um seine Karriere mit einem Gala-Auftritt zu krönen. Und in unbezähmbarer Vorfreude begeht er den unentschuldbaren Fauxpas, noch vor Prozeßbeginn der Presse zu erklären, daß er die Höchststrafe fordern wird.

Die Verteidigung schleudert es ihm triumphierend entgegen, aber sie markiert keine Punkte. Der Standpunkt des Gerichts ist polarisiert.

»Wenn du das alles liest«, sagte Marcellin, »mußt du an die deutschen Volksgerichtshöfe denken. Ich habe immer behauptet, daß das in Frankreich nicht möglich sei. Aber wenn du weißt, was Le Troquer, der Präsident des Pariser Stadtrats, verlangt, dann wundert dich nichts mehr.«

»Was verlangt er denn?«

»Er fordert, daß Pétain vor seiner Hinrichtung auf den Champs-Élysées öffentlich von einem gewöhnlichen Soldaten degradiert wird. Vor seiner Hinrichtung, verstehst du? Das ist kein Prozeß, sondern eine Exekution.«

In der Tat prallen die drei Verteidiger auf eine eisige Wand der Ablehnung. Pétain selbst, senil und schwerhörig, läßt alle Attacken ohne Zeichen von Gefühlsregungen über sich ergehen. Und diese Attacken prasseln wie die Salven eines Maschinengewehrs aus dem Zeugenstand, nachdem der Angeklagte eine kurze Erklärung verlesen hat: »Ich habe mich nicht nach dem Amt des Regierungschefs gedrängt. Man hat mich angefleht, es zu übernehmen, und ich habe akzeptiert. Das französische Volk hat mir die Macht durch seine gewählten Repräsentanten übertragen. Ihm allein bin ich Rechenschaft schuldig. Aber dieser Gerichtshof repräsentiert nicht das französische Volk. Ich werde auf keine Frage antworten.«

Das Gericht läßt die ganze »fine fleur« der französischen Regierung von 1940 aufmarschieren, Leute, die den greisen Marschall riefen, als der Karren im Dreck saß.

Da ist Paul Reynaud, der Ministerpräsident. Von kleiner Statur, aber von gewaltiger Beredsamkeit und unnachgiebiger Schärfe gegenüber dem Mann, den er rief, als er nicht mehr weiter wußte. »Nie hat sich ein Volk so vollkommen über einen Mann getäuscht wie das französische Volk über Pétain, und nie hat ein Mann einem Volk so viel Übles angetan wie Pétain dem französischen Volk.«

»Plädoyer in eigener Sache«, stellen die Anwälte fest. Und sie bringen Paul Reynaud in erhebliche Bedrängnis, als sie ihn daran erinnern, daß ihn Pétain als französischen Botschafter nach Washington schicken wollte. Reynaud muß zugeben, daß er dieses Angebot akzeptiert hatte.

»Pech für Sie, daß Roosevelt Sie ablehnte, nicht wahr?«

Reynaud hat seine Munition verschossen, aber andere Starpolitiker der Dritten Republik wie Daladier und Herriot geben der Anklage mit sachlichen Argumenten wieder Oberwasser, ohne den Marschall in zynischer Weise zu attackieren wie Reynaud. Sie lassen ihm seine Verdienste aus dem Ersten Weltkrieg, aber sie belasten die Regierung von Vichy schwer, auch wenn Daladier und später Lebrun einräumen, daß die Hauptschuldigen in gewissenlosen Opportunisten zu suchen sind, die sich um den Marschall geschart hatten. Aber von der Verantwortung kann keiner den Regierungschef freisprechen.

Endlos zieht sich der Prozeß hin, und in Zelle 108 werden die Zeitungen jetzt von allen gelesen. Auch der »Combat« von Albert Camus, das einzige Blatt, das sich für ein mildes Urteil einsetzt.

Selbst Olivier und Touchard sind jetzt milder gestimmt. »Ich habe mich nie um Politik gekümmert, aber dieses Theater kotzt mich an«, sagt Olivier. »Kriege sind eben die größte Scheiße. In einem kannst du Nationalheld und im nächsten Verräter sein. Er hätte halt Rosen züchten sollen, anstatt einzuspringen, als keiner mehr die Verantwortung übernehmen wollte.«

»Trotzdem«, sagt Marcellin, »werden sie ihn erschießen und Laval dazu.«

Am nächsten Tag steht es in den Zeitungen. Pierre Laval ist via Innsbruck ausgeliefert worden und hat eine Zelle im großen Pariser Gefängnis Fresnes bezogen.

»Besser als in Bonne Nouvelle hat er's da auch nicht«, sagt Olivier zu seinem Kumpel. »Weißt du noch, was Mimile aus Fresnes erzählt hat?«

»Und ob ich's weiß! Jeden Kuchen und jeden Apfel haben sie ihm durchgeschnitten und drei Feilen herausgeholt.«

Indessen kämpft Pierre Laval mit dem Rücken an der Wand und kann nicht verhindern, daß der schlimmste Satz zitiert wird, den ihm die Franzosen vorwerfen.

Es war bei einer Rundfunkansprache im Juni 1942, in der er erklärte: »Ich wünsche den Sieg Deutschlands, weil Europa sonst bolschewistisch wird.«

»Diesen Satz«, sagt Laval, »hat man nicht nur aus dem Zusammenhang gerissen, sondern man hat immer nur seinen ersten Teil zitiert.«

Und mit bemerkenswertem rhetorischen Geschick zeichnet er ein Bild seiner Politik, die immer nur darin bestanden habe, gegen die Besatzungsmacht ein Maximum von Vorteilen für sein Land herauszuholen.

Genützt hat Laval weder Pétain noch, wie sich bald zeigen wird, sich selbst. Das Gericht muß dem Volk zwei Hauptschuldige liefern, und am 14. August ist die Urteilsverkündung für den ersten gekommen: Philippe Pétain wird zum Tode verurteilt, zur nationalen Unwürdigkeit und zur Konfiszierung seines Vermögens.

Nachsatz: »Angesichts des Alters des Angeklagten spricht das Gericht den Wunsch aus, daß von der Exekution abgesehen werden möge.« Nach Aussagen seiner Anwälte hat der fast taube Pétain dieses »im Interesse der Nation notwendige Urteil« überhaupt nicht registriert. Und mit gnädiger Umsicht nützen sie seine körperlichen und geistigen Schwächen: Nie wird er erfahren, daß man ihn seiner Würde als »Maréchal de France« enthoben hat.

Es ist die Sensation des Pétain-Prozesses, daß das Gericht nach langen Beratungen beschließt, Laval am 3. August als Zeugen zu vernehmen. Die Linkspresse, irritiert durch Zeugen, die Pétain zu entlasten versucht haben, schäumt über vor geiler Erwartung. Und Madeleine Jaoc, die unversöhnlichste aller Chronisten des Prozesses, schreibt im »Franc-Tireur«: »Pétain und Laval vereint vor unseren Augen! Die Schande in Uniform und die Schande in Zivil!«

Alle Zeitungen bringen Lavals Bild im altbekannten grauen Zweireiher. Aber der Rock schlottert, und in einem viel zu weiten Hemd steckt ein dünner Greisenhals, der nur aus Haut und Adern zu bestehen scheint. Schnurrbart und Haare sind ungepflegt, aber die Augen sind wach, und dieser Mann macht nicht den Eindruck eines reuigen Sünders: »Ich bin gekommen, um eine falsche Legende zu korrigieren!«

»Man wird sehen«, schreiben die gemäßigten Blätter. »Au poteau, an den Galgen«, die anderen.

Pierre Laval spricht, ohne Manuskript, viele Stunden. Laut »Combat« hat dieser geistvolle, finessenreiche Parlamentarier dem Präsidenten Mongibeaux innerhalb weniger Minuten die Verhandlungsführung aus der Hand genommen.

Aber der Präsident wird sich auf seine Weise rächen. Als Laval, in der Hitze des überfüllten Saales vom Durst geplagt, mehrmals um ein Glas Wasser bittet, spielt er den Schwerhörigen, bis schließlich eine schwedische Journalistin tut, was ihre französischen Kollegen nicht wagen. Mit königlicher Unbekümmertheit bringt sie ihm Wasser, und auf den Zuschauerbänken wird geklatscht.

Laval verteidigt seine Politik unter der deutschen Besatzung mit Mut und Geschick, und er deckt auch Pétain; allerdings nicht so, wie es sich die Verteidigung und der Marschall wünschen, denn er läßt keinen Zweifel über seine

Senilität: »Als wir einen Lyautey gebraucht hätten, hatten wir leider nur einen Pétain. Aber laßt ihn in Ruhe. Er kann nichts dafür!«

Ein paar Tage später wird Charles de Gaulle, Chef der provisorischen Regierung, dem Wunsch des Gerichts entsprechen und Pétains Todesstrafe in lebenslängliche Haft verwandeln. In seinen Memoiren kann man nachlesen: »Ich hatte mich schon vorher zu diesem Gnadenakt entschieden.«

Jetzt mahlen die Mühlen der Justiz auch für den alten Marschall langsamer, und erst Ende des Jahres 1945 bringt man ihn in die Festung Pierre-Levée auf der Insel Yeu. De Gaulles Großherzigkeit ist indessen begrenzt, denn Pétains Gattin muß, trotz aller Eingaben, bis 1947 warten, um das Exil ihres Mannes teilen zu dürfen. 95jährig stirbt er am 23. Juli 1951, aber der Wunsch des Siegers von Verdun, in Fort Douaumont beigesetzt zu werden, ist nicht erfüllt worden. Er ruht auf dem Marine-Friedhof der Insel Yeu.

In Zelle 108 von Bonne Nouvelle aber geht man wieder zur Tagesordnung über. »Wenn sie Laval den Prozeß machen, gibt's keine Gnade«, sagt Marcellin. »Darauf könnt ihr euch verlassen!«

»Ich will jetzt nicht wissen, was sie mit Laval machen, sondern mit mir, verstehst du?« sagt Olivier hitzig. »Dieser Saustall steckt bis unters Dach voll mit Leuten, die auch ein Recht darauf haben, den Richtern vorgeführt zu werden. Oder muß man vielleicht ein Verräter sein, um diese Herren zu interessieren?«

10

Aber der nächste, der in 108 Grund zur Freude hat, bin ich. Masson persönlich reißt eines Morgens zwischen Kaffee und Suppe die Tür auf und ruft meinen Namen. Ein Wunder ist geschehen: Ich habe Besuch! Es tut so gut, endlich mit einem erfreulichen Ziel durchs Gefängnis zu gehen. Die eisernen Treppen klingen heller unter den Füßen, die sich plötzlich schneller bewegen.

Das Parloir besteht aus einer öffentlichen und einer geheimen Abteilung, und zuerst führt mich Masson durch den Affenkäfig. Hinter fingerdicken Gittern stehen die Besucher, nahe Angehörige. Auf der anderen Seite, hinter den gleichen Gittern, die Gefangenen. Zwei ausgestreckte Hände können einander berühren, weil die Maschen gerade einen Arm durchschlüpfen lassen. Verbotene Praktiken freilich, aber für geübte Hände durchaus möglich. Man merkt es, wenn sie nach den Besuchen in den Zellen ihre Taschen leeren.

Masson führt mich in ein Zimmer, in dem es einen Tisch und Stühle, aber keinen Aufseher gibt. Es riecht verqualmt, und der Aschenbecher ist randvoll. Daneben eine schwarze, überfüllte Aktentasche, in der eine recht attraktive Dame herumwühlt, ehe sie mir mit der Andeutung eines routinemäßigen Lächelns die Hand reicht und mir einen Stuhl anbietet.

Sie trägt ein buntes Sommerkleid, lange kastanienbraune Haare fallen über nackte, sonnengebräunte Schultern. Ein leichter Parfümgeruch vermischt sich mit dem abgestandenen Rauch des schwarzen Tabaks.

»Zigarette?«

Ich greife zu. Nach dem überfüllten Aschenbecher zu schließen, scheinen Anwälte pausenlos mit ihren Klienten zu rauchen.

Maître Chassepoule schiebt einen Brief mit einer Schweizer Marke über den Tisch. »Ich habe, einschließlich einer Hundert-Franken-Note, alles herausgenommen, was mich anging. Dieser Brief ist für Sie. Ich bin bereit, Ihre Verteidigung zu übernehmen.«

Es ist ein langer Brief, der mein Herz klopfen läßt. Mein Onkel sichert mir jede finanzielle Hilfe zu und hat auch meine Mutter schon durch einen Basler Grenzgänger benachrichtigt. »Sie weiß jetzt, daß du lebst, und daß du im Gefängnis sitzt, braucht sie ja nicht zu wissen. Halte mich über alles auf dem laufenden. Von mir wirst du über die Adresse von Maître Chassepoule hören. Ich habe ihr geschrieben, daß sie alles tun soll, um dir zu helfen, und daß Geld keine Rolle spielt.«

Seit vielen Tagen hatte ich auf diese Stunde gehofft, aber jetzt, da sie gekommen ist, bringe ich kein Wort heraus. Maître Chassepoule, sichtlich vertraut mit emotionellen Pausen dieser Art, läßt mir Zeit. Aber nicht mehr, als sie für nötig hält.

»Wir müssen uns leider kurz fassen. In zwanzig Minuten kommt der nächste. Ich werde mir einige Notizen machen. Und bitte sagen Sie die Wahrheit, sonst vergeuden wir nur unsere Zeit. Was Sie dem Untersuchungsrichter sagen, ist eine andere Sache.«

»Es gibt nichts zu verheimlichen, Maître. Sie werden sehen, daß ich gar nicht hierher gehöre, sondern in ein Kriegsgefangenenlager.«

Ich erzähle die Geschichte so knapp wie möglich. Sie stellt ein paar Zwischenfragen, und als ich fertig bin, zieht sie schnell und nüchtern Bilanz: »Die Sache mit der Uniform wird uns Schwierigkeiten machen. Sie müssen bedenken, daß Militärrichter ihre eigenen Ansichten über Ruhm und Würde der Uniform haben, und ein Deutscher ist so ziemlich das letzte, was in diesen Tagen in eine französische Uniform paßt. Um eine Verurteilung werden wir nicht herumkommen.«

»Wieso denn Militärrichter?« frage ich.

»Weil Sie vor einem ›Tribunal militaire‹ zu erscheinen haben. Sie brauchen aber nicht zu erschrecken, denn das hat auch seine Vorteile. In vier bis sechs Wochen werden wir einen Termin haben, was bei einem Zivilgericht zur Zeit völlig unmöglich wäre. Außerdem ist der Untersuchungsrichter Liégard, den ich heute noch aufsuchen werde, ein integrer Mann ohne Vorurteile. Versuchen Sie, einen guten Eindruck auf ihn zu machen.«

»Wann wird man mich vorladen?«

»Vielleicht schon nächste Woche. Ich werde mein möglichstes tun.«

Auf 108 sind sie perplex. »Schon in der nächsten Woche zum Untersuchungsrichter?«

Olivier kann es nicht fassen. »Scheinst ja einen mächtigen Eindruck auf die Chassepoule gemacht zu haben! Ist sie so hübsch, wie sie sagen?«

»Lieber als du wär sie mir heute nacht schon!«

»Jetzt warte nur ab, ob sie dir auch nichts vorgeflunkert hat. Ich habe noch nie viel von studierten Weibern gehalten. Auf die Schweizer Franken deines Onkels wird sie scharf sein.«

»Warum nicht auf ihn?« grinst Touchard. »Schließlich hockt ja ihr Alter auch in Bonne Nouvelle. Wegen Kollaboration.«

»Glaubst du vielleicht, daß mich das stört? Auf jeden Fall ist sie eine Frau, die den Mut hat, einen Deutschen zu verteidigen.«

»Schluß jetzt«, sagt Marcellin.

»Als er den Brief in die Schweiz schreiben konnte, habt ihr euch für ihn gefreut, und jetzt regt ihr euch auf, wenn er einen Termin kriegt. Dabei hat er ihn noch gar nicht, und wenn er vor einen Richter kommt, der sich jeden Tag am liebsten einen Deutschen braten würde, kann es ihm dreckiger gehen als uns allen. Benehmt euch nicht wie die alten Weiber, sondern vertragt euch!«

Olivier schneidet wortlos Brot auf, und Tellier gibt ein paar Scheiben Schinken dazu. Sein Hof nährt ihn gut, aber die Richter, die für ihn zuständig sind, fangen erst bei fünf Jahren an, und sie werden nicht abwägen, ob geistige Beschränktheit oder böser Wille ihn in diese Situation gebracht hat.

Die Tage sind lang in Bonne Nouvelle, jeder nimmt uns ein Stück Jugend. Und die Tage dauern länger und haben keinen Sinn.

Die Koller in der Zelle kommen in kürzeren Abständen. Es gibt Streit wegen Nichtigkeiten, und es wird erst besser, als Olivier und Touchard zum Untersuchungsrichter geführt werden. An diesem Abend singen sie und bestellen neuen Whisky bei Masson. Wenn sie Glück haben, ist ihre Strafe durch die Untersuchungshaft verbüßt.

Zwei Tage später bin ich, zusammen mit Tellier, an der Reihe. Auch für ihn sind der Untersuchungsrichter Liégard und das Militärgericht zuständig. Der Friseur kommt zu einer Rasur außer der Reihe, und ich ziehe mein frisches Hemd an. Surveillant Tessier führt uns zum Hauptportal, wo der vergitterte Wagen steht. Ehe wir einsteigen, ketten sie uns mit Handschellen zusammen.

Trotzdem ist es wie eine Erlösung. Der Prozeß wird ins Rollen kommen. Untersuchungsrichter – Anklageschrift – Prozeß. So ist der Dienstweg, und Maître Chassepoule hat mir einen neuen Besuch versprochen, wenn ich beim Untersuchungsrichter war.

Ich muß mit einem Gendarmen lange im Vorzimmer des Untersuchungsrichters warten, weil er mit Tellier viel Arbeit hat. Schließlich bittet mich eine spitznasige Sekretärin mit Ärmelschonern hinein. Der Flic muß draußen warten und fängt an, sich mit einem Kreuzworträtsel zu beschäftigen.

Richter Liégard bietet mir einen Stuhl an. Auf seinem Schreibtisch liegen die Protokolle der Sûreté.

Das Büro hat keine Vorhänge, aber es ist ein Salon, wenn man aus Bonne Nouvelle kommt. Durch Fenster, an denen es keine Eisenstäbe gibt, sieht man eine Straße mit Autos und Menschen wie eine Vision der Freiheit.

Liégards Stimme holt mich zurück. Sie klingt nüchtern, aber in den klugen Augen, die mich prüfend betrachten, steht weder Haß noch Schadenfreude. Bluffer, das spürt man sofort, sitzen schlecht auf dem Stuhl vor seinem Schreibtisch.

»Ich habe die Protokolle der Sûreté gelesen und gesehen, daß Sie ziemlich lange in der Rue Edouard Fortier waren.«

Das »Sie« ist ungewohnt. Es distanziert nicht, sondern schafft nach dem »Du« der Flics und der Wärter Vertrauen auf Korrektheit.

»Sie waren also im Keller der Sûreté. Aber Sie können es sich sparen, mir etwas vorzujammern. Ich führe kein Beschwerdebuch, sondern muß nach bestem Wissen und Gewissen Anklage gegen Sie erheben. Deshalb wollen wir die Sache nicht komplizieren. Sie werden meine Fragen beantworten, und ich rate Ihnen zur reinen Wahrheit.«

Es ist ein knappes, konzentriertes Verhör, bei dem es ausschließlich um die Beschaffung, das Tragen und das Abstoßen der Uniform geht, mit der ich die Elbe und Frankreichs Grenze überquerte.

Er macht sich ein paar Notizen und sagt dann: »Illegales Tragen der Uniform bleibt als einziger Anklagepunkt.«

»Darf ich auch einmal eine Frage stellen, Herr Richter?«

»Das ist Ihr Recht, aber fassen Sie sich kurz.«

»Ich will wissen, warum man mich nicht wie einen Kriegsgefangenen behandelt. Die Genfer Konvention räumt jedem Soldaten das Recht ein, sich der Gefangenschaft zu entziehen.«

»Das sehen Sie etwas zu einfach. Sie hätten schon verhindern müssen, daß diese Protokolle gemacht wurden. Die Chance dazu hatten Sie, als Sie im Lager von Evreux verhört wurden. Es ist nicht meine Aufgabe, Ihnen nachträgliche Tips zu geben, aber wenn Sie den Vernehmungsoffizier nicht mit Ihrem perfekten Französisch irritiert hätten, wären Sie vermutlich mit einer Glatze und dreißig Tagen Bau davongekommen. Jetzt führt kein Weg mehr am Militärgericht vorbei.«

»Und mit welcher Strafe muß ich rechnen?«

»Ich kann Ihnen nur sagen, was der Code Napoléon für unerlaubtes Uniformtragen vorsieht.«

Er blättert in einem abgegriffenen Wälzer. »Voilà, da haben wir's. Mindeststrafe sechs Monate, Höchststrafe zwei Jahre. Falls nichts Erschwerendes dazukommt.«

»Aber Sie müssen doch berücksichtigen, daß ich nichts anderes bezweckte, als den Russen zu entkommen. Außerdem haben sieben französische Kriegsgefangene davon profitiert und sind in kürzester Zeit nach Hause gekommen.«

»Man wird sehen. Versuchen Sie, auf das Gericht einen guten Eindruck zu machen. Und einen tüchtigen Anwalt haben Sie ja auch.«

Die Rückfahrt nach Bonne Nouvelle dauert fast eine Stunde, weil der Wagen immer wieder im Berufsverkehr steckenbleibt. Radfahrer drücken an den Kreuzungen ihre Gesichter an die vergitterten Fenster, in ihren Augen steht blanke Neugierde.

Tellier sieht die Gaffer nicht. Ausdruckslos starrt er, den Kopf in die linke Hand gestützt, vor sich hin. Die andere Hand ist an mich gekettet und so kalt wie der Stahl der Handschelle. Der Untersuchungsrichter hat ihm eröffnet, daß er mit mindestens fünf Jahren rechnen muß.

In den folgenden Tagen werden seine Weinkrämpfe und Depressionen zu einem Problem in 108. Marcellin, der nun auch erleichtert vom Untersuchungsrichter zurückgekehrt ist, schützt ihn gegen die beiden Apachen aus Le Havre, die schon wieder Pläne schmieden und sich ihre gute Stimmung nicht verderben lassen wollen.

Alle, auch Vissers, der Belgier, wissen jetzt, daß sie unter einem Jahr davonkommen. Nur Tellier und ich sind Außenseiter. Ihm droht ein Minimum von fünf Jahren; ich habe die Wahl zwischen sechs Monaten und zwei Jahren.

Zunächst bin ich zum Warten verurteilt. In André Tellier aber geht eine Verwandlung vor. Zum erstenmal seit sechs Jahren denkt er an Flucht.

Das bringt Olivier auf die Barrikaden. »Damit wartest du gefälligst, bis du verurteilt bist, Freundchen! Glaubst du, wir wollen uns als deine Komplicen 'reinreiten lassen? Der Ausbruch aus der Zelle ist das schwierigste, was es gibt, und ohne Hilfe von außen überhaupt nicht zu machen. Und bevor du abhaust, mußt du noch die anderen, die in der

Zelle bleiben, fesseln und knebeln. Fünf Mann hoch, verstehst du? Denn keiner hat Grund mitzugehen. Nicht einmal der Deutsche, der sechs Monate schnappt, wenn er Glück hat. Kapierst du jetzt?« So stirbt Telliers Projekt.

In den letzten Augusttagen erhalten alle ihre Anklageschriften und Verhandlungstermine. Und wieder ist Tellier mein Weggenosse. Am 14. September 1945 haben wir vor dem Tribunal Militaire von Rouen zu erscheinen.

Maître Chassepoule ist zuversichtlich. Sie bringt mir auch einen Brief aus Basel, der mir Mut macht. Sie hofft, die Mindeststrafe von sechs Monaten erreichen zu können, von denen schon fast drei durch die Untersuchungshaft abgebüßt wären.

Es gibt Stunden, in denen ich fest daran glaube. Aber dann kommen nagende Zweifel und die Angst vor Richtern, deren Urteil vielleicht schon vor der Verhandlung feststeht. Noch schreibt man 1945, und kann ein Deutscher Nachsicht erwarten, die Franzosen verweigert wird?

Was muß man tun, um ein Gericht, dessen Zusammensetzung, Mentalität und Arbeitsweise man nicht kennt, für die Mindeststrafe zu erwärmen?

»Es gibt kein Rezept«, sagt Marcellin. »Hör endlich auf, große Reden auswendig zu lernen. Sie haben gar nicht so viel Zeit für dich, und ein langer Monolog reizt sie nur.«

»Aber ich muß mich doch verteidigen!«

»Nicht so, wie du denkst. Dafür bezahlt dein Onkel einen teuren Anwalt, der ihre Stimmung besser erfaßt als du und im richtigen Moment das Richtige sagen kann. Wenn du eine große Rede vorbereitest, bist du unbeweglich.«

»Ich soll mich also gar nicht vorbereiten?«

»Im Prinzip schon. Vor allem mußt du deine Nerven trainieren. Hübsch devot bleiben, wenn sie dich provozieren. Alles vermeiden, was sie ärgern könnte. Und klappere bloß nicht mit den Hacken wie bei den Preußen! Du kannst zwar von der Voraussetzung ausgehen, daß es in der französischen Armee den gleichen hohen Prozentsatz von

Schwachköpfen gibt wie in allen Armeen der Welt, aber ich glaube, daß unsere Militärgerichte zivilisierter sind als die eurigen. Es gibt da noch bon sens, und mit guten Argumenten kommst du weiter als mit strammer Haltung. Aber überlade deinen Kopf nicht. Ein vernünftiger Satz im richtigen Augenblick hilft dir mehr als eine lange Rede.«

Zwei Tage vor meiner Verhandlung kehrt Marcellin von seinem Prozeß zurück. Vier Monate haben sie ihm nur verpaßt, von denen mehr als drei schon abgesessen sind. Sein fröhlicher Auszug ins Quartier der Verurteilten gleicht einer Entlassung.

Olivier und Touchard spenden Whisky zu seinem Abschied, und gegen Mitternacht erklärt Tellier, der nicht viel verträgt, daß er den Saustall von Militärgericht schon ausmisten werde. Aber nach dem Rausch kommt das große Zittern, und als sie uns, frisch rasiert, am Morgen des 14. September wieder zusammenketten, spüre ich kalten Angstschweiß an seinen Bauernhänden. Die Verhandlung ist öffentlich, und seine Eltern werden dasein und vielleicht auch ein paar Neugierige aus dem Dorf.

Sechs Fälle werden am Vormittag, sechs am Nachmittag verhandelt. Macht eine halbe Stunde pro Mann. Verflixt wenig!

Wir sitzen in einem kahlen, nur mit zwei Holzbänken möblierten Zimmer und wissen nicht, wer der erste sein wird. Das zerrt an den Nerven. Und wer von der Verhandlung zurückkommt, ist keineswegs beruhigt, denn die Urteile werden erst am Schluß verkündet.

Ich bin der fünfte und vorletzte vor der Mittagspause. Es muß schnell gehen, denn die anderen haben ihre Zeit überzogen.

Es ist fast zwölf Uhr, als mich der Posten durch einen schmalen, halbdunklen Korridor in den Saal führt. Die Knie sind ein bißchen weich, und der Puls geht zu schnell.

Ein Spalier von Soldaten mit weißen Gamaschen und blitzblanken Schuhen. Fünfzig bis sechzig Zuschauer im

Hintergrund, vorn die Tribüne mit dem Gericht. In der Mitte ein massiger, grauhaariger Colonel als Vorsitzender, flankiert von sechs Offizieren verschiedener Dienstgrade.

Die Anklagebank ist ein einfacher Stuhl aus einer Kasernenstube, und da ich kein Zeichen bekomme, bleibe ich stehen.

»Gut so«, sagen die Augen von Maître Chassepoule, die in ihrer schwarzen Robe wie eine Ordensschwester aussieht.

Der Eröffnungsbeschluß wird in einem Tempo verlesen, dem mit Sicherheit niemand folgen kann, und ich muß bestätigen, daß ich der Mann bin, von dem die Anklageschrift spricht.

»Vorbestraft?«

»Non, Monsieur.«

Kaum daß ich vor ihnen stehe, sind wir schon mittendrin. Kommißköpfe sind keine darunter. Aber es ist schwer, in den Augen zu lesen. Einige blicken mit gesenkten Lidern in Papiere, einer malt Männchen. Und der Rechtsaußen ist sichtlich müde. Ich spüre mäßiges Interesse, aber keinen Chauvinismus.

»Sie geben zu, die französische Uniform getragen zu haben«, sagt der Vorsitzende. »Was bringen Sie zu Ihrer Verteidigung vor?«

Ich denke an die Zeitnot und fasse mich kurz. »Es ging mir einzig und allein darum, am rechten Ufer der Elbe den anrückenden Russen zu entkommen. Eine Kriegslist in einer verzweifelten Lage. Ich wollte die Uniform dann so schnell wie möglich wieder loswerden, aber aus den Protokollen werden Sie wissen, warum mir das nicht gelang. Ich bitte das Gericht zu berücksichtigen, daß sieben Franzosen von meiner Aktion profitierten und daß ich keine andere Wahl hatte, um der Gefangennahme durch die Russen zu entgehen. Ferner bitte ich, mich als Kriegsgefangenen zu betrachten und mich in ein Lager zu überweisen.«

»Genug«, flüstert Maître Chassepoule von hinten. Ich

merke gleich, daß es ein Vorgriff auf ihr Plädoyer war, aber ich habe das Gefühl, nichts Falsches gesagt zu haben.

»Keine weiteren Fragen?«

Kein Kreuzverhör. Es geht so friedlich zu wie bei der Abgabe einer Steuererklärung.

»Das Wort hat die Verteidigung.«

Maître Chassepoule paßt sich der Atmosphäre an, wiederholt meine Argumente und bittet um Einweisung in ein Lager. Einziger neuer Punkt: »Er hat mit der Uniform keinen Mißbrauch getrieben, der dem Land geschadet hätte.«

»Abführen! Der nächste!«

Es hat keine zwanzig Minuten gedauert. Aber es dauert noch sehr lange, bis ich das Urteil erfahre. Erst am Abend werden wir alle zwölf gemeinsam in den Saal geführt. Beim Einzug des Gerichts werden Gewehre präsentiert.

Mit meinen erhofften sechs Monaten ist es Essig. Das Urteil lautet auf ein Jahr Gefängnis wegen unerlaubten Tragens der französischen Uniform. Sie haben, salomonisch wohl nach ihrer Ansicht, die Mitte gewählt.

Es hätte schlimmer kommen können, aber meine Enttäuschung ist groß. Der einzige Trost: Tellier hat seine fünf Jahre bekommen, und auch die Strafen von fünf anderen liegen höher als die meine.

Einer wurde freigesprochen. Mit Augen, die wie im Fieber glänzen, sitzt er im Kastenwagen, der zum Gefängnis zurückschaukelt.

Die Koffer bitte, Monsieur le Surveillant-Chef. Es muß ein umwerfendes Gefühl sein. Aber ich glaube nicht, daß die Richter in ihren sauberen Hemden und Uniformen das wissen. Vermutlich glauben sie, daß es einen normalen Strafvollzug mit ausreichender Verpflegung und Hygiene in einem Land gibt, das zwar nicht mehr am Boden liegt, aber sich erst strauchelnd und tastend zu bewegen beginnt. Tief steckt die soziale Leiter im Sumpf. Wer sollte da die unterste Sprosse sehen?

Ich muß, während der Wagen über das Kopfsteinpflaster

der grauen Arbeitervorstadt Petit-Quevilly holpert, an Egon Erwin Kisch denken, der erst dann sein Urteil über fremde Länder abgab, wenn er ihre Gefängnisse gesehen hatte.

Frankreichs Ausnahmezustand, der noch lange nicht beendet ist, hat die Gefängnisse so vollgepumpt, daß sie bersten würden, wenn Stein und Beton kein unverrückbarer Wall wären. Wer aber will etwas vom totalen Zusammenbruch der primitiven sanitären Einrichtungen wissen, von der Unmöglichkeit, Kranke in eine »Infirmerie« aufzunehmen, deren wenige Betten durch miese uniformierte Kreaturen an zahlungskräftige Prominente verkauft sind? Diese Richter richten nach bestem Wissen und Gewissen, aber das Wissen reicht nicht aus, um das Gewissen zu alarmieren.

Bonne Nouvelle führt ein schaurig-tristes Eigenleben. Sein Direktor stellt Statistiken auf und züchtet zwischen der ersten und zweiten Mauer Gemüse. Ob er etwas von den Schmiergeldern sieht, die für jeden Sonderposten bezahlt werden müssen, ist nicht sicher, die Mafia der Surveillants ist unkontrollierbar. Aber es ist sicher, daß er die großen Vergünstigungen persönlich erteilt. Man weiß von reichen Kollaborateuren, deren Zellentür nie verschlossen ist und die sich Menüs aus den besten Restaurants kommen lassen.

Ich gehöre zur untersten Kategorie, und mein erster Tag als Verurteilter beginnt so: Einkleidung in die schmutzigste Sackleinwand, die auf Lager ist, denn ich habe keine Schmiergelder für den Kammerbullen. Dann kommt der Gang zum Friseur, und wieder wird mein Kopf, auf dem gerade die Andeutung eines Scheitels geglückt war, kahl geschoren. Die Schuhe darf ich behalten, aber zusätzlich gibt es grobe Holzschuhe, wie sie die normannischen Bauern im Stall tragen.

Der letzte Gang führt in meine neue Behausung, das »Réfectoire«. Es liegt in einem anderen Trakt, und der Weg führt durch einen dunklen Korridor, der so lang ist wie ein Tag ohne Brot.

Gegen zehn Uhr erfolgt unser Einzug. Wir sind die elf

Verurteilten des Vortags, und als der Surveillant die Tür wieder geschlossen hat, bilden die fünfzig Insassen einen Halbkreis um uns.

Es sind in die gleichen Lumpen gehüllte Glatzköpfe. An der Wand, wie Zinnsoldaten ausgerichtet, fünfzig Paar Holzschuhe. Sie werden zum Gang in den Schlafsaal benutzt.

Nur ein untersetzter, stämmiger Bursche tanzt aus der Reihe. Er trägt eine braune Manchesterhose und ein erstaunlich sauberes Unterhemd, das muskulöse, mit Herzen und Ankern tätowierte Oberarme freigibt. Breitbeinig, die Hände in die Hüften gestemmt, baut er sich vor uns auf.

»Ich bin Pierrot und hier für die Ordnung verantwortlich. Wer nicht pariert, lernt mich kennen. Ist das klar?«

Der Kerl ist bärenstark, und man spürt, daß die verschlagenen Augen unter den buschigen, zusammengewachsenen Augenbrauen Widerstand suchen, damit es Arbeit für die Muskeln gibt. Elf frisch geschorene Glatzköpfe nicken. Aber die Begrüßung ist noch nicht zu Ende.

»Hört mal, es kann doch nicht wahr sein, was ich da gehört habe. Ein Deutscher soll unter euch sein?«

Eine Sekunde zögere ich. Aber es gibt kein Loch, in das ich mich verkriechen könnte. Ich trete einen Schritt vor.

»Ja, es stimmt. Man hat mich hier eingewiesen wie jeden anderen auch.«

Er tritt einen Schritt zurück und pfeift durch die Zähne. »Wie jeden anderen auch«, äfft er mich nach. »Habt ihr das gehört? Er hält uns für seinesgleichen, der Boche!«

Herausfordernd blickt er in die Runde, aber die Empörung ist nur mäßig. Unwillkürlich muß ich an Thiétard denken, aber er läßt mir keine Zeit.

Die Ohrfeige kommt so plötzlich, daß ich ihr nicht ausweichen kann. Der stiernackige Kerl ist so von seiner Kraft überzeugt, daß er keine Reaktion erwartet. Aber er weiß nicht, was es heißt, einen ins Gesicht zu schlagen, der ohnmächtig Prügeln ausgeliefert war. Hier ist nicht der Keller der Sûreté.

In jäher Wut schlage ich zurück. Er taumelt gegen die Wand, aber ich ramme ihm die Faust mit der gleichen Wucht in den Magen, und ehe er Halt findet, muß er in die Knie.

Maßloses Erstaunen steht in seinen Augen, aber dann packen sie mich von hinten. Drei oder vier Männer werfen mich auf den Steinboden, und als ich wieder hochkomme, steht auch Pierrot wieder.

Aus dem Halbkreis ist ein Ring geworden. Sie wollen die zweite Runde sehen. Aber jetzt ist das Überraschungsmoment vorbei, und als er, schwer atmend, auf mich zukommt, weiß ich, daß ich verloren bin.

Es gibt keine Flucht. Zwei- oder dreimal treffe ich ihn noch, aber seine Schläge sind wuchtiger, und ich kann nur einigen ausweichen. Dann schwinden mir die Sinne unter einem fürchterlichen Hagel auf Kopf und Körper.

Ich muß lange bewußtlos gewesen sein. Das nasse Handtuch, das sie mir auf den Kopf gelegt haben, ist ein blutiger Lappen, und jede Bewegung schmerzt. Gesichter beugen sich über mich, aber ich sehe sie nur verschwommen mit dem linken Auge. Das rechte öffnet sich nicht, über der Braue ist eine lange Rißwunde.

Pierrot schiebt die anderen zur Seite.

»Kannst du mich verstehen?«

Ich nicke.

»Hör zu. Man sollte dich vielleicht über dem Auge nähen, aber wenn dich der Arzt sieht, verlangt er eine Untersuchung, und das ist nie gut. Für dich am allerwenigsten. Ich werde Pflaster besorgen, und du hältst die Schnauze. Einverstanden?«

Nach einer halben Stunde ist das Verbandszeug da, und selbst mit klarerem Kopf hätte ich nicht begriffen, wie Nachrichten und Zubringerdienst durch verschlossene Türen und ohne Mithilfe eines Aufsehers funktionieren. Jedenfalls ist klar: Pierrots Macht ist groß, und wer sich mit ihm anlegt, hat nichts zu lachen.

Es zeigt sich jedoch, daß ich trotz der Niederlage gewonnen habe. Meine Ahnungslosigkeit wird als Mut ausgelegt und erweist sich als gute Kapitalanlage. Pierrot und seine Leibwächter haben meinen Einzug ins Refektorium sanktioniert.

Das Leben in dieser bunt zusammengewürfelten Zwangsgemeinschaft ist ein ganz anderes als in den Zellen der Untersuchungshäftlinge. Wenn aber der Friseur kommt, schwinden nicht nur die Haare, sondern auch die Hoffnungen.

Man hat sich mit der Situation abzufinden. In diesem Refektorium müssen das fünfzig Männer und ein paar Halbwüchsige zwischen fünfzehn und siebzehn. Sie gehören eigentlich nicht hierher, aber man hat keinen anderen Platz für sie gefunden. Etwa vierzig Prozent sind Soldaten, meist Deserteure und Befehlsverweigerer, der Rest Kollaborateure, Diebe und Sittlichkeitsverbrecher. Man lebt als Kommune, weil der Raum viel zu klein für die Bildung von Clans ist. Und der Professor der Naturwissenschaften, der mit deutschen Offizieren verkehrte, lernt es, sich mit dem Hafenarbeiter zu unterhalten, der ein vierzehnjähriges Mädchen verführt hat.

Platz gibt es nur nachmittags bei der »Promenade« – der Hof für die Verurteilten ist groß. Jeder macht, was er will: Freiübungen, diskutieren oder in der Sonne sitzen und dösen. Es ist in dieser zweiten Septemberhälfte noch angenehm warm, und an schönen Tagen lassen uns die Surveillants bis zu zwei Stunden im Hof.

In der Untersuchungshaft war eine halbe Stunde das höchste, und dieser Hof ist die halbe Freiheit, wenn man aus der stickigen Luft des überfüllten Refektoriums kommt.

Mein erster Freund wird Mokri Moustapha, ein hakennasiger Algerier mit wilden schwarzen Augen und fast nur Sehnen und Knochen unter der ledernen Haut. Sie haben ihm zwei Jahre verpaßt und ihn vom Unteroffizier zum gemeinen Soldaten degradiert, weil er einen Leutnant verprügelt hat.

Mokri ist kein junger Mann mehr, über vierzig schon,

und wenn er mit seinem gutturalen Akzent über die Armee schimpft, wird jedem klar, daß der Leutnant nicht nur eine Backpfeife erwischt hat. Er ist nicht der einzige Algerier, der sich vom Militärgericht allzu hart bestraft fühlt. Auch seine Freunde Lassen Ben Brik und Aschouri behaupten, es werde mit zweierlei Maß gemessen. Alle geben ihnen recht. Vielleicht schon deshalb, weil es nicht ratsam ist, dieses Trio von beachtlicher Kampfkraft zu reizen.

Irgendwo hat Mokri ein paar Brocken Deutsch aufgeschnappt, und er freut sich wie ein Kind, daß er sie anbringen kann. Abends, wenn wir in den Schlafraum, den »Dortoir«, geführt worden sind und es dunkel wird, pflegt er sich zu einer kleinen Unterhaltung neben mich zu setzen, und immer endet sie mit den drei Worten: »Hans, gutt schloffen!«

Wenn ich dann auf deutsch »Du auch, Mokri« sage, dann lacht er glucksend und tastet sich hinüber zu der Ecke, in der er mit Aschouri und Lassen Ben Brik schläft.

Diese Ecke gehört, wie auch mein Schlafplatz, zum Armenviertel des Refektoriums. Hier gibt es nur altes, zerlegenes Stroh, und man kann froh sein, wenn man eine zweite Decke als Unterlage hat.

In der Mitte des langen, schmalen Raumes, dessen zwei Glühbirnen um zehn Uhr gelöscht werden, befindet sich das Revier der Mittelklasse. Sie haben sich von zu Hause Matratzen kommen lassen, und einige besitzen Kopfkissen und Hausschuhe.

In der Luxusklasse am anderen Ende gibt es sogar richtige Steppdecken. Wohlhabende Leute, die mindestens jeden zweiten Tag ihr Freßpaket kriegen, aber doch nicht reich genug sind, um sich den allerhöchsten Luxus einer gut möblierten Zelle leisten zu können, die direkt vom Restaurant beliefert wird. Freilich, sie bedürfen der Protektion des Prévost Pierrot, der seinen Anteil verlangt. Hier ein Päckchen Zigaretten, da ein Hühnerschenkel und eine knusprige Stange Weißbrot. Nur wer ihn und seine Mafia gebührend entlohnt, hat Ruhe im Quartier der Reichen.

Simonet, Besitzer einer großen Autoreparaturwerkstätte, gehört zu dieser Oberschicht. Die Schätze in seinen Paketen sind so provozierend, daß er erst zu essen pflegt, wenn das Licht gelöscht ist. Sein bemüht leises Schmatzen läßt den Leuten im Armenviertel das Wasser im Mund zusammenlaufen.

Ich bin besonders anfällig, weil ich seit meiner Verurteilung keinen Anschluß an Freßpakete mehr habe, von ein paar Mitleidsbrocken abgesehen, die mir ab und zu zugeschoben werden. Ich bin auf die winzige Brotration und die undefinierbare Brühe angewiesen, die außer den Wächtern niemand für Kaffee hält. Und die Suppen enthalten nur sonntags einen Hauch von Nährwert. Das läßt die Kleider schlottern und macht die Knie weich. Mokri bezieht ebenfalls keine Pakete, aber für ein paar Krümel »Tabac gris« gibt er sogar sein Brot her.

Sein »Hans, gutt schloffen« hilft mir mehr als das Augenzwinkern Pierrots, das mir das Wohlwollen seiner Mafia garantiert.

Tellier, der neue Freunde gefunden hat, rückt auch nichts mehr heraus. Er ist unter Bauern, die zusammenhalten, was sie besitzen. Normandiebauern sind unschlagbar auf diesem Gebiet.

II

Eines Abends, als Mokri sein »gutt schloffen« angebracht und sich in seine Ecke hinübergetastet hat, steht plötzlich Simonet vor meinem Strohhaufen.

»Hast du Hunger?«

»Ich habe immer Hunger.«

»Dann komm.«

Ich brauche nur meine Jacke umzuhängen, weil man auf dem schütteren Stroh, das kaum den Steinboden bedeckt, die sackleinene Hose nicht ausziehen kann.

Er führt mich zu einem Tischleindeckdich in der Ecke der Reichen. Über einen Koffer hat er ein sauberes Handtuch gelegt, und im Halbdunkel liegt auf richtigen Tellern eine Traummahlzeit: ein gebratenes Huhn, Butter, Käse, Wurst, Weißbrot und riesige, goldgelbe Birnen. Es gibt Leute, die für weniger umgebracht worden sind.

Lachend drückt er mir ein Messer in die Hand. »Fang ruhig an, ich hab's nicht eilig.« Und das lasse ich mir nicht zweimal sagen. Es bleibt nicht viel für Simonet übrig, aber er tut, als ob er der Beschenkte wäre.

»Weißt du was? Wenn du willst, kannst du jeden Abend mit mir essen.«

»Das meinst du doch nicht im Ernst!«

»Warum nicht? Wie du siehst, habe ich genug für zwei. Wenn du willst, kannst du auch hier schlafen. Sieh dir diese Steppdecke an. Ist doch besser als dein Strohhaufen und die dünne Wolldecke.«

»Natürlich ist es besser. Ich finde das einfach fabelhaft von dir.«

Wieder lacht er. Es klingt hell und geschmeichelt, und zum erstenmal fällt mir auf, wie schmächtig er gebaut ist.

»Weißt du, daß ich dich bewundert habe, als du den Prévost Pierrot angegriffen hast?«

»Wenn man nichts zu verlieren hat, ist einem alles egal. Das hat mit Mut gar nichts zu tun.«

»Jetzt untertreibst du. Vor dir hat ihn noch nie einer angegriffen.«

Dann liegen wir unter der warmen Steppdecke. Zuerst denke ich mir nichts dabei. Vielleicht friert er, weil er so nahe an mich herankriecht. Aber dann, als er mir folgt bis zum Rand der Matratze und seine dünnen Schenkel sich um meine Beine klammern, begreife ich.

»Mach keinen Blödsinn, Simonet. Wenn das dein Preis ist, hast du dich getäuscht. Ich kann das nicht.«

Ich habe es geflüstert, um die anderen nicht aufmerksam zu machen, und atme auf, als er mich losläßt.

Aber nur für ein paar Sekunden. Dann drängt er sich noch heftiger an mich. Am Hals spüre ich seinen feuchten Mund.

Ich reiße die Steppdecke zurück und springe auf. Die Versuchung, mit den Fäusten auf ihn loszugehen, ist groß. Aber ich bezwinge sie und will mich in meine Ecke zurückschleichen.

Da schreit er mit schriller Fistelstimme, die sich vor Wut überschlägt: »Sale Boche! Dieses Schwein hat mich packen wollen, hört ihr's?«

Im Nu ist der Teufel los, aber schon habe ich Simonet auf den Steinboden gedrückt. Wilde, unbezähmbare Wut läßt die Fäuste fliegen.

Plötzlich geht das Licht an. Zwei Aufseher reißen uns auseinander.

»Was geht hier vor?«

Simonet windet sich wimmernd am Boden und sagt kein Wort. Aber ehe ich mich verteidigen kann, schreit einer von hinten: »Der Deutsche ist ein Schwuler. Er hat ihn packen wollen!«

Mehr höre ich nicht. Zwei wütende Surveillants fallen über mich her und schlagen mich zusammen. Als ich zu mir komme, ist es stockdunkel, und im Kopf sitzt dumpfer, bleischwerer Schmerz.

Kalte Mauern, wohin die Finger tasten. Es muß eine dieser winzigen Strafzellen sein, die sie Mitard nennen.

Alle fürchten den Mitard. Er bleibt auch am Tag dunkel, weil er nur ein kleines Luftloch hat, und man sagt, daß einer, der länger als vierzehn Tage drinbleibt, reif fürs Irrenhaus ist.

Anstelle von Kaffee gibt es am nächsten Morgen Wasser. Mit der Hälfte davon reibe ich mir das geronnene Blut aus dem Gesicht. Aber die Brotration ist die gleiche wie im Refektorium. Ich esse die Hälfte der kleinen »boule« und mache mir aus der stinkenden Decke ein Kissen für den schmerzenden Kopf.

Ob sie mich einfach liegenlassen oder ein Verhör anstellen? Beides wird aufs gleiche herauskommen, denn welche Chancen gibt es gegen Simonet mit seinen Beziehungen?

Man verliert im Dunkeln jeden Zeitbegriff, aber man kann denken. Simonets Abendessen war teuer.

Die Rechnung ist aber ohne Mokri Moustapha gemacht. Ihm habe ich es zu verdanken, daß sich die Tür des Mitard nach der lauwarmen Wassersuppe öffnet. Im Licht des Korridors, das den blinzelnden Augen weh tut, steht der Surveillant-Chef.

»Komm heraus, die Sache ist in Ordnung. Wir haben uns geirrt.«

Als er mich bei Licht betrachtet, fügt er hinzu: »So hätten sie dich ja auch nicht zuzurichten brauchen. Ich führe dich jetzt in den Waschraum der Aufseher, dann geht's ins Refektorium. Simonet sitzt im Mitard. Du kannst dich bei den Algeriern und ein paar anderen bedanken.«

Mokri ist der erste, der mir die Hand drückt, und sogar Pierrot findet ein paar Worte zur Begrüßung: »Solche Schweinereien gibt's bei mir nicht. Ich habe dafür gesorgt, daß der Richtige in den Mitard kommt!«

Es stellt sich aber schnell heraus, wer wirklich für mich eingetreten ist. Mokri hat am Morgen den Aufseher abgefangen und einen solchen Lärm geschlagen, daß sie den Surveillant-Chef holen mußten.

»Ich ihm gesagt, daß Simonet eine Tante ist. Aschouri ist Zeuge, weil er auch bei ihm probiert hat. Gut essen und dann ins Bett! Aber Surveillant-Chef schüttelt Kopf und sagt, alle Algerier lügen. Aber andere sagen, es ist wahr, und hat auch bei ihnen probiert. So der Chef spricht mit Prévost und holt dich aus Mitard und schmeißt Simonet rein.«

Henri Bonnaventure, einer der Jüngsten, mischt sich ein: »So ist es gewesen. Simonet hat mir auch schon ein paarmal Avancen gemacht. Er sucht einen neuen Freund, weil ihm der Morpion untreu ist.«

Der Morpion, zu deutsch Filzlaus, ist ein kleiner, dreckiger Kerl, der wie eine Ratte aussieht und noch keine sechzehn ist. Jeder weiß, daß er sich für ein Stück Brot oder für ein paar Zigaretten verkauft und Simonet nicht sein einziger Brotherr ist.

Henri Bonnaventure bietet mir eine selbstgedrehte Zigarette an. Zwar ist Rauchen verboten, aber für den fünffachen Ladenpreis kriegt man von jedem Aufseher Zigaretten.

»Wenn du willst, kannst du deine Klamotten auf mein Brett legen. Viel wirst du ja nicht haben.«

»Merci, Henri.«

Wenn zwei ihr Gepäck auf den primitiven Regalen an der Wand zusammenstellen, bedeutet das, daß sie einen Clan bilden und ihre Pakete teilen, obwohl die Clans einander wegen Platzmangels stören. Entscheidend ist die Gütertrennung.

»Viel habe ich allerdings auch nicht«, sagt Henri. »Ein Paket pro Woche und meist gekochte Kartoffeln, aber dafür brauchst du nicht unter meine Decke zu kriechen.«

So bin ich der Wassersuppe nicht mehr völlig ausgeliefert, und Henri entpuppt sich als ein Kumpel von erstaunlichen Qualitäten.

Die Sache mit Simonet führt aber noch zu anderen Kontakten. Allanet, Professor der Naturwissenschaften, der bei dem Spaziergang einsam und mit langen, gleichmäßigen Schritten an der Mauer entlanggeht, spricht mich an.

»Ich möchte mich ein wenig mit Ihnen unterhalten, junger Freund.«

Er spricht eine Sprache, die nicht hierher paßt. Nicht nur, weil er das übliche »Du« ablehnt, sondern das Imperfekt des Konjunktivs so pedantisch pflegt wie seine Fingernägel.

Es ist einer jener warmen Herbsttage, an denen die silbernen Fäden des Altweibersommers über die hohen Mauern schweben. Wenn man die Augen schließt, kann man Bonne Nouvelle fast vergessen.

»Sehen Sie«, sagt der Professor und winkt mich an seine Seite, »diese Sache mit Simonet will mir nicht aus dem Kopf. Ich bin natürlich froh, daß man Sie aus dem Mitard geholt hat, aber ich frage mich, ob er hineingehört.«

»Aber Sie werden mir doch nicht die Schuld daran geben!«

»Wer redet von Schuld? Sie sind so stürmisch, junger Freund. Ich bin ein alter Mann und sehe die Dinge anders als ihr. Die Mauern machen euch verrückt. Dieser Simonet zum Beispiel. Haben Sie schon einmal über ihn nachgedacht?«

»Ich glaube schon. Man hat Zeit dazu im Mitard.«

»Haben Sie auch überlegt, ob er schuld ist an einer Veranlagung, gegen die sich niemand wehren kann?«

»Das mag ja sein, aber deshalb muß man doch nicht mitmachen!«

»Natürlich nicht. Ich will Ihnen nur begreiflich machen, daß dieser Simonet etwas für Sie empfunden hat. Nennen wir es mal Bewunderung, weil Sie sich mit dem Prévost angelegt haben. Und nun versuchen Sie einmal, sich vorzustellen, daß am Anfang nur der Wunsch war, Ihnen etwas Gutes zu tun. Andere Wünsche und Gefühle kamen dazu. Und jetzt denken Sie noch an diese Mauern. Zu allen Zeiten haben sie durchaus normal veranlagte Männer zueinandergetrieben.«

Henri Bonnaventure ist schon ein ganzes Stück mit uns an der Mauer entlanggegangen, der Professor hat es gar nicht gemerkt. Wenn er Vorträge hält, vergißt er seine Umgebung.

»Sie quasseln Blödsinn, Prof«, sagt Henri. »Kastrieren müßte man diese Schweine!«

Der Professor schaut ihn belustigt an. »Onanieren Sie etwa nicht nachts, junger Freund? Ein alter Mann wie ich schläft nicht so gut wie ihr und erfährt nachts manches.«

Henri wird rot und beißt sich auf die Zunge. Wenn ich jetzt nicht aufpasse, wird er dem Alten eine knallen. Dann wird er in den Mitard gehen, und ich werde keine Kartoffeln mehr bekommen.

»Vielleicht hat der Professor recht«, sage ich, halb überzeugt, halb aus Angst vor einer Dummheit Henris. »Was kann der Simonet dafür, wenn er nicht an Mädchen denkt wie wir? Was er kriegen kann, nimmt er sich, wie er's draußen auch gemacht hat. Und er kriegt genug.«

»Aber nur, weil er zahlt!«

Wieder lächelt der Professor. »Und kassieren draußen die Weiber etwa nicht? Würdet ihr nicht auch jeden Preis zahlen, wenn man euch heute nacht eine Nutte auf den Strohsack legte?«

Wir setzen uns auf den von Kieselsteinen übersäten Boden, den die Herbstsonne gewärmt hat. Über der grauen Mauer kurven Schwalben, einmal auf unserer Seite und einmal draußen, wo jeder tun kann, was er will, und wo es Bistros gibt und Wein und Mädchen.

»Wenn man Ihnen so zuhört«, sagt Henri, »müßte man beim Surveillant-Chef fast ein Wort für Simonet einlegen.«

»Und warum tut ihr es nicht? Was habt ihr davon, daß sie ihn ins Loch geworfen haben?«

»Nichts«, sage ich, und Henri nickt.

»In vierzehn Tagen wird er wie ein Gespenst herauskommen, wenn er's überhaupt aushält. Er hat nicht soviel Kraft wie ihr.«

Aber da muckt Henri auf. »Frißt er vielleicht nicht wie ein König?«

»Nicht im Mitard, junger Freund.«

»Und was sollen wir tun?« frage ich.

Der Professor, der mit seinem langen Zeigefinger Kreise in den Staub gemalt hat, blickt mir voll ins Gesicht. Ich spüre mit leiser Ironie gemischte Klugheit, als er sagt: »Sie sind aus dem Mitard geholt worden. Jetzt haben Sie Simonet herauszuholen. Sagen Sie, daß er gewisse Bewegungen im Schlaf gemacht hat und Sie sich möglicherweise täuschten.«

Der Surveillant-Chef läßt tatsächlich mit sich reden, und nach drei Tagen ist Simonet wieder im Refektorium. Wir sprechen nicht mehr miteinander, aber am Abend schickt er mir durch den Morpion ein Stück Käse. Ich esse es mit Appetit und gutem Gewissen.

Es kommt nur selten vor, daß eine Mitardstrafe verkürzt wird. Nun ist es gleich zweimal geschehen, aber zu höchster Berühmtheit auf diesem Gebiet hat es der schöne Mimile in sämtlichen Abteilungen von Bonne Nouvelle einschließlich des Frauenpavillons gebracht. Ihm wurde die Hälfte seiner vierzehn Tage erlassen, und selbst der Gefängnispfarrer hatte sich beim Direktor für ihn eingesetzt. Und der schöne Mimile behauptet, daß der Pfarrer jedesmal schmunzelt, wenn er ihn sonntags bei der Messe entdeckt. Aber das mag übertrieben sein.

Die Affäre, die Mimile das Image eines Helden verschaffte, stellt freilich die Taten der berühmtesten Ausbrecher in den Schatten. Ich habe sie in vielen Variationen gehört, und es ist sicher, daß sie bei jedem Aufwärmen neu ausgeschmückt wurde. Sicher ist aber auch, daß sie in ihrem Kern wahr ist und Mimile bewiesen hat, nicht nur ein Schürzenjäger, sondern auch mutig und von bemerkenswertem Einfallsreichtum zu sein.

Es geschah an einem Freitag, dem Badetag. Jeweils dreißig Mann werden zum Duschen geführt, und fünf Minuten lang gibt es wunderbar heißes Wasser.

An diesem Tag hatte Mimile eine Idee. Aber er weihte keinen ein, als er sich in die letzte Gruppe einreihte.

Als die Männer geduscht hatten und abmarschierten, entging es ihrem Bewacher, daß er nur 29 ins Refektorium zurückführte. Mimile, der dreißigste, war splitternackt im Duschraum geblieben.

Nun wäre das wenig sinnvoll und schon gar nicht heldenhaft gewesen, wenn er nicht den verwegensten aller Pläne damit verbunden hätte. Er wußte nämlich, daß nach der letzten Männergruppe die erste Frauengruppe zum Duschen geführt wurde, und ging von der logischen Überlegung aus, daß sich die Aufseherin in ihrer Anstaltsuniform kaum den dampfenden Wasserstrahlen aussetzen würde. Vielmehr würde sie wie ihre männlichen Kollegen im Umkleideraum warten. Mimiles Rechnung ging hundertprozentig auf, und es passierte, laut der gemäßigten Version, folgendes:

Dreißig Frauen und Mädchen betreten schnatternd und im Gänsemarsch den Duschraum, wie sie der Herrgott erschuf.

Und genauso steht Mimile da. Den ausgestreckten Zeigefinger hält er beschwörend an die Lippen, und dann geht's los. Die Mädchen packen die einmalige Chance beim Schopf – und den Mimile da, wo er am empfindlichsten ist.

»Ein Dutzend«, sagt er, in verklärter Erinnerung schwelgend, »habe ich geschafft, aber sie sind auf mich losgegangen wie beim Sommerschlußverkauf und haben einen solchen Krach gemacht, daß die Aufseherin plötzlich die Tür aufriß. Sie hat gebrüllt wie am Spieß und nach Verstärkung gepfiffen, und ich bin so schnell in den Mitard geschmissen worden, daß ich mich nicht einmal abtrocknen konnte.«

Und verträumt fügt er hinzu: »Bedenkt, was ich versäumt habe: Drei Gruppen à dreißig standen noch aus!«

So klingt die gemäßigte Version. Was an langen Winterabenden noch dazukam, sei besser verschwiegen. Es muß gesagt werden, daß selbst die Surveillants dem Mimile nicht den Respekt verweigert haben. Aber wenn freitags gebadet wird, stecken sie ihn in die erste Gruppe und zählen dreimal ab.

Mimile pflegt seinen Ruhm sorgfältig. Gravitätisch stolziert er bei der Promenade durch den Hof. Im offenen Hemd steckt ein bunter Seidenschal, die Glatze wird durch ein gepflegtes Menjoubärtchen ausgeglichen.

Mein neuer Freund Henri ist der achtzehnjährige Sohn eines Pariser Taxifahrers. Aufgewachsen in einem Arbeiterviertel des linken Seineufers, ist er nicht unbedingt der Typ, den man im Gefängnis sucht. Eigentlich gehört er auch gar nicht hierher. Nach der Befreiung der Hauptstadt vom

Abenteuer des Soldatenspielens gepackt, war er der F.F.I., der offiziellen und von den Alliierten unterstützten Widerstandstruppe, beigetreten. Da gab es richtige Uniformen und Maschinenpistolen, und eines Tages hatte seine Gruppe bei einem Bauern mit Hilfe solcher Feuerwaffen Hühner und Eier requiriert. Henri hatte zwar nur zugesehen, aber dem Militärgericht genügte das. Außer einer Belehrung über die feine soldatische Art verpaßte es ihm sechs Monate. Drei hat er nur noch vor sich, Weihnachten wird er wieder zu Hause sein.

Noch gibt es in Paris die Lebensmittelkarte, und die Fleischversorgung soll schlechter sein als zur Besatzungszeit. Wer kein Geld für den schwarzen Markt hat, hungert, aber die wöchentlichen Pakete von Madame Bonnaventure sind Zeugnisse rührender Liebe. Sie kann nicht ahnen, daß sie auch zur Gefängnismutter eines Deutschen geworden ist.

»Ich könnte es ihr ja vielleicht sagen«, meint Henri. »Aber mein Alter würde einen Riesenkrach machen. Er mag euch nicht, und ich habe es auch immer so gehalten.«

»Warum eigentlich?«

»Zu Hause habe ich nie etwas anderes gehört, und ihr habt euch ja nicht gerade so benommen, daß man euch um den Hals fallen müßte. Wenn mir einer gesagt hätte, daß ich einmal mit einem Deutschen meine Pakete teilen würde, hätte ich ihn für verrückt erklärt.«

Er schiebt eine Kartoffel herüber und schüttet aus einem Zeitungspapier graues Salz auf den Tisch.

»Natürlich ist es verrückt, Henri. Aber wenn du es genau überlegst, dann liegt das Verrückte woanders. Der Krieg ist es. Sie trichtern dir ein, wen du als Feind zu betrachten hast. Uniform ist Volksverblödung. Du kannst die verrücktesten Sachen damit machen. Ich hab da meine Erfahrungen, und wenn dieser Normandiebauer nicht gewesen wäre, würde ich mir jetzt in der Schweiz einen Ast lachen und dicke Zigarren rauchen. Aber zufällig lag Bonne Nouvelle auf meinem Weg.«

»Und auf meinem. Komisch, daß uns die Bauern reinritten, was?«

Er grinst und dreht seine Hosentaschen nach Tabakskrümeln um.

»Es wird Zeit, daß Nachschub kommt. Das neue Paket hätte schon gestern dasein müssen. Wenn diese Scheiße vorbei ist, werden wir in Paris einen draufmachen, darauf kannst du dich verlassen!«

Am Nachmittag kommt das Paket. Und als Henris Name aufgerufen wird, geht das übliche Spiel los.

Ein Surveillant zerschneidet mit einem großen Messer die Verschnürung und kippt den Inhalt auf den Tisch. Zigaretten und Tabak sind verboten und werden konfisziert. Kuchen werden durchgeschnitten, weil eine Feile hineingebacken sein könnte.

Aber Henris Kartoffeln kullern so unbeachtet auf den Tisch wie die kleine Hartwurst und der Gruyère-Käse. Ein bescheidener Inhalt, der den Surveillant nicht lüstern schnauben läßt wie die Leckereien, die er Simonet und Konsorten auszuliefern hat.

Nachher, in unserer Ecke, läßt Henri zwölf faustgroße Kartoffeln aufmarschieren und sagt: »Die ist es.«

Ich deute auf eine andere, aber keiner gewinnt. Henris Mutter hat ein Meisterstück geliefert. Erst die vierte Kartoffel ist die richtige. Sie ist ausgehöhlt, und man kann sie auseinandernehmen. Was herauskommt, ist ein quadratisches Päckchen »Tabac gris«, das bei vernünftiger Einteilung eine Woche lang reicht.

»Gute Arbeit«, schmunzelt Henri. »Man könnte glauben, sie hätte schon immer Zuchthäusler versorgt. Es ist gut, eine solche Mutter zu haben. Was macht übrigens die deine?«

»Alles in Ordnung. Sie ist froh, daß ich dich und deine Pakete habe, denn sie kann sich ungefähr vorstellen, wie's hier zugeht, auch wenn ich ihr nichts darüber schreibe.«

Tatsächlich ist es mir gelungen, den Postverkehr mit

meiner Mutter anzubahnen. Die Briefe kommen so prompt, wie die meinen abgehen, ohne daß ein Surveillant die leiseste Ahnung davon hätte.

Mein Absender ist immer noch der Friseur. Auch meine Mutter hat, um das Risiko der Zensur auszuschalten, einen Umweg ausfindig gemacht.

Sie gibt ihre Briefe einem Schweizer Grenzgänger, den sie in Friedrichshafen trifft. Seit sie in Freiburg ausgebombt ist, wohnt sie mit meiner Schwester in Ravensburg bei Freunden. Mein Vater, der als Reserveoffizier zuletzt die Transportkommandantur in Stettin leitete, ist vermißt.

Der Brief, den der Grenzgänger in Basel meinem Onkel übergibt, wechselt den Umschlag und kriegt eine Schweizer Marke, die ihm dann eine sichere Reise nach Rouen garantiert.

Empfängerin ist Madame Ernst, die Gattin eines gebürtigen Schweizers, den ein schwungvoller Geflügelhandel mit der Deutschen Wehrmacht nach Bonne Nouvelle gebracht hat. Aber er hat berechtigte Hoffnung, daß sein Urteil revidiert wird. Die Schweizer Legation in Le Havre bemüht sich darum, und ihm verdanke ich auch den Tip, das Rote Kreuz in Genf zwecks Revision meines Urteils zu bemühen. Onkel Fredy hat die Sache in die Hand genommen.

Was nun den weiteren Weg des Briefes anbelangt, so wird er wieder illegal, wenn ihn Madame Ernst in Empfang genommen hat. Er wird, nebst der beigelegten Banknote, so klein, daß er in der hohlen Hand verschwindet. Wenn sie dann zur Besuchsstunde kommt, wartet sie, bis ihr der Aufseher den Rücken zukehrt. Und schon treffen sich zwei durchs Gitter gestreckte Hände.

Das Geld ermöglicht mir gelegentlich Zigaretten- und Zeitungskäufe zu den unverschämten Preisen der Aufseher – doch vor allem die längst fällige Zahnbehandlung. In diesem Herbst 1945 hat Frankreich vollauf damit zu tun, sich um die Sorgen seiner Normalbürger zu kümmern und nicht auch noch um soziale Leistungen für seine Gefängnisinsassen. Es gibt zwar keinen Zahnarzt in Bonne Nouvelle, aber wer Geld hat, kann sich einen kommen lassen.

Keinen feudalen freilich. Ähnlich den früheren Badern, arbeitet er in einer gewöhnlichen Zelle ohne Strom. Aber er hat geniale Utensilien. Wenn er bohrt, tritt er auf ein Pedal wie einer, der eine Luftmatratze aufbläst. Ein raffinierter Mechanismus läßt dann den Bohrer rotieren. Wenn er auch auf den Nerven der Backenzähne herumfuhrwerkt wie ein Preßluftbohrer im Steinbruch, so wird der Zweck doch erfüllt.

Für hundert Schweizer Franken verpaßt er mir zwei Plomben, und die Bezahlung in französischer Währung erfolgt ganz offiziell durch die Buchhaltung von Bonne Nouvelle.

Ein Verurteilter, der kein Bargeld besitzen darf, kann logischerweise nicht bar bezahlen. Weshalb Onkel Fredys Schweizer Franken eine Wandlung durchmachen müssen. Ich wechsle sie bei einem Viehhändler, dessen Beziehungen so beachtlich sind, daß er seinerseits wieder ein gutes Geschäft damit macht. Dann kriegt Henri den Betrag und läßt ihn, mit bedauernswertem Verlust freilich, durch einen Surveillant auf sein kleines Gefängniskonto überweisen. So kommt der Zahnarzt auf die legalste Weise der Welt zu seinem Honorar.

Überhaupt funktioniert die Hauspost für jeden, der zahlen kann, reibungslos. Es werden sogar Liebesbriefe in den Frauenpavillon geschmuggelt, doch gelten dafür, verständlicherweise, Spitzenpreise. Billiger ist der Briefverkehr in der Gefängniskapelle, dem einzigen Raum, den Männer und Frauen gemeinsam betreten dürfen. Getrennt durch solide Gitter, versteht sich, zwischen denen der Pfarrer predigt. Die Entfernung zwischen Männern und Frauen beträgt nur sechs oder sieben Meter, und wer ein Pusterohr besitzt, kann seine Liebesbriefe zu Papierkügelchen zerknüllen und über den Kopf von Hochwürden hinwegblasen.

Diese Luftbrücke wird manchmal so intensiv, daß der Pfarrer von einem Tiefflieger getroffen wird. Aber da ihm nichts Menschliches fremd ist, sammelt er die Kügelchen unbewegten Gesichtes ein, damit sie keinem Surveillant in die Finger kommen.

Manche haben bei diesem Spiel so viel Glück, daß sie Namen und Zellennummer ihrer Angebeteten erfahren. Henri und mir ist es nicht vergönnt, obwohl wir mit erstklassigen Rohren aus dem geduldigen Papier der »Humanité« ausgerüstet sind. Die kleine Blonde, die unser gemeinsamer Schwarm ist, gibt zwar Kußhändchen, aber unsere Kugeln pfeifen entweder über sie hinweg oder kommen an die falsche Adresse.

So bleibt jedesmal nur die Hoffnung auf den nächsten Sonntag. Die Messe wird zum Mittelpunkt der Woche, doch die Frage, ob sie ihn oder mich meint, bleibt ungeklärt, weil unser blonder Engel eines Sonntags verschwunden ist. »Für ihre Adresse«, sagt Henri, »würde ich mir einen Backenzahn ziehen lassen.« Aber er behält ihn, weil sich nur selten jemand meldet, der Bonne Nouvelle verlassen hat.

Die unruhigen Oktoberwinde wirbeln gelbe Blätter in den Gefängnishof. Gerüchte von einer Amnestie schwirren durch die Zellen, die mangels Brennstoff nicht geheizt werden können. Es wird eine Grippeepidemie befürchtet, und man will die Belegschaft von Bonne Nouvelle radikal verkleinern. Schlichte Gemüter klammern sich an diese Parolen, aber die alten Hasen mit den langen Vorstrafenregistern lachen sie aus.

»On connait mieux les vaches que vous.«

»Les vaches«, das sind Gendarmen, Richter, Staatsanwälte, kurzum alles, was mit Justiz zu tun hat. Und die alten Knastologen kennen sie besser. Winterferien waren noch nie eingeplant.

Außerdem hat man draußen ganz andere Sorgen. Pierre Laval, »Volksfeind Nummer 1«, sieht drei Monate nach Marschall Pétain seinem Prozeß entgegen, und die Zeitungen sind froh, endlich den Pariser Massenmörder Dr. Pétiot ablegen zu können. Laval macht die Schlagzeilen, und sie sind von einer Brisanz, die keinen Zweifel läßt: Dieser Angeklagte hat keine Chance. Mit der Gnade, die dem Sieger von Verdun erwiesen wurde, kann er nicht rechnen.

Wieder ist Mornet der Ankläger, und gewitzigt durch die langen Wochen des Pétain-Prozesses, die der Verteidigung zu viele Chancen eröffneten, läßt sich das Gericht auf nichts ein. Es peitscht den Prozeß in vier Tagen durch, ohne Zeugen anzuhören, die viel zur Entlastung des Mannes mit der schwersten und undankbarsten aller Aufgaben während der deutschen Besatzung beitragen könnten. Nicht Vernunft, sondern Emotion beherrscht die Stunde, weil nicht sein kann, was nicht sein darf.

Freilich, die Wogen der Emotion prallen an den grauen Gefängnismauern ab. Laval? Sollen sie ihn doch hängen oder erschießen. Wen stört's? Auch in Bonne Nouvelle gibt es Todeszellen. Eine milde Strafe für Laval allerdings würde die Männer hinter den Mauern aus ihrer Gleichgültigkeit aufstören. Dann kämen sie sich verraten und verkauft vor. So sind es nicht allzu viele, die den Prozeß intensiv verfolgen, zumal die kostspielige Zeitung dazu gehört. Sie entspricht dem Wert von fünf Zigaretten, und da fällt die Wahl nicht schwer.

Der Professor liest alle Zeitungen, die er kriegen kann. Er gerät in hitzige Debatten, vor allem mit Victor, dem Kommunisten, der unverblümt sagt, was der Mann auf der Straße denkt: Der alte Marschall Pétain mag in einer Festung verschwinden, aber Laval muß unter die Erde, und zwar schnell! Die Gegenargumente des Professors stoßen ins Leere. Seine Lippen werden schmal, und kopfschüttelnd nimmt er seinen Spaziergang wieder auf.

»Gleich wird er mit seinem neunmalklugen Kopf durch die Wand rennen«, grinst Victor hämisch, und wütend stampft der Professor auf.

»Diskussionen über tiefere Zusammenhänge sind natürlich sinnlos, und es verlangt ja auch niemand von euch, daß ihr euern Kopf zum Nachdenken benutzt. Aber vielleicht überlegt ihr doch einmal, in welche Position Laval durch die pausenlosen Appelle de Gaulles gebracht wurde. Ganz Frankreich hörte den Londoner Rundfunk. De Gaulle in seiner Ungeduld konnte nicht auf seine Stunde warten. Er stempelte einen Mann zum Verräter, der dieses Land nicht weniger liebte als er und den Deutschen viel unbequemer war, als er ahnte. Laval war alles andere als ein Deutschenfreund. Seine zähen Verhandlungen haben Frankreich mehr genützt als Bombenanschläge auf deutsche Truppentransporte oder Munitionslager.«

Der Alte hat sich in ein wahres Plädoyer hineingeredet. Aber Henri, der mit siebzehn eine Maschinenpistole in die Hände bekam, um die Deutschen zu verjagen, bleibt ungerührt: »De Gaulle hat uns den Weg gezeigt. Sie werden nicht behaupten wollen, die Sprengstoffanschläge und andere Aktionen hätten den Deutschen keine Schwierigkeiten bereitet!«

»Gleich wirst du Lausejunge auch noch behaupten, ihr hättet den Krieg entschieden!« Der Professor verliert seine Haltung so sehr, daß er ins Gefängnis-Du verfällt. »Wenn es knallt«, sagt er verächtlich, »merkt es natürlich jeder. Man spricht von Heldentat und registriert ein paar Tote. Wenn aber einer in zähen Verhandlungen vielen Tausenden die Deportation erspart, kommt das nicht an die große Glocke. Ihr könnt mir glauben, daß ich da Einblick habe – sonst wäre ich nicht hier!« Später stochert Henri mißmutig in der Wassersuppe herum, die wir mit ein paar Kartoffelbrocken angereichert haben.

»Wenn nun etwas daran wäre, was der Alte sagt?«

»Ich glaube schon«, sage ich. »Natürlich ist er subjektiv, weil er Laval gekannt hat. Aber Laval kann schon deswegen nicht so schlecht gewesen sein, weil Goebbels 1944 im ›Reich‹ schrieb, daß man sich vor ihm in acht nehmen müsse. Und Goebbels war kein Blöder, mußt du wissen.

Der hatte ein besseres Gefühl für geschmeidige Leute als Hitler. Es ist doch seltsam, daß einer, der den Deutschen suspekt war, plötzlich nichts anderes gewesen sein soll als ein schmutziger Verräter. Wenn sie ihm einen korrekten Prozeß machen würden, wäre ja alles in Ordnung.«

»Glaubst du, daß er erschossen wird?«

»Du mußt dich in ihre Lage versetzen. Wenn sie es nicht tun, könnte man ja andere Todesurteile, die längst vollstreckt sind, in Zweifel ziehen. Sie sind jetzt gezwungen, das Paradepferd zu schlachten, verstehst du?«

»Ich weiß nicht«, sagt Henri und legt den Löffel weg, »ob du recht hast. Aber ich fange an, mich zu fragen, ob es in Frankreich plötzlich nur noch Heilige und Verräter gibt.«

»Man müßte halt wieder einmal durch eine Straße gehen und in einem Bistro sitzen können, um es zu wissen. Und überhaupt, vielleicht reden wir viel mehr darüber als die Leute, die ins Kino und zum Tanzen gehen. Du mußt bedenken, daß jetzt viel los ist draußen.«

Es muß wahr sein, denn nachts, wenn es still wird im Refektorium, trägt der Wind von den Vororten Petit-Quevilly und Grande Couronne Akkordeonmusik bis an die Mauern heran. Es gibt dort Kasernen, und Soldaten, die in den letzten Wochen nach Bonne Nouvelle »versetzt« wurden, behaupten, daß die Mädchen vor den Kasernentoren Schlange stehen. »An jedem Finger kannst du zwei haben, und jede Nacht ist Ball!«

Da horchen die Männer auf, und es kann vorkommen, daß einer von denen, die keine Aussicht haben, in den nächsten fünf Jahren herauszukommen, den Koller kriegt. Die Friedlichen klappern nur mit den Zähnen, aber die Aggressiven suchen Streit, und ein Partner, der sich schlagen will, ist schnell gefunden. Die Surveillants dulden diese Hahnenkämpfe, solange sie nicht in Massenschlägereien ausarten. Sie wissen, daß sie die Homosexualität eindämmen.

Frankreich im Herbst 1945, Frankreich in seiner ganzen

Zerrissenheit dieser Tage. Unsere Gefängnisdebatten waren ein getreuliches Spiegelbild davon.

Am 15. Oktober wird Pierre Laval im Pariser Gefängnis Fresnes erschossen. Es ist viel schneller gegangen als bei den Männern in den Todeszellen von Bonne Nouvelle. Man hatte viel größere Eile als das alliierte Gericht in Nürnberg, das sich mit den deutschen Kriegsverbrechern beschäftigt und sogar eine Reihe von vergleichsweise milden Urteilen fällen wird.

Lavals Tod löst in Bonne Nouvelle kaum noch Debatten aus. Die eigenen Probleme sind wichtiger. Feuchte Kälte dringt durch die Mauern, und die Frühnebel sind so zäh, daß noch morgens um zehn im Refektorium die Lampen brennen.

In Bonne Nouvelle ist der Herbst drohender Vorbote eines Winters, gegen den es keinen Schutz gibt. Holz und Kohle sind nur für den Direktor und die Surveillants da, und wer im Refektorium ohne Pullover, Schal und Wollsocken herumsitzt, ist sicherer Anwärter auf die Grippe, gegen die es weder Krankenbetten noch Medikamente gibt.

Als meine Nase zu tropfen beginnt, kommt ein Paket aus Basel mit warmen Sachen, und ich kann sogar Henri und dem schlotternden Mokri etwas davon abtreten, der mit seinem entzündeten Hals wie ein Rabe krächzt. Trotzdem verqualmt er jeden Tabakskrümel, den er in die Finger kriegt, und nie vergißt er sein heiseres »Hans, gutt schloffen«.

Im naßkalten November wird die Zahl der Krankmeldungen alarmierend. Sie werden von einem Surveillant notiert, aber wer nicht an einem Hilfssanitäter hängenbleiben will, der Hühneraugen und Halsschmerzen mit dem gleichen roten Pinsel bekämpft, braucht erstklassige Beziehungen.

Ein smarter Junge, in unserer Mitte wegen eines schweren Juwelendiebstahls, besitzt diese Beziehungen. Er dringt nicht nur zum Arzt vor, sondern erzwingt ein ganz außergewöhnliches Privileg: Wegen einer Stirnhöhlenvereiterung, die nur durch eine Röntgenaufnahme nachgewiesen werden kann, wird er in ein Krankenhaus gefahren.

Er kehrt nie zurück. Die Flics sind so unvorsichtig, ihm beim Betreten der Klinik die Handschellen abzunehmen. Bald darauf verschwindet er durch ein Fenster, unter dem eine Limousine mit laufendem Motor auf ihn gewartet hat. Ein Coup, der Bewunderung und Neid auslöst.

Doch er hat verstärkte Vorsichtsmaßnahmen zur Folge. Pakete werden hochnotpeinlichen Prüfungen unterzogen, und das Bargeld wird knapp, weil die Aufseher wie Luchse auf die Hände der Besucher schielen.

So wird der Winter in Bonne Nouvelle immer trister und härter. Vier Wochen muß ich warten, bis ich über Madame Ernst wieder einen Brief und etwas Geld erhalte, und die Freude ist um so größer, als gleichzeitig zwei Pakete eintreffen: aus Basel und vom Roten Kreuz aus Genf. Sie sind für Weihnachten gedacht, aber das Fest muß früher gefeiert werden, da Henri zwei Tage vor dem Heiligen Abend entlassen wird. Ich lade Mokri dazu ein und kann sogar den Surveillant, der die Pakete kontrolliert, erweichen, ein Päckchen Tabak zu übersehen.

Es wird Henris Abschiedsessen. Ohne ihn hätte ich Bonne Nouvelle nie überstanden. Als wir uns zum Schluß fingerdicke Zigaretten drehen, gibt mir Henri einen Zettel mit seiner Adresse.

»Für alle Fälle. Du weißt nie, wann du sie brauchen kannst, und du sollst wissen, daß du immer willkommen bist. Aber du mußt die Adresse auswendig lernen und den Zettel wegwerfen.«

Am nächsten Tag kommt er in die Entlassungszelle. Jeder wird noch einmal gründlich gefilzt, damit er nichts Unerlaubtes hinausträgt.

Dann ist Weihnachten. Nicht nachdenken. Nicht weich werden. Die Heilsarmee singt Lieder, und jeder bekommt einen Apfel geschenkt. In der Kapelle spielt der Pfarrer auf seiner Geige die »Träumerei« von Schumann.

Auch der Militärgeistliche findet sich ein und verteilt an die Soldaten unter uns Brotlaibe. Sie müssen sich in einer Reihe aufstellen, und auch mich ziehen sie einfach mit.

»Er ist auch Soldat, Herr Pfarrer.«

»Ich habe von dir gehört, mein Sohn«, sagt der Geistliche freundlich und klopft mir auf die Schulter. »Und auch davon, daß das Rote Kreuz sich um dich kümmert. Vielleicht hast du Glück und kommst früher hinaus, als du denkst.«

Das ist so aufregend, daß ich ihn um eine Erklärung anflehe, aber er winkt ab wie einer, der schon zuviel gesagt hat. Er verteilt weiter seine Brotlaibe und läßt mich mit einem Geschenk zurück, von dem ich nicht weiß, was ich davon halten soll.

Wertvoller ist zunächst der Laib in der Hand. Es sind noch Konserven von den Weihnachtspaketen da, und ich lade Mokri zu dick beschmierten Schnitten ein.

An diesem Abend werden im Schlafraum andere Lieder als sonst gesungen. Die Jungen, die gewöhnlich den Ton angeben, sind still. Sie haben Heimweh. Es ist die Stunde der Verfemten der Gesellschaft. Ihre Heimat sind die Mauern geworden. Das hoffnungslose Selbstmitleid der Verstoßenen klingt aus den alten Gefängnisliedern. Auch das Lied des Fremdenlegionärs gehört dazu, der durch den afrikanischen Wüstenstaub marschieren muß, weil er in der Heimat einen Fehltritt beging.

Weihnachten in Bonne Nouvelle – unwirklich, gespenstisch, deprimierend und doch ein Tag der Hoffnung. Darf ich wirklich hoffen?

Die Surveillants sind an den Feiertagen großzügig, aber der Januar bringt die alte Disziplin und eine neue Kältewelle. Wir dürfen die Wolldecken aus dem Schlafraum ins Refektorium mitnehmen, aber in der eisigen Kälte kann man die klammen Finger nur aufwärmen, wenn der Blechnapf mit der Suppe kommt. Es gibt Lungen- und Rippenfellentzündungen, und fast immer kommt die ärztliche Hilfe zu spät.

12

Mitte Januar, als die Kälte ihren Höhepunkt und die Stimmung ihren Tiefpunkt erreicht haben, passiert etwas Ungewöhnliches: Der Surveillant hat die Leute aufgerufen, die Besuch bekommen haben. Dann macht er eine kleine Pause und nimmt einen neuen Zettel aus der Tasche. Mühsam buchstabiert er an einem komplizierten Namen herum, aber ich höre gar nicht hin. Ich bekomme ja keine Post, und seit ich verurteilt bin, habe ich mit keinem Anwaltsbesuch mehr zu rechnen.

Plötzlich stößt mir einer den Ellenbogen in die Rippen.

»Er hat schon zweimal deinen Namen aufgerufen!«

»Meinen Namen?«

»Natürlich. Wird Zeit, daß du dich meldest!«

Langsam gehe ich zur Tür. »Meinen Sie mich?«

»Wen denn sonst! Kann ich etwas dafür, daß kein Mensch deinen Namen aussprechen kann und daß du dir die Ohren nicht gewaschen hast? Komm mit, du wirst entlassen!«

Entlassen? Wie ein Lauffeuer verbreitet sich die Nachricht im Refektorium. Selbst Victor, der Kommunist, der kaum ein Wort mit mir sprach, gratuliert mir.

Ich sage kein Wort und folge dem Wärter wie ein Traumwandler über Gänge und Treppen zur Geôle. Ob sie sich getäuscht haben? Es soll schon vorgekommen sein, daß Gefangene auf Grund von Fehlern der Schreibstube zu früh entlassen wurden.

Er führt mich zum Zimmer der Chefs der Surveillants, und unwillkürlich muß ich an das Lehrerzimmer in unserer Schule denken. Behagliche Wärme schlägt mir entgegen. Es ist der erste geheizte Raum, den ich in Bonne Nouvelle betrete.

Am Tisch sitzt ein freundlicher Herr im eleganten grauen

Zweireiher. Er drückt mir die Hand und bietet mir einen Stuhl an.

»Ich komme im Auftrag der Schweizer Legation in Le Havre«, sagt er im unverkennbar bemühten Schriftdeutsch des Schweizers, »und ich freue mich, Ihnen mitteilen zu können, daß Ihr Urteil durch Intervention des Roten Kreuzes revidiert wurde. Sie werden morgen entlassen.«

Ich starre ihn an wie einen Irren. Mich packt der unbezähmbare Wunsch, ihm um den Hals zu fallen, und er muß das spüren, denn lachend legt er die Hand auf meinen Arm.

»Es hat ziemlich lange gedauert. Aber logischerweise ist es keine normale Entlassung. Sie müssen morgen früh in ein Kriegsgefangenenlager.«

Das trifft mich nicht unvorbereitet, dennoch hatte ich bis zuletzt die stille Hoffnung auf eine Ausweisung aus Frankreich nicht aufgegeben.

Ein Surveillant-Chef kommt herein. Es ist derselbe, der mich nach der Simonet-Affäre aus dem Mitard geholt hat.

»Sie nehmen uns unseren kleinen Deutschen weg?« Der Ton ist jovial. Von allen Chefs ist er der angenehmste, und die neue Situation erlaubt es mir, einen Ton anzuschlagen, der vorher unmöglich gewesen wäre.

»Wie Sie sehen, ist das Urteil eine Ungerechtigkeit gewesen«, sage ich. »Mein Platz ist in einem Kriegsgefangenenlager, und ich kriege jetzt keinen Sou dafür, daß man diesen Fehler gemacht hat.«

»Das ist nicht unsere Sache«, erklärt er, »sondern die der Gerichte. Wir sind nur für den Strafvollzug verantwortlich. Es ist schwer genug, mit einer dreifachen Überbesetzung fertig zu werden.«

»Einverstanden. Aber jetzt, da ich gehe, will ich Ihnen noch etwas sagen: Ich hatte Schreibverbot, obwohl das in keiner Vorschrift steht. Wenn ich mich daran gehalten hätte, würde ich noch vier Monate bei Ihnen abbrummen. Glauben Sie, daß das Rote Kreuz sich von allein eingeschaltet hat?«

»Ich will nicht wissen, wie du deine Briefe hinausgebracht hast. Und wenn du meinst, daß man dir nur Böses wollte, so solltest du nicht vergessen, daß es auch Gerechtigkeit gab. Habe ich dich nicht nach der Sache mit Simonet aus dem Mitard geholt?«

»Ich bin Ihnen auch sehr dankbar dafür!«

»Na, siehst du! Und warum das ein Gefängnis und kein Sanatorium ist, brauche ich dir ja nicht zu erklären.«

Hätte es noch eines Beweises bedurft, daß Bonne Nouvelle kein Sanatorium ist, er wäre in der letzten Nacht geliefert worden: Die Entlassungszelle ist von so eisiger Kälte, daß mich unter der dünnen Wolldecke ein Schüttelfrost packt. Starke Halsschmerzen plagen mich, als ich am nächsten Morgen hinuntergeführt werde zur Geôle, um meine »Sachen« in Empfang zu nehmen, die aus dem Monteuranzug und einem Rasierapparat nebst Klingen bestehen. Aber was ist das alles gegen das Triumphgefühl, Bonne Nouvelle verlassen zu können – in einem richtigen Pkw durch das Hauptportal und mit der Gewißheit, nie mehr zurückzukehren!

Vor dem Portal hat der kleine, schmutzige Lebensmittelladen algerische Datteln und Äpfel ausgestellt. Ich könnte mir jetzt etwas leisten, denn ich trage französische Währung im Wert von zweihundert Mark bei mir. Nicht in den Taschen freilich, denn man wird beim Abgang genauso gefilzt wie bei der Ankunft. Ich habe sie, nach bewährter Gefangenenmethode und sorgfältig in Cellophanpapier eingewickelt, tief in meinen Darm hineingeschoben.

Ein Sergeant steuert den Wagen. Keine weitere Bewachung, keine Handschellen. Acht Monate nach Kriegsende werden mir die ersten Privilegien des Kriegsgefangenen eingeräumt.

Aber die Freude, nicht mehr wie ein Verbrecher behandelt zu werden und endlich wieder unter Landsleute zu kommen, erhält in der Schreibstube des Lagers ihren ersten Dämpfer.

Der Sergeant liefert mich in einer Baracke ab, die zwar keinen noblen Eindruck macht, aber gut geheizt ist. Drei Schreibstubenbullen in feldgrauer Uniform, kein Franzose weit und breit. Das sieht nach uneingeschränkter Selbstverwaltung aus, und obwohl ich mir immer noch einrede, daß das eine halbe Heimkehr ist, beschleicht mich das unangenehme Gefühl des Rekruten, der etwas ausgefressen hat und sich bei seinem Spieß melden muß.

Der Chef dieses Ladens nimmt mich in Empfang und bemüht sich, seine Neugier zu verbergen. Er spielt ganz den Vorgesetzten und mustert mich eingehend.

»Ach du griene Neune, wo gommst denn du her?« In reinstem Sächsisch kommt die Frage. Sein Blick bleibt an meinem unbotmäßigen Monteuranzug hängen.

»Komischer Aufzug. Auf der Flucht geschnappt, was?«

»Wie man's nimmt.«

»Was soll das heißen? Klare Antworten bitte!«

Jetzt weiß ich, daß die Rückkehr zu Preußens angeknabberter Gloria vollzogen ist.

»Moment mal«, sage ich. »Soll das vielleicht ein Verhör sein? Ich nehme an, daß der Sergeant meine Papiere abgeliefert hat.«

»Die Papiere kriegen wir nicht. Die gehen zum französischen Lagerkommandanten. Ich muß die Kartei anlegen und dir eine Nummer geben.«

»Dann mach mal.«

»Jetzt hör mal zu«, faucht er militärisch und kriegt einen roten Kopf, »mit dem Ton kommst du bei mir nicht weit. Hier ist jeder eine Nummer und hat sich zu fügen. Wo kämen wir denn sonst hin?«

»In Ordnung«, sage ich. »Du brauchst mir nur zu sagen, was du wissen willst.«

O segensreiche deutsche Gründlichkeit! Er spannt einen grünen, kartonierten Bogen in ein uraltes Monstrum von Schreibmaschine ein und fragt bissig: »Name, Vorname, Geburtsname, Truppenteil, Heimatadresse.«

Ich gebe Auskunft.

»Wann und wo in Gefangenschaft geraten?«

»Das ist so eine Sache«, sage ich und kratze mich an der ziemlich frischen Glatze.

»Warum?«

»Weil ich es nicht weiß.«

»Du willst mich wohl auf den Arm nehmen?«

»Eigentlich gerate ich erst in diesem Moment in französische Gefangenschaft.«

»Jetzt habe ich aber genug!«

Der Kerl, der mit Sicherheit den ganzen Krieg in einer Schreibstube verbracht hat, ruft einen seiner Hilfsschreiber.

»Geh mal rüber zu den Franzosen und hol den Adjudant-Chef.« Und zu mir gewandt: »Wenn du nicht im guten willst, haben wir auch andere Mittel.«

Schöne Methoden! Und dabei hatte ich mich so darauf gefreut, endlich wieder unter Landsleuten zu sein. Im Gesicht meines Gegenübers steht jene verstohlene Heimtücke des Mannschaftsdienstgrads in Sonderstellung, der jeden Abend mit seinem Spieß Bratkartoffeln ißt. Jetzt trägt dieser Spieß zwar französische Uniform, aber sonst hat sich nichts geändert.

Die Sache beginnt mich fast zu amüsieren. Ich ziehe ein volles Päckchen Gauloises aus meiner Tasche und zünde mir provozierend langsam eine an.

Nach fünf Minuten kommt der Abgesandte zurück. »Der Adjudant-Chef ist beim Kartenspielen. Er hat gesagt, du sollst die Sache selber erledigen.«

»Es ist schon ein Kreuz mit den Vorgesetzten«, grinse ich und behalte die Zigarette im Mund.

»Mit dir komme ich auch allein klar. Das wäre ja gelacht! Du sagst mir jetzt, wann und wo du in Gefangenschaft geraten bist, oder ich lasse die Wache holen!«

Das ist seine letzte Waffe. Jetzt könnte es tatsächlich ungemütlich werden.

»Ich bin nirgends in Gefangenschaft geraten«, sage ich

und blase ihm Rauch unter die Brille. »Was kann ich dafür, daß das nicht in deinen Kopf hineingeht? Besser wäre es, du würdest dir deine Fragen sparen und mich erklären lassen, was los ist.«

»Hier gibt es keine Extrawürste! Die Kartei ist für alle gleich«, bellt er, und er bräuchte jetzt einen, der mir Strafexerzieren verordnet.

»Irrtum, mein Lieber. Sie paßt nicht für mich, weil ich gerade aus dem Gefängnis komme und nie in Kriegsgefangenschaft war.«

»Aus dem Gefängnis?«

Sie werfen einander Blicke zu wie brave Bürger in der Straßenbahn, wenn ein abgerissener Landstreicher einsteigt. Da kommt dem Hauptschreiber die Erleuchtung:

»Tut mir leid, wir können dich gar nicht aufnehmen, wenn du nie in Gefangenschaft warst.«

»Wunderbar«, sage ich. »Ich werde das dem Posten am Tor mitteilen und mir ein Hotel suchen.«

»So geht das natürlich auch nicht! Hältst du uns für blöd?« Er kratzt sich am Kopf und denkt angestrengt nach, während ich mir ein zustimmendes Kopfnicken nicht verkneife.

»Die Franzosen schleppen einfach Leute an, und wir sollen sehen, wie wir damit fertig werden. Du kriegst jetzt eine Uniform und eine Decke, aber eine Nummer kriegst du nicht von mir, darauf kannst du dich verlassen!«

»Ist mir auch ziemlich egal.«

»Wir werden dich als Gast führen«, sagt er schließlich triumphierend, als hätte er eine großartige Idee gehabt.

So vollzieht sich an einem naßkalten Januartag des Jahres 1946 mein Einzug ins Camp de la Tubize. Aber es gibt für mich weder ein Gästezimmer noch eine Schlafstelle. Die Unterkunft für dreihundert Mann ist ein halbzerfallenes Fabrikgebäude, dessen Maschinen demontiert sind. Das Dach ist an vielen Stellen durchlöchert, und da, wo es dicht ist, haben die Gefangenen ihre Schlafstellen eingerichtet. Es sind phantasievoll gezimmerte Kojen oder auch nur einfache Brettergestelle, je nach den technischen Fertigkeiten der Bewohner.

Für mich gibt es weder Holz noch Platz. Wer zu spät in Gefangenschaft gerät, ist selbst schuld. Einziger Vorteil: Ich bin unter der speckigen Uniform, die sie mir hingeworfen haben, Zivilist, denn niemand hat daran gedacht, mir den Monteuranzug abzunehmen. Ich habe die feldgraue Hose und den Rock mit dem aufgepinselten »P.G.« auf dem Rücken einfach drübergezogen.

Das deprimierendste ist, daß sich niemand um mich kümmert. Als die Arbeitskommandos am Abend einrücken, bilden sich in allen Ecken der riesigen Halle kleine Gruppen, und ich merke sehr schnell, daß jeder Versuch, in eine solche »Familie« einzudringen, sinnlos ist. Wer in der Stadt gearbeitet hat, bringt ein paar Kartoffeln oder ein Stück Brot mit und reichert sich damit die Suppe an, zu der man sich anstellt wie früher vor der Feldküche.

Die Suppe ist ebenso schlecht wie in Bonne Nouvelle, aber es gibt ein paar verschimmelte Kekse dazu. Ich hätte mich mit dem Suppenduft begnügen müssen, wenn mir nicht einer eine alte Konservenbüchse geschenkt hätte, ein alter Landsturmmann aus Karlsruhe, der schließlich auch noch ein paar Bretter und ein bißchen Stroh für mich auftreibt. Mit einer einzigen Decke auf dem feuchten Zementboden zu schlafen ist unmöglich.

Die Parallele zu Bonne Nouvelle ist unverkennbar. Es gibt Reiche und Habenichtse, aber in dieser Nacht wohl keinen, der so übel daran ist wie ich. Über dem Betonpfeiler, neben dem ich mein Lager aufgeschlagen habe, ist das Dach undicht, und noch vor Mitternacht hat sich die dünne Wolldecke mit eisigem Nieselregen vollgesogen. Vielleicht hätte ich es ausgehalten, wäre ich nicht schon mit Schnupfen und Halsschmerzen aus dem Gefängnis gekommen.

Am Morgen habe ich hohes Fieber.

»Gibt es hier einen Arzt?« frage ich den Karlsruher.

»Sicher. Aber ich weiß nicht, ob Platz im Revier ist. Komm mit, ich führe dich hin.«

Das Krankenrevier befindet sich in einem kleinen, soliden Bau neben der Fabrikhalle. Im winzigen Wartezimmer drängen sich zehn Männer um ein qualmendes Kanonenöfchen und einen Sanitätsunteroffizier, der Fieberthermometer verteilt. Es wird unter dem Arm gemessen, und er paßt auf, daß alles mit rechten Dingen zugeht: »Ich kenne euch Brüder. Jeder will ins Revier, und wenn man euch nicht auf die Finger guckt, hat jeder 42,5!«

Die Hälfte wird gleich wieder weggeschickt. Einige werden ambulant behandelt. Der einzige, der an diesem Morgen ein Bett im Revier kriegt, bin ich. Der Sanitäter mißt mich vorsichtshalber dreimal, und dreimal klettert das Quecksilber über 40 hinaus.

Zehn Minuten später liege ich in einem richtigen Bett. Einem schmalen Feldbett zwar, aber mit sauberer, blau-weiß karierter Militärbettwäsche und zwei Wolldecken. Im Kanonenofen knistert ein wunderschönes Holzfeuer.

Der junge Oberarzt bemüht sich eifrig um mich. »Es war höchste Zeit, daß du hierherkamst. Viele Medikamente habe ich zwar nicht, aber das Rote Kreuz versucht, uns zu versorgen. Wenn wir eine Lungenentzündung abwenden können, bist du bald über den Berg. Ich werde mich bemühen, dir etwas Verpflegung zu kaufen.«

Ärzte bekommen einen kleinen Sold und dürfen auch Besorgungen in der Stadt machen. An diesem ersten Abend setzt er sich lange an mein Bett, und ich muß ihm von Bonne Nouvelle und all meinen anderen Erlebnissen erzählen.

»Geld brauchen Sie übrigens nicht für mich auszugeben, Herr Doktor.«

»Hast du denn welches?«

»Sicher. Da, wo man normalerweise Fieber mißt.«

»Du kannst es ruhig herausnehmen. Ins Revier kommt kein Franzose. Höchstens der algerische Wachsergeant, um sich aufzuwärmen. Ich mache meine Einkäufe mit ihm, und manchmal trinken wir sogar ein Glas Wein in einem Bistro.«

»Können Sie auch Wein kaufen, Doktor?«

»Warum nicht?«

»Dann kaufen Sie doch morgen fünf Liter. Ich möchte dem Revier Glühwein spendieren.«

Am nächsten Tag summen auf dem Kanonenofen einige Kochgeschirre voll Rotwein. Der Doktor hat außer Zucker auch Zimt besorgen können. Es riecht wie an Weihnachten, und mit Hilfe des Glühweins schwitze ich langsam die Krankheit aus meinem Körper hinaus. Der Sanitätsunteroffizier singt mit schwerer Zunge »Lili Marlen« und schleppt fünf Decken an, damit ich richtig schwitzen kann. Und er versichert mir, daß Kranke, die Glühwein spendieren, so lange im Revier bleiben können, wie sie wollen.

Nach drei Tagen bin ich fieberfrei, aber erstens muß ich wieder zu Kräften kommen, und zweitens legt der Sanitäter, mit dem wohlwollenden Einverständnis des Arztes, nicht den geringsten Wert darauf, daß ich die Krankenstube verlasse. Der Wein ist billig, und so werden gleich noch einige Glühweinfeste gefeiert.

Auch der Lagerdolmetscher, ein Unteroffizier namens Kaiser aus Honnef am Rhein, hat sich zum Glühwein eingefunden. Und da er nicht nur ein exzellentes Französisch spricht, sondern wohl auch längst begriffen hat, was ein solches Kapital wert ist, rede ich offen mit ihm.

»Meinst du nicht, daß wir beide ein Team wären, das sich selbst entlassen könnte? Oder willst du jahrelang in diesem Scheißlager herumhocken, bloß weil du als Dolmetscher eine Kartoffel mehr kriegst?«

Er zieht nachdenklich an seiner Zigarette.

»So einfach, wie du dir das vorstellst, ist die Sache nicht. Bis jetzt haben sie noch jeden zurückgebracht, der versucht hat zu fliehen.«

»Und was ist ihnen passiert? Dreißig Tage Bau und Glatze. Glaubst du, daß mich das stört? Wie groß ist überhaupt die Ausbruchsquote?«

»Jetzt, mitten im Winter, ist sie gleich Null. Der letzte ist Anfang November abgehauen, aber nach drei Tagen hat ihn die Gendarmerie zurückgebracht. Ich kenne einige, die es im Frühjahr probieren wollen, wenn man im Wald übernachten kann. Du mußt bedenken, daß es mehr als sechshundert Kilometer bis zur deutschen Grenze sind.«

»Wenn ihr so plant, könnt ihr's gleich bleibenlassen. Das ist ein Sport, den Engländer und Amerikaner in den deutschen Lagern betrieben haben. Sie wußten genau, daß ihre Chance eins zu tausend war, aber sie schlossen Wetten ab, wie lange sie draußen bleiben würden. Zum Schluß waren sie froh, wenn sie im Lager wieder was zu fressen kriegten. Das sind doch Kindereien!«

»Aber es ist ein Irrsinn, mitten im Winter abzuhauen.«

»Wieso denn? Es gibt geheizte Züge, die dich an einem einzigen Tag an die Grenze bringen.«

»Du spinnst ja. Dazu brauchst du nicht nur Geld, sondern erstklassiges Zivil und Papiere.«

»Wenn du so denkst, mußt du auf deine Entlassungspapiere warten. Ich hatte gehofft, daß du Mumm hättest. Dann werde ich eben allein gehen. Ich besitze Geld, und wenn ich diese verdammte Kluft ausziehe, stehe ich in Zivil da: Arbeitsanzug, Baskenmütze, kariertes Hemd und Pullover. Dieser Typ läuft zu Hunderten in jeder Stadt herum.«

»So blöd, wie du glaubst, bin ich nun auch wieder nicht. Unter meinem Strohsack liegt ein Zivilanzug, und ein bißchen Geld habe ich auch. Aber ich warte das Frühjahr ab.«

Ich muß ihn noch eine Weile bearbeiten. Er gehört zur Lagerbourgeoisie, die sich einrichtet und kleine Vorrechte genießt. Aber ich habe ihn an seiner Ehre gepackt, und obwohl er sich noch ein bißchen windet, ist es eine beschlossene Sache, daß wir es in den nächsten vierzehn Tagen riskieren werden. Es ist dann Februar und vielleicht schon etwas wärmer.

Der Arzt, mit dem ich mich inzwischen ebenso angefreundet habe wie mit Achmed, dem algerischen Wachsergeanten, läßt mich auf der Krankenliste. Ich behalte mein Bett im Revier, und er besorgt einige Konserven für die Flucht.

Achmed darf natürlich nicht das geringste erfahren. Zwar kann er seine französischen Vorgesetzten nicht riechen, aber wenn einer von uns abhaut, muß er gemeinsam mit seinen Landsleuten, die auf den hölzernen Wachttürmen sitzen, den Kopf hinhalten.

Es tut mir fast leid, daß wir ihm das antun müssen, aber die Flucht geht vor. Der gute Rotwein, den er als Vorschuß kriegt, entlastet mein Gewissen. Eines Abends, als er nach seinem Inspektionsgang ins Revier kommt und sich über dem Ofen die klammen Finger reibt, opfere ich den letzten Rest, um mit ihm anzustoßen.

»Hör zu, Achmed. Ich würde so gern mal wieder durch die Straßen gehen wie der Doktor.«

»Willst du etwa abhauen?« Er mustert mich argwöhnisch.

»Ich gebe dir mein Ehrenwort, daß ich wieder mit zurückkomme.«

Das genügt ihm. Sofort ändert sich sein Ton. »Wenn du mir dein Ehrenwort gibst, können wir sogar einen heben – falls du bezahlst.«

»Ich möchte schon, Achmed. Aber in Uniform?«

»Warum nicht? Mit dem Doktor hab ich's doch auch schon gemacht.«

»Nun ja, der trägt eine Rot-Kreuz-Binde. Da drücken sie ein Auge zu. Aber wenn du mit einem gewöhnlichen Gefangenen ankommst, kann es Ärger geben.«

»Vielleicht hast du recht, aber ich kann dir ja deshalb keine Zivilklamotten besorgen.«

»Es genügt, wenn du mir eine Baskenmütze für die Glatze mitbringst. Ich habe da von einem früheren Kommando einen Monteuranzug. Wenn ich einen Pullover drüberziehe, merkt kein Mensch was.«

»Von mir aus. Morgen abend also. Aber du gibst mir dein Ehrenwort, daß du nicht abhaust.«

Ich schlage ein, und mit diesem Händedruck ist die Generalprobe für die Flucht angelaufen. Achmed ahnt nicht, daß er mir den Weg zum Bahnhof und einiges mehr zeigen wird.

Die folgende Nacht ist naßkalt und windig. Achmed ist heute der Befehlshaber des Lagers, weil der Adjudant-Chef zum Saufen in die Stadt gefahren ist, was mit schöner Regelmäßigkeit dreimal in der Woche der Fall ist. Sie nennen ihn Matschauge, weil er dann am nächsten Morgen beim Appell mit verglastem Blick die Meldungen entgegennimmt.

Den Weg merke ich mir genau. Das Lager liegt dicht an der Seine, längst nicht so weit vom Stadtkern entfernt wie Bonne Nouvelle. Zwanzig Minuten Fußmarsch, und wir sind auf dem Platz der Kathedrale, wo Jeanne d'Arc verbrannt wurde. Im nassen Asphalt der Straße spiegeln sich die Lichter von Schaufenstern und Autos. Dieses plötzliche Teilhaben am glitzernden, vibrierenden Leben einer Stadt verwirrt mich. Vornehme Restaurants mit weißen Tischdecken und roten Lämpchen, in die sich elegante Damen in Pelzmänteln führen lassen. Und in den Seitenstraßen kleine Bistros, aus denen Akkordeonmusik dringt. Es ist wie im Märchen.

Hier pfeift man auf die Tischsitten der feinen Leute: Burschen mit Schildmützen und wollenen Schals und Mädchen mit karierten Röcken und bunten Blusen.

»Laß uns 'reinschauen, Achmed. Nur eine Viertelstunde, ich zahle.«

Wir sitzen auf rotem Kunstleder, eingerahmt von großen Wandspiegeln, inmitten von jungen Leuten, die tanzen und lachen.

Es stimmt, was sie in Bonne Nouvelle sagen. Das Leben draußen ist fröhlicher, als es je war. Nach dem dritten Glas Weißwein trommle ich im Takt der Musik auf die Tischplatte. Die Baskenmütze ist Frankreichs größte Erfindung, scheint mir heute. Man braucht sie im Lokal nicht abzusetzen, und sie verdeckt den geschorenen Kopf so vollkommen, daß man völlig ungeniert Blicke mit der Blondine des Nebentisches wechseln kann.

»So haben wir nicht gewettet«, faucht Achmed.

Aber es ist zu spät. Das Mädchen sitzt an unserem Tisch, ehe er es verhindern kann. Ich bestelle eine neue Flasche Wein und fordere sie zum Tanz auf. Es kommt jetzt schon nicht mehr darauf an.

Sie ist sehr nachsichtig meinen zweifelhaften Tanzkünsten gegenüber. Während ich ihr auf den Füßen herumtrete, säuft Achmed die halbe Flasche leer, und wir könnten ohne weiteres zum Hinterausgang hinaustanzen. Das Mädchen hat krumme Beine und riecht nach Knoblauch, aber sie hat schöne Augen und schmiegt sich mit unverhüllter Aufforderung an mich.

Sie ist nicht recht zufrieden mit mir. »Warum bist du so komisch? Gefalle ich dir nicht? Wenn du willst, können wir zusammen weggehen, ohne deinen Freund.«

»Ich fürchte, das geht nicht. Mein Freund muß in die Kaserne. Ich muß ihn zurückfahren.«

»Du hast ein Auto?«

»Es gehört nicht mir. Ein Geschäftswagen, weißt du.«

»Dann bleib doch noch ein bißchen hier und nimm mich mit. Ich muß nach Petit-Quevilly.«

Jetzt ist der Rhythmus vollends beim Teufel. Sie wohnt nur um zwei Ecken neben Bonne Nouvelle.

»Kennst du Petit-Quevilly?«

»Flüchtig. Aber jetzt muß ich meinen Freund heimbringen. Wenn du morgen da bist, habe ich mehr Zeit. Abgemacht?«

»Abgemacht.«

Auf der Straße schimpft Achmed: »Es war von einem Ausgang die Rede, aber nicht von einer Freundin. Das hat gerade noch gefehlt!«

»War auch nur ein Spaß. Ich bin dir so dankbar, daß ich mal 'raus durfte. Jetzt habe ich nur noch einen Wunsch.«

»Was denn nun noch?«

»Ich möchte mal wieder einen richtigen Bahnhof sehen. Du hast mein Ehrenwort, daß ich nicht abhaue. Aber Bahnhöfe sind so etwas wie ein Stück Freiheit, verstehst du mich?«

»Du hast vielleicht Ideen«, brummt Achmed. »Von mir aus. Auf die zehn Minuten kommt's nicht mehr an. Aber dann müssen wir zurück. Es ist bald Mitternacht.«

Der Bahnhof »Rue Verte« von Rouen ist zu dieser Stunde freilich alles andere als attraktiv. Gähnende Leere in der großen Halle mit der Notbeleuchtung. Die Kioske sind verrammelt, und die wenigen Reisenden haben sich in den Wartesaal zurückgezogen. In einer Ecke haben sich marokkanische Teppichhändler auf ihre Ware gesetzt und dösen vor sich hin.

Achmed merkt nicht, daß es mir gelungen ist, einen Blick auf die Tafel »Départs« zu werfen. Um 7.35 Uhr geht der erste Schnellzug nach Paris.

Als wir zurückkommen, ist das ganze Krankenrevier noch hellwach.

»Wir haben schon geglaubt, du seist abgehauen«, sagt der Sanitätsunteroffizier. »Wäre nicht schön gewesen, Achmed so 'reinzulegen.«

»Eine Gemeinheit wäre das«, sage ich und reibe mir die Hände über dem Kanonenöfchen, das unermüdlich zischt und knattert.

Am nächsten Tag verlangt Achmed die Baskenmütze nicht zurück. Entweder hat er sie vergessen, oder er betrachtet sie als Requisit für künftige Spaziergänge. Sie kommt unter die Matratze und wird erst vier Tage später wieder hervorgeholt. Aber diesmal nicht zu einem harmlosen Spaziergang.

13

Wir haben den Start vorgezogen, weil mein sächsischer Freund von der Schreibstube sich mausig macht. Er hat der Lagerleitung gemeldet, daß ich nun schon vierzehn Tage im Revier liege, obwohl die Betten knapp sind. Den

Glühwein hat er natürlich auch gerochen. Matschauge ist zum Schnüffeln gekommen, aber der Arzt hat ihn kurz abgefertigt: »Wer krank ist, beurteile ich.«

Aber der Adjudant-Chef ist mißtrauisch geworden. Auch das Revier ist jetzt nicht mehr sicher.

»Morgen wird ein Bett frei«, sage ich deshalb zum Doktor. »Ich empfehle Ihnen, sich heute nacht von Matschauge zum Saufen einladen zu lassen. Dann kann er Sie nicht belangen, wenn bei der Zählung einer aus dem Revier fehlt.«

Obwohl der Zug nach Paris erst um 7 Uhr 35 geht, wollen wir das Lager schon am späten Abend verlassen, wenn die Kinos aus sind und man sich unauffällig in der Stadt bewegen kann. Dann wollen wir im Keller einer Ruine auf den Tag warten.

Kaiser, der noch nie auf Achse war, hat Reisefieber, und ich muß ihm zum tausendstenmal versichern, daß an der Sperre keine Ausweise verlangt werden.

»Wenn wir wenigstens schon die Fahrkarten hätten!«

»Laß mich das nur machen. Sieh lieber zu, daß dein Gepäck kleiner wird.«

Er hat durch seine Beziehungen zur Küche für mindestens acht Tage Verpflegung gehamstert und will nicht begreifen, daß das unnötiger Ballast ist.

»Jetzt hör mal gut zu. Ich habe eine schwere Tasche mit den schönsten amerikanischen Konserven durch halb Frankreich geschleppt, und dann wurden sie doch von französischen Gendarmen aufgegessen. Es ist doch alles ganz einfach: Wir können uns Fahrkarten kaufen, und es bleibt sogar noch etwas übrig für Sandwiches und Bier. Wenn sie uns nicht schnappen, sind wir in spätestens drei Tagen daheim. Schnappen sie uns, dann nehmen sie uns sowieso alles weg. Wozu also Ballast mitschleppen?«

Es tut ihm weh, alles wieder auspacken zu müssen. Aber mit Rasierzeug, Handtuch und etwas Wäsche bleibt für jeden noch genug zum Tragen. Der Ausbruch ist, wenn man an Bonne Nouvelle denkt, ein Kinderspiel. Direkt hinter dem Krankenrevier, wo man sich im toten Winkel der Wachttürme befindet, muß man den verrosteten Stacheldraht nur ein wenig mit der Kneifzange bearbeiten und hochbiegen. Als es dunkel wird, präpariere ich eine günstige Stelle. Wir werden uns nicht einmal die Kleider schmutzig machen.

Kurz nach zehn Uhr kommt Kaiser ins Revier. Der Arzt ist zu Matschauge gegangen, und Achmed spielt mit den wachfreien Posten Karten. Der Sanitätsunteroffizier steht Schmiere, damit wir uns ungestört umziehen können. Kaiser sieht sehr manierlich aus, obwohl ihm sein grauer Anzug etwas weit ist.

Mich drücken modische Sorgen nicht. Mit Pullover und Wollschal über der Monteurkluft bin ich einer unter vielen. Jetzt noch die Baskenmütze, dann stehen wir am Zaun. Der Draht quietscht ein wenig, als ich ihn hochbiege, aber das kann der Posten auf seinem Hochsitz nicht hören.

Fünfhundert Meter müssen wir durch freies Gelände mit provisorischen Abfallgruben, dann kommt eine Straße mit den ersten Häusern und Passanten. Sie machen Kaiser so nervös, daß er schon nach einem Versteck sucht.

»Jetzt dreh bloß nicht durch«, zische ich ihn an. »Der Plan wird genau eingehalten. Wir müssen mitten durch die Stadt. Erst beim Bahnhof wird eine Ruine gesucht!«

Als er merkt, daß sich niemand nach uns umdreht, wird er ruhiger. An der Kathedrale biegen wir links ab. Die Straßen sind leerer, als ich gedacht hatte.

Es geht auf Mitternacht zu, am Bahnhofsplatz ist nur noch eine einzige Kneipe beleuchtet. Schwarz ragt der Turm mit der großen Uhr in den nächtlichen Himmel.

Wir biegen nach rechts ab und finden ein zerfallenes Haus. Man muß über Geröll steigen, aber der Keller hat solide trockene Wände. Sechs Stunden müssen wir hier verbringen. Der verschüttete Eingang läßt kein Licht nach außen dringen. Wir können unbesorgt rauchen.

Kaiser zündet eine Zigarette an der anderen an.

»Warum hast du Angst?« frage ich.

»Ich habe keine Angst.«

»Du bist verkrampft. Wenn wir durch die Sperre gehen, darfst du nicht zittern. Dein Französisch ist gut, aber du brauchst es gar nicht. Ich werde dir eine Zeitung kaufen, und wenn du sofort zu lesen anfängst, wird dich kein Mensch anreden. Wenn es dir bis Paris zu lang wird, markierst du den Schlafenden. Ich stecke beide Fahrkarten ein.«

Die sechs Stunden sind endlos lang. Zum Glück hat Kaiser eine Uhr. Es stimmt nicht, daß sie allen Kriegsgefangenen die Wertsachen abgenommen haben. Aber am meisten beneide ich ihn um seine Haare. Ich darf eher die Hose verlieren als meine Baskenmütze!

Um fünf Uhr essen wir ein paar Kekse und eine Büchse Ölsardinen. Leider hatten wir nicht an Wasser gedacht, und die Kehlen sind nicht nur vom Durst trocken.

Um sechs werde auch ich nervös. Arbeiter, die zu den ersten Frühzügen gehen, trampeln so dicht an unserem Versteck vorbei, daß das Auftauchen zum Problem wird.

Eine Dreiviertelstunde später wird es Zeit. Dünner Rauhreif liegt auf den oberen Stufen der Treppe. Durch ein Fensterloch, in dem noch ein zersplitterter Holzrahmen hängt, kann man die Straße überblicken. Ein Milchwagen holpert vorbei, und schräg gegenüber hat schon ein Bistro geöffnet. Arbeiter mit Schild- und Baskenmützen nehmen ein schnelles Stehfrühstück an der Theke. Der Gehweg ist im Augenblick leer.

»Komm schnell, jetzt geht's!«

In ein paar Sekunden sind wir draußen – Arbeiter wie alle anderen, die ihren Frühzug erwischen wollen.

Die Halle des Bahnhofs Rue Verte ist ein beruhigender Unterschlupf. Kein Polizist kümmert sich um Frühzüge. Der Andrang an den Schaltern ist mäßig, da die meisten mit Zeitkarten fahren.

»Zweimal zweiter Paris.«

Kostbare Hundert-Franken-Scheine, die wochenlang zu

Haselnußgröße zerknüllt waren, rutschen durch den Schalter. Geübte Hände lassen Münzen in eine metallene Rundung klimpern und schieben das Wichtigste nach: zwei schmale, braune Kartons mit der Aufschrift »Paris«.

Kaiser hat diesem Kauf aus sicherer Entfernung zugesehen. Es wäre eine unsinnige Solidarität, ihnen einen doppelten Fang zu gönnen.

Ich spüre, wie er aufatmet. Für ihn muß es der entscheidende Test gewesen sein, denn von diesem Moment an zeigt er Selbstvertrauen. Da der Fahrpreis unsere Kalkulation leicht unterschritten hat, wendet er nichts gegen einen Milchkaffee am Büfett ein.

Wohlig heiß läuft er durch die Kehle, und nach kurzer Überlegung und einem Blick auf die Preistafel sage ich: »Garçon, deux Calvados.«

Es ist Verschwendungssucht, ich sehe es in Kaisers vorwurfsvollem Blick, aber herrlich brennt der Apfelschnaps nach dieser durchwachten Nacht in der Magengrube.

Dann kaufe ich zwei Zeitungen, und der Gang durch die Sperre, vor dem Kaiser gezittert hat, ist von solcher Einfachheit, daß er sich fühlt wie ein Sieger, an dessen Brust das Zielband flattert.

Der Schnellzug nach Paris wird nicht übermäßig voll. Wir kriegen Fensterplätze. Es kommen noch zwei junge Männer ins Abteil, die sich ausschließlich mit ihren Zeitungen beschäftigen. Pünktlich um 7 Uhr 35 pfeift die Lokomotive. Der Morgenappell im Lager ist seit zwanzig Minuten vorbei. Matschauge weiß jetzt, daß wir fehlen, aber auf die Idee, daß wir in einem angenehm geheizten Schnellzug sitzen, wird er nie kommen. Es ist lustig, sich vorzustellen, daß er jetzt einen neuen Dolmetscher suchen muß.

Der Mann, der bei ihm ausgedient hat, liest die Morgenzeitung und bleibt ganz ruhig, als der Kontrolleur kommt. »Merci, Monsieur. Merci, Monsieur.« Es geht wie am Schnürchen.

Draußen huscht die graue Landschaft der Normandie

vorbei. Vor neun Monaten war sie grün. Ein Grün, das mir kein Glück gebracht hat.

Oder doch? Bin ich nicht aus dem Keller der Sûreté, aus Bonne Nouvelle und aus dem Lager herausgekommen? Und habe ich nicht viel gelernt dabei? Diesmal wird nichts dem Zufall überlassen. Ein genauer Stundenplan ist ausgearbeitet. Er tritt in Kraft, als der Zug in den Bahnhof St. Lazare einrollt.

Bremsen quietschen, Gepäckträger und Zeitungsverkäufer schreien. Andrang an allen Sperren, hastende Menschen. Dann breite Treppen im fahlen Licht der Februarsonne.

Sie steht noch tief. Es ist erst neun Uhr. In der Rue d'Amsterdam werden die Geschäfte geöffnet. Vielleicht werden wir noch in Paris sein, wenn sie wieder schließen, denn wir wissen nicht, wann der Nachtschnellzug nach Metz fährt.

Der Pariser Arbeitstag beginnt nicht mit dem Sonnenaufgang. Ich muß an der Station Havre Caumartin lange anstehen, um ein Carnet mit zehn Tickets zu bekommen. Es ist das preiswerteste Angebot.

Die Schächte der Métro führen in den Bahnhof hinein, von dem die Züge nach Deutschland abfahren. Die direkteste Linie geht nach Straßburg. Wir wollen aber bei Forbach über die grüne Grenze und müssen deshalb zunächst nach Metz.

Um 21 Uhr 30 fährt der Zug, und die finanzielle Gestaltung des Tages hängt vom Fahrpreis ab. Was an Geld übrigbleibt, wird sinnvoll verbraucht.

Angenehme Überraschung am Schalter: Ich behalte, selbst wenn wir den Fahrpreis Metz–Forbach hoch ansetzen, genug, um den Tag üppig zu beginnen. Zwar ist Kaiser für striktes Sparen, aber wir müssen uns waschen und rasieren. Ein heißes Bad ist ein lang entbehrter Genuß und bringt uns für zwei Stunden von der Straße weg, wenn die Badefrau genug Trinkgeld kriegt.

Es mag Leute geben, die mit lockenderem Ziel den Boulevard de Strasbourg hinuntergeschlendert sind, aber ob sie mit sich und der Welt zufriedener waren als wir, ist zu bezweifeln. Auf beiden Seiten des Boulevards locken preiswerte Restaurants, doch der Drang zum Luxus muß seine Grenzen haben. Wir werden im Bad Kekse essen und Wasser dazu trinken.

Paris macht mir keine Angst mehr. In der Tasche steckt die Fahrkarte nach Metz und läßt keine quälende Unsicherheit aufkommen wie damals, als ich den Weg in die Normandie wählte.

Dann entdecke ich das Schild »Bains et Douches«. Es hängt über der Hofeinfahrt eines grauen Mietshauses. Und der Boulevard heißt . . . »Bonne Nouvelle«!

Die Ironie belustigt mich. Jeder kriegt sein Badezimmer mit hohen Wänden, in die der Wasserdampf häßliche Flekken gefressen hat. Der zersprungene Wandspiegel ist von der Feuchtigkeit beschlagen, aber die Wanne ist sauber wie die Handtücher, die eine brummige Alte auf den Stuhl legt. Ich gebe ihr ein stattliches Trinkgeld mit der Bemerkung, daß wir gedenken, uns Zeit zu lassen.

Der Genuß, bis zum Kopf in heißem Wasser zu stecken und dabei Kekse und Corned beef zu essen, ist unvergleichlich. Was kann es Schöneres geben? Was zählt daneben noch?

Ich dehne Bad, Mahlzeit und Rasur so lange aus, daß ich noch splitternackt und dampfend dastehe, als Kaiser an die Tür klopft.

»Seit mehr als zwei Stunden hockst du jetzt da drin«, flüstert er vorwurfsvoll, als er den Riegel wieder zugeschoben hat.

»Na und? Ich bin von der Straße weg, und es hat mir gutgetan. Dir doch hoffentlich auch?«

Er hat ein frisches weißes Hemd angezogen und sieht aus wie einer, der den Montmartre erobern will. Aber es ist nicht das Hemd, um das ich ihn beneide, sondern das elegant gescheitelte Haar. Ich bin gerade erst wieder bei einer bescheidenen Bürste angelangt.

Laut Plan müssen wir jetzt ins Kino. Es ist die sicherste und billigste Art, nicht aufzufallen.

Ich gehe nie gern ins Kino, wenn die Sonne scheint. In den letzten neun Monaten habe ich wenig genug von ihr gesehen. Mich zieht es dahin, wo Paris am schönsten ist: Wir fahren zum Jardin des Tuileries. Kein Flic wird sich in der Mittagszeit dort herumtreiben.

Kaiser ist nach unserem gelungenen Start mit allem einverstanden. Er würde auch auf den Eiffelturm klettern. Ich werde mich hüten, seine zuversichtliche Stimmung zu zerstreuen. Heute abend, am Gare de l'Est, ist bei den Fernzügen mit Kontrollen zu rechnen.

Louvre, Palais Royal, Concorde, Arc de Triomphe, ein unwirkliches Bild für einen, der aus den grauen Mauern kommt. Der Obelisk von Luxor sticht scharf aus der Mitte des riesigen Platzes, und im Hintergrund, dort wo die Champs-Élysées aufhören, verschwimmen im bläulichen Dunst die massigen Konturen des Triumphbogens.

Die Bäume sind noch kahl, aber ein Hauch von Frühling liegt schon in der Luft. Auf den Bänken blinzeln alte Männer in dicken Wintermänteln in die Sonne, und im großen Bassin mit dem Springbrunnen lassen zwei Buben ein Segelschiff schwimmen.

»Die haben's gut«, sagt Kaiser. Seine Stimme klingt wieder bedrückt.

Nur einen Steinwurf entfernt ist das Parlament. »Sie regieren jetzt wieder ohne de Gaulle«, sage ich. – Vor vier Wochen ist de Gaulle als Regierungschef zurückgetreten, niemand hat recht begriffen, warum. Aber es gibt Leute, die auf ein spektakuläres Comeback des Generals schwören.

Wir nehmen wieder die Métro. In einem kleinen Kino am Boulevard St. Martin sehen wir uns einen alten Film mit Fernandel an und essen Kekse dazu. Geborgenheit für wenig Geld. Wir bleiben zwei Vorstellungen lang sitzen.

Als wir das Kino verlassen, dämmert es, und der Boulevard ist schwarz von Menschen. Noch drei Stunden bis zur

Abfahrt. Es wird Zeit, Kaiser beizubringen, daß es Schwierigkeiten geben könnte.

Zu dieser Stunde platzt die Métro aus den Nähten. Kontrollen sind unmöglich.

Aber droben am Gare de l'Est ist es, wie ich befürchtet habe. Nicht nur Militärpolizei macht bei den Fernzügen in Richtung Osten Stichproben, sondern auch Flics in schwarzen Pelerinen schlendern an den Sperren umher.

»Scheiße«, sage ich.

Kaiser sagt gar nichts und wird blaß. »Bleib jetzt ruhig. Wir müssen ihre Methoden studieren.«

Aus sicherer Entfernung beobachten wir den Betrieb. Die Militärpolizisten nehmen nur Soldaten aufs Korn, aber die Flics sind unberechenbar. Minutenlang machen sie gar nichts. Aber plötzlich greifen sie sich zwei oder drei heraus und blättern mit höchster Aufmerksamkeit in Ausweisen.

»Wir werden getrennt gehen«, flüstere ich Kaiser zu. »Jeder durch eine andere Sperre. So ist das Risiko am geringsten.«

Wir gehen in eine kleine Brasserie am Boulevard Magenta, aber das Bier schmeckt nicht. Jeder weiß, daß es das letzte dieser Reise sein kann. Ich zähle das Geld ab und gebe ihm seinen Teil.

»Nur eine Vorsichtsmaßnahme. Wenn einer geschnappt wird, ist der andere nicht völlig blank.«

In der kleinen Toilette, wo es keine Schüssel gibt, sondern nur ein Loch und ausgesparte Tritte für die Füße, wird der Rest des Papiergeldes wieder da untergebracht, wo es keiner finden kann. In den Taschen klimpert noch etwas Kleingeld, und der Minutenzeiger auf Kaisers Uhr rückt unerträglich langsam vor.

Nach einer halben Stunde zahle ich. Da der Zug mindestens eine Stunde vor Abfahrt bereitgestellt wird, kann es günstig sein, sehr zeitig durch die Sperre zu gehen.

»Aber vor der Sperre trennen wir uns. Das mußt du einsehen. Das Risiko muß jeder allein tragen.«

Es ist schwer, ihn bei der Stange zu halten. Er will ein Zimmer mieten und alles noch mal überschlafen. Aber es gelingt mir, ihm wieder etwas Mut zu machen.

Wir gehen in den Bahnhof zurück. Plötzlich ist mir alles egal. Noch zehn Schritte, noch fünf. Neben dem Mann, der die Fahrkarten knipst, unterhält sich ein Flic mit einem Militärpolizisten. Um dem Beamten die Fahrkarte zu reichen, muß ich so nahe an dem Polizisten vorbei, daß ich seine schwarze Pelerine streife. Aber er beachtet mich nicht. Hinter mir ist Parfümgeruch. Eine Dame mit Pelzmantel und viel Gepäck. Galant macht er Platz, und ich bin durch. Bis zum Ende des Zuges sind es keine fünfzig Schritte.

Nach etwa zwanzig wage ich einen Blick zurück. Flic und Militärpolizist sind der Dame mit dem vielen Gepäck behilflich. Von Kaiser keine Spur. Dabei muß er doch sehen, daß es keine bessere Chance geben kann.

Nie mehr zu zweit! Aber ich habe Kaiser unterschätzt, denn er kommt durch eine ganz andere Sperre, sicheren Schritts, als ob der Schnellzug Paris–Metz allein für ihn bereitgestellt wäre.

Wir finden ein leeres Abteil, machen uns an den Fensterplätzen breit und rauchen die beste Zigarette des Tages. Eine halbe Stunde später ist das Abteil voll.

Das Rattern des Zuges ist Musik. Ich schließe die Augen und denke an das Lager und an Matschauge, der uns vielleicht drei oder vier Tage gibt, ehe uns die Gendarmen zurückbringen. Es ist ein wunderbares Gefühl, über rollenden Rädern in einem geheizten Abteil zu träumen.

In Bar-le-Duc müssen wir umsteigen. Mitternacht ist längst vorbei, der Atem dampft im eisigen Wind, der über den Bahnsteig fegt. Ein schmutziger Wartesaal mit trübem Licht und langen Bänken an den Wänden. Es riecht nach abgestandenem Bier und kaltem Tabak, und wie matte Fliegen kleben die Reisenden auf den Bänken.

Alle warten auf den Schnellzug nach Metz. Mit zehn Minuten Verspätung wird er ausgerufen.

In Metz ist die Nacht vorbei, und hinter der Theke des Bahnhofsbüfetts pfeifen dampfende Kaffeemaschinen. Wir leisten uns den Luxus eines heißen Milchkaffees mit Croissants. Stundenlang möchte man diese dampfende Schale umklammern. Aber der Bahnhof von Metz ist kein Platz zum Träumen. Hier, wo die alten Leute Deutsch sprechen, weil sie nie richtig Französisch gelernt haben, und die ganz jungen noch keine Zeit dazu hatten, ist der Boden heiß für Illegale. Und man hat einen Riecher für sie. Nicht jeder, der hier aufpaßt, trägt eine Uniform, und so kann es für uns keine bessere Lösung geben, als die frühe Stunde zu nutzen und den nächsten Bummelzug nach Forbach zu nehmen.

Es ist eine kurze und ereignislose Fahrt. Ein alter Mann mit müden Augen nimmt an der Sperre die Fahrkarten in Empfang. Jetzt brauchen wir nur noch ein bißchen Glück.

Aber wo ist die Grenze? Keiner von uns kennt Forbach, und meine zerknitterte Michelin-Karte ist nur tauglich für Autofahrer, die sorglos an den Schlagbaum fahren dürfen. Sicher ist nur, daß Deutschland links und rechts liegt, denn Forbach ist die äußerste Spitze dieser ins Saargebiet hineinreichenden französischen Zunge.

Es ist unmöglich, zwölf Stunden in einem Nest totzuschlagen, das man in fünf Minuten kennt. Aber eine Burgruine gibt es. Wie ein Adlernest thront sie über dem Grenzstädtchen.

»Laß uns hinaufgehen«, sage ich. »Wir brauchen einen Überblick, und von da oben kann man vielleicht die Grenze erkennen.«

Dünne Schwaden von Frühnebel hängen über dem feuchten Waldweg. Tannen, kahle Buchen, Brombeerhecken und klobige Felsen säumen ihn. Außer unseren Schritten kein Laut.

»Vielleicht ein Sperrgebiet vor der Grenze«, flüstert Kaiser.

Diese verdammte Stille! Oben bei der Burg werden wir ein

Versteck suchen und auf den Abend warten. Kein Spaß ohne Mantel, aber die einzige Lösung.

Doch da kreuzen sich die Pfade, und das Unterholz ist nicht dicht genug. Hinter den Spicherer Höhen liegt, zum Greifen nahe, Saarbrücken, und zur linken Hand qualmen die Schlote der Völklinger Zechen. Die Grenze muß so nahe sein, daß wir nur noch zu flüstern wagen.

Ein helles, schnelles Klopfen läßt uns zusammenzucken. Es ist nur ein Specht, aber Kaiser hat wieder sein nervöses Augenzwinkern. Wir müssen zurück in den Wald.

Aber es ist zu spät. Aus den Büschen tritt lautlos ein Mann. Es ist ein hagerer Alter mit einem grauen Schnauzbart und einer speckigen Baskenmütze. Der Lodenmantel ist ihm zu weit und schlottert um die magere Gestalt. Ein Rübezahl mit flinken Äuglein, die eine Sekunde zu lange an unserem Gepäck hängenbleiben.

»Bonjour, Messieurs.«

»Bonjour, Monsieur.«

Sein Französisch hat den harten Akzent der lothringischen Grenzbewohner. Interessiert wandern die Augen von unseren Gesichtern zu den Taschen und wieder zurück. Der Mann weiß, daß wir die Grenze suchen. Wenn er uns für Franzosen hält, ist noch nichts verloren.

Überhaupt ist nichts verloren. Wenn ich ihm einen Prügel über den Kopf haue, ist die Sache erledigt. Nach siebenhundert Kilometern läßt man sich ein paar Meter vor der Grenze nicht von einem alten Mann aufhalten, der spazierengeht.

Aber ich bringe es nicht fertig. Dabei hätte ich es in Bonne Nouvelle lernen müssen. Fesseln und knebeln vielleicht? Oder den Schmuggler spielen? Man muß ihm nicht weh tun, wenn man es mit der gewaltlosen Masche der Konspiration probiert.

»La contrebande, vous comprenez?« Und ich deute auf die beiden Packtaschen, die hinübergeschmuggelt werden sollen.

Er nickt freundlich, als ob er nichts anderes erwartet habe. Kaiser ist viel zu nervös, um sich einzuschalten, und leider entgeht das dem Alten nicht. Er erklärt, daß er uns einen sicheren Grenzübergang zeigen wolle, doch ich habe ein mulmiges Gefühl, als wir ihm durch den Wald folgen. Aber wenn wir ihn nicht zusammenschlagen wollen, müssen wir mitspielen.

Nach dreihundert Metern ist es aus. Als seine Schritte schneller werden, ist es schon zu spät. Zwei Grenzgendarmen mit Schäferhunden nehmen uns in Empfang.

»Wir sind wie die Anfänger hineingerannt«, sage ich zu Kaiser, als die Handschellen klirren.

Es ist hier ein viel scheußlicheres Gefühl als in Rouen, das kalte Metall am Handgelenk zu spüren. Sogar die Gendarmen, die uns in Forbach in Empfang nehmen, zeigen Verständnis dafür. Sie sprechen Deutsch, und beim anschließenden Verhör ist der Ton nicht chauvinistisch, sondern sachlich wie bei Autofahrern, die falsch geparkt haben. Bloß daß es nicht mit einer Verwarnung abgeht.

»Tut uns leid, aber wir müssen unsere Pflicht tun. Habt ihr nicht gewußt, daß Forbach eine Mausefalle ist? Seit es Kopfgeld gibt, hilft die Bevölkerung tüchtig mit. Der Alte, der euch brachte, macht nichts anderes. Mindestens dreimal pro Woche holt er auf dem Rathaus Kopfgeld ab. Hübsches Taschengeld für einen Rentner, nicht wahr?«

Da ich nichts mehr zu verlieren habe, sage ich: »Daß die Polizei ihre Pflicht tut, ist normal. Aber Leute, die ihre Rente erst bei Hitler abholten und sie jetzt von den Franzosen beziehen, sollten lieber Rosen züchten!«

Einer der Flics muß lachen, aber die anderen fangen zu knurren an. Das Gespräch ist beendet. Wir haben, immer noch durch die Handschellen aneinandergekettet, auf den Abtransport ins Kriegsgefangenenlager St. Avold zu warten.

14

Die Strafbaracke im Lager St. Avold ist viel größer als in Rouen. Täglich kommen von der nahen Grenze Flüchtlinge.

Zuerst kommt der Friseur. Kaiser hat Tränen in den Augen, als er seine schönen langen Haare fallen sieht, aber allmählich gewöhne ich mich daran, daß es auf meiner Rübe nicht Frühling werden will. Die Baskenmütze haben sie mir natürlich abgenommen, aber seltsamerweise hat sich niemand um meinen Monteuranzug gekümmert. Ich ziehe die Uniform wieder darüber, aber Kaisers schmucker Zivilanzug gehört jetzt der Wachmannschaft.

Im »Bunker« ist die Luft zum Schneiden. Mit vierzig Mann, von denen jeder die dreißig Tage, die auf Flucht stehen, abzusitzen hat, ist er überbelegt. Aber gemeinsames Pech verbindet, es gibt hier so etwas wie Kameradschaft.

St. Avold ist ein ausgesprochenes Hungerlager. Weil die Grenze nur ein paar Kilometer entfernt ist, gibt es nur wenige Arbeitskommandos, die das Lager verlassen dürfen. In die wenigen Lebensmittel teilen sich ein paar Privilegierte. Der Lagerkommandant scheint von der vernünftigen Überlegung auszugehen, daß Hunger schwach macht und schwache Männer nicht weit laufen können. Tatsächlich ist die Rübensuppe, die wir zweimal täglich bekommen, so übel, daß ich Sehnsucht nach der zweitschlechtesten Suppe der Welt kriege, die in Bonne Nouvelle hergestellt wird.

Kaiser, der zum erstenmal richtig hungert, weil er als Dolmetscher immer gut im Rennen war, hat jeden Mumm zum Ausbrechen verloren und träumt von den Fleischtöpfen der Normandie. Ihn stört es nicht, daß alle Flüchtlinge nach Verbüßung ihrer Strafe in ihr Stammlager zurückgebracht werden, weil er überzeugt davon ist, mit Matschauge wieder Frieden schließen zu können.

Aber ich will nicht nach Rouen zurück. Die siebenhundert gewonnenen Kilometer sind ein Kapital, das nicht verschleudert werden darf. Gefährlich wird es erst nach der dritten Flucht, denn dann ist das Straflager fällig. Dort haben sie SS-Leute und notorische Ausbrecher eingesperrt, und was man über die Behandlung hört, läßt wenig Lust zu einer vierten Flucht aufkommen.

Aber es gibt nicht viele, die resignieren wie Kaiser. Seit wir im Bunker hocken, ist bei ihm eine Saite gerissen. Manchmal schaut er mich an wie einen, dem er auf den Leim gegangen ist. Stundenlang kann er vor sich hinstarren, ohne teilzunehmen an den Gesprächen der Männer, die aus den lothringischen Lagern bis zu hundert Kilometer weit getrampt sind, um sich in diesem verdammten Forbacher Zipfel schnappen zu lassen.

Nach dreißig Tagen Knast geht's auf schwachen Beinen ins freie Lagerleben. Ich habe es in Rouen nicht kennengelernt, weil ich vom Krankenrevier direkt auf Achse ging, und merke schnell, daß ich nichts versäumt habe. Stumpfsinnig hockt man herum, und zu den größten Versagern gehören die, denen mit silbernen Litzen einst Führereigenschaften bescheinigt worden waren.

Offiziere sind keine dabei. Die haben ihre eigenen Lager, weil es auch in Gefangenschaft Unterschiede geben muß. Womöglich mit Ordonnanzen und Kasino? Manche behaupten es, aber die Latrinenparolen sind hier noch blödsinniger als in Bonne Nouvelle.

Von ihren Handlangern sind viele hier. Es gibt trübe Figuren unter den Unteroffizieren und Feldwebeln von St. Avold.

Mit sicherem Instinkt für die neue Lage haben manche primitiven Schleifertypen die Kurve genommen. Brav sitzen sie, die Landser unter die Betten jagten und wie Hunde bellen ließen, in der Frühlingssonne hinter dem Stacheldraht. Gäbe ihnen ein Wachsoldat aber ein Stück Brot dafür, dann würden sie Männchen bauen und dreimal brüllen: »Ich bin der größte Idiot der Kompanie«, so wie sie es früher befahlen, wenn sie sich einen Spaß machen wollten.

Nicht alle sind so. Aber zu viele, als daß es nicht zum Kotzen wäre. Im Knast sieht man keinen von ihnen. Es sind folgsame Menschen, die dem Franzosen keinen Ärger machen. Sie sind sogar böse, wenn er Ärger kriegt, weil sie einen Sinn für Ordnung haben.

Auch der Lagerkommandant hat ihn. Beispielsweise hortet er alle Lebensmittelzuteilungen mit Ausnahme von verfaulten Steckrüben in einer sorgfältig verschlossenen Baracke, damit unsere Beine weich bleiben. Wir dürfen die Kisten zwar ausladen und stapeln, aber dann sehen wir nichts mehr davon.

Eines Tages fährt ein Lastwagen mit fünfzig Kisten Rosinen vor. Es ist ein Schatz, für den man in Bonne Nouvelle zehn Freiwillige für einen Mord gefunden hätte. Ich werde zum Umladen eingeteilt. Wir bilden eine Kette und reichen die schweren Kisten von Mann zu Mann.

Neben mir arbeitet ein Bayer. Ein Trumm von einem Mann. Er tut sich leichter als ich und versucht, obwohl drei Posten dabeistehen, mit seinen Pratzen eine Kiste aufzukriegen. Aber er reißt sich nur den Daumen auf. Die Nägel sitzen fest.

Am Abend nach dem Zählappell frage ich ihn, ob wir eine Kiste klauen sollen: »Die Baracke steht auf Steinen, und man kann drunterkriechen. Mit einem starken Messer könnte man einige Bretter lösen und einsteigen.«

»Und die Posten?«

»Können nichts sehen, wenn wir unter der Baracke liegen. Außerdem wird es heute nacht stockdunkel.«

Die tiefhängenden Wolken überzeugen ihn: »Ich mache mit.«

Er bringt einen richtigen Hirschfänger mit, und obwohl die Arbeit relativ ungefährlich ist, nachdem wir unter die Baracke gekrochen sind, ist sie sehr anstrengend. Keuchend arbeiten wir eine Stunde. Dann ist das Loch fertig. Ich nehme eine Kiste Rosinen und er so viele Wurstbüchsen, wie er nur tragen kann. Die Öffnung können wir allerdings nicht mehr schließen.

In der Schlafbaracke wird die ganze Nacht über gepraßt. Kiste und Büchsen verschwinden in der Freiluftlatrine, und außer dem Loch unter dem Depot gibt es keine Spuren, als die Franzosen am nächsten Tag eine große Untersuchung vornehmen. Der Kommandant schäumt. Drei Stunden lang darf sich auf dem Appellplatz keiner vom Fleck rühren.

Es kommt nichts heraus. Auch der Feldwebel, der uns melden wollte, weil er nichts abgekriegt hatte, hält wohlweislich dicht. Der Bayer hatte laut genug verkündet, daß er ihm den Hirschfänger zwischen die Rippen rammen würde, wenn er das Maul auftäte. Der Rosinen-Coup macht uns zu Freunden, und an diesem Abend weiht er mich in den verwegensten aller Fluchtpläne ein. Er hat Kontakte zu einem wenige Kilometer entfernt liegenden amerikanischen Camp, das mit der Anlage eines Heldenfriedhofs beschäftigt ist. Hochinteressant, weil zweimal in der Woche Lastwagen mit großen Sargkisten nach Deutschland fahren.

»Ich habe dort einen Kumpel, der alles einfädelt.«

»Du willst also in einem Sarg abhauen?«

»Nicht direkt. Die Amis buddeln ihre Toten auf deutschen Friedhöfen aus, legen sie in Särge, und diese Särge kommen wieder in große Kisten. Folglich ist viel Platz in einer Kiste, wenn sie wieder leer nach Deutschland abgeht.«

»Brr«, mache ich.

»Du brauchst keine Angst zu haben. Die Kisten stinken nur nach Desinfektionsmitteln. Wenn der Lastwagen fährt, kannst du den Deckel öffnen und Luft schnappen. Klar, daß die Amis an der Grenze nicht kontrolliert werden. Und in Deutschland steigt man dann aus und springt ab, ohne daß der Fahrer etwas merkt. Drei sind schon so abgehauen, und es hat wunderbar geklappt. Aber wir müssen uns beeilen, ehe die Amis auf den Trick kommen.«

»Wann geht der nächste Transport?«

»In drei Tagen. Am Montagabend müssen wir hier weg. Ich weiß schon eine günstige Stelle am Zaun.«

Zu Kaiser sage ich nichts. Er wartet mit Sehnsucht auf den Rücktransport nach Rouen, um als reuiger Sünder wieder Matschauges Dolmetscher zu werden.

Aber das Leben ist voller Überraschungen: Am Montagmorgen, zwölf Stunden vor dem Aufbruch zu den Totengräbern, erscheint ein Sergeant des Lagers von Rouen, um Kaiser und mich abzuholen. Der Bayer muß wohl oder übel allein gehen.

Anstatt in die Sargkiste geht es in den Schnellzug und wieder nach Westen. Erbarmungslos frißt die Lokomotive mühsam gewonnene Kilometer. An eine Flucht ist nicht zu denken in Uniform und mit kahlgeschorenem Schädel. Auch der Sergeant weiß das. Er ist fair genug, uns am Bahnhof die Handschellen abzunehmen.

In Metz kauft er uns sogar Sandwiches und Bier. Auch die Leute im Abteil sind eher neugierig als feindselig. Wir müssen unsere Flucht erzählen, die Unterhaltung wird immer freundschaftlicher. Als wir im Gare de l'Est einfahren, würden sie uns am liebsten laufenlassen. Man merkt, daß der Krieg seit einem Jahr zu Ende ist.

Auf dem Bahnsteig, als niemand zuhört, rückt der Sergeant mit einem Vorschlag heraus: »Hört zu, ich schlage euch einen Handel vor. Es gibt zwar einen Nachtzug nach Rouen, aber man kommt nicht oft nach Paris. Ich möchte gern ausgehen und werde versuchen, euch bei der Bahnhofswache unterzubringen. Jetzt zahle ich euch noch ein Bier, und morgen früh um neun fahren wir weiter. Einverstanden?«

Wir sind es. Er war anständig zu uns, und es gibt keinen Grund, ihm seinen Spaß zu verderben. Das Wiedersehen mit Matschauge kommt früh genug.

Die Militärpolizei hat ihr Quartier in einem Keller des Gare de l'Est. Sie hat schon ein hübsches Tagwerk vollbracht: Ein Dutzend Soldaten ohne gültige Urlaubsscheine und ebenso viele streunende Dirnen sind in einem großen Raum versammelt. Es geht sogar recht lustig zu. Einige werden wieder entlassen, aber Kaiser und ich gehören natürlich nicht dazu. Sie weisen uns einen Raum mit sauberen Feldbetten zu, und nach einem guten Essen kriegen wir sogar doppelten Nachtisch.

Sie behandeln uns mit Respekt, weil wir schon fast am Ziel gewesen waren. Aber ein voller Magen ersetzt nicht siebenhundert verlorene Kilometer.

Dumpfes Rollen von Rädern dringt in den Keller und vermischt sich mit dem schrillen Gezeter der Mädchen, die den Soldaten weismachen wollen, daß sie auf dem Bahnhof keine Kundschaft suchten. Gegen Mitternacht kommt der Wachhabende, ein junger Unteroffizier, und stellt einen Liter Rotwein auf den Tisch.

»Hier habt ihr was zum Trinken, ihr zwei Pechvögel. Es ist schließlich euer Recht, die Kurve zu kratzen.«

Ganz nüchtern ist er nicht mehr. Wir trinken zu dritt aus der Flasche, und plötzlich hat er eine Idee: »Wollt ihr zwei Mädchen?«

Aber das Angebot reißt uns nicht vom Stuhl.

»Bring lieber noch eine Flasche Wein, da weiß man, was man hat.«

Er holt eine neue Flasche, und wir ersäufen unseren Kummer.

Um acht Uhr holt uns der Sergeant ab. Er hat schwarze Ringe unter den Augen. Es wäre ein Kinderspiel, ihn in der überfüllten Métro zwischen Gare de l'Est und St. Lazare zu versetzen. Aber wir halten uns an unseren Pakt. Im Bahnhof Rue Verte von Rouen muß ich ihn sogar wecken, damit wir nicht nach Le Havre weiterfahren. So sind es die Gefangenen, die ihren Bewacher ins Camp de la Tubize zurückbringen. Doch da Matschauge trotz der frühen Stunde betrunken ist, entgehen ihm diese Feinheiten.

Er will uns sofort einsperren, aber ich war klug genug

gewesen, uns die dreißig Tage Bau in St. Avold schriftlich bestätigen zu lassen.

»Wir haben unsere Strafe abgesessen, mon Adjudant«, sage ich und halte ihm den Zettel unter die Nase.

»Von mir aus. Aber jeder kriegt eine Glatze!«

»Haben wir auch schon, mon Adjudant.«

Zwei Feldmützen werden gezogen. Die frischen Glatzköpfe, blank wie Billardkugeln, stimmen ihn friedfertig.

»Hoffentlich ist euch das eine Lehre. Wir schnappen jeden. Ist das klar?«

»Oui, mon Adjudant.«

»Weil ihr Französisch könnt, seid ihr ein bißchen weiter gekommen als die anderen. Aber was hat es euch genutzt?«

»Nichts, mon Adjudant.«

Zufrieden lehnt er sich zurück, und ich warte schon auf das Zeichen zum Abtreten, als er Kaiser mit traurigem Vorwurf fragt: »Wie konntest du dich nur von diesem Ganoven überreden lassen, der aus dem Gefängnis kommt? Hast du es bei mir als Dolmetscher nicht gut gehabt? Wenn du mir versprichst, keine Dummheiten mehr zu machen, kannst du deinen Posten wiederhaben.«

Kaiser nickt gerührt. Matschauge aber reißt sich zusammen und brüllt mich an: »Du hast meinen Dolmetscher verführt. Ich sollte dich dreißig Tage extra einsperren!«

»Dazu haben Sie kein Recht, mon Adjudant. Ich habe die Höchststrafe für Flucht abgesessen.«

»Du hast meinen Dolmetscher verführt, du Hundesohn! Ich werde dich nicht einsperren, aber du hast Arbeitsverbot und darfst das Lager nicht verlassen. Ist das klar?«

»Oui, mon Adjudant.«

»Abtreten!«

Der Frühling hat dem Camp de la Tubize etwas von seiner grauen Trostlosigkeit genommen. Nicht daß es grün geworden wäre, denn das steinige, von Knobelbechern zertretene Fabrikgelände bringt keinen Grashalm hervor. Ein bißchen Unkraut nur zwischen Stacheldrähten, die verstärkt wurden, um die Reiselust einzudämmen. Aber man kann jetzt aus dem bedrückenden Halbdunkel der kahlen Halle ins Freie flüchten, und tagsüber hat man Bewegungsfreiheit, weil achtzig Prozent der Belegschaft arbeiten gehen. Achmed, der Wachsergeant, ist versetzt worden, aber im Krankenrevier habe ich noch Freunde. Kaiser ist als Dolmetscher wieder in Amt und Würden, trägt eine bessere Uniform und muß bald das Koppel ein Loch weiter schnallen.

Auch die Bullen von der Schreibstube sind fetter geworden, und ihre Schadenfreude über meine Rückkehr ist groß. Sie helfen wacker mit, mich auf der untersten Stufe der Lagerhierarchie zu halten, und schneller, als meine Haare wachsen, wächst der Plan zu einer neuen Flucht.

Ein paar Tage lang prüfe ich den kleinen Trupp derer, die wegen Fluchtversuchen Arbeitsverbot haben. Die meisten sind Leute, die mit einem Stück Brot in der Tasche losmarschieren und nach drei Tagen von einem Bauern in der Scheune erwischt werden.

Aber einer hat einen Plan, der fast so originell ist wie die Sache mit den Sargkisten. Er ist ein breitschultriger Metzgermeister aus Mainz-Kostheim, Fritz Renkel mit Namen.

Mit dem Schiff will er heim, und er weiß auch wie. Er hat zuverlässige Informationen über das riesige amerikanische Lager »Philipp-Morris« bei Le Havre, dessen Insassen Liberty-Schiffe beladen.

Er hat auch eine brauchbare Karte, auf der die Position von »Philipp-Morris« eingezeichnet ist. Das Lager liegt zwischen Harfleur und Le Havre, und er weiß, wie man hineinkommt.

»Die großen Sattelschlepper, die ständig zwischen Harfleur und Le Havre verkehren, werden fast ausschließlich von deutschen Kriegsgefangenen gefahren. Sie sind anständig und helfen jedem, der beim Franzosen abhaut.«

»Man müßte also bis Harfleur mit dem Zug fahren und dann einfach per Anhalter nach ›Philipp-Morris‹?«

»Genauso hab ich's mir gedacht, aber ich habe Angst vor dem Zug, weil ich nicht Französisch kann.«

»Hast du Geld?«

Er zieht fünf Tausend-Francs-Scheine aus der Tasche. »Das müßte für zwei Fahrkarten reichen. Es sind höchstens achtzig Kilometer.«

»Und noch für ein gutes Vesper«, sage ich. »Aber wie steht's mit Zivil?«

Renkel hat eine bläuliche Fliegerhose und einen amerikanischen Lumberjack, wie ihn jetzt auch viele Franzosen tragen. Wenn ich an meinen einteiligen Monteuranzug denke, ist er ein vornehmer Pinkel. Wir sind startklar, wenn ich eine Baskenmütze habe.

»Laß mich das machen«, sagt Renkel. »Ich habe einen Kumpel bei einem guten Kommando.«

Zwei Tage später kommt die Baskenmütze ins Lager, und es geht nur noch darum, den richtigen Zeitpunkt für unsere Flucht festzulegen. Das ist schwieriger geworden. Denn die Aufmerksamkeit der Wachsoldaten ist größer denn je. Außerdem ist noch zuwenig Gras über die letzte Flucht gewachsen. Wenn etwas schiefgeht, kann Matschauge unangenehm werden.

Dabei ist er gar nicht so hartherzig. Musik macht ihn weich, und nichts liebt er mehr als die Vorstellungen der Theatergruppe. Er hat auch nichts dagegen, daß sich die Wachsoldaten um die provisorische Bühne scharen und bei den Klängen des Akkordeons in sein Lieblingslied *Ah, le petit vin blanc* einstimmen. Mit rauhem Baß macht er den Vorsänger.

In einem solchen Moment werden wir abhauen. Renkel hat festgestellt, daß selbst die Posten vom Haupttor für eine Viertelstunde vom Turm herunterklettern, wenn die Theaterabende ihren Höhepunkt erreichen. Am Tor kann man den Draht leicht hochbiegen, und wenn man gute Nerven hat, kann man das Loch auch von außen wieder schließen.

15

Der grosse Abend kommt eine Woche vor Ostern. Der Berliner Kapellmeister hat ein Galaprogramm zusammengestellt, und die Stimmung schlägt Wellen wie nie zuvor. Renkel und ich stehen in der hintersten Reihe und halten Ausschau nach den beiden Posten vom Haupttor. Nach einem gellenden Tusch erscheinen sie wie gerufen. Im nächsten Moment huschen wir in der dunklen Nacht zum Tor.

Der Draht ist störrischer als gedacht. Ich spüre Blut an den Fingern, als ich zerre, um Platz für Renkels breiten Buckel zu machen. Aber nach zwei Minuten ist alles erledigt. Auf dem Bauch liegend, drücken wir von außen den Draht wieder so zurecht, daß in der Dunkelheit kein Loch zu erkennen ist. Mit ein paar Sätzen sind wir im Brachland. Vom Lager her dröhnt Matschauges Baß: »Ah, le petit vin blanc, qu'on boit sous les tonnelles...«

Als wir den ersten Leuten begegnen, rede ich laut auf Renkel ein. Er braucht bloß mit dem Kopf zu nicken und ein gelegentliches »Oui« zu grunzen.

Der Rest der Nacht wird im alten Keller beim Bahnhof verbracht. Renkels Nervenkraft ist beruhigend. Die Gefahr, im Zug angesprochen zu werden, ängstigt ihn nicht.

»Mach dir keine Sorgen. Ich freue mich richtig auf den Zug, falls du die Fahrkarten kriegst.«

Wieder der Bahnhof Rue Verte im Morgengrauen. Dampfender Milchkaffee, Croissants und zwei Calvados. Der Frühzug nach Le Havre geht erst in dreißig Minuten.

Mit der Unterhaltung ist es jetzt vorbei, aber der Metzgermeister aus Mainz weiß sich zu helfen. Er tritt mir auf die Füße und deutet auf sein Glas.

»Garçon, encore deux Calvados, s'il vous plaît!«

Grinsend prostet Renkel mir zu.

Es ist ein typischer Arbeiterzug. Fritz hat eine derartige Bierruhe, daß ich mich frage, ob er nicht wirklich schläft. Behaglich streckt er die Füße von sich. Und nach einer guten Stunde steigt er in Harfleur aus, als ob er hier jeden Tag ankäme.

Vom kleinen Bahnhofsplatz aus ist man schnell auf der Hauptstraße nach Le Havre. Wir können endlich reden.

Die Straße ist stark befahren, und am Ortsausgang überholt uns schon der erste amerikanische Sattelschlepper.

»Siehst du«, triumphiert er, »es ist genau, wie ich's gesagt habe.«

»Aber sind es auch deutsche Fahrer?«

»Natürlich. Ich habe deutlich das ›PW‹ auf dem Rücken gesehen.«

Wir sind jetzt auf der freien Landstraße und können es riskieren, dem nächsten zu winken. Als er das Tempo nicht drosselt, baut sich Renkel einfach in der Mitte der Straße auf. Fahrer und Beifahrer hängen fluchend die Köpfe aus dem Führerhaus, aber Renkel lächelt sie an, wie ich es nie fertigbrächte. Ergänzen muß man sich.

»Wir sind bei den Franzosen abgehauen. Nehmt ihr uns mit?«

»Okay, aber macht schnell!«

In drei Sätzen erklären wir unsere Situation, während der Motor aufheult und das Ungetüm wieder in Schwung bringt.

»Wir können euch mit nach ›Philipp-Morris‹ 'reinnehmen, aber zuerst braucht ihr schwarze Uniformen«, sagt der Fahrer. »Wir fahren jetzt nach Le Havre in ein Depot. Dort besorge ich euch die Klamotten.«

»Und am Lagertor wird nicht kontrolliert?«

»Keine Angst. Da steht ein polnischer Posten. Wenn ihr die richtige Uniform anhabt, ist alles in Ordnung.«

Renkel schmunzelt. »Was habe ich dir gesagt? So einfach ist das!«

Es ist tatsächlich staunenswert. Im Depot fliegen plötzlich zwei schwarzgefärbte G.I.-Uniformen und zwei Mützen über die Seitenwand des Lastwagens. Innerhalb einer Minute haben wir uns in amerikanische Kriegsgefangene verwandelt.

Genauso einfach ist die Einfahrt ins Camp »Philipp-Morris«. Ohne jede Formalität öffnet der Posten das Tor. Es ist ein riesiges Areal mit Hunderten von olivgrünen Zelten. Erst nach einem guten Kilometer hält der Wagen.

»Ich bringe euch jetzt zu unserem Spieß«, sagt der Fahrer. »Der wird euch erst einmal unterbringen und für Verpflegung sorgen.«

Immer größer werden unsere Augen. Von Amerikanern keine Spur. Das Kommando scheint der deutsche Spieß zu führen, der uns in seinem Zelt in Empfang nimmt. Er strahlt etwas beruhigend Väterliches aus.

»Ich werde euch im Schachzelt unterbringen. Kein Schwein spielt mehr Schach, weil es viel Interessanteres gibt. Ihr findet dort zwei andere, die auch aus einem französischen Lager ausgebrochen sind. Kontrollen braucht ihr keine zu fürchten. Das hier ist eine Arbeitskompanie, die sich selbst verwaltet. Der Ami taucht nur auf, wenn was passiert. Wie lange wollt ihr bleiben?«

Er fragt wie ein Hoteldirektor, der seine Dispositionen zu treffen hat.

»Jetzt eßt euch erst mal richtig satt und überstürzt nichts. Es gibt Leute bei uns, die euch Tips geben können.«

Renkel hat nicht übertrieben. Dieses Lager ist der sicherste Platz in ganz Frankreich. Zum erstenmal spüre ich wieder so etwas wie Geborgenheit.

Im Schachzelt begrüßen uns zwei französische Gefangene. »Wir sind seit acht Tagen hier und haben schon gar keine Lust mehr zum Abhauen.«

Ich begreife es, als sie uns zum Küchenzelt führen. Die erste Mahlzeit dauert zwei Stunden, und sie wird nur abgebrochen, weil sich der Magen gegen die Mengen Weißbrot und Erdnußbutter auflehnt.

Wir schlafen und essen, doch nach drei Tagen stellt sich

die Unternehmungslust wieder ein. Wir gehen von Zelt zu Zelt, aber ohne brauchbare Auskünfte zu bekommen. Bis wir schließlich Experten finden, die täglich zum Hafen fahren. Es sind die Großverdiener der Kompanie, und nach dem ersten Abend in diesem Zelt begreife ich, warum keiner dieser Burschen auf die Idee kommt, der Kriegsgefangenschaft entfliehen zu wollen.

Die Maden im Speck und selbst Gott in Frankreich sind viel zu blasse Bilder für ihre Lebensweise. Zuerst will das alles nicht in meinen Glatzkopf hinein.

Der Zeltälteste sagt mit der Bescheidenheit dessen, der jedes Wort mit handfesten Zahlen belegen kann: »Wir sind die Könige des Schwarzmarktes in der Normandie, weil der Ami keine Übersicht hat und die Franzosen dankbare und korrekte Abnehmer sind.«

»Ich kann mir trotzdem nicht vorstellen, daß der Ami nichts merkt, wenn ganze Lkw-Ladungen Öl und Benzin verschwinden«, sage ich.

»Erstens ist Schwund einkalkuliert, und zweitens sind genug Amis an den Transaktionen beteiligt. Wir nennen das die Hafenmafia. Man muß gut mit ihr stehen, verstehst du?«

Ich habe auch in französischen Lagern Privilegierte gesehen, denen außer der Freiheit nicht viel fehlte. Aber diesem hier fehlt sie so wenig wie die Freundin. Er geht in Zivil aus und schläft im eigenen Haus, wobei »eigen« auf höchst eigenartige Weise zu verstehen ist. Um seine Einkünfte aus dem schwarzen Markt einer möglichen Entdeckung zu entziehen, hat er seiner Freundin ein Haus gekauft, aber nicht auf die übliche Weise, versteht sich. Als Käufer ist sie aufgetreten. Sie haben einen Vertrag gemacht, der tief unter dem Zeltboden liegt.

Nun hat er sein Haus, und in ein paar Jahren will er es offiziell bewohnen. Aber ganz so sicher ist er seiner Sache nicht mehr, seit er in einem Aschenbecher Gauloises entdeckt hat. Denn sie raucht nicht, und er zieht standesgemäße amerikanische Luxuszigaretten vor. Wer also raucht in seinem Haus? Wenn er dahinterkommt, daß sie ihn betrügt, will er die Bude in die Luft sprengen.

Das sind die Sorgen im Zelt der großen Schieber, und Renkel sieht darin einen Beweis dafür, daß die Reichen schlechter schlafen als die Armen. Im übrigen bleibt unser Neid in den Grenzen, die dem dankbaren Gast gesetzt sind. Sie sollen mit ihren Schätzen glücklich werden und uns auf ein Schiff bringen. Dies jedoch hat seine Tücken.

»Vor ein paar Wochen«, sagt der Ölscheich geschäftsmäßig, als wollten wir ein Faß Benzin kaufen, »war das noch kein Problem. Aber seit ein paar blinde Passagiere entdeckt wurden, ist die Sache riskant geworden. Ihr müßt begreifen, daß für uns mehr auf dem Spiel steht als für euch.«

»Geschäft ist Geschäft«, sage ich, aber es wurmt mich doch, daß sie uns als arme Deppen betrachten, die froh sein sollten, Weißbrot und Bohnenkaffee zu kriegen. Später, im Schachzelt, sind wir uns einig darüber, daß wir bei diesen Snobs nicht mehr betteln werden.

Ich fange an, mich wieder mit der Flucht per Eisenbahn zu befreunden. Zivilklamotten und Fahrgeld müßten aufzutreiben sein in einem Lager, wo die Tausend-Francs-Scheine bündelweise verpokert werden.

Renkel, ausgestattet mit einem gesunden Sinn für Realitäten, ist einverstanden. Wir werden uns an den noch nicht völlig versnobten Mittelstand des Lagers halten. Aber am Karfreitag wirft ein sensationelles Ereignis alle Pläne über den Haufen. Der Spieß selbst ist es, der die Botschaft ins Schachzelt bringt.

»Ihr könnt eure Osterreise machen, aber ihr müßt euch sofort entscheiden. In ein paar Stunden verläßt ein Güterzug mit Setzmaschinen für eine amerikanische Armeezeitung das Lager. Er fährt direkt nach Hanau. Ihr könnt euch noch einbauen lassen. Sechs Mann hocken schon drin.«

»Eine sichere Sache?«

»Bombensicher!«

Aber so schnell überzeugt er mich nicht. »In Personenzügen kann man eigene Entscheidungen treffen, aber in Güterzügen ist man eingesperrt und kann verhungern.«

»Im schlimmsten Fall seid ihr drei Tage unterwegs. Selbstverständlich bekommt ihr Verpflegung und Wasser mit. Vor Hanau kann euch praktisch niemand entdecken, weil die Wagen plombiert werden. Also, wie steht's? Ich will euch nur helfen.«

Renkel ist sofort einverstanden. Ein unkontrollierter Güterzug ist besser als ein überwachtes Schiff. Und wenn sich der Spieß höchstpersönlich um unsere Verladung kümmert, müßte es klappen.

Und er beweist seine Macht. Im Handumdrehen zaubert er aus der Küche einen Verpflegungssack herbei, der mindestens für acht Tage reicht. Auch einen Zwanzig-Liter-Kanister mit Wasser schleppt er an.

»Aber das können wir doch unmöglich alles zur Verladerampe schleppen!«

Er lacht über die Rückständigkeit von Leuten, die noch nicht begriffen haben, daß dies ein amerikanisches Lager der unbegrenzten Möglichkeiten ist.

»Für Sonderfälle dieser Art haben wir das schönste rote Auto der Lagerfeuerwehr. Niemand darf es aufhalten. Nicht einmal ein General.« Und dann rasen wir mit einem grinsenden Fahrer und Blaulicht durch das gewaltige Areal von »Philipp-Morris« zur Verladerampe. Die sechs Güterwagen sind schon beladen, und der Chef des Kommandos wartet nur noch auf den amerikanischen Offizier, der die Wagen plombieren muß.

»Höchste Zeit, daß ihr kommt. Der Spieß hat mir Bescheid gesagt. Es ist der zweite Wagen von hinten.«

Er öffnet die schwere Schiebetür. Nichts ist im Halbdunkel zu erkennen als Jutesäcke, die offenbar als Polsterung zwischen die schweren Kisten gelegt wurden.

»Die beiden sind da«, sagt er leise. »Macht Platz, daß sie 'reinschlüpfen können.«

Während das Feuerwehrauto sich querstellt, damit wir beim Einsteigen vom Lager aus nicht gesehen werden können, taucht unter der Tür eine Hand auf, die Stapel von zusammengelegten Säcken zur Seite schiebt. Sie haben ihr Versteck so getarnt, daß niemand, der die Tür öffnet, auf die Idee käme, daß sechs Männer zwischen den Setzmaschinen hausen. Jetzt sind es acht.

Wir ziehen uns hoch und kriechen durch das Loch zwischen den Säcken. Die Tür wird von außen wieder zugeschoben, einen Moment lang ist es stockdunkel. Aber sie haben sich gut eingerichtet hier. Der Mann, der nach vorn gekommen ist, knipst eine Taschenlampe an.

»Links halten«, flüstert er. »Und bei der nächsten Kiste scharf rechts.«

Dann flucht einer, weil ich an seinem Fuß hängenbleibe, und der scharfe Kegel einer anderen Taschenlampe blendet mich.

Sehr erfreut sind sie nicht über den Zuwachs. Sechs ausgestreckt liegende Männer brauchen allerhand Platz. Eine Kiste muß zur Seite gerückt werden, um das Nest zu vergrößern. Als die Taschenlampen aus sind, sehe ich an der Seitenwand, dicht unter dem Dach, einen dünnen Lichtstrahl, daneben einen Kopf. Der Mann liegt bäuchlings auf einer Kiste und beobachtet die Verladerampe.

»Das ist unser Ausguck«, sagt einer. »Er muß immer besetzt sein. Ich habe die Sache organisiert und bin der Transportführer. Was ich sage, gilt für alle.«

»Klar. Wir sind froh, daß ihr uns noch 'reingelassen habt.«

»Wollten wir erst gar nicht. Sechs sind schon mehr als genug, aber weil ihr vom Franzosen kommt, haben wir ein Auge zugedrückt. Habt ihr genug Verpflegung dabei?«

»Mindestens für acht Tage.«

»Sehr gut. Man kann nie wissen, wie lange so eine Fahrt dauert.«

»Warum habt ihr euch nicht auf mehrere Wagen verteilt?«

»So einfach ist das nicht. Die Amis sind um ihre Kisten 'rumgelaufen, als ob Gold darin wäre, und es war schwer genug, einen Wagen so zu laden, daß Platz übrigblieb. Habt ihr den offenen Wagen mit den vier großen Holzkisten vor uns gesehen? Sie sind so schwer, daß sie mit dem Kran verladen werden mußten. Und so kostbar, daß die Amis den Kranführer beschworen haben, sie mit Samthandschuhen aufzusetzen. Sie konnten nicht ahnen, daß in zwei Kisten zwei von uns sitzen. Mit Schlafsack, Dekken und allem. Sie haben natürlich auch Luftlöcher, aber wir haben's hier bequemer, meint ihr nicht?«

Renkel und ich sind hoch zufrieden. Die Sache ist gut durchdacht, und als der Mann am Ausguck meldet, daß die Amis zum Plombieren kommen, wird es mäuschenstill.

Sie lassen sich viel Zeit. Man hört das Rasseln von Türen, die noch einmal aufgerissen werden, ehe der Offizier sein Okay gibt und die Plombe anbringt.

Jetzt sind sie an unserem Wagen. Die Säcke, die unser Versteck abdichten, wirken wie Polstertüren, und man hört nur ein unverständliches Gemurmel.

Dann schieben sie die Tür unseres Wagens auf, und die Stimmen werden laut und klar. Keiner wagt, sich zu rühren, und plötzlich packt mich der Gedanke, daß etwas Verrücktes passieren wird. Vielleicht muß einer niesen, oder der Mann am Ausguck fällt von seiner Kiste herunter.

Endlose Sekunden zitternder Spannung. Dann kreischt die Schiebetür wieder, es wird eine Schattierung dunkler im Wagen. Deutlich hört man, wie sie den Draht der Plombe durch eiserne Ösen ziehen. Dann sind sie am nächsten Wagen.

Bewegungslos bleiben wir liegen. Endlich heult ein Jeep-Motor auf.

In der Höhle zwischen Kisten und Säcken schlägt man sich auf die Schultern. »Ihr seid wie die kleinen Kinder«, zischt der Transportführer wütend. »Jeder bleibt auf seinem Platz liegen und verhält sich still. Leichtsinn ist das letzte, was wir uns leisten können!«

Das begreifen alle, und fast eine Stunde lang hört man nichts als das leise Rascheln der Säcke, wenn sich einer auf die andere Seite dreht. Bis sich von oben der Beobachter meldet: »Die Lokomotive kommt!«

Puffer knallen aufeinander, und nie hat der unsanfte Ruck des Ankoppelns größere Begeisterung ausgelöst. Die Waggons ächzen und zittern wie unter einem Schüttelfrost. Und dann kommt der ruhige Rhythmus des Rollens.

»Jetzt könnt ihr meinetwegen quasseln«, sagt der Transportführer. »Aber geraucht wird in Schichten. Höchstens zwei auf einmal. Wenn wir halten, wird das Rauchen sofort eingestellt. Sonst hetzen sie uns die Feuerwehr auf den Hals.«

Es ist gut, daß einer da ist, der an alles denkt. Er hat natürlich auch an wichtigere menschliche Bedürfnisse als das Rauchen gedacht, doch es zeigt sich schnell, daß die Notlatrine für acht Männer zum Problem wird. Zwar haben sie aus der Küche eine große Blechbüchse mit luftdichtem Deckel mitgenommen, aber sie kann nicht geleert werden. Sie steht natürlich nicht in der Höhle, sondern man muß über Kisten und Säcke in die andere Ecke des Wagens kriechen. Aber der Behälter reicht nicht aus. Noch ehe wir die holprigen Weichen des Güterbahnhofs von Rouen-Sotteville spüren, liegt Uringeruch in der Luft.

»Ein Glück, daß Ostern ist und nicht Hochsommer«, sagt einer. Aber Renkel meint, daß er sich durch ein bißchen Mief die Freude an der Heimfahrt nicht verderben lasse.

Doch vorerst wird nicht gefahren, sondern pausenlos rangiert. Jede Stunde wird der Mann am Ausguck abgelöst. Gegen Mitternacht bin ich dran. Die Wagen sind jetzt von französischen Eisenbahnern übernommen worden, und immer noch ziehen sie uns kreuz und quer durch das riesige Rangierareal von Sotteville.

Als ich abgelöst werde, dampft die Maschine davon. Wir werden auf dem Güterbahnhof übernachten, aber noch schläft keiner. Zu groß ist das Reisefieber nach dem gelungenen Start.

In gedämpftem Ton unterhält man sich über den gelungenen Coup. Dazwischen gibt es Fruchtsäfte, Coca-Cola und dick belegtes Weißbrot, Schätze, die für Renkel und mich immer noch wie aus einer anderen Welt sind.

»Ihr habt«, sage ich, »keine Ahnung, was Kohldampf heißt. In den französischen Lagern würden sie sich die Finger nach dem lecken, was ihr wegwerft.«

»Schon möglich«, tönt es schmatzend aus einer Ecke, »aber ist es vielleicht unsere Schuld, daß der Ami großzügig ist?«

Ein sonorer Rülpser bekräftigt diese Erklärung, und ich sehe ein, daß es wenig Sinn hat, Satten etwas vom Hunger zu erzählen. Trotzdem muß ich ihnen hier in Rouen-Sotteville, wo wir nur ein paar Kilometer von Bonne Nouvelle entfernt sind, noch etwas sagen.

»Niemand macht euch einen Vorwurf, weil ihr wie die Könige gelebt habt. Es ist nur ein Beweis dafür, daß das Glück ein Rindvieh ist und daß die Gefangenschaft viele Gesichter hat. Überlegt euch mal: Ich bin ganz in der Nähe von hier im Knast gesessen. Zu Unrecht, denn das Urteil ist nach acht Monaten revidiert worden, und ich habe da kleine Schieber getroffen, die weiterschoben, was die deutschen Gangsterkönige von ›Philipp-Morris‹ dem Ami geklaut hatten. Wenn man bedenkt, daß sie zwei oder drei Jahre dafür kriegten, dann wäre lebenslänglich noch viel zuwenig für eure Oberschieber.«

»Du möchtest sie also einsperren lassen?«

»Blödsinn. Ich will nur sagen, wie komisch es zugeht und wie wichtig es ist, auf dem richtigen Dampfer zu sitzen. Das ganze Leben ist so. Warum sind wir Kriegsgefangene, und Hunderttausende, die genau wie wir eine Uniform trugen, sind längst zu Hause? Sind wir vielleicht Kriegsverbrecher?«

»Das ist ja die Scheiße! Nazis hocken daheim und unsereiner gammelt in Frankreich herum und hat noch nicht einmal einen Beruf.«

»Es gibt eben keine Gerechtigkeit. Als der Krieg aus war, hättest du im richtigen Augenblick am richtigen Platz sein müssen.«

»Dafür sind wir jetzt am richtigen Platz. In zwei oder drei Tagen werden wir irgendwo in Hessen diesen Wagen aufbrechen, und als Souvenir werden wir den Amis unseren Scheißkübel unter die Tür stellen.«

Diese Aussicht versöhnt mit dem Gestank, der sich im Wagen ausbreitet.

Gegen Morgen wird ein bißchen geschlafen, aber die Hoffnung, auf rollenden Rädern aufzuwachen, erfüllt sich nicht. Als die Sonne durch die Ritzen dringt, hat der Mann am Ausguck nichts Neues zu melden. Noch stehen wir auf dem Güterbahnhof von Sotteville.

»Sie haben eben gewartet, bis es Tag ist«, sagt der Transportführer mit Überzeugung.

Gegen Mittag wird auch er unruhig und klettert auf den Hochsitz. Die Ruhe draußen ist verdächtig, aber möglicherweise hängt das damit zusammen, daß der Güterverkehr am Ostersamstag gedrosselt wird. Der Vorschlag einer Skatrunde wird mit Begeisterung aufgenommen. Doch sie verfliegt, als der Chef vom Ausguck herunterklettert.

»Wir stehen auf einem toten Gleis, und zwar als einziger Wagen. Alle anderen sind weg!«

Die Gesichter werden lang. Was kann das bedeuten?

»Irgend etwas ist faul«, meint der Transportführer und kratzt sich an den Bartstoppeln. Sie fangen zu sprießen an, weil wir uns erst wieder zu Hause rasieren wollen.

Das Rätsel beschäftigt uns den ganzen Tag, doch es gibt keine Lösung. Mit der sinkenden Sonne steigt die Nervosität, und als die Sonne des Ostersonntags auf das Blechdach knallt und der Gestank aus der improvisierten Latrine immer penetranter wird, kommen die ersten Vorschläge zum Ausbrechen.

Der Transportführer ist wütend. Er spürt, daß ihm das Kommando entgleitet. Aber noch einmal kann er die Männer überzeugen. Die Stimmung in der stinkenden Höhle wird immer mieser. Und gegen zehn Uhr am Ostermontag schreit der Mann am Ausguck: »Die Amis kommen! Zwei Jeeps fahren direkt auf unseren Wagen zu!«

Für die meisten scheint es eher eine Erlösung als ein Unglück zu sein. Man wird sie wieder nach »Philipp-Morris« zurückbringen und vielleicht ein paar Tage einsperren, dann haben sie wieder ihr sattes und bequemes Leben. Doch was wird aus Renkel und mir?

Man hört amerikanische und französische Stimmen, ehe die Plombierung mit einer Zange entfernt wird. Dann rasselt die schwere Schiebetür, und die Gestankwolke, die herausquillt, scheint ihnen die Sprache zu verschlagen.

»Komisch«, höre ich einen Franzosen sagen, »riecht eher nach Käse als nach Druckmaschinen.«

Man hört, wie sie ganze Stapel von Säcken wegzerren. Unmerklich wird es heller, aber das genügt nicht, um uns zu entdecken. Sie müssen durch den schmalen Gang zwischen den Kisten kriechen, und es dauert eine Ewigkeit, bis sie sich dazu entschließen. Keiner von uns wagt zu flüstern, als ob es noch einen Sinn hätte, Versteck zu spielen.

Da gibt sich der Transportführer einen Ruck. »Here we are«, sagt er laut und kriecht auf allen vieren zum Eingang vor. Und alle kriechen ihm nach wie eine Schafherde dem Leithammel. Ich bin der vorletzte. Wenn Marsmenschen aus einer fliegenden Untertasse herauskämen, könnten sie nicht mehr Eindruck machen. In den Händen der Amerikaner zittern die Pistolen.

Wir müssen die Arme hochnehmen, und als der letzte herausgekrabbelt ist, lassen sie uns fluchend und kopfschüttelnd antreten. Keiner darf die Arme senken.

Zunächst müssen sie einen Lastwagen anfordern, weil sie uns mit den beiden Jeeps nicht nach »Philipp-Morris« transportieren können. Einer von ihnen geht mit einem Franzosen zum Telefonieren. Wir dürfen uns hinsetzen, müssen aber die Arme hinter dem Kopf verschränken. Immer noch sind die Pistolen entsichert.

Dennoch riskiere ich eine Frage an den Franzosen. »Warum tut ihr eigentlich so furchtbar überrascht?«

»Das fragst du noch? Acht Ausbrecher in einem Güterwagen! Soll man da ruhig bleiben?«

»Ihr habt uns ja schließlich gesucht.«

»Keine Spur. Dieser Wagen blieb stehen, weil jemand den Frachtzettel abgerissen hat. Und weil wir nicht wußten, was mit dem Wagen geschehen soll, haben wir heute früh mit den Amerikanern telefoniert. Kein Mensch hat geahnt, daß ihr da drinsteckt.«

Ich übersetze es den anderen, und jetzt sind wir es, die nach Luft schnappen. Nach zwei Stunden sitzen wir auf dem Lastwagen und fahren nach Le Havre zurück.

16

In »Philipp-Morris« ist der Teufel los. Acht Ausbrecher sind eine alarmierende Quote. Es wimmelt von Militärpolizisten, und selbst die Arbeitskompanien, die gar nicht mehr wissen, was ein Appell ist, sind angetreten. »Philipp-Morris« verwandelt sich an diesem Ostermontag in einen aufgescheuchten Ameisenhaufen.

Sie sperren uns in einen Käfig, in dem wir wie Raubtiere besichtigt werden können. An jeder Ecke steht ein Militärpolizist mit Maschinenpistole. Wieder müssen wir die Arme hinter dem Kopf verschränken. Sowie einer Erleichterung sucht, fuchteln sie mit den Maschinenpistolen. »Philipp-Morris« ist kein Paradies mehr.

Die Luxusgefangenen sind stocksauer, denn die Amis fallen wie die Heuschrecken über ihre Zelte her, und die Razzia bringt manches an den Tag, was besser im dunkeln geblieben wäre. Acht Ausbrecher, das ist Massenflucht. Die Amis ahnen nicht, daß Renkel und ich nur ihre Gäste sind.

Aber wir werden nichts sagen. Dieser Freiluftkäfig ist

immer noch besser als der Gedanke an Matschauge, und wenn sie uns ohne Verhör bestrafen, kann alles gutgehen.

Nachts ist es verdammt kühl ohne Decke, aber man kann sich mit Freiübungen etwas Wärme verschaffen. Die vierzehn Tage werden auszuhalten sein.

Doch am dritten Tag gehen die Verhöre los. Jeder wird allein vorgeführt, und als der erste nach einer Stunde zurückkommt, wissen wir, daß wir Farbe bekennen müssen. Um die Dinge nicht zu komplizieren, erkläre ich dem Posten, daß wir beide mit den Amerikanern überhaupt nichts zu tun hätten und eine wichtige Aussage machen wollten.

Er ist einverstanden und führt uns sofort zu dem Offizier, der die Untersuchung leitet. Der staunt nicht schlecht, als ich ihm erkläre, daß wir aus einem französischen Lager in Rouen kommen.

»Okay, Boys. Das wird die Franzosen freuen.«

Damit ist der Ausflug zu den Amerikanern beendet. Er telefoniert mit der französischen Gendarmerie, und eine halbe Stunde später sind die Flics da. Wieder haben wir eine Freifahrt zu Matschauge.

In den Vorstadtkneipen von Le Havre geht es so hoch her, daß ein Hoffnungsfunken in uns aufglimmt: Vielleicht ist Matschauge so besoffen, daß er uns gar nicht erkennt. Aber natürlich haben wir ihn unterschätzt. Drei Feiertage haben ihn zwar angeschlagen, aber nicht umgeworfen. Aus wäßrigen Augen blickt unverhüllter Triumph.

Matschauge schnalzt mit der Zunge, als wäre ihm eine gebratene Taube ins Maul geflogen. Soll ich ihm vielleicht sagen, daß der abgerissene Frachtzettel nicht sein Verdienst ist? Es ist wichtiger, daß Matschauge bei guter Laune bleibt.

Er zieht amerikanische C-Rationen aus unserem kleinen Marschgepäck.

»Habt ihr das geklaut?«

»Bei den Amerikanern kann man essen, was man will.«

»Auch trinken?«

»Es hat auch Whisky gegeben, aber natürlich nicht offiziell.«

Matschauge ist beeindruckt. Und die Freude, uns wiederzuhaben, erstickt den Ärger über die unbegreifliche Großzügigkeit der Amerikaner, die nicht wissen, wie man Kriegsgefangene zu behandeln hat. Die Aufgabe, uns den Luxus wieder auszutreiben, stimmt ihn fröhlich.

»Jetzt, Messieurs, ist es aus mit Weißbrot und Bohnenkaffee!«

»Wir wissen es, mon Adjudant.«

»Gar nichts wißt ihr! Ich werde euch jetzt dreißig Tage einsperren, aber wenn ihr glaubt, daß ihr dann wieder abhauen könnt, habt ihr euch geschnitten. Es wäre für jeden von euch der dritte Versuch, und darauf steht Straflager. Ist das klar?«

»Es ist klar, mon Adjudant.«

Matschauge ist fairer, als wir es erwartet hatten. Er gibt uns in einem Anfall von Großzügigkeit sogar die amerikanischen Büchsen zurück.

»Soll euch guttun im Bunker. Schließlich habt ihr was riskiert. Das nächste Mal geht's nicht so glimpflich ab. Und damit euch die Lust vergeht, gibt's morgen früh für jeden eine schöne frische Glatze.«

Das ist das schlimmste. Zehn Glatzköpfe begrüßen uns im Bunker. Man merkt, daß die Sonne steigt und im Camp de la Tubize die Wanderlust. Wir laden alle zu einem amerikanischen Büchsenmahl ein. Dann schnarchen sie mit vollen Bäuchen, aber ich finde in dieser ersten Nacht in der Strafbaracke keine Ruhe. Die Haare dürfen nicht fallen. Wenn ich sie klatschnaß mache, gelingt beinahe schon ein Scheitel.

Einen Scheitel zu haben, das wird in dieser Nacht zur fixen Idee. Wenn die Haare fallen, dann sind sie erst im Hochsommer wieder soweit wie jetzt. Matschauge war anständig, aber den Skalp will er haben. Diese Beute steht ihm zu, und es gibt keine Ausrede, wenn der Friseur mit der Tondeuse kommt.

Ich hasse ihr Zwickzwack wie die Pest. Er setzt sie am Nacken an, und dann frißt sie sich durch bis zur Stirn wie eine Rasenmähmaschine. Der erste Streifen sieht aus wie ein blanker schmaler Feldweg durch eine Wiese. In fünf Minuten ist alles vorbei, und am Handtuch hängen noch ein paar Haarbüschel.

Als Matschauge nach dem Morgenappell fröhlich pfeifend mit dem Friseur anrückt, ist es klar, daß der Pelz nicht gerettet werden kann. Er will das Schauspiel genießen und befiehlt, daß es vor der Strafbaracke im Freien stattfindet. Ein Hocker wird aufgestellt, und Matschauge setzt sich auf einen zweiten.

Trotzdem muß ein Versuch riskiert werden.

»Eine Glatze kann mein Tod sein«, sage ich und bin um den ernsten Ton eines Arztes bemüht, der ein schweres Leiden entdeckt hat.

Über den Matschaugen runzelt sich die Stirn. Aber nur für einen winzigen Moment. Dann bricht er in ein schallendes Lachen aus.

»Wenn hier einer stirbt, dann bin ich es, weil ich mich totlache!«

»Es ist aber nicht zum Lachen, mon Adjudant.«

Er kommt ganz nahe an mich heran wie ein Feldwebel, der beim Ausgehappell die Kragenbinden prüft.

»Du hältst mich wohl für total verblödet, Freundchen! Für solche Witze mußt du dir einen Dümmeren suchen!«

»Ich habe eine Stirnhöhlenvereiterung, mon Adjudant. Der Arzt kann es Ihnen bestätigen.«

»Der Arzt«, äfft er mich nach. »Das glaube ich dir gerne! Der bestätigt dir alles, und er hat dir ja auch schon aus dem Krankenbett zur Flucht verholfen. Nein, nein, mein Lieber, diesmal legst du mich nicht rein!«

Und er winkt dem Lagerfriseur, der sich schon wundert, warum hier über unabänderliche Dinge diskutiert wird.

»Gut«, sage ich. »Aber ich protestiere vor Zeugen. Wenn ich morgen ins Lazarett muß, tragen Sie die volle Verantwortung.«

Es hat seine Vorteile, in Bonne Nouvelle gewesen zu sein. Niemand kann eine Stirnhöhlenvereiterung ohne Röntgenaufnahme erkennen.

Matschauge ist jetzt doch beeindruckt. In der Tat bedeutet es Verantwortung, verborgene Krankheiten mutwillig zu ignorieren. Ich spüre, daß die Haare wieder ein wenig fester sitzen, denn eine Röntgenaufnahme kann ihm meine Igelfrisur nicht wert sein. Aber wieder habe ich ihn unterschätzt.

»Du sprichst zwar nicht wie einer, der Eiter im Hirn hat, doch wenn es stimmt, sollst du deine Haare behalten. Aber wehe, wenn du mich auf den Arm nehmen willst!«

Fünf Minuten später habe ich Haftunterbrechung und marschiere mit einem jungen algerischen Soldaten ins Krankenhaus. Er würde mich am liebsten mit angelegtem Gewehr vor sich her treiben. Aber wir schließen einen Pakt.

»Du kannst deinen Prügel ruhig umhängen. Ich gebe dir mein Ehrenwort, daß ich nicht abhaue. Ich bin ein kranker Mann. Würden sie mich sonst ins Hospital schicken?«

Das leuchtet ihm ein. Es ist ein sonniger Frühlingstag, und aus der silbrig glänzenden Seine steigt der Geruch von Teer und Holz.

Hinter der grauen Fassade des alten Krankenhauses riecht es nach Karbol wie in allen Krankenhäusern. Endlose Korridore erinnern an Bonne Nouvelle, doch Schwestern mit rosigen Gesichtern und weißen Hauben strahlen Hilfsbereitschaft und Geborgenheit aus. Und sie machen keinen Unterschied zwischen einem Landsmann und einem Gefangenen.

Die dicke Matrone im Röntgenzimmer zeigt mütterliche Sorge, als ihr der Soldat erklärt, daß eine Stirnhöhlenvereiterung zu prüfen sei.

»Hat er überhaupt schon was zu essen gekriegt?«

»Nein, Schwester.« Betrübt schüttle ich den Kopf.

»Das werden wir gleich haben. Ehe wir die Aufnahme machen, wird gegessen. Oder habt ihr keine Zeit?«

Ich gebe dem Algerier einen Stoß in den Rücken.

»Natürlich haben wir Zeit, Schwester. Im Lager können sie ja nicht wissen, wie lange so etwas dauert.«

»Richtig, mein Junge. Ich werde euch gleich was kommen lassen. Ein voller Bauch hat noch nie einem Röntgenbild des Kopfes geschadet.«

Sie verschwindet, und wir grinsen uns an. Aber dem Algerier ist es wohler als mir, denn er hat hier nichts zu beweisen, sondern nur zu essen.

Wir tun es ausgiebig, und die Schwester freut sich. Fleisch und Dessert stammen aus der ersten Klasse.

»Vielleicht könnte man noch etwas einpacken«, sage ich, als wir fertig sind.

»Natürlich kann man das. Aber jetzt wollen wir das Köpfchen röntgen. Wo sitzt denn der Schmerz?«

Ich gehe ganz nahe zu ihr heran, damit der Algerier, der noch vor seinem Ananasteller sitzt, nichts hört.

»Eigentlich nirgends, Schwester. Es geht nur darum, daß sie mir keine Glatze schneiden. Können Sie nicht einen kleinen Fleck auf die Aufnahme zaubern?«

Aber da verliert sie den mütterlichen Charme. Sie stemmt die Hände in die breiten Hüften, und einen Moment lang befürchte ich einen Zornausbruch.

Doch sie bleibt Samariterin, und leise, daß es der Algerier nicht hören kann, zischt sie: »Das ist unmöglich, du Filou! Da will man einem armen Kranken helfen, und dann ist er ein ganz nichtsnutziger Simulant!«

Als ich ihr aber in die Augen schaue, sehe ich ein verständnisvolles Zwinkern.

»Allez, hopp. Ich kann nicht den ganzen Tag mit dir vertrödeln. Aber eines merk dir: An Röntgenbildern wird nicht herumretuschiert. Ich schicke sie ins Lager, wie sie sind.«

»Und wann wird das sein, Schwester?«

»In drei Tagen. Inzwischen kannst du dir überlegen, wie du dich rausreden willst, denn ich habe das Gefühl, daß dein Kopf ziemlich in Ordnung ist.«

»Vielleicht gibt es doch einen ganz kleinen Schatten?«

»Vielleicht, mein Sohn. Aber ich würde mich nicht darauf verlassen.« Dann führt sie mich zur Aufnahme.

Sie packt mir noch ein halbes Weißbrot, Käse und zwei Wurstbüchsen ein. Dann sind wir wieder auf der Straße, und ich schlage dem Algerier einen Handel vor.

»Du hast ja gesehen, daß sie das Freßpaket mir gegeben hat. Aber wenn du einen Liter Rotwein zahlst, können wir unterwegs den Käse und das Brot essen.«

»In einem Bistro?«

»Warum nicht? Natürlich nicht im Zentrum, wo die feinen Leute verkehren. Draußen in der Vorstadt sind die Kneipen um diese Zeit leer.«

»In Ordnung. Aber wenn du abhauen willst, muß ich schießen.«

Der Bistro ist klein und nicht sehr sauber. Auf der Theke hockt eine fette Angorakatze und blinzelt. Drei alte Männer spielen Belotte. Sie hauen die Karten auf eine schmierige braune Filzunterlage.

»Tiens«, sagt einer, »jetzt werden die Prisonniers schon zum Saufen geführt.«

Dann spielen sie weiter, als ob es nichts Natürlicheres als Prisonniers gäbe, die in halbdunklen Kneipen mit ihren Wachmännern Rotwein trinken und dicke Käsebrote essen. Nach einer Weile setzt sich der Wirt zu uns und offeriert eine Runde Pernod. Ich habe das Gefühl, daß er keinen großen Unterschied zwischen mir und meinem Bewacher macht.

Er spricht vom Irrsinn des Krieges und läßt noch schwarzen Kaffee auffahren. Der Algerier will ihm zum Dank seine Knarre schenken, und der Wirt hat alle Mühe, ihm klarzumachen, daß er sie nicht annehmen kann.

Erst draußen packt uns der Rausch richtig. In unregelmäßigen Zickzackkurven steuern wir das Camp de la Tubize an. Der Algerier, dem nicht Matschauge, sondern Allah den Alkohol streng verboten hat, kriegt den Moralischen.

»Ich hätte das nicht tun dürfen.«

»Meinst du vielleicht ich? Aber Matschauge säuft mehr und ist auch noch nicht in der Hölle.«

»Stimmt«, sagt er und wird wieder fröhlich. »Was hältst du davon, wenn ich jetzt einen Salutschuß abgebe, damit er merkt, daß wir kommen?«

»Laß es lieber. Man weiß nie, wie er aufgelegt ist.«

Zum Glück ist Matschauge guter Laune. Seine Tagesration muß nicht schlechter gewesen sein als die unsrige.

»Scheint ein lustiges Krankenhaus zu sein, aus dem ihr kommt. Haben sie dir wenigstens die Rübe durchleuchtet?«

»Oui, mon Adjudant.«

»Und wann kriege ich das Ergebnis?«

»Übermorgen, hat die Schwester gesagt.«

»Dann wirst du deinen Pelz also noch zwei Tage retten. Sehr menschenfreundlich von der Schwester, was? Und besoffen hat sie dich auch gemacht.«

»Der Weg war weit, mon Adjudant. Wir haben in einem Bistro von Quevilly Rast gemacht. Es stand mitten im Weg.«

Ein Anflug von kameradschaftlicher Anerkennung blinkt aus den Matschaugen. Aber als ich zurückblinke, wird er sofort dienstlich.

»Ab in den Bunker! Du hast noch 29 Tage vor dir, Freundchen, und so lustig wie heute wird's nicht mehr so schnell!«

Trotzdem gibt es einen frohen Abend im Bunker. Meine Alkoholfahne hat Matschauge von den vollen Taschen abgelenkt, und so kommen die Glatzköpfe in der Strafbaracke zu einer ordentlichen Mahlzeit.

Zwei Tage später, gegen Mittag, reißt Matschauge strahlend die Tür auf. Ich weiß, was das bedeutet, und streichle meine Haare wie ein kostbares Fell.

»Gleich wird der Friseur kommen, und er wird auch Pinsel und Seife mitbringen. Zur Feier deiner Gesundheit wird er dir die Rübe glattrasieren. Du darfst dich freuen, denn der Arzt hat keine Spur von einer Stirnhöhlenvereiterung entdeckt. Hätte mich auch sehr gewundert!«

Der Friseur bringt zwei Hocker, und mit verschränkten Armen setzt sich Matschauge vor mich hin, um seinen Triumph voll auszukosten. Als die Vorarbeiten beendet sind und der Friseur Schaum auf meinem Kopf schlägt, hält er mir einen Taschenspiegel vor. Es ist echter Friedensschaum, denn Matschauge hat ihm seine eigene Rasierseife zur Verfügung gestellt. Und das Rasiermesser schabt die letzten Reste weg.

Matschauge steckt seinen Spiegel ein und reibt sich die Hände. »Das wird dich lehren, auf meine Ratschläge zu hören. Im übrigen weißt du ja, daß eine dritte Flucht Straflager bedeutet!«

So endet die zweite vergebliche Flucht aus dem Camp de la Tubize.

Als ich aus dem Bunker herauskomme, naht schon der Sommer, und die unruhigen Wolken am Himmel der Normandie sind so weiß wie damals, als sie mich in den Keller des Hauses der Rue Edouard Fortier schleppten.

17

Das Lagerleben hat sich eingespielt. Mit der steigenden Sonne ist auch ein schüchterner Wohlstand aufgekommen, weil die Arbeitskommandos draußen mehr Lebensmittel auftreiben. Kein Vergleich zu »Philipp-Morris« freilich, aber doch Hilfe für knurrende Mägen und die Lagerbourgeoisie. Den Bullen auf der Schreibstube geht weder der Tabak noch das Brot aus, weil sie für die guten Kommandos Leute einteilen, die einen Teil ihrer Beute abliefern. Es ist eine Korruption, die an Bonne Nouvelle erinnert und die natürlich auch Matschauge nicht verborgen bleiben kann.

Als ich ihn jedoch um Arbeitserlaubnis bitte, schüttelt er den Kopf.

»Du mußt doch begreifen, daß es in deinem eigenen Interesse ist, wenn ich dich nicht hinauslasse. Wenn du keinen Stacheldraht mehr siehst, vergißt du alles, was du bei mir gelernt hast, und eines Tages fehlst du. Nach acht Tagen bringen sie dich wieder, und ich muß dich in ein Straflager stecken, ob ich will oder nicht. Da herrschen andere Sitten. Das darfst du mir glauben!«

»Ich glaube es, mon Adjudant. Aber dieses Herumsitzen im Lager macht mich krank. Warum geben Sie mir keine Chance?«

»Weil ich nicht so blöd bin, wie du denkst. Du bleibst im Lager, und damit basta. Das ist ein Befehl, verstanden?«

»Oui, mon Adjudant.«

Es hat keinen Zweck, mit ihm zu streiten. Nur Schwarzarbeit ist, wenn man es geschickt anpackt, möglich. Ich rede mit Renkel darüber, aber mit dem Fallen der Haare ist auch seine Unternehmungslust geschwunden. »Wenn du auf deine Locken warten willst«, sage ich, »wird es Weihnachten. Und du wirst immer noch hier sitzen und von mir eine Ansichtskarte aus Mainz kriegen.«

Aber er läßt sich nicht reizen. »Wir hätten in Philipp-Morris auf eine bessere Gelegenheit warten sollen.«

»Auf eine bessere Gelegenheit? Unser Zug war erstklassig. Pech, sonst gar nichts. Doch wenn dich Pech umschmeißt, mußt du auf deinen Entlassungsschein warten.«

»Das werde ich nicht. Aber für den Moment ist mein Bedarf gedeckt. Vergiß nicht, daß es auch bei mir die dritte Flucht ist. Das will überlegt sein!«

»Und du glaubst, daß ich mir nichts überlege?«

»Das wäre?«

»Zu den Amerikanern gehe ich nicht mehr. Erdnußbutter und Weißbrot schmecken gut, aber ich fürchte, daß sie das Schachzelt inzwischen abgerissen haben. Über diese frische

Sache muß erst Gras wachsen, und so lange will ich nicht warten.«

»Aber du hast weder Geld noch Zivil. Und dazu eine fürchterliche Glatze.«

»Stimmt. Du mußt aber bedenken, daß die Haare von allein wachsen. Nur die Ideen kommen nicht von selber.«

»Ich werde schon wieder eine kriegen.«

»Schau zu, daß du eine kriegst, bevor du über deinen Bart stolperst. Ich fange morgen mit den neuen Vorbereitungen an.«

Ich bedaure es, daß Fritz Renkel jetzt keine neuen Pläne machen will, denn er war ein guter Kompagnon.

Außer dem Dolmetscher Kaiser, den Matschauge wie einen verlorenen Sohn an sein Herz drückt, gibt es auch noch andere im Lager, die ein gutes Französisch sprechen. Einer davon ist Wolfgang Schlegel, Sohn eines Tierarztes in Baden-Baden. Er ist noch nie abgehauen, aber die Tatsache, daß er seine goldene Konfirmationsuhr durch alle Filzungen hindurchgerettet hat, läßt auf Findigkeit schließen.

Die Uhr ist ein Kapital, von dem Matschauge keine Ahnung hat. Drei- bis vierhundert Mark, genau der Betrag, den zwei Männer für die Fahrt an die Grenze brauchen. Und Wolfgang Schlegel will heim. Er sucht nur noch einen, der mitmacht.

Unauffällig teste ich Schlegel, und er testet mich. Der Junge ist intelligent. Wichtiger jedoch ist, daß unter seinem Strohsack eine amerikanische Offiziershose liegt. Nur elend lang ist sie, und da er knapp 1 Meter 66 mißt, muß er sie bis zur Brust hochziehen. Zwar gibt es zwei Schneider im Lager, aber da sie auch für die Franzosen arbeiten, hegt der vorsichtige Schlegel berechtigtes Mißtrauen. Er vertraut ihnen die Hose so wenig an wie den Rock, den er einem Arbeiter auf einer Baustelle geklaut hat. Es muß allerdings ein Hüne gewesen sein.

»Als Vogelscheuche auf einem Acker würdest du weniger

auffallen als in einem besseren Restaurant«, sage ich. »Ich mache mit, fürchte aber nur, daß ich vierzehn Tage brauche, bis ich startklar bin.«

Schlegel ist begeistert.

»Genügt es, wenn du zweimal in der Woche hinauskommst?«

»Ich glaube schon.«

»Dann ist es kein Problem. Ich arbeite jetzt in einer Fabrik. Kisten schleppen und so. Kein sehr attraktives Kommando, aber ziemlich freizügig.«

»Und wie komme ich mit?«

»Laß mich das machen. Es ist immer einer drunter, der mal im Lager bleiben will, und für den algerischen Posten, der uns morgens hinausführt, muß nur die Kopfzahl stimmen. Matschauge kann nichts merken, wenn ich dich einschmuggle, denn wir gehen schon um sieben.«

Am nächsten Tag bin ich dabei. Tatsächlich zählt der Posten nur ab und läßt sich den Abmarsch seines zwanzigköpfigen Kommandos am Haupttor bestätigen. Für zehn Zigaretten ist einer der »Regulären« im Lager geblieben.

An diesem ersten Arbeitstag will ich nur die Lage peilen. Es ist unmöglich, Zivil nebst Baskenmütze und ein bißchen Geld auf einmal zu besorgen. Aber es tut gut, keinen Stacheldraht zu sehen und das Pflaster einer richtigen Straße unter den Füßen zu spüren. Die Fabrik ist grau und stinkt nach Öl und Staub, aber man wird nicht angetrieben und kann sich die Arbeit einteilen.

In der Mittagspause komme ich mit einem alten Vorarbeiter ins Gespräch. Er ist über sechzig und macht einen jovialen Eindruck. Mein Französisch macht ihn neugierig.

»Wenn du Zivil tragen würdest, hätte ich dich nie für einen Deutschen gehalten.«

»Andere haben es gemerkt«, sage ich.

Ich lüfte die speckige Feldmütze und zeige ihm meinen Kahlkopf, auf dem es schüchtern zu sprießen beginnt.

»Bist du abgehauen?«

»Genau das. Und weil es nicht das erstemal war, haben sie sogar noch das Rasiermesser angesetzt.«

»Pech gehabt.« Er sagt es nicht schadenfroh, und ich spüre, daß man mit dem Mann reden kann.

»Willst du's wieder probieren?«

Ich zucke mit den Schultern. Der Mann sieht zwar nicht wie ein Spitzel aus, aber man kann einem Unbekannten nicht in der ersten halben Stunde sein Herz ausschütten.

»Vielleicht hast du Angst vor mir. Brauchst du aber nicht. Ich war im Ersten Weltkrieg in deutscher Gefangenschaft. Da denkt man ein bißchen anders. Übrigens bin ich Kommunist, wenn's dich interessiert.«

Erst drei Tage später sehe ich ihn wieder. Es ist nicht ganz einfach, ohne Arbeitserlaubnis hinauszukommen. Er heißt Auguste Poirier und wohnt in der Rue Gustave Flaubert, was eine bedeutende Rolle bei der Flucht spielen wird, die nicht scheitern darf, weil sie entweder über die Grenze oder ins Straflager führt.

Mir, dem die Nazis eingebleut haben, daß Kommunisten ein gefährlicher Abschaum der Menschheit seien, beweist Auguste Poirier das Gegenteil.

»Ich bin ein alter Mann«, sagt er in der Mittagspause zu mir. »Ich habe gelebt. Doch wie habe ich gelebt? An der Drehbank bin ich gestanden, mein ganzes Leben lang haben sie nichts anderes getan, als mich auszubeuten. Und da ich in deutscher Gefangenschaft war, weiß ich, daß es vielen deiner Landsleute nicht anders gegangen ist. Glaubst du vielleicht, daß sie den Krieg gewollt hätten?«

»Natürlich nicht.«

»Siehst du. Deshalb haben sie mir zu essen und zu rauchen gegeben. Nicht, weil sie es im Überfluß gehabt hätten. Aber es war doch genug, um einem armen Teufel ein bißchen zu helfen. Und wenn ich jetzt dir helfe, ist das keinen Deut anders.«

»Ich muß immer daran denken, daß viele, die diesen Scheißkrieg gewollt haben, längst wieder frei herumlaufen.

Da kommt man sich ziemlich blöd vor hinter dem Stacheldraht.«

»Also willst du wieder abhauen.«

»Natürlich will ich abhauen. Aber ich habe weder Geld noch Zivil. Dafür eine Glatze. Eine ziemlich miese Ausgangsposition, meinen Sie nicht?«

»Das allerdings.« Auguste Poirier kratzt sich am stoppeligen Kinn.

»Dieser Poirier könnte die Sache beschleunigen«, sage ich abends im Lager zu Schlegel. »Ich habe seine Adresse, und er ist bereit, Post von meinem Onkel aus Basel zu empfangen.«

»Und wenn er dir eine Falle stellt?«

»Der Mann ist in Ordnung, glaub mir. Seit ich im Gefängnis war, habe ich einen Blick für Leute, die das Maul halten können.«

»Aber was nützt es dir, wenn du einen unzensierten Brief kriegst?«

»In einem Brief kann auch Geld sein. Und wer hat behauptet, daß der alte Poirier nur einen Brief kriegen soll?«

»Was denn noch?«

»Vielleicht hast du schon davon gehört, daß auf postalischem Weg auch noch andere Dinge als Briefe befördert werden. Heute abend noch schreibe ich einen Brief an meinen Onkel, und du wirst ihn morgen dem alten Poirier übergeben, weil ich nicht schon wieder hinaus kann.«

Als der Brief weg ist, bleibe ich drei Tage im Lager, um Matschauge nicht argwöhnisch zu machen. Es ist Frühsommer, und wenn ich in der Mittagssonne vor mich hindöse, setze ich die Feldmütze ab, um den unerträglich langsam wachsenden Stoppeln Luft und Wärme zu bieten. Und bei dieser Gelegenheit fällt mir ein, daß ich vergessen habe, den Onkel Fredy um eine Baskenmütze zu bitten. Jetzt wird die der alte Poirier beisteuern müssen.

Kein Weihnachtspaket ist je mit größerer Spannung erwartet worden, aber keines war auch gefährlicher. Wenn diese Flucht mißlingt, wird der Adjudant-Chef seine Matschaugen nicht mehr zudrücken. Das Paket allein kann fürs Straflager ausreichen.

Als ich nach vier Tagen wieder hinauskomme, bitte ich den alten Poirier in der Mittagspause um ein Gespräch.

»Sie werden in den nächsten Tagen ein Paket aus der Schweiz bekommen, Monsieur Poirier.«

»Wieso ein Paket? Es war doch nur von einem Brief die Rede.«

»Stimmt nicht. Wir haben ganz allgemein von Post gesprochen.«

»Weißt du auch, daß ich da aufs Zollamt muß?«

»Wollen Sie's für mich tun?«

»Ich habe dich unterschätzt, mein Lieber. Aber ich will dir zeigen, daß der alte Poirier nicht falsch spielt. Wenn ich auch fürchte, daß ich da Sachen auspacken muß, die ich besser nicht sehen würde.«

Als ich ein paar Tage später den nächsten illegalen Arbeitseinsatz zum Wohle Frankreichs ableiste, ist das Paket da. Ich sehe es an Poiriers Gesicht, ehe er ein Wort gesagt hat. In der Pause, als wir allein sind, sagt er: »Die Bescherung liegt bei mir zu Hause. Aber du wirst nicht erwarten, daß ich dich jetzt zum Maskenball in meine Wohnung einlade.«

»Natürlich nicht, Monsieur Poirier.«

»Und was schlägst du vor?«

»Daß Sie das Zeug einfach mitbringen. Die Sache ist viel einfacher, als Sie denken. Sie bringen das Paket in die Fabrik und verstauen es irgendwo. In der Mittagspause ziehe ich mich auf dem Scheißhaus um. Dann ziehe ich die Uniform darüber. Das einzige Problem bleiben die Schuhe, falls mein Onkel welche beigelegt hat.«

»Und ob! Richtige spitze Gigolo-Schuhe, mit denen du unmöglich ins Lager hineinkannst. Überhaupt wirst du aussehen wie so einer. In meinem ganzen Leben bin ich nicht so elegant herumgelaufen.«

»Der Onkel Fredy ist eben ein Mann von Welt. Ich werde mir wohl ein Päckchen machen müssen und darauf vertrauen, daß sie mich nicht filzen. Sie machen Stichproben und haben nichts dagegen, wenn man ein paar Fressalien mitbringt.«

»Dann wird dir meine Frau ein Päckchen machen und ein paar Kartoffeln über die Schuhe legen. Sie werden nicht darin herumbohren und jede Kartoffel umdrehen.«

»Bestimmt nicht, Monsieur Poirier. Ich bin Ihnen ja so dankbar, daß Sie mir helfen.«

»Freu dich nicht zu früh! Auf keinen Fall will ich in die Sache verwickelt werden, wenn sie dich schnappen. Dann mußt du halt erzählen, daß du die Sachen irgendwo geklaut hast.«

»Selbstverständlich. Aber sie werden mich nicht schnappen. Nur um eine Baskenmütze muß ich Sie noch bitten.«

»Kannst du haben«, sagt der alte Poirier. »Darauf kommt's jetzt auch nicht mehr an.«

Der Tag erscheint mir endlos. Wenn sie mich mit den Klamotten erwischen, ist alles aus. Zum erstenmal habe ich Angst vor einer Flucht, aber wenn ich es Schlegel merken lasse, gibt er auf, und ohne seine goldene Uhr läßt sich die Reise an die Schweizer Grenze nicht bewerkstelligen. Ich habe mich nicht getraut, bei meinem Onkel auch noch um Geld zu bitten, und was Schlegel aufgetrieben hat, reicht gerade für zwei Fahrkarten nach Paris. Dort müssen wir die Uhr versetzen.

Sein Vertrauen bedrückt mich. Als er am Abend ins Lager zurückkommt, grinst er geheimnisvoll und zieht eine Baskenmütze aus der Tasche.

»Die hat mir Poirier mitgegeben. Der Mann ist wirklich okay. Jetzt habe ich überhaupt keine Angst mehr.«

»Morgen können wir noch nicht abhauen«, sage ich vorsichtig, um ihm die Laune nicht zu verderben.

»Logisch. Du mußt ja erst deine Klamotten abholen. Aber übermorgen geht's los. Oder vielleicht nicht?«

»Nein«, sage ich.

»Du hast doch gesagt, daß wir sofort starten, wenn dein Paket da ist.«

»Stimmt. Aber hast du dir auch überlegt, daß wir den alten Poirier nicht reinlegen dürfen?«

»Wieso reinlegen?«

»Wir können nicht von einem Kommando stiften gehen, dem ich meine Ausrüstung verdanke. Du mußt immer damit rechnen, daß sie uns schnappen. Und dann gehen die Untersuchungen los.«

»Aber wie sollen wir dann abhauen?«

»Von einem anderen Kommando. Ich weiß auch schon, von welchem.«

Wolfgang Schlegel läßt sich auf seinen Strohsack fallen. Er ist tief enttäuscht.

»Jetzt hör mal gut zu. Wenn man zum drittenmal stiften geht, darf man nichts dem Zufall überlassen. Außerdem darf der Mann, der mir den Anzug verschafft hat, unter keinen Umständen in die Sache verwickelt werden. Ich will dir sagen, wie wir abhauen werden. Vorausgesetzt, daß ich die Klamotten ins Lager kriege. Wir werden morgen in der Fabrik zwei Päckchen Tabak organisieren und uns damit zwei Plätze beim Sportplatzkommando verschaffen.«

Schlegels Gesicht bleibt skeptisch. »Das ist eines der kleinsten Kommandos und eines der besten dazu. Acht Mann bloß, und sie kriegen ein richtiges Mittagessen in der Schule.«

»Weiß ich. Aber sie werden von einem alten Mann bewacht, der mittags in der Hütte des Platzwarts ein Stündchen schläft. Und zur Straßenbahn, die zum Bahnhof Rue Verte fährt, sind es noch nicht einmal zweihundert Meter. Sie wollen den Sportplatz planieren, aber der Alte läßt sie in Ruhe und spielt sogar Karten mit ihnen. Es ist das beste Kommando, aber für zwei Päckchen Tabak sind zwei Mann bereit, ihren Job für einen Tag an uns abzutreten. Natürlich dürfen sie nicht wissen, daß wir abhauen wollen.«

Jetzt hat Schlegel begriffen. »Dann können wir's also doch übermorgen packen!«

»Gut«, sage ich. »Wir hauen übermorgen direkt vom Sportplatz ab. Vorausgesetzt, daß nichts mit den Klamotten passiert.«

Es passiert nichts. Der alte Poirier übergibt mir die Sachen im Lagerraum, und fünf Minuten später verlasse ich, ein bißchen aufgebläht, das Klo. Am Feierabend drückt mir Poirier noch das Päckchen mit den Schuhen in die Hand. Sie sind von einem Kilo Kartoffeln verdeckt, und der Posten am Haupttor des Camp de la Tubize begnügt sich mit einem flüchtigen Blick.

Eine halbe Stunde später hat Schlegel mit zwei Päckchen Tabak einen Tageseinsatz beim Sportplatzkommando erkauft. Jetzt gibt es kein Zurück mehr.

Um Mitternacht sind wir noch wach und sitzen auf Schlegels Strohsack. Immer noch scheinen Sterne durch das Dach der Fabrikhalle von La Tubize, aber die Nächte sind jetzt warm, und man hat sich gegen den Regen abgesichert. Wer kein eigenes Dach hat, zieht wenigstens eine Zeltbahn oder Decke über den Kopf. Auch wenn es nicht regnet, weil es ein ekelhaftes Gefühl ist, wenn einem eine Ratte übers Gesicht hüpft. Sie haben sich im Frühjahr gewaltig vermehrt und werden von den sorgfältig verstauten Brot- oder Kartoffelresten angezogen.

Schlegel ist jetzt viel ruhiger als ich. Beim erstenmal war es bei mir nicht anders. Es ist eine Art von sportlichem Ehrgeiz. Erst unterwegs wird man gezwungen, weiter zu denken.

»Bis Paris kommen wir auf alle Fälle«, sage ich leise. »Das ist ein hübsches Stück, aber es bedeutet noch nichts. Wenn sie uns schnappen, kann es sein, daß sie uns getrennt verhören. Dann ist es das wichtigste, daß wir die gleiche Geschichte erzählen. Du kommst mit einer Glatze und dreißig Tagen Bau davon, aber mich bringen sie ins Straflager.«

»Wie oft soll ich dir noch sagen, daß du dich auf mich verlassen kannst?«

»Nicht oft genug. Was mußt du also sagen, wenn sie uns schnappen?«

»Ich komme vom amerikanischen Kriegsgefangenenlager ›Philipp-Morris‹. Meine Gefangenennummer ist 31 G dreihundertundsoundsovieltausend, und ich verlange, sofort einem amerikanischen Offizier zugeführt zu werden.«

»Gut so. Wenn du stur dabei bleibst, kann uns nichts passieren. Sie haben nämlich nicht das geringste Interesse daran, uns dem Ami zu übergeben, sondern werden uns ins nächstgelegene französische Lager bringen. Matschauge wird nie erfahren, wo wir gelandet sind. Aber das ist nur der Notfall. Ich bin sicher, daß wir durchkommen.«

Fünf Minuten später schnarcht Schlegel. Ich starre zum durchlöcherten Dach der Fabrikhalle. Die Sterne glitzern hell, wir werden schönes Reisewetter haben. Dicht neben mir frißt eine Ratte Kartoffeln. Ich höre sie schmatzen und schnaufen.

18

Um sechs Uhr, als die Kommandos geweckt werden, bin ich noch wach. Ich werde den Schlaf im Zug nachholen. Im Nachmittagsschnellzug Rouen–Paris. Um 14 Uhr 30 müssen wir auf dem Bahnhof Rue Verte sein. Der alte Poirier hat mir den Sommerfahrplan mitgeliefert.

Die sechs Kumpels, mit denen wir zum Sportplatz marschieren, ahnen nichts davon, daß wir Zivil unter der Uniform tragen. Vermutlich würden sie uns melden, wenn sie es wüßten, denn sie haben das angenehmste Kommando und sind an die Schulspeisung angeschlossen. Da mag man keinen Ärger. Wir marschieren im Gleichschritt neben dem algerischen Wachmann, und ich spüre, daß Schlegel die gleichen Gedanken hat.

Um acht beginnen wir mit der Arbeit. Der Posten hat sich getrollt und uns einem alten Mann übergeben, der an die siebzig sein muß und jeden mit Handschlag begrüßt. Dann setzt er sich ins Gras und liest die Morgenzeitung. Es ist genauso, wie man es uns erzählt hat. Von ernsthafter Arbeit kann überhaupt keine Rede sein.

Um zwölf Uhr führt uns der Alte in die nahegelegene Schule zum Essen, und es ist hervorragend. Fleisch, Nudeln, Salat, Kompott und dazu nicht nur Brot, soviel man will, sondern auch noch ein großes Stück gelben Normandie-Camembert.

Man ißt auf langen Tischen im Schulhof, weil die Sonne scheint, und nicht nur die Kinder freuen sich, daß es uns schmeckt, sondern auch zwei junge Lehrerinnen und ein bärtiger Lehrer. Vor Nervosität schaffe ich nur die Hälfte des Käses, denn wir müssen um 14 Uhr 30 am Bahnhof sein.

Endlich steht der Alte auf, um uns zum Sportplatz zurückzuführen.

»Ich werde jetzt noch ein Stündchen in der Hütte am Sportplatz pennen«, sagt er. »Ihr könnt euch ruhig auch hinlegen, Jungs, aber paßt auf, daß man euch von der Straße aus nicht sieht. Die Leute könnten euch sonst für Nichtstuer halten, und das wollen wir doch nicht, oder?«

Er sagt es in einem deutsch-französischen Kauderwelsch, das er im Ersten Weltkrieg bei Verdun gelernt hat, und es tut mir leid, diesem Veteranen Unannehmlichkeiten bereiten zu müssen.

Aber die Flucht ist beschlossen. In einer halben Stunde müssen wir in der Straßenbahn sitzen. Wir haben den Alten gebeten, in seiner Hütte ein wenig schlafen zu dürfen. Gutmütig erlaubt er es uns. Fünf Minuten später schnarcht er.

Es geht jetzt darum, einem schlafenden Franzosen und ein paar wachen Landsleuten zu entkommen. Durch die Ritzen der Hütte sehe ich, daß sich drei von ihnen zum Skatspiel zusammengesetzt haben. Die drei anderen liegen im Gras und dösen.

Nie haben wir uns schneller eine Uniform vom Leib

gerissen. Dann kommen die Halbschuhe, die ebensogut passen wie der blaue Anzug. Zum Schluß setze ich die Baskenmütze auf. Der Alte schnarcht ruhig weiter, als ich die knarrende Tür öffne, und da die Hütte unseren Kollegen die Sicht versperrt, kommen wir ohne Schwierigkeiten auf die Straße, die zur Haltestelle der Straßenbahn führt.

Das Glück bleibt uns treu. Es ist eine Endstation, und wir müssen die letzten dreißig Meter laufen, weil der Fahrer schon abläutet.

Wir bleiben draußen auf der Plattform stehen, obwohl nur vier oder fünf Leute im Wagen sitzen.

Unser Vorsprung ist verflixt klein. Zwanzig Minuten etwa fahren wir bis zum Bahnhof Rue Verte, und in spätestens einer halben Stunde werden sie merken, daß wir fehlen. Wenn der Alte die Polizei alarmiert, können sie uns noch kriegen.

Drei Stationen vor dem Bahnhof ist der Wagen voll. Dann stehe ich zum drittenmal in der großen Schalterhalle, um Fahrkarten zu lösen.

»Zweimal zweiter Paris.« Es geht wie am Schnürchen, und das einzige Handicap ist der fehlende Zug. Er kommt erst in zwanzig Minuten aus Le Havre, und die zweite Hälfte dieser zwanzig Minuten wird kritisch. Ich ziehe Schlegel in eine Ecke.

»In der Halle können wir nicht warten. Wenn der Alte schnell schaltet, ist die Polizei hier, ehe der Zug kommt. Aber auch dann haben wir noch eine Chance, wenn wir in die Anlagen hinausgehen.«

Tatsächlich kann man von den Anlagen aus den Bahnhofsvorplatz überwachen. Es gibt einige Bänke und Kinderspielplätze da.

Kaum sitzen wir, als eine Gouvernante mit zwei frechen Rotznasen, die sich einander sofort mit Sand beschmeißen, auf der Nebenbank Platz nimmt. Sie schaut ein wenig verwundert herüber, beschäftigt sich dann aber mit einem Strickstrumpf. Ich merke, wie sie uns ab und zu unter der

Brille anschielt, aber sie kann sich nicht ernsthaft mit uns beschäftigen, weil die Kinder zu wild sind.

Trotzdem gebe ich Schlegel nach fünf Minuten einen Stoß, und wir gehen. Weicher Sand knirscht unter den Füßen, aber es ist ein blödsinniger Spaziergang.

»Das Weib«, sage ich, »gefällt mir nicht. Außerdem können wir uns keine Kinder mieten, um unauffällig vor einem Sandhaufen zu sitzen. Wir gehen jetzt langsam eine Runde und behalten den Bahnhofsplatz im Auge.«

Zehn Minuten später ist immer noch kein Flic zu entdecken, und jetzt können wir es riskieren, wieder in die Halle zu gehen. Wir lassen die Fahrkarten knipsen, gehen durch die Sperre, und im Spiegel eines Kaugummi-Automaten sehe ich zum erstenmal, wie elegant Onkel Fredy mich eingekleidet hat. Schlegel ist mit seinem schlotternden Jackett und der zu langen Hose ein Landstreicher dagegen. Aber es kommt einzig und allein auf den Zug an.

Er läuft pünktlich ein. Wir finden ein leeres Abteil. Schlegel meint, er fühle sich wie im Fronturlauberzug, nur bequemer. Aber schnell vergräbt er sich hinter seiner Zeitung, denn im letzten Moment steigen noch zwei Männer zu. Der sanfte Ruck der Maschine, dann das leise Vibrieren des Anfahrens. Adieu, Rouen!

Ich kenne fast jeden Telegrafenmast bis Paris, und ich weiß, daß uns vor dem Bahnhof St. Lazare außer dem Kontrolleur niemand belästigen wird.

Dort ist das Gewühl viel hektischer als bei den bisherigen Fahrten. Es ist die Zeit des Büroschlusses, und die Vorortzüge quellen über von Menschen. Unter der Erde, in der Métro, ist es nicht anders. Die Gefahr, in diesem Ameisenhaufen kontrolliert zu werden, ist gleich Null. Nur verlieren kann man sich, denn wir wollen zur Place d'Italie am linken Seine-Ufer und müssen umsteigen.

In den endlosen Korridoren der Métro läuft Schlegel wie ein braves Hündlein hinter mir her. Sprechen ist unnötig, ich muß nur aufpassen, daß keine der automatischen Türen an den Sperren sich hinter mir schließt, ehe er hindurch ist.

Seit ich den Franzosen entwischen will, habe ich in den Schächten der Métro immer das tiefste Gefühl von Geborgenheit empfunden. Hier unten, wo das Licht künstlich und die Luft dumpf ist und wo der Clochard sich auf eine Bank legen kann, ohne daß jemand auf die Idee käme, seinen Schlaf zu stören, ist Sicherheit.

Aber wir müssen an der Place d'Italie wieder nach oben.

Jetzt, so dicht vor dem Ziel, stellen sich Zweifel ein. Wie wird Henri Bonnaventure, der Freund aus Bonne Nouvelle, reagieren, wenn ich plötzlich vor ihm stehe und ihn daran erinnere, daß er versprochen hat, mir in jeder Lage zu helfen? Außerdem bin ich nicht allein. Wer kann wissen, was in diesem halben Jahr aus ihm geworden ist?

Ich habe Angst, aber Schlegel glaubt an mich wie ein Tourist an einen bewährten Bergführer, als wir die schwarzen Treppen mit den silbrig glänzenden Tupfen hinaufsteigen, die zur Place d'Italie führen.

Die Rue Nationale, in der Henri wohnt, muß ganz in der Nähe sein. Fünf Minuten später stehen wir vor dem grauen, schmalbrüstigen Mietshaus mit der Nummer, die ich mir besser eingeprägt habe als jede andere zuvor.

Die Familie Bonnaventure wohnt in der vierten Etage. Ich lasse Schlegel unten warten. Die Überraschung wird auch so groß genug sein.

Madame Bonnaventure, eine dickliche, resolute Dame, die einmal sehr hübsch gewesen sein muß, öffnet die Tür nur einen Spalt breit.

»Sie wünschen?«

»Ich möchte Ihren Sohn Henri sprechen, Madame.«

»Aus welchem Grund? Und wer sind Sie überhaupt?«

»Ich war im Gefängnis mit ihm, Madame.«

Sofort merke ich, daß das die dümmste Antwort war. Der Spalt schließt sich, doch im allerletzten Moment bringe ich noch den Fuß dazwischen.

Wütend faucht sie mich an: »Was fällt Ihnen ein! Henri

ist ein anständiger Junge und hat seine geregelte Arbeit. Er will nichts mehr mit Ganoven zu tun haben.«

»Ich auch nicht, Madame. Aber meinen Sie nicht, daß es besser wäre, keinen solchen Lärm im Treppenhaus zu machen?«

Ihre Stimme wird leiser, aber sie ist immer noch argwöhnisch. »Sagen Sie, was Sie von Henri wollen!«

»Ich bin kein Ganove, Madame. Henri ist mein Freund.«

»Wer garantiert mir, daß ich Ihnen trauen kann? Ich bin allein in der Wohnung. Mein Mann arbeitet noch, genau wie Henri und sein Bruder.«

Sie zögert noch einen Moment, aber dann läßt sie mich hinein. In der schmalen Diele riecht es nach Kohl und einem Hauch Knoblauch. Madame Bonnaventure ist bei den Vorbereitungen zum Abendessen gestört worden. Und jetzt muß ich ihr erzählen, was ich mit Schlegel ausgemacht habe.

»Ich bin gestern mit einem Freund aus Bonne Nouvelle entlassen worden, Madame. Wir sind Elsässer. Verbrochen haben wir nicht mehr als Henri, nur eine dumme Militärgeschichte. Wir hatten abgemacht, uns in Paris zu treffen.«

Sie mustert mich von oben bis unten, und es ärgert mich, daß ich eine rote Krawatte zum gelben Hemd trage.

»Für einen, der aus dem Gefängnis kommt, sind Sie ziemlich affig angezogen. Aber ich will Ihnen glauben. Sie können auf Henri warten. Es ist mir aber lieber, wenn Sie es unten auf der Straße tun. In einer Viertelstunde etwa muß er kommen.«

Schlegel drückt sich vor dem Haus herum wie das leibhaftige schlechte Gewissen. »Hat ganz schön lange gedauert!«

»Na und? Sei froh, daß mich die Alte überhaupt angehört hat. Henri kommt erst in einer Viertelstunde von der Arbeit. Wir müssen ihn auf der Straße abfangen. Aber wenn wir so blödsinnig herumstehen wie du, sitzen wir in fünf Minuten auf der Polizeiwache. Wir müssen uns natürlich bewegen.«

Ich weiß nicht, von welcher Seite Henri kommen wird, und es ist schwierig, die Straße in beiden Richtungen zu beobachten und gleichzeitig die Haustür.

Henri ist pünktlich. Die Viertelstunde ist noch nicht vorbei, als er um die Ecke biegt. Die blonden Haare sind seit Bonne Nouvelle hübsch gewachsen. Doch er erkennt mich nicht, ich muß ihn ansprechen.

»He, Henri!«

Maßloses Erstaunen steht in seinem Gesicht. Alles hängt jetzt davon ab, ob ihm dieses Rendezvous so angenehm ist, wie er es im Gefängnis prophezeit hatte. Aber sofort kommt das gute alte Lachen von Bonne Nouvelle. Einer wie Henri steht zu seinen Freunden.

»Hans, ce n'est pas vrai, das kann doch nicht wahr sein!«

»Ist es aber. Und ich brauche deine Hilfe. Das heißt, wir brauchen sie.«

Ich deute auf Schlegel, der ihn furchtsam anblickt, wie ein junger Hund, der an ein neues Herrchen verkauft werden soll.

»Klare Sache! Jetzt kommt ihr erst einmal zu mir.«

Henri ist mir zu direkt. Erst muß er wissen, was los ist.

»Laß uns erst ein paar Schritte gehen. Deine Mutter ist mir nicht gerade um den Hals gefallen.«

»Und was hast du ihr gesagt?«

»Daß wir gestern aus Bonne Nouvelle entlassen worden seien und mit dir zu reden hätten. Sie hat kein freundliches Gesicht gemacht, als sie Bonne Nouvelle hörte.«

Henri kratzt sich am Kinn. »Ist dir nichts Besseres eingefallen?«

»Hätte ich ihr vielleicht sagen sollen, daß wir aus einem Kriegsgefangenenlager abgehauen sind? Schließlich hast du mir oft genug erzählt, was dein Alter von den Deutschen hält.«

»Gehen wir noch eine Runde um den Block. Wir müssen überlegen, was wir ihnen erzählen. Auf keinen Fall lasse ich euch auf der Straße sitzen.«

»Ich glaube, daß wir ruhig bei unserer Geschichte bleiben können: Sie meint, wir seien Elsässer, und da auch mein Freund ein ganz gutes Französisch spricht, werden sie nichts merken.«

Henri stimmt mir bei.

»Aber glaubst du auch, daß wir bei euch schlafen können? Hotels sind zu gefährlich, und außerdem haben wir kein Geld mehr.«

»Ihr schlaft bei mir und meinem Bruder. Das ist kein Problem. Aber wie wollt ihr ohne Geld weiterkommen?«

»Dazu brauchen wir dich. Mein Freund hat eine goldene Taschenuhr. Die sollst du uns verkaufen.«

»Dann ist ja alles klar. Ich nehme morgen frei. Eine goldene Uhr in Paris zu verkaufen, ist ein Kinderspiel. Und was habt ihr dann vor?«

»Diesmal will ich in die Schweiz. Es ist meine dritte Flucht, mußt du wissen.«

»Respekt«, sagt Henri und wirft einen anerkennenden Blick auf den blauen Anzug mit dem gelben Hemd und der roten Krawatte.

Dann stehen wir wieder vor der Tür des Hauses in der Rue Nationale. Auf den ausgetretenen Stufen flüstert Henri noch: »Die elsässische Tour wird auch bei meinem Alten laufen, aber dein Freund soll sowenig wie möglich reden.«

Diesmal empfängt uns Madame Bonnaventure freundlicher. »Wenn Henri einverstanden ist, ist alles in Ordnung. Er würde keine Spitzbuben ins Haus bringen. Sie müssen schon entschuldigen, daß ich skeptisch war. Aber wenn ich Gefängnis höre, krieg ich einen Schock. Sie können sich ja vorstellen, welche Aufregungen wir mit Henri hatten.«

»Meiner Mutter ginge es nicht anders, Madame. Aber in diesen Zeiten kommen Leute ins Gefängnis, die wirklich nichts darin verloren haben.«

»Sie haben recht. Ich weiß es von Henri, und als seine Freunde sind Sie uns willkommen.«

»Ich habe auch immer von Ihrem Tabak geraucht, Madame. Der Kartoffeltrick war großartig!«

Sie lacht geschmeichelt. Sie hat die gleichen guten Augen wie ihr Sohn.

Um halb acht kommt der zweite Sohn, der ein Jahr älter als Henri ist, und gleich darauf der Vater.

Er ist der Prototyp des Pariser Taxichauffeurs. Ein bißchen rundlich vom vielen Sitzen und wohl auch von der Kochkunst seiner Frau, die sich jetzt, da die Rationierungen aufgehoben sind, wieder voll entfalten kann. Flinke Äuglein beweisen, daß ihn so leicht keiner übers Ohr haut.

Trotzdem müssen wir's schaffen. Wenn er merkt, daß geflüchtete deutsche Kriegsgefangene in seiner Wohnung essen und schlafen, könnte es ein ungemütlicher Abend für uns und Henri werden.

Aber er wird zu einem wahren Fest. Zur Feier des Tages wird ein blumiger Beaujolais serviert, den er für besondere Gelegenheiten in Reserve hat.

»Darauf könnt ihr euch was einbilden«, flüstert Henri. Und Monsieur Bonnaventure sagt: »Ich will nicht wissen, warum ihr gesessen habt, aber wenn euch Henri heimbringt, kann es auch nicht schlimmer gewesen sein als bei ihm. Jetzt wollen wir eure Freiheit feiern. Laßt's euch schmecken und tut, als ob ihr zu Hause wärt.«

Madame Bonnaventure serviert als Horsd'œuvre Artischocken mit der dazu üblichen Essig-Öl-Soße. Man reißt die spitzen grünen Blätter, welche die kugelförmige Frucht umschließen, ab, tunkt sie in die Sauce und saugt das fleischige Ende aus.

Ich weiß, daß nach diesem Appetitanreger etwas Besseres kommt. Aber Schlegel blickt ängstlich zu mir herüber. Er hat Artischocken noch nie gegessen.

Da hilft nur Unhöflichkeit. Ehe der Hausherr guten Appetit gewünscht hat, fange ich ungeniert zu lutschen an, damit Schlegel weiß, wie er es zu machen hat. Wir können es uns nicht leisten, daß sich die Bonnaventures über einen Franzosen wundern, der keine Artischocken essen kann.

Zum Glück sehen sie in meinem hastigen Zugreifen keine

schlechte Erziehung, sondern nur den Hunger des entlassenen Sträflings. Die übrige Mahlzeit wird konventionell mit Messer und Gabel erledigt. Pommes frites, Steaks, Gemüse, riesige Mengen Weißbrot und zum Schluß Camembert. Dazu Beaujolais, der sogar Schlegels Zunge zu lösen beginnt.

Aber das könnte schiefgehen. Ich trete ihm unter dem Tisch auf die Füße und lobe, was alles andere als eine Übertreibung ist, das fürstliche Mahl. Madame ist geschmeichelt, und Monsieur Bonnaventure lacht schallend. »Sie sind richtig, mein Junge. Kein Wunder, daß Sie sich mit Henri gut verstanden haben.«

»Aber Sie dürfen mir glauben, daß auch ein Paket gekochter Kartoffeln etwas Wunderbares ist. Besonders dann, wenn Tabak darin ist!«

Jetzt lacht Madame. »Was glauben Sie, wie lange ich üben mußte, bis ich den Trick heraus hatte! Schließlich konnte ich doch in der Nachbarschaft niemanden fragen, weil alle glaubten, daß Henri in Ferien sei. War schon eine schlimme Zeit, Jungens, aber jetzt habt ihr's überstanden.«

Sie blickt uns an, als ob wir alle ihre Kinder wären. Daß ihr Sohn morgen eine goldene Uhr versetzen muß, um uns weiterzuhelfen, kann sie nicht ahnen. Aber ich glaube, daß sie's begreifen würde, wenn sie alles wüßte.

Beim Alten weiß ich's nicht. Deshalb bremse ich mit dem Beaujolais. Schon um Schlegels willen, der glänzende Augen hat und nach der nächsten Flasche vielleicht die Wacht am Rhein singt. Nur gut, daß ich ihm den Cognac verboten habe. Der Alte trinkt allein weiter.

»Paris«, sage ich, »hat sich eigentlich nicht verändert. Ich war in meiner Schulzeit immer in Ferien hier.«

»Das stimmt nicht«, meint Monsieur Bonnaventure. »Sie müssen einmal hinausfahren nach St. Germain des Prés zu den Existentialisten. Da verstehen Sie Paris und die Welt nicht mehr!«

Und zu seiner Frau gewandt: »Du weißt ja, was ich dir

von den beiden vornehmen Puppen aus dem Sechzehnten erzählte, die ich gestern hinausgefahren habe.«

Madame Bonnaventure nickt. »Fehlt nur noch, daß Henri auch diesen Spleen kriegt!«

»Den Arsch würde ich ihm versohlen!«

»Was sind Existentialisten?«

»Das, junger Freund, möchte ich auch gerne herausbekommen. Ich kann Ihnen aber verraten, wie wir zu dieser Brut gekommen sind. Da ihr im Gefängnis wart, könnt ihr ja nicht wissen, was da draußen los ist.«

»Sie sagten etwas von zwei vornehmen Puppen.«

»Gut, fangen wir damit an. Also, da kriege ich gestern abend eine Fuhre in der Rue de la Pompe, 16. Arrondissement, vornehmes Viertel, wie Sie wissen.«

Ich nicke. »Mädchen aus gutem Hause.«

»Und ob. Abendkleider von Dior. Das Exklusivste, was es jetzt gibt. Auf unsere Verhältnisse umgerechnet, zwei Monatslöhne pro Nase. Und Geld wie Dreck in den Handtaschen. ›St. Germain des Prés‹, sagen sie. Und in meinem Auto fängt es zu stinken an wie in einem Parfümladen. Als wir in der Rue Dauphine ankommen, lassen sie halten. Da, wo sie breit wird und wo Fernfahrer, die von der Rue Vaugirard zu den Hallen wollen, früher eine Pinkelpause machten. Kein Viertel für vornehme Leute. Aber heute ist das ganz anders. Ich halte also.«

»So genau«, sagt Madame Bonnaventure, »wollen es die Herren doch gar nicht wissen.«

»Müssen sie aber. Sonst begreifen sie doch nicht, was Existentialisten sind.«

Er zündet sich eine Gauloise an und reicht die Packung weiter. »Ich halte also und warte auf mein Geld. Aber sie wollen gar nicht 'raus, sondern zur nächsten Ecke fahren, wo es ein bißchen dunkler ist. ›Wir ziehen uns jetzt um‹, sagen sie, ›und lassen unsere Kleider im Wagen. Hoffentlich genügt Ihnen das als Sicherheit. Sie waren sehr teuer.‹

›D'accord‹, sage ich. ›Und was passiert dann?‹

›Ganz einfach, um Mitternacht holen Sie uns hier wieder ab.‹

›Schön‹, sage ich und gucke in den Rückspiegel. Tolle Reizwäsche, sage ich euch. Und ein Rascheln und Kichern zum Verrücktwerden. Als sie aussteigen, tragen sie alte Röcke und dreckige Rollkragenpullover.«

»Warum denn das«, frage ich.

»Weil sie Existentialisten sind. Ich bin ja schon dabei, es Ihnen zu erklären. Sie sind in den Keller vom ›Tabou‹ gegangen und haben getan, als ob sie keinen Centime in der Tasche hätten. Ich hab mal reingeschaut. Die Luft ist zum Schneiden, und es wird geschwoft, als ob morgen die Welt unterginge. Und da singt eine gewisse Juliette Gréco, ein Fratz mit langen Haaren, der noch keine sechzehn ist. Und die Männer tragen Bärte und glotzen dich an, als ob du vom Mond kämst.«

»Vielleicht«, sage ich in meiner Naivität, »sind sie schwul?«

»Die sind ganz normal, aber das verrückte an der Sache ist, daß sie so tun, als ob sie es nicht wären.«

»Das verstehe ich nicht.«

»Können Sie auch nicht, junger Freund. Als Sie im Gefängnis waren, hat sich hier einiges verändert. Wo sollen sich die Pariser amüsieren? Auf dem Montmartre haben im Krieg die Deutschen regiert, und jetzt sind sie von den Amerikanern abgelöst worden. Montparnasse? Langweilig, sage ich Ihnen. Da ist irgendeiner auf die Idee gekommen, in St. Germain des Prés einen Keller zu mieten. Corassière heißt er, glaub ich.«

»Aber das ist doch ein mieses Viertel ohne jeden Pfiff.«

»Hab ich auch einmal geglaubt, mein Junge. Den Leuten, die da wohnen, ist es ja auch gar nicht recht. Die leeren vom dritten Stock ihre Nachttöpfe auf die Straße, wenn es ihnen zu laut wird. Aber ändern kannst du da nichts mehr. Früher habe ich in einem halben Jahr zwei Fuhren nach St. Germain gehabt, aber heute geht es die ganze Nacht, und du kannst sogar Maurice Chevalier oder die Garbo im ›Tabou‹ finden.«

»Und was war mit den beiden Mädchen, die sich in Ihrem Auto umzogen?«

Monsieur Bonnaventure zuckt mit den Schultern. »Existentialisten wie die anderen auch. Sie hopsen mit den Bärtigen im Keller herum, reden Zeug, das keiner versteht, und tun so, als ob sie keinen Sou in der Tasche hätten. Und wenn du sie dann wieder in den Sechzehnten zurückbringst, kriegst du ein Trinkgeld wie von Rockefeller. Lauter Spinner, wenn Sie mich fragen.«

Er zündet sich eine neue Gauloise an und schiebt den Käseteller weg. Aus der Nachbarswohnung jenseits des schmalen Hinterhofs, der so aussieht wie die grauen Löcher, die Zille in Moabit gemalt hat, übertönt eine zeternde Weiberstimme das plärrende Radio.

»Mach doch mal das Fenster zu«, sagt Monsieur Bonnaventure zu seiner Frau. »Man kann sein eigenes Geschwätz nicht mehr hören.«

»Et alors? So interessant ist es ja auch nicht, was du da von dir gibst. Was interessieren uns die Existentialisten?«

»Uns«, sage ich, »interessiert das schon, Madame. Wenn man so lange von der Außenwelt abgeschnitten war, will man wissen, was in der großen Welt vorgeht.«

»Oh, vous savez, le grand Monde, je m'en fous. Wir haben in unserer kleinen Welt zu leben, pas vrai?«

»Bien sur, Madame. Aber es interessiert uns, was Ihr Mann von den Existentialisten weiß.«

Und Wolfgang Schlegel nickt wie ein Student, der kein Wort von der Vorlesung des Professors verlieren will.

»Die Existentialisten?« Monsieur Bonnaventure als Mann, der Tag für Tag den Atem der Riesenstadt spürt, der sozusagen zum Blut gehört, das durch ihre großen und kleinen Arterien fließt, zerstört unsere Illusionen, als er mit der flachen Hand auf den Tisch haut, daß die Gläser tanzen.

»Die Existentialisten? Eine große Sache für die internationale Presse. Aber ein Furz der Zeit, wenn ihr mich fragt. Ich habe mich ein bißchen befaßt damit, als die Fuhren nach St. Germain des Prés losgingen. Man unterhält sich mit der Kundschaft, und man liest Zeitungen. Ich hab es immer so gehalten und immer ziemlich genau gewußt, was vorging. St. Germain des Prés wäre wahrscheinlich das beschissene Viertel geblieben, das es ist, wenn nicht eine große Zeitung plötzlich einen ihrer Star-Reporter hingeschickt hätte. Die Gréco und die Cazalis, zwei Weiber, die es verstehen, unter ihren Rollkragenpullovern nicht nur Brüste, sondern auch noch etwas anderes zu verbergen, was ihr meinetwegen Mystik nennen könnt, müssen diesen Zeitungsfritzen verrückt gemacht haben. Er hat von einer neuen Weltanschauung geschrieben, die in den Kellern von St. Germain geboren wurde. Und mit einem Schlag ging's los. Die Schlangen vor dem ›Tabou‹ waren jeden Abend so lang, daß neue Keller eröffnet werden mußten. Ich kenne den Portier des ›Tabou‹. Er heißt François de la Rochefoucauld, und vielleicht ist er wirklich ein Blaublütiger. Warum auch nicht? Der Adel ist ziemlich heruntergekommen durch den Krieg, und sie brauchen Aushängeschilder für ihre Keller. Und sie haben gezogen. Eine Fieberwelle haben sie gemacht, sage ich euch! Marlene Dietrich könnt ihr dort genauso treffen wie den Ali Khan, und jeder Amerikaner, den ich hinausfahre, fragt mich nach Jean-Paul Sartre.«

»Wer ist das?«

»Man merkt, daß ihr im Gefängnis wart. Dieser Sartre lebt da draußen, und sein Stammcafé ist das ›Flore‹. Er ist ein Philosophieprofessor aus Rouen und hat irgendeine Schwarte über das Nichts geschrieben. Daraus haben sie Existentialismus gemacht, aber glaubt bloß nicht, daß sie das Zeug gelesen haben! Sowenig wie ich.«

»Dieser Sartre«, sage ich, »kommt also aus Rouen, wie wir.«

»Genau das. Bloß hat er, meine ich, die Kurve besser gekriegt. In Bonne Nouvelle war er jedenfalls nicht. Alle sprechen jetzt von ihm.«

»Ist er ein großer Schriftsteller?«

»Keine Ahnung. Ich weiß nur, daß er während des ganzen Krieges im ›Flore‹ saß, Ersatzkaffee trank und Kippen sammelte. Zwischendurch wird er wohl seine Geschichte von den Existentialisten geschrieben haben. Und jetzt kommen alle, um ihn zu sehen und so zu tun, als ob sie das Zeug gelesen hätten.«

»Wie die Mädchen, die sich in Ihrem Auto umgezogen haben?«

»Sie haben es erfaßt. Alle blöden Ziegen aus feinem Haus müssen mit der Zeit gehen. Und zur Zeit sind eben Sartre und seine Existentialisten gefragt. Auf den Montmartre fahren nur noch die Amerikaner, aber es gibt auch Deserteure, die in St. Germain untertauchen.«

»Kann man das?« Schlegel hat die Ohren gespitzt, und ich sehe keinen Grund, die Frage hinunterzuschlucken. Henri, am anderen Ende des Tisches, grinst sich eins.

Monsieur Bonnaventure, vom Beaujolais beflügelt, aber zweifellos auch in Kenntnis der Materie, grinst auch. »Die Kerle können Autoreifen, Sprit und Whisky liefern. Dafür läßt sie jeder Hotelier von St. Germain untertauchen. Bei dem Trubel, der jetzt dort herrscht, hat die Militärpolizei keine Chance.«

Schlegel zwinkert mir zu. Er tut es ziemlich ungeniert, weil ihm der Beaujolais alle Hemmungen vor dem Mann genommen hat, den ich ihm als ausgesprochenen Deutschenfeind angekündigt hatte.

Ich muß ihm wieder auf die Füße treten. Wenn das so weitergeht, wird er sich vom alten Bonnaventure zum Untertauchen nach St. Germain des Prés fahren lassen. Aber er vergißt, daß er weder Sprit noch Autoreifen, sondern nur eine goldene Konfirmationsuhr anzubieten hat. Und die muß das Geld für die Fahrt an die Schweizer Grenze bringen. Unser Existentialismus ist ein ganz anderer als der von St. Germain des Prés.

Zum Glück hält er sich zurück, nachdem ich ihm die Füße plattgetreten habe. Aber er darf nichts mehr trinken. Zu viele fein gesponnene Fäden sind schon im Alkohol zerronnen, und ich kann es mir nicht leisten, ins Straflager zu marschieren, weil der Besitzer einer goldenen Konfirmationsuhr zu tief ins Glas guckt.

Deshalb lehne ich ab, als Monsieur Bonnaventure die Gläser wieder auffüllen will.

»Monsieur, wenn man aus dem Knast kommt, muß man's langsam angehen lassen.«

»Gut, dann werde ich auf euer Wohl trinken. Auf glückliche Heimkehr!«

Schlegel lächelt ihm zu, als ob er schon zu Hause wäre. Der Beaujolais hat alles so leicht gemacht, aber wir dürfen uns jetzt nicht gehenlassen, obwohl es verführerisch ist, sich dem Gefühl hinzugeben, daß uns alle Gendarmen Frankreichs am Arsch lecken können.

Außerdem ist Monsieur Bonnaventure ein glänzender Unterhalter. Angeregt durch die einträglichen Fuhren nach St. Germain des Prés, schwenkt er zurück zu den Zeiten, als er Butterfahrten in die Normandie machte und mit seinen Füßen ein Fahrrad-Taxi betrieb.

»Im Grunde«, sagt er und schenkt sich noch einen ein, »hätte ich, genau wie ihr, im Knast landen können. Jeder stand mit einem Fuß drin, als uns die Deutschen den Hahn abgedreht hatten. Und wenn man diesen verdammten Normandie-Bauern, die immer unverschämter wurden, ein paar Pfund Butter abgehandelt hatte, konnte man sich erst freuen, wenn man wieder in seinen vier Wänden war. Aber wir waren schlauer als die Deutschen. Was glaubt ihr, wie viele Offiziere von mir durch Paris gestrampelt wurden, ohne zu ahnen, daß unter ihrem Sitz ein Butterballen verstaut war!«

In stolzer Nachfreude reibt er sich die Hände. »Wir haben

sie ganz schön genommen. Wenn ich bloß denke, was im ›Lido‹ los war!«

»Soviel ich weiß«, sage ich, »haben sie sich im ›Lido‹ aber auch ganz schön amüsiert.«

»Natürlich haben sie sich amüsiert. Genau wie jetzt die Amerikaner. Wer zahlen kann, wird sich in Paris nie langweilen. Im ›Lido‹ saßen aber nicht nur die Deutschen, sondern auch die großen Schieber und Agenten aller Schattierungen. Natürlich auch die Gestapo, aber ich garantiere euch, daß die Agenten des französischen Widerstands bessere Geschäfte gemacht haben. Sie haben mit dem Chef-Barmann zusammengearbeitet, der den Deutschen alle Würmer aus der Nase zog. Er hieß Bob und war ein Belgier. Einer der durchtriebensten Filous, die ich je kannte. Er gab den Deutschen die falschen Tips und unseren Leuten die richtigen.«

»Dann war der ›Lido‹ also ein richtiges Spionagezentrum?«

»Natürlich war er das. Die nackten Weiberärsche gehörten selbstverständlich auch dazu, um die Boches in Stimmung zu bringen, genau wie Madame Pipi dazu gehörte.«

»Wer war denn das?«

»Das war die raffinierteste Toilettenfrau, die es je gab. Was die Gestapo-Fritzen beim Champagner nicht erzählten, das erzählten sie beim Pinkeln, und Madame Pipi hat alles sofort an den Barkeeper Bob weitergemeldet. Und die Deutschen hielten sie für verschwiegen, weil sie ihnen englischen Tabak für sündhaftes Geld verkaufte. Schönen gelben Navy-Cut, der von den Kanalfischern kam. Das galt bei diesen Affen, die ja nur blond rauchen und keine Ahnung von richtigem schwarzen Tabak haben, als das Vornehmste. Sie muß ein Vermögen damit verdient haben.«

»Sie kannten sich aber gut aus.«

Monsieur Bonnaventure schaut mich mitleidig an wie ein Professor, dem ein Hilfsschüler in die Vorlesung gerutscht ist.

»Ein richtiger Pariser Taxifahrer, mein Lieber, kennt sich überall aus. Ich habe sogar Léon Voltera, den Besitzer des ›Lido‹, gekannt. Er war übrigens Bürgermeister von St. Tropez, und wenn ich so gut über den Krieg gekommen wäre wie der, dann brauchte ich keine Nuckelpinne mehr durch Paris zu schaukeln! Mais que voulez vous. Unsereiner weiß alles, aber er bleibt eben hinter seinem Steuerrad hängen.«

Ein Pariser Taxichauffeur erlebt die unglaublichsten Dinge. Es scheint, daß sich hier so manches geändert hat. Aber so interessant auch alles für uns ist, schließlich sind wir todmüde.

Betten gibt es nicht, aber Madame Bonnaventure schleppt zwei Matratzen in das schmale Zimmer, das Henri mit seinem Bruder teilt, und wir schlafen so gut wie schon lange nicht mehr. Zwar stört uns der Bruder gegen sieben Uhr ein wenig, weil er zur Arbeit muß. Aber dann schlafen wir weiter bis zehn, weil Henri freigenommen hat. In der Küche gibt es dampfenden Milchkaffee und knusprige Croissants. Der Hausherr kutschiert längst wieder durch Paris, und Madame freut sich über unseren gesunden Appetit.

Die Hauptsache ist, daß die Bonnaventures nichts gemerkt haben. Heute abend werden wir im Zug nach Belfort sitzen. Vorausgesetzt, daß Henri die goldene Uhr verkauft.

»Wir müssen aufs rechte Ufer«, sagt Henri. »In unserer Gegend hier kauft niemand goldene Uhren. Wir werden's oben auf Pigalle versuchen.«

Die Place Pigalle sieht um diese Zeit, wenn kein Neonlicht flackert, ein bißchen bleichsüchtig und fast bürgerlich aus. Im Café »Soleil Levant« bohrt sich der Garçon in der Nase, aber den beiden kurzsichtigen Alten, die auf ihren Apéritif warten, ist das egal. Der Asphalt des Boulevard de Clichy glänzt schwarz unter dem Spülwasser der Straßenreiniger. Hier werden um diese Zeit keine Geschäfte gemacht.

Aber ein Stück weiter, in der Nähe des Gaumont Palace,

gibt es Juweliere. Keine feudalen Geschäfte wie auf den großen Boulevards. Aber die richtigen für uns. Hier wird nicht nach der Herkunft der Ware gefragt.

Doch leider erweist sich die Konfirmationsuhr von Wolfgang Schlegel mit der Eingravierung von Tante Emma als recht schwieriges Objekt. Die Tatsache, daß vierzehnkarätiges Gold in Frankreich nicht handelsüblich ist, verursacht unerwartete Probleme.

Bedauernd zucken sie in drei Geschäften mit den Schultern, und der letzte grinst so unverschämt, als wüßte er genau, daß wir sie heute nacht geklaut haben. Aber er glaubt, uns mit einem lächerlichen Preis einseifen zu können.

»So geht es nicht«, sage ich, als wir wieder draußen sind. »Der nächste wird die Polizei rufen, und dann können wir einpacken. Wir müssen zu den Schwarzhändlern.«

Henri ist einverstanden. Aber er meint, daß es dafür noch zu früh sei. Nur die Araber sind um diese Zeit schon munter.

»Dann gehen wir eben zu den Arabern.«

Schlegel wird nervös. Schließlich gehört die Uhr ihm, und Schwarzhändler sind ihm suspekt, besonders wenn es sich um Araber handelt.

Henri beruhigt ihn. »Du brauchst keine Angst zu haben. Ich habe ja einen Ausweis in der Tasche und mache das Geschäft allein. Ihr schaut von weitem zu und mischt euch gar nicht ein.«

Ich finde die Idee gut, aber Schlegel trennt sich nur widerstrebend von dem guten Stück, das uns in die Schweiz bringen soll.

In der Rue Elysée des Beaux Arts, die, wie ich später erfahren soll, einst dem berühmten »Papillon« zum Verhängnis geworden ist, spricht er den ersten Araber an.

Sie verhandeln ein paar Minuten, und der Bursche, der eine Hakennase wie Mokri Moustapha hat, aber kleine, stechende Augen, scheint interessiert. Doch dann läßt ihn Henri stehen und kommt zurück.

»Er hat die Uhr für fünf Minuten mitnehmen wollen. Aber so schlau wie der bin ich auch. Wir hätten ihn nie wiedergesehen!«

»Man müßte einen Hehler finden. Der würde zwar keinen Höchstpreis bezahlen, aber es wäre das sicherste.«

»Aber wie willst du einen finden? Scharenweise werden sie ja auch nicht gerade herumlaufen, und außerdem kann man sie nicht erkennen wie die Nutten.«

»So kommen wir jedenfalls nicht weiter. Wir müssen nachdenken.«

Wir tun es in einem schmuddeligen Bistro in der Rue Lépic. Wir setzen uns an ein rundes Tischchen im Hintergrund, und Henri spendiert Bier. Hunger hat keiner.

Bei der zweiten Halben kommt mir die Erleuchtung. »Wir müssen die Uhr einem Ami verkaufen!«

Henri blickt mich skeptisch an, aber ich bin wie elektrisiert.

»Begreifst du nicht? Eine deutsche Konfirmationsuhr mit Eingravierung ist doch ein tolles Kriegssouvenir!«

»Und wo kriegst du einen Amerikaner her?«

»Ich nehme an, daß sie es nicht anders halten als früher die deutschen Landser: sie müßten scharenweise am Eiffelturm zu finden sein.«

Das leuchtet den beiden ein.

»Garçon, zahlen«, ruft Henri, und dann nehmen wir die Métro in Richtung Champ de Mars.

Es ist früher Nachmittag, vergleichsweise geringer Verkehr, und wer Zeit und Geld hat, ist noch nicht einmal beim Dessert angelangt. Es sind nicht die sorglosen Tage von einst, aber man teilt sich die Zeit wieder friedensmäßig ein.

Auf dem Marsfeld blühen die Sommerblumen wie seit Menschengedenken. Hier stand ich als Dreizehnjähriger, und der Eiffelturm war mir viel kleiner vorgekommen als auf den Postkarten.

So war das damals gewesen. Jetzt bin ich vogelfrei und muß noch auf einen anderen aufpassen. Und wer uns erwischt, kriegt sechstausend Francs Kopfgeld. So haben sich die Zeiten geändert. Trotzdem ist es schön, daß die Blumen blühen wie damals im Sommer 1936, als ich zum erstenmal vor diesem Turm stand.

Die Amis mit ihren Fotoapparaten sind wirklich da. Die Idee war richtig, und ob sie Gold wert war, werden wir gleich sehen. Jedenfalls ist der Eiffelturm der gesuchteste Background für das Erinnerungsfoto, das in den nächsten Tagen per Luftpost nach Massachusetts und Ohio gehen wird.

»Wir suchen uns einen Einzelgänger«, sage ich. »Wenn wir mit einer ganzen Gruppe verhandeln, ist es gefährlicher.«

Nach zehn Minuten habe ich ihn gefunden. Er fotografiert jeden Kieselstein und muß einen endlosen Film im Kasten haben. Er sieht ein bißchen unnahbar aus, aber doch so, als könnte ihn eine deutsche Uhr reizen.

Henri und Wolfgang setzen sich auf eine Bank, und ich kreise ihn langsam ein, bis er sich beim Fotografieren gestört fühlt.

»Want to buy a watch?«

»Was für eine Uhr?«

Ich ziehe sie aus der Tasche und zeige ihm die Eingravierung auf dem Sprungdeckel. Und jetzt erst fällt mir auf, daß Wolfgang sie von Tante Emma 1936 geschenkt bekam, in dem Jahr, als ich zum erstenmal an dieser Stelle stand. Tante Emma konnte nicht ahnen, daß sie ihren Neffen nie sinnvoller beschenkt hatte.

Der Ami beißt an. Einen Moment lang fürchte ich, daß er mir die Uhr aus der Hand reißt und wegläuft. Aber er ist ein ehrlicher Bursche, der sogar etwas von Gold versteht, den Stempel prüft und sich die Eingravierung übersetzen läßt.

»How much?«

Jetzt muß ich alles auf eine Karte setzen. Wenn er interessiert ist, kann man immer noch handeln.

»One hundred Dollars.«

Er holt eine abgewetzte Brieftasche aus der stramm sitzenden Hose.

»Ich habe nur die Hälfte bei mir.«

Fünfzig Dollar. Ich rechne rasch um. Das könnte für die Fahrkarten reichen, aber es würde nichts übrigbleiben, und wir müssen auch leben.

»Sorry«, sage ich. »Die Uhr ist mindestens zweihundert wert, ganz abgesehen vom ideellen Wert.«

»Sorry too«, sagt er. »Ich hätte sie ja auch gerne genommen, aber sehen Sie selbst, was ich in der Brieftasche habe.«

Er hat so viel Vertrauen zu mir, daß er mir die Scheine auf die Hand blättert. Wir stehen, mit dem Eiffelturm im Rücken, voreinander wie zwei Geschäftspartner, die einander bemitleiden, weil sie nicht zusammenkommen können. Mit einem Auge sehe ich, wie sich Henri und Wolfgang auf ihrer Bank die Hälse verrenken. Ich bin schon bereit, das Geschäft zu machen, als ich die Armbanduhr des Amerikaners sehe. Wasserdicht und bruchsicher, genau das, was heute gesucht wird und sich tausendmal leichter verkaufen läßt als eine alte Großvateruhr mit Sprungdeckel.

»Wenn Sie mir Ihre Armbanduhr zu den fünfzig Dollar geben, ist das Geschäft gemacht.«

Er zögert eine Sekunde, dann schnallt er sie ab und legt sie zu den Scheinen, die ich immer noch in der Hand halte.

»Okay, Boy. Ich mach's.«

Ich stecke Geld und Uhr in die Hosentasche und drücke ihm die Hand. Ein bißchen zu kräftig vielleicht, aber auch er ist glücklich.

Wir sitzen auf der Bank wie drei Buben nach einem gelungenen Streich. In meiner Hosentasche knistern die Dollarscheine, die Henri wechseln wird. Zu gutem Kurs an irgendeiner Theke. Kein Mensch geht mit Dollarscheinen auf die Bank. Und dann ist da noch die Armbanduhr. Fünfzig Dollar unter Brüdern, aber auch wenn wir weniger kriegen, sind wir reich.

Es ist ein gutes Gefühl, und ich spüre den Sommerwind sanft über mein Gesicht streichen. Der Himmel ist heller geworden.

Nur Schlegel hat noch Bedenken. »Freut euch nicht zu früh. Erst muß die Armbanduhr verkauft und das Geld gewechselt sein.«

»Kein Problem«, sagt Henri. »Solche Uhren sind bares Geld, und Dollars werden mit Handkuß gewechselt.«

»Trotzdem können wir hier nicht herumsitzen wie Touristen. Erst muß alles erledigt sein, und dann laden wir dich zum Essen ein.«

»Was glaubt ihr wohl? Ich bezahle!«

»Kommt überhaupt nicht in Frage. Jetzt sind wir an der Reihe, und wir können es uns leisten. Und weißt du, wo ich die Uhr verkaufen möchte?«

»Spielt doch gar keine Rolle. Wir gehen in den nächsten Bistro drüben an der École Militaire.«

»Aber ich möchte sie in St. Germain des Prés verkaufen.«

»Jetzt spinnst du. Warum durch ganz Paris fahren?«

»Warum nicht? Auf eine halbe Stunde kommt es jetzt nicht an, und wir sind nirgends sicherer als in der Métro.«

»Im Gefängnis warst du anspruchsloser. Außerdem kannst du diese Vögel um diese Zeit gar nicht sehen, weil sie pennen. Die werden erst abends wach.«

»Aber das ›Tabou‹ können wir uns ansehen.«

»Ist bestimmt geschlossen.«

»Dann eben das Café de Flore.«

Henri zuckt mit den Schultern. »Mon père t'a bourré la crane. Mein Alter hat dir den Kopf verdreht. Aber wenn du unbedingt willst, fahren wir hin.«

Alle Pariser reden so. Sie tun, als ob dies die langweiligste Stadt der Welt wäre. Aber es ist schnöder Snobismus, und wenn sie einmal fort sind, dann messen sie alles an der Pariser Elle und finden es zu klein. Seit Henri dabei ist, merke ich gar nicht mehr, daß die Brusttasche leer ist, wo der Paß stecken sollte. Es ist alles so leicht, und die Treppen zur Métro-Station École Militaire hüpfe ich hinunter wie ein Spatz, der sich einen Dreck um Kleinigkeiten kümmert. Schlegel geht langsamer. Er muß aufpassen, daß er die Hosen nicht verliert.

St. Germain des Prés ist eine Enttäuschung. Bei Tag ist es ein reizloses Vorstadtviertel, nicht rachitisch vielleicht wie Belleville und ein bißchen farbiger als Ménilmontant, dörflich fast, mit Laubbäumen und einem Kirchlein, auf dessen gedrungenem Turm ein spitzer Hut sitzt. Rundherum die gleichen dicken Hausfrauen wie an der Place d'Italie, wo Henri wohnt, und das gleiche Gezeter mit den Gemüsehändlern. Die gleichen Bistros und die gleichen Clochards, die bei einem kleinen Roten stundenlang an der Theke lehnen und diskutieren.

»Nicht toll«, sage ich zu Henri.

»Ich hab's dir doch gesagt. Aber du wolltest ja schon immer schlauer sein als die anderen. In St. Germain lebt man in den Kellern, und nur nachts. Da drüben ist das Café de Flore. Sieht aus wie tausend andere auch.«

In der Rue St. Guillaume betreten wir einen Bistro. Er sieht aus wie alle anderen, und auch die Leute sehen nicht anders aus als die in Belleville: Arbeiter und kleine Angestellte, die einen Roten oder einen Rosé kippen oder vielleicht auch einen Pernod, um den Arbeitstag ausklingen zu lassen. Es wird mäßig getrunken, aber viel geredet, und Henri, dem ich Uhr und Geld übergeben habe, muß sich zum Patron durchboxen, der in weißen Hemdsärmeln hinter der Theke hantiert. Als Henri leise auf ihn eingeredet hat, verschwindet er mit ihm hinter einer Tür, auf der »Privé« steht.

Nach fünf Minuten sind die beiden wieder da. Henri zwinkert mit den Augen wie damals, als wir in Bonne Nouvelle die richtige Kartoffel erwischt hatten, und ich weiß, daß der Rosé, den ich für mich und Schlegel bestellt habe, bezahlt werden kann.

Wortlos stellt sich Henri neben uns und bestellt eine Runde Cognac.

»Noch mal vierzig Dollar für die Uhr«, flüstert er mir zu, und obwohl ich nie ein schneller Rechner war, weiß ich, daß wir jetzt mindestens vier Fahrkarten nach Belfort lösen können.

Seine rechte Hosentasche wölbt sich von den Geldscheinen. Am liebsten würde ich ihn umarmen, als wir den Weg zur Métro zurückgehen.

»War überhaupt kein Problem«, grinst er. »Und jetzt fahren wir direkt zur Gare d'Austerlitz, um die Fahrkarten zu lösen.«

Dort übernimmt Henri das Geschäftliche. Er besorgt die Fahrkarten, dann kümmern wir uns ums Menü. Gespart wird nicht, das versteht sich von selbst. Der Ober bringt eine Speisekarte beträchtlichen Ausmaßes, und es ist schon ein Hochgefühl, Henri lässig darin blättern zu sehen.

Durch das Fenster, vor dem wir sitzen, fallen die letzten Strahlen der tiefstehenden Sommersonne. Wir fühlen uns frei wie die Menschen, die auf dem Trottoir vorbeihasten.

»Vor einem Jahr, genau um diese Zeit, haben wir uns kennengelernt, Henri.«

Ich brauche nicht zu flüstern, weil das Restaurant fast leer ist.

»Als du damals ins Refektorium kamst«, sagt Henri, »habe ich mich verdammt darüber geärgert, daß ich als F.F.I.-Kämpfer mit einem Deutschen in einem stinkenden Raum sitzen mußte. War ja auch ein Witz, findest du nicht?«

»Natürlich. Aber war nicht ganz Bonne Nouvelle ein Witz? Kollaborateure, Widerstandskämpfer, Einbrecher und Zuhälter. Und dazwischen ein Deutscher.«

»Aber was hast du denn seit Bonne Nouvelle alles gemacht?« will Henri wissen. Unter der Kontrolle seiner Alten hatten wir bisher nicht die geringste Gelegenheit zu einem vernünftigen Gespräch gehabt. Ich erzähle ihm also, während der Ober die Vorspeisen serviert, alles, was seit Bonne Nouvelle passiert ist. Für das Kopfgeld, das jener Alte in Forbach kassierte, hat er nur Verachtung übrig, aber das Pech, das uns im amerikanischen Güterzug ereilte, macht ihn wütend.

»Immerhin gibt es eine ausgleichende Gerechtigkeit«, sagt er. »Ein Ami hat euch heute die Uhr abgekauft, die wir jetzt verfressen.«

»Und die uns an die Grenze bringt. Aber ohne dich hätten wir's nicht geschafft.«

Aber davon will Henri nichts wissen. »Glaubst du vielleicht, ich hätte einen Kumpel im Stich gelassen?«

»Du hast immerhin einiges riskieren müssen.«

»Red keinen Unsinn. Du bist mein Freund. Dagegen kommt die Politik sowenig an wie meine Eltern.«

Die Steaks werden von einer riesigen Platte mit Pommes frites begleitet. Schlegel macht große Kinderaugen. Wie ein Habicht stößt er zu. Ich muß Wasser bestellen, um den Wein zu strecken. Nicht aus Gründen der Sparsamkeit; wir könnten uns fünf Flaschen leisten. Aber wenn Schlegel die Frites weiter so sorglos hinunterspült, wird er zu unbeschwert.

»Wenn du so weitermachst, hockst du die ganze Nacht auf dem Scheißhaus, und in Belfort kann ich dich zu einem Doktor bringen. Schau Henri an. Der ißt wie ein richtiger Monsieur.«

»Keine Kunst«, grinst Schlegel. »Der lebt ja auch wie die Made im Speck.«

Er hat es leise und auf deutsch gesagt, aber er nimmt sich zusammen und schiebt die Frites nicht mehr ins Maul hinein wie Holzscheite in einen Kachelofen. Er beginnt sogar zu kauen.

Aber Henris sichere Eßbewegungen, die dem Franzosen in die Wiege gelegt werden, erreichen wir beide nicht. Dieses behende, spielerische Zerschneiden des Fleisches, das Brechen des Weißbrotes als Schwamm für die Sauce und als Schieber für die Gabel und die schnelle, aber nicht hastige Aufwärtsbewegung zum Mund. All das hat die Natürlichkeit des pickenden Spatzen und des genießenden Schlemmers, und das kann man nicht lernen. Es ist gar nicht so leicht, den Franzosen zu spielen. Die Baskenmütze allein macht es nicht.

Zum Nachtisch gibt es Obst und eine Käseplatte, die der Ober jedoch ziemlich schnell zurückzieht, als er sieht, welche Löcher wir hineinhauen.

Draußen flackert das Neonlicht des Boulevards, und ein Pärchen, eng umschlungen, studiert die am Fenster hängende Speisekarte. Sie drückt ihr Stupsnäschen fest an die Scheibe, und man meint, daß die Winkel der geschminkten und leicht geöffneten Lippen feucht seien vom Vorgeschmack.

Aber dabei bleibt's. Sie schüttelt den Kopf. Zögernd zuerst, aber dann bestimmt. Zu teuer. Nicht in jeder Brusttasche knistern die Scheine wie bei mir. Es ist eine kleine Genugtuung. Zu klein freilich, um Übermut aufkommen zu lassen. Sie haben kein Geld, aber der Krieg sitzt ihnen nicht mehr im Nacken, und sie werden sich heute nacht lieben. Nicht daran denken.

Der Zug fährt in einer halben Stunde, und Henri kommt mit auf den Bahnsteig. Er will bis zur letzten Sekunde sicher sein, daß nichts passiert.

»Au revoir, Henri, Dank für alles!«

Als der Zug anrollt, zieht er, was gar nicht zu ihm paßt, ein weißes Taschentuch heraus. Er hält es ganz hoch, bis es zu einem winzigen Tupfen wird, der in der Nacht verschwindet.

Adieu, Henri!

19

Der Zug rattert durch die Nacht. Schlegel lehnt wie ein Fürst in seiner Ecke und nascht von den algerischen Datteln, die Henri als Reiseproviant noch durchs Fenster gereicht hat.

Vier harmlose Leute im Abteil. Ich könnte schlafen, wenn Schlegel nicht immer wieder seine Entschuldigungen murmeln und über die verschiedenen Beine steigen würde. Das reichliche Mahl hat bei ihm seine natürlichen Folgen, aber leider kann man die Toilette in einem D-Zug nicht mieten.

Das Morgengrauen weckt die übliche Angst. Belfort ist

ähnlich wie Metz. Die Grenze ist nahe, und wenn sie an den Sperren kontrollieren, sitzen wir in der Falle.

Aber nur die Fahrkarte wird verlangt, und dann stehen wir vor der grauen Backsteinfassade des Bahnhofs von Belfort. Es ist knapp acht Uhr. Der Fehler von Metz wird sich nicht wiederholen. Wir werden den Tag in der Stadt verbringen und erst am Abend an die Grenze fahren. Delle heißt die Stadt, und der Karte zufolge muß der Schlagbaum gleich am Bahnhof sein.

Belfort ist groß genug, um über eine Badeanstalt zu verfügen, und nach zwanzig Minuten stehen wir unter der dampfenden Dusche. Der Genuß ist fast größer als das Essen am Gare d'Austerlitz, und am liebsten würde ich ihn bis Mittag hinziehen. Aber nach einer Stunde müssen wir wieder nach draußen. Es wäre leichtsinnig, in Grenznähe aufzufallen.

Es ist noch früh am Tag, und Provinzkinos öffnen nicht vor drei Uhr. Da wir Geld haben, empfiehlt sich ein ausgiebiges Frühstück.

In einer Seitenstraße, dicht beim Bahnhof, finden wir den richtigen Bistro: unrasierte Arbeiter mit Baskenmützen, Diskussionen um nichts und eine fette Wirtin, die auf einem braunen Kunststofftablett dampfenden Café au lait, Croissants und zwei Tassen herbeischaukelt.

»Der Tag ist noch verdammt lang«, flüstere ich. »Laß dir Zeit. Ich werde zwei Zeitungen holen, wir müssen mindestens eine Stunde lang frühstücken.«

Als ich mit den Zeitungen zurückkomme, raucht er schon und empfiehlt zwei Gläschen Cognac. Es werden vier, weil wir Mut brauchen und zu schnell trinken. Aber Cognac am Morgen ist nicht ganz das richtige für Illegale. Ich verweigere die dritte Runde, und wir gehen spazieren. Wir finden einen Park, in dem es freie Bänke gibt.

»Beinahe wie Heidelberg«, sagt Schlegel.

»Bloß nicht so romantisch.«

Seine Sicherheit gefällt mir nicht. Immerhin sind es noch

an die dreißig Kilometer bis nach Delle. Vielleicht wissen die hier gar nicht, daß es Kopfgeld gibt?

Betont sorglos schlendern wir durch den Park. Um halb drei kaufe ich Karten für ein mäßig besetztes Kino und einen scheußlichen Film. Die Wochenschau sorgt für einen Hauch internationaler Aktualität, und es fällt überhaupt nicht auf, wenn man bei Beginn der nächsten Vorstellung sitzen bleibt. Erst gegen sieben Uhr gehen wir. Der Zug nach Delle fährt in einer halben Stunde.

Aber die Abfahrt hier ist ganz anders als in Paris. Nicht weil niemand am Bahnsteig steht und winkt, sondern weil die nahe Grenze diesen Zug zur gefährlichen Falle macht. Jeder darin kann ein Kopfgeldjäger sein, und wer will wissen, ob die Kriminalpolizei keine Stichproben macht?

Ich habe neue Zeitungen gekauft, aber es wird nur ein nervöses Blättern, und Schlegel schielt unbehaglich nach allen Seiten.

Wir sind auffällig, ich spüre es bis hinauf zu den Haarstoppeln unter der Baskenmütze. Wenn Kriminalpolizei im Zug ist, hat sie uns in fünf Minuten aufgestöbert. Vielleicht ist alles noch zu retten, wenn wir nicht in die Mausefalle von Delle hineinfahren.

Die Bäume werfen lange Schatten unter den letzten Strahlen der Sonne. Wir werden dennoch viel zu früh ankommen.

Wenn wir überhaupt ankommen. Die Dämmerung ist immer noch hell genug für Polizisten und Kopfgeldjäger.

Sitzen bleiben und Nerven behalten. Es ist viel schwerer, als aus einem Lager auszubrechen. Der Kontrolleur begnügt sich mit den Fahrkarten, und als der Zug in den Bahnhof von Delle einrollt, sind wir noch so frei wie beim Einsteigen.

Ehe die Bremsen quietschen, sehe ich den Schlagbaum. Nur wenige Meter hinter der Sperre, wo Zöllner und Flics herumlungern. Hier müssen wir durch. Der Zug fährt in die Schweiz weiter, aber es wäre Wahnsinn, sich in der Toilette verstecken zu wollen.

Fünfzig, vielleicht auch siebzig Fahrgäste steigen aus. Wir haben seit Belfort kein Wort gesprochen, und mein Hals ist trocken. Ich gebe Schlegel einen Klaps auf die Schulter, damit er begreift, um was es geht. Stumme Ankömmlinge sind viel verdächtiger als redende. Man muß quasseln und so tun, als wäre es von enormer Wichtigkeit.

Die Methode ist einfach. Mit Sicherheit läßt sie nicht den Verdacht aufkommen, daß wir Kriegsgefangene sind, und mit einiger Wahrscheinlichkeit vermuten Flics und Zöllner in den Brusttaschen heftig diskutierender Leute ordnungsgemäße Papiere. Ich rede auf Schlegel ein. Es ist belangloses, aber mit viel Eifer herausgesprudeltes Zeug, und er spielt so gut mit, als ob wir das schon tausendmal geübt hätten.

Die Sperre kommt näher, es bildet sich eine kleine Schlange. Wenn wir durch dieses Nadelöhr schlüpfen, kann nichts mehr passieren. Ich rede und riskiere ein Auge auf die Gendarmen. Sie machen Stichproben, aber die meisten brauchen nur ihre Fahrkarte abzugeben. Wenn sie sich einen von uns greifen, geht der andere weiter, ohne sich umzudrehen – so ist es ausgemacht.

Noch fünf Meter, noch drei. Schlegel geht jetzt hinter mir. Vor mir ist eine dicke Frau mit einem schweren Koffer. Sie ist ein bißchen außer Atem geraten vom Tragen, aber ich kann ihr nicht helfen. Vielleicht will sie schmuggeln, und dann hänge ich mit drin.

Ich bin wütend, daß ich mir keine Zigarette angesteckt habe. Das gibt mehr Sicherheit. Aber jetzt ist es zu spät.

Die Dicke kommt unkontrolliert durch. Aber sie steht mir im Weg, weil sie den Koffer abgesetzt hat. Ich spüre Schlegels Atem im Nacken. Da stellt ein Gendarm den Koffer zur Seite.

»Sie versperren alles, Madame. Lassen Sie doch die Leute vorbei.«

Zwei Sekunden später bin ich durch. Dann kommt Schlegel. Wir wenden uns sofort nach rechts. Links nähert sich ein klappriger Lastwagen dem Schlagbaum und zieht das Interesse der Zöllner auf sich.

Hinter der nächsten Ecke ziehe ich die Zigaretten heraus. Die Straße ist fast leer. Es fängt zu dämmern an.

Die Knie sind ein bißchen weich, und das Streichholz in meiner Hand zittert. Schlegel macht einen tiefen Lungenzug. Aber er hat bessere Nerven, als ich dachte. Aus seinen Augen ist die Angst verschwunden.

Zu reden ist nicht viel. Rechts von der Straße, genau südöstlich, ist die dunkle Wand des Waldes, durch den die Grenze verlaufen muß. Fünf Minuten später sind wir im Gehölz verschwunden.

»Meinst du, daß uns jemand beobachtet hat?« fragt Schlegel.

»Ich kann's mir nicht vorstellen, aber wir müssen auf alle Fälle ein Versteck suchen. Erst muß es ganz dunkel werden. Wir haben die ganze Nacht Zeit für die paar hundert Meter.«

»Mehr nicht?«

»Auf keinen Fall. Delle liegt direkt an der Grenze.«

Dichtes Farnkraut bietet ein gutes Versteck, aber wir müssen uns ganz flach legen auf dem feuchten Moos, das nach Moder und Pilzen riecht.

Ich liege auf dem Rücken. Zwischen Wolkenfetzen sehe ich freien Himmel. Genau das richtige Wetter. Der Wald ist still.

Ein Ausruhen ist es freilich nicht. Wenn man bewegungslos und mit gespannten Sinnen im Farnkraut liegt, fängt der stille Wald zu leben an. Da ist wieder das Rascheln, das mich in den Ardennen bei Charleville verrückt machte. Und dies ist ein viel gefährlicherer Wald, weil hier Frankreich aufhört. Nach achthundert Kilometern haben wir nur noch ein paar Meter vor uns.

Plötzlich wird das Rascheln lauter. Zweige knacken, und dann sind ganz deutlich Schritte zu hören. Wir krallen uns ins Moos und halten den Atem an. Das sind Stiefel auf festem Boden, und sie sind verdammt nahe. Ein Weg vielleicht, auf dem Grenzposten patrouillieren. Die Schritte entfernen sich.

»Mehr als zehn Meter waren das nicht«, flüstert Schlegel. »Wenn es eine Patrouille war, kann es sein, daß wir zwei Stunden Ruhe haben. Wir warten noch zehn Minuten, und dann probieren wir's.«

Es geht langsam, weil auch das Moos tückisch ist. Immer wieder tritt man auf einen morschen Zweig. Dann bleiben wir lange stehen, ehe wir den nächsten Schritt wagen. Wir müssen den Weg finden und uns parallel zu ihm bewegen, weil wir dann wissen, woher die Gefahr kommt.

Es ist ein Pfad, der kaum einen Meter breit ist, zweifellos der, den die Grenzer benutzen. Er ist so ausgetreten, daß er die Schritte besser dämpft als der vom Unterholz überwucherte Waldboden. Aber wortlos ziehe ich Schlegel wieder in den Wald hinein. Wir wagen es nicht einmal mehr zu flüstern. Vielleicht sind wir schon in der Schweiz?

Das Gefühl, daß hinter jedem Baum ein Grenzer stehen kann, lähmt Kopf und Beine, und mein Hals ist wie ausgetrocknet, als ich in die Knie gehe und Schlegel mit herunterziehe. Minutenlang kauern wir im Farnkraut und horchen.

Das Rascheln ist leise und kommt aus allen Richtungen. Es kann ja der Wind sein, aber auch ein Reh oder eine Maus. Einmal höre ich Stimmen, aber sie kommen von dort, wo Frankreich ist.

Ganz langsam gehen wir weiter. Das Unterholz wird jetzt lockerer und macht das Auftreten ungefährlicher. Die Sicht wird besser, weil der Abstand zwischen den Bäumen größer ist und Mondlicht einfällt. Vielleicht haben sie uns schon entdeckt und lassen uns in eine Falle laufen?

Plötzlich eine dunkle Wand. Zuerst glaube ich, daß der Wald wieder dichter wird, aber dann erkenne ich die Umrisse einer Mauer. Wenn es ein Zollgebäude ist, müssen wir einen großen Bogen schlagen.

Doch es sieht eher wie die Mauer eines Parks aus.

Langsam robben wir heran. Dicht vor der Mauer ein steiniger Kiesweg. Parallel zu ihm kriechen wir weiter bis zu der Stelle, wo der Weg abbiegt und die Mauer rechtwinklig mit einer anderen zusammenstößt.

Der Weg führt hinunter in ein Dorf. Es sind kaum hundert Meter bis zu einer Laterne, und ganz deutlich sehe ich in ihrem Schein den Briefkasten mit dem weißen Kreuz.

Wir sind in der Schweiz!

»Burrus«, lese ich an der Mauer. Es ist das Besitztum des Schweizer Zigarettenkönigs. Aber kein König kann in diesem Moment glücklicher sein als wir. Jetzt erst merken wir, daß wir gar nicht weiter geplant haben. Keiner hat so richtig an das Gelingen geglaubt. Es ist ein unbeschreibliches Gefühl, freier Mensch in einem freien Land zu sein.

»Jetzt wird nicht mehr gekrochen«, sage ich. »Nach Basel kommen wir heute nacht natürlich nicht mehr, aber bestimmt bis Delémont. Vielleicht nimmt uns ein Auto mit. Wie wär's, wenn wir meinen Onkel anrufen?«

»Hast du Schweizer Geld?«

»Wir werden wechseln.«

»Ganz offiziell?«

»Warum nicht? Hier tut uns keiner was. Die Schweiz ist nicht nur neutral, sondern auch hilfsbereit. Ich bin überzeugt davon, daß man uns auch ohne Geld telefonieren ließe. Schließlich bin ich ein Halbschweizer und kann Bürgen angeben.«

»Du bist ganz schön in Fahrt«, grinst Schlegel. »Aber vielleicht hast du recht. Ich muß mich erst noch daran gewöhnen, daß uns kein Flic mehr was zu sagen hat.«

Es muß schon auf Mitternacht zugehen, und auf dem Weg ins Dorf begegnen wir keinem Menschen. Nur ein Wirtshaus hat noch Licht, und einen Moment lang überlege ich, ob ein Bier nicht gut wäre zur Feier des Erfolgs. Hier an der Grenze kann man auch mit französischen Francs bezahlen. Aber die Vernunft ist stärker.

Wir müssen uns zuerst einen Bach suchen, um den Dreck vom Wald abzuwaschen.

Am Ortsausgang, wo ein Schild anzeigt, daß es noch

fünfzehn Kilometer bis Porrentruy sind, begegnen wir einem Radfahrer und zehn Minuten später einem Lastwagen, der leider in der verkehrten Richtung fährt. Aber es ist ein herrliches Gefühl, eine Schweizer Landstraße unter den Füßen zu spüren und nicht bei jedem Geräusch im Straßengraben verschwinden zu müssen. Nach einer knappen Stunde sind wir in Buix und fühlen uns schon so weit im Landesinnern, daß unweigerlich die Siegesfeier fällig wäre, wenn es noch ein offenes Wirtshaus gäbe. Einen Bach haben wir nicht gefunden, aber der Dreck ist jetzt so trocken, daß man ihn abkratzen kann.

Wir werden die Nacht durch marschieren und am Morgen Onkel Fredy anrufen. Vielleicht kann er uns abholen, und wir werden in einer dieser behäbigen Wirtschaften auf ihn warten und Rösti und Geschnetzeltes essen.

»Und zum Nachtisch bestelle ich Erdbeeren mit Schlagsahne«, sagt Schlegel.

Wir marschieren, und das Wasser läuft uns im Mund zusammen.

Bis zu dem Augenblick, in dem ein Mann in olivgrünem Lodenmantel wie aus dem Boden gewachsen vor uns steht und den grellen Kegel seiner Taschenlampe auf uns richtet.

»Vous êtes Français?«

Die Baskenmütze. Er hält uns für Schmuggler. Das läßt sich schnell richtigstellen. Gleich wirst du unser Freund sein, mein Lieber, denn die Schweiz ist neutral und liefert nicht aus.

»Wir sind deutsche Kriegsgefangene und sind gerade bei Boncourt über die Grenze gekommen. Ich habe in Basel einen Onkel, der uns weiterhelfen wird.«

Die Taschenlampe streicht über unsere mitgenommenen Anzüge. Dann scheint der Grenzer befriedigt.

»Sie wollen also nach Basel.«

»Ja. Ich kann Ihnen auch die Adresse meines Onkels geben. Wir werden niemandem zur Last fallen. Wir ruhen uns einen Tag aus. Dann gehen wir nach Deutschland. Oder werden wir interniert?«

»Nein, die Sache ist schon in Ordnung. Es sind nur einige Formalitäten zu erledigen, und dazu muß ich Sie bitten, mit mir zum Polizeiposten zu kommen.«

Das klingt nicht gut, und ich merke, daß es auch Schlegel nicht gefällt. Der Mann hat eine Pistole, aber sie steckt im Futteral, und wir könnten ihn leicht überwältigen. Ich spüre, daß Schlegel die gleiche Idee hat. Der Mann auch. Seine rechte Hand tastet wie zufällig zur Waffe, aber dann läßt er sie sinken. »Ihr braucht keine Angst zu haben. Es ist wirklich nur eine Formalität.«

»Und wir werden bestimmt nicht den Franzosen ausgeliefert?«

»Bestimmt nicht. Eine Routinesache. Wir haben eben unsere Vorschriften.«

Schlegel wirft mir einen fragenden Blick zu. Aber der Schweizer Grenzer hat schon gewonnen. Nur eine Sekunde zögere ich noch. »Kann ich von der Polizeistation aus nach Basel telefonieren?«

»Selbstverständlich. Ist überhaupt kein Problem.«

»Mein Onkel wird Ihnen sagen, daß Sie keinen Grund haben, uns aufzuhalten. Im schlimmsten Fall werden Sie uns bis morgen behalten. Dann kann er uns abholen.«

Auf der Wache in Buix nehmen uns drei Grenzgendarmen in Empfang. Sie sind korrekt, wenn auch um eine Nuance weniger freundlich als der Mann, der uns aufgegriffen hat. Wir müssen unsere Personalien angeben und die Stelle des illegalen Grenzübertritts. Kein Grund zur Aufregung. Sie tun nur ihre Pflicht.

Leider sieht sie anders aus, als es uns der Kollege darstellte. Er blickt ein bißchen unbehaglich auf seine Stiefelspitzen, als der Chef erklärt, daß er jetzt mit der französischen Polizei in Delle telefonieren müsse. Wir springen auf, aber die Tür ist von zwei Männern bewacht.

»Sie haben uns in eine Falle gelockt!«

»Tut mir leid, Messieurs, aber so sind die Bestimmungen. Wir müssen alle geflüchteten Kriegsgefangenen ausliefern. Sie sind nicht die ersten.«

»Aber Ihr Kollege hat uns doch erklärt, daß uns nichts passiert!«

Über das Gesicht des Wachtmeisters huscht das dünne Lächeln, mit dem die Surveillants von Bonne Nouvelle verborgenen Tabak aus den Paketen holten. Sie sind alle gleich, ob sie von Frankreich oder Mutter Helvetia angeworben sind.

»Das war wohl notwendig, um euch auf keine dummen Gedanken zu bringen.« Dann verlangt er von der Vermittlung die Polizei in Delle.

Die Falle ist zugeschnappt, obwohl Schlegels große Kinderaugen immer noch an einen Irrtum oder an ein Wunder glauben wollen.

»Kann ich, bitte, meinen Onkel in Basel anrufen?«

Es ist der letzte Strohhalm, der uns bleibt, aber der Chef überhört die Frage. Ich wiederhole sie lauter und gehe zwei Schritte auf ihn zu.

»Man hat uns gesagt, daß die Schweiz ein neutrales Land sei, das keinen geflüchteten Kriegsgefangenen ausliefert, und jeder hat es geglaubt.«

Bedauernd zuckt er mit den Schultern. »Das war im Krieg so. Aber wir internieren längst nicht mehr. Das müßtet ihr doch wissen. Kommt ihr vielleicht vom Mond?«

»Nein, aber aus Rouen.«

»Hübsches Stück Weg! Wenn ihr von einem Lager an der Grenze kämt, hättet ihr's gewußt. Eure Kollegen, die von Belfort oder Besançon kommen, marschieren nicht auf der Landstraße. Aber wir erwischen trotzdem die meisten.«

Das Telefon klingelt. Es ist die Polizei in Delle, und er erklärt ihr, wo sie den Fang abholen kann. Internationale Gendarmen-Solidarität. Da ist nichts mehr zu machen.

»Kann ich wenigstens noch mit meinem Onkel in Basel sprechen?«

Die erfüllte Pflicht scheint ihn wohlwollender zu stimmen.

»Könnt ihr zahlen?«

»Mit französischen Francs.«

Ich lege zwei Hunderter auf den Tisch. »Den Rest können Sie behalten. Die Franzosen nehmen es uns sowieso ab. Aber vor dem Gespräch muß ich dringend auf die Toilette.«

Einer begleitet mich hinaus und bezieht vor der Tür Posten. Ich wickle den Rest des Geldes wieder ins Cellophanpapier und schiebe es an den bewährten Ort. Die Baskenmütze hänge ich vors Schlüsselloch.

Das Gespräch mit Basel kommt sofort. Es ist zwei Uhr morgens, und Onkel Fredys Stimme ist ganz leise vom Schlaf. Aber gleich ist er hellwach.

»Das ist doch nicht möglich! Wo bist du?«

Ich erkläre es ihm und flehe ihn an, mit dem Postenführer zu sprechen. Es ist nutzlos. Eidgenössische Vorschriften sind unverrückbar wie Alpenberge, und die beschwörend aus der Muschel quäkende Stimme aus Basel prallt an ihnen ab. Mit unbewegtem Gesicht reicht der Postenführer den Hörer wieder über den Tisch. Er handelt nach Vorschrift, aber den verächtlichen Zug um die Mundwinkel könnte er sich sparen.

»Sie bringen dich jetzt also wieder nach Delle zurück«, sagt Fredy, und es macht mich fast verrückt, den Mann zu hören, der mir aus dem Gefängnis half und dessen Anzug ich trage. Gegen die Franzosen hat er etwas tun können, aber gegen seine eigenen Landsleute ist er machtlos.

»Ja«, sage ich. »Die Franzosen müssen jeden Moment kommen.«

»Und was geschieht dann?«

»Das nächste Lager ist Belfort. Wahrscheinlich bringen sie uns dorthin, und ich werde alles versuchen, um dort zu bleiben.«

Mehr kann ich ihm hier nicht sagen. Er weiß, daß mir das Straflager droht und daß ich mich nur durch einen Trick davor retten kann.

»Also dann, Kopf hoch«, sagt Fredy. »Ich werde versuchen, mit dir in Belfort Verbindung aufzunehmen.«

Dann ist die Leitung tot. Es war ein Spuk der Technik, und die Wirklichkeit kommt fünf Minuten später in Gestalt einer schwarzen Polizeilimousine. Wie oft muß ich noch in diese Kiste steigen? Sie scheinen diese Fahrten öfter zu machen und sind nicht bösartig. Aber die Handschellen ersparen sie uns nicht.

20

Das Verhör auf der Polizeiwache in Delle ist routinemäßig und kurz. Den Bullen ist es egal, ob wir den Amis oder den Franzosen davongelaufen sind. Sie zweifeln nicht daran, daß wir aus dem amerikanischen Lager »Philipp-Morris« kommen. Die Entfernung nötigt ihnen Respekt ab.

»Regt euch nicht auf und pennt ein paar Stunden! Gegen Mittag bringen wir euch nach Belfort ins Lager.«

Nach den vollgekritzelten Wänden und den Daten, die einander in kurzen Abständen folgen, muß die Zelle mit den Holzpritschen und den vergitterten Fenstern einen regen Durchgangsverkehr haben. Da sind die üblichen Ergüsse ohnmächtiger Wut, aber auch deutsche Kriegsgefangene haben sich verewigt, der letzte vor drei Tagen. »Die Schweizer sind die gleichen Hundesöhne wie ihr«, schreibt er, »aber das nächstemal klappt's!«

Das nächstemal. Wird es das geben? Zwischen rostigen Eisenstäben graut der Tag.

Wenigstens gibt es, ehe sie uns wieder aneinanderketten, eine dicke Suppe mit Fleisch. Eine Stunde später sind wir in der Zitadelle von Belfort. Es ist ein großes Lager. Jetzt kommt es darauf an, ob sie uns die Geschichte von »Philipp-Morris« abnehmen.

Das Verhör macht ein Adjudant-Chef. Auf dem Tisch sind unsere dürftigen Habseligkeiten ausgebreitet.

Der Kollege von Matschauge konfisziert das Taschenmesser. Alles andere schiebt er zurück, und ein deutscher Schreibstubenbulle wirft uns zwei alte Uniformen und Stiefel vor die Füße.

»Los, zieht euch um.«

Es ist derselbe Ton, den die Brüder in Rouen hatten.

»Mach dich nicht wichtiger als die Franzosen«, sage ich.

Er reagiert so stocksauer, daß es eine Freude ist. »Glaubt ihr vielleicht, das ist ein Erholungsheim?«

»Leck uns doch am Arsch, du Angeber. Wir brauchen dich nicht.«

Sein Gesicht läuft knallrot an wie das eines preußischen Feldwebels zu den Zeiten, in denen für diese Brüder Milch und Honig flossen, auch wenn die Milch mager und der Honig künstlich war.

»Das«, brüllt er, »werden wir gleich sehen. Ich mache hier das Protokoll und bin der Dolmetscher!«

Und zum Adjudant-Chef gewandt: »Ils sont très mal-polis!«

Er sagt es so, wie es im Lesebuch der Untertertia steht, und mit einem scheußlichen Akzent. Wenn der Adjudant-Chef ein halbwegs vernünftiger Mensch ist, kann ich ihn aus dem Anzug stoßen. Ich muß alles auf eine Karte setzen.

»Ich glaube, mon Adjudant, daß wir ohne Ihren vorzüglichen Dolmetscher schneller vorankommen«, sage ich.

Wieder will der Schreibstübler losbrüllen, aber das maliziöse Grinsen des Franzosen macht ihn unsicher. Der Adjudant-Chef ist bereit, uns ohne Mittelsmann anzuhören.

»Also, dann schießt los. Ihr kommt aus Le Havre, wie ich höre.«

»Oui, mon Adjudant. Aus dem amerikanischen Lager ›Philipp-Morris‹. Wollen Sie unsere Gefangenennummern?«

Wieder grinst er. »Nicht nötig, Messieurs. Prisonniers de luxe, was?«

»Prisonnier ist Prisonnier, mon Adjudant. Aber es kann schon sein, daß wir besser verpflegt wurden als französische Kriegsgefangene.«

»Und jetzt wollen die Herren wohl gerne in ihr Luxuslager zurückgebracht werden, was?«

Die Sache entwickelt sich gut und macht mich kühn. »Wir

haben ein Recht darauf, den Amerikanern übergeben zu werden, mon Adjudant!«

»Das ist ein kleiner Irrtum. Was wir hier an der Grenze schnappen, gehört uns. Amerika ist weit, aber hier gibt es Industrie, die von den Deutschen vernichtet wurde und die Arbeitskräfte braucht. Jetzt ist es vorbei mit Weißbrot und Bohnenkaffee!«

Er reibt sich die Hände, und es fällt mir schwer, ihm nicht um den Hals zu fallen, sondern ein enttäuschtes Gesicht zu machen. Matschauge wird vergeblich auf unsere Rückkehr warten.

»So, und jetzt gebt dem Schreiber eure Personalien an. Dann kriegt ihr eure Glatze und dreißig Tage Bunker. Ordnung muß sein!«

Ich trete Schlegel auf die Füße und möchte vor Glück brüllen. Aber warum sollte man nach diesem fetten Trumpf nicht ein neues Spiel riskieren?

»Ich habe doch noch eine Glatze, mon Adjudant.«

»Das könnte dir so passen«, grinst er. »Fast drei Zentimeter lang, moderner amerikanischer Schnitt. Die Mode in der Strafbaracke ist ein bißchen kürzer.«

»Okay, mon Adjudant. War ja nur ein Versuch!«

Man muß ihm den Skalp lassen, obwohl es ärgerlich ist, diese drei Zentimeter wieder zu verlieren. Aber was ist das im Vergleich zu der Gewißheit, in Belfort bleiben und eine reguläre französische Gefangenennummer kriegen zu können.

Fünf Minuten später steht sie in der Kartei, und es ergibt sich sogar noch die Gelegenheit, die mangelhaften französischen Sprachkenntnisse des Schreibstubenbullen auszunutzen. Die Schadenfreude, daß wir nicht zu Weißbrot und Bohnenkaffee zurück dürfen und außerdem Glatzköpfe kriegen, macht ihn zugänglich.

Er läßt sich sogar beim Ausfüllen der »fiche« helfen. In die Rubrik »Stammlager« will er »évadé du camp américain ›Philipp-Morris‹« schreiben – geflüchtet aus dem amerikanischen Lager ›Philipp-Morris‹.

»Evadé ist falsch«, sage ich.

»Wieso?«

»Schlechtes Französisch. Es muß heißen: ›Vient du camp américain Philipp-Morris.‹« Dieses »vient« bedeutet, daß wir auf irgendeine Weise gekommen, aber nicht geflüchtet sind.

»Von mir aus«, sagt er. »Zurück dürft ihr sowieso nicht.«

Dann schickt er uns mit einem jungen französischen Wachtposten zum Friseur.

»Warum hast du das ändern lassen?« fragt Schlegel.

»Ist doch ganz einfach: Wir sind nicht geflüchtet, sondern einfach gekommen. Also nicht vorbestraft und für jedes Kommando arbeitsberechtigt. Auch bei den Bauern beispielsweise, verstehst du? Hier an der Grenze ist das wichtig.«

»Und du glaubst, daß das durchgeht?«

»Warum nicht? Du weißt doch, wie schwerfällig Lagerbürokratie sein kann.«

Im Knast begrüßen uns an die dreißig Glatzköpfe. Man merkt, wie in St. Avold, die nahe Grenze. Viele sind wie wir in der Schweiz geschnappt und wieder ausgeliefert worden, und wir müssen alles haargenau erzählen, denn Erfahrungsaustausch ist das wichtigste für jeden, der es wieder probieren will.

Es imponiert ihnen, daß wir den weiten Weg von Rouen bis zur Grenze schafften. So weit ist keiner von ihnen gekommen. Aber unser kurzes Schweizer Abenteuer verdirbt den guten Eindruck.

»Wie konntet ihr so blöd sein und die Hauptstraße nehmen?«

»Woher sollten wir wissen, daß die Schweiz ausliefert? Meint ihr vielleicht, daß das am schwarzen Brett angeschlagen wird?«

»Recht hat er«, sagt ein kleiner Berliner. »Det ha' ick ooch nich jewußt, als ick det erstemal 'rübermachte. Vor de Schweizer mußte dir jenauso in acht nehmen wie vor de Franzmänner.«

Aber ein Allgäuer weiß es besser. »Alles Quatsch. Hört nicht auf diese Berliner Großschnauze. Was du in der Schweiz machen mußt, ist ein richtiger Einbruch. Oder du mußt einen Grenzer so zusammenschlagen, daß er krankenhausreif ist.«

»Und was hast du davon?«

»Was du davon hast? Du wirst nicht ausgeliefert, sondern kommst ins Gefängnis und lebst wie ein Fürst. Jeden Morgen so viel Kakao, wie du willst, und ein richtiges Bett mit Matratze und Leintüchern. Du mußt nur tüchtig hinlangen, damit sie dir nicht bloß vier Wochen verpassen. Hier liegst du auf faulem Stroh und kriegst nur lauwarme Rübensuppe. Das nächstemal räume ich da drüben auf, daß die Fetzen fliegen! Sechs Monate ist das mindeste, was sie mir verpassen müssen. Das reinste Sanatorium, sage ich euch! Und in der letzten Woche haue ich ab. Du meldest dich krank, kommst in die Klinik und spazierst hinaus.«

Man wird sich das merken müssen, wie so vieles, was man lernt, wenn man mit einer Glatze hinter Gittern sitzt. Aber wir haben nicht nur Grund zum Jammern.

»Wenn du bedenkst, daß uns Matschauge nicht mehr kriegt, weil uns hier Franzosen vor Franzosen verstecken, können wir eigentlich zufrieden sein«, sage ich zu Schlegel. »Kein Straflager und Grenznähe. Ein Katzensprung in die Schweiz, und das nächstemal wissen wir, wie's gemacht wird.«

Es sind heiße und karge Tage in der Strafbaracke. Der Juli geht seinem Ende entgegen, und sie geben uns nicht einmal genug Wasser, vom Essen ganz zu schweigen. Die Sonne knallt unbarmherzig auf das Wellblechdach. In Bonne Nouvelle konnte man wenigstens Wasser trinken, wenn man wollte, aber hier sind abends alle Näpfe leer.

Aber es wird doch etwas geboten. Nach einer Woche kommen die Werber der Fremdenlegion. Für einen Fünfjahresvertrag bieten sie zwei Liter Wein, vierzig Zigaretten, Butter und Brot. Wer zugreift, fährt sofort nach Marseille ins Depot, und in drei Tagen ist er Legionär in Afrika.

Der Feldwebel spricht ein einwandfreies Deutsch, und er breitet seine Lockspeisen auf einem karierten Tischtuch mitten in der Strafbaracke aus.

Dreißig Männern läuft das Wasser im Mund zusammen. Man kann sich satt essen, saufen und rauchen. In Afrika gibt es Frauen, und der Sold ist gut.

»Du kannst mich am Arsch lecken«, sagt der Allgäuer, der in ein Schweizer Gefängnis will.

Acht von dreißig unterschreiben und kassieren auf der Stelle ihre Naturalien. Fünf Minuten später sind sie draußen, und keiner läßt auch nur eine von seinen vierzig Zigaretten zurück.

»Scheißkerle«, sagt Schlegel.

»Eine Zigarette«, grinse ich, »hättest du bei dem Handel wohl gerne 'rausgeschunden. Aber laß die armen Schweine. Sie wissen nicht, was sie machen. Wir haben in Bonne Nouvelle einen Legionär gehabt, der zehn Jahre in Sidi-bel-Abbès und in Indochina heruntergerissen hat. Er konnte sich mit einer Glasscherbe rasieren, aber er hatte die Schwindsucht und die Syphilis. Laß die Arschlöcher laufen, die sich für einen Laib Brot verkaufen. In vier Wochen sind wir wieder in der Schweiz.«

Es ist fast, als sei die Luft im Bunker sauberer geworden, seit die Legionäre abgezogen sind. Aber der Hunger bleibt, und es bleibt auch die kalte Abneigung der Franzosen gegen die Männer der Strafbaracke. Acht Tage später werden Leute fürs Bergwerk und eine Eisenhütte in Montbéliard-Sochaux gesucht, und diesmal kann man nicht wählen. Sie brauchen fünfzehn Mann, und es wird einfach abgezählt. Ich bin dabei und bekomme einen Teil meiner Strafe erlassen. Schlegel bleibt im Bunker zurück. Bevor ich gehe, gebe ich ihm die Adresse meines Onkels in Basel. Er war mir ein so guter Kumpel gewesen – er darf nicht hilflos zurückbleiben.

Wenn man nach Montbéliard-Sochaux fährt, ist das ungefähr so, wie wenn man nach Gelsenkirchen-Schalke fährt. Denn der FC Sochaux, von den Peugeot-Werken finanziert, spielte in den dreißiger Jahren im französischen Fußball die Rolle, die Schalke 04 zur gleichen Zeit in Deutschland spielte. Er war Frankreichs Paradeteam, und das Verteidigerpaar Mattler–Cazenave erfreute sich in Frankreich der gleichen Popularität wie die beiden Schalker Schwager Szepan und Kuzorra in Deutschland.

Einmal, als Bub, hatte ich Mattler und Cazenave im Pariser Prinzenpark gesehen. Felsbrocken von Verteidiger wie Paul Janes und Reinhold Münzenberg. Und weil Fußball für den, der ihn liebt, etwas Internationales ist, wird es beinahe eine sentimentale Fahrt nach Sochaux.

Aber es ist eine dieser Fehlspekulationen, die man als Kriegsgefangener macht.

Das Eisenwerk in Sochaux ist eine üble Bruchbude. Kein Wunder, daß man zur Rekrutierung in die Strafbaracke gegangen war.

Wir leisten Schwerstarbeit bei einer Verpflegung, die auch dann nicht ausgereicht hätte, wenn ihre Empfänger den ganzen Tag über bewegungslos auf dem Strohsack gelegen hätten: grundsätzlich kein Frühstück, mittags eine Wassersuppe und zwei Kartoffeln, abends drei Kartoffeln. Kein Brot. Nichts dazu, wenn man vom Salz absieht.

Ich mache das zwei Tage lang mit. Am dritten wird mir klar, daß das nicht mehr so weitergehen kann – denn wir gehen in kürzester Zeit vor die Hunde. Ich weiß nicht, was hier schlimmer ist: die Gemeinheit des Direktors oder die Blödheit der Deutschen, die sogar bereit sind, zusätzlich schwerste Akkordarbeit zu übernehmen, nur um abends zwei Kartoffeln mehr auf ihrem Blechteller zu haben. Fünfzig Prozent etwa schaffen das, und es wird genau Buch darüber geführt.

Drei Allgäuer, die auch aus dem Bunker von Belfort für diese Arbeit rekrutiert worden sind, haben es ebenfalls begriffen. Wie Pech und Schwefel halten sie zusammen. Schon zweimal sind sie zu dritt auf Achse gewesen. Wenn die dritte Flucht nicht klappt, winkt auch ihnen das Straflager, aber das stört sie nicht. Sie sind fest entschlossen, es noch einmal zu wagen, und bieten mir an, mitzumachen.

Aber ich lehne ab. Zu viert! Das ist fast schon eine Truppenbewegung. Und dem blonden Bauern Toni Fickler aus Ottobeuren, 1 Meter 80 groß mit Schultern wie ein Möbelpacker, sieht man, auch wenn er das Maul hält, den Deutschen auf hundert Meter an. Die beiden anderen sind zwar etwas weniger auffällig – Eugen Wisheu, Revierförster aus Ottobeuren, und Chrisostomus Zengerle, Kerzendreher aus Kempten –, aber es ist einfach sinnlos zu viert.

Sie begreifen das. Aber sie wissen auch, daß sie nach ein paar Wochen in diesem mörderischen Laden keine Kraft mehr zum Abhauen haben werden. Deshalb soll es schon in den nächsten Tagen passieren, obwohl die Baracke, in die sie uns nachts einpferchen, scharf bewacht wird.

Schon am nächsten Morgen löst sich die Frage, ob ich es vielleicht allein probieren soll, auf unerwartete Weise: Ich kriege Streit mit dem Vorarbeiter, weil ich das Arbeitstempo nicht seinen Anweisungen, sondern meinem knurrenden Magen anpasse. Fünf Minuten später stehe ich wegen Arbeitsverweigerung im Büro des Direktors. Ehe ich den Mund aufmachen kann, hat er mir mit der flachen Hand eine jener Ohrfeigen verpaßt, nach denen man seine Worte sehr sorgfältig abzuwägen pflegt. Er ist ein Zweieinhalb-Zentner-Mann, stiernackig und hat böse Froschaugen.

»Ich kann die Norm nicht erfüllen, Monsieur le Directeur, weil ich solche Arbeit noch nie gemacht habe. Ich bin noch nicht eingearbeitet, und ohne Frühstück fehlt mir morgens die Kraft.«

Wieder knallt er mir die dicken Wurstfinger ins Gesicht. »Du willst also die Arbeit verweigern, du Dreckschwein!«

»Das habe ich nicht gesagt.«

»Ich werde dir sagen, was du bist. Ein Aufwiegler bist du, der mir den ganzen Laden durcheinanderbringt. Du wirst gar nicht mehr arbeiten, verstehst du? Ich schiebe dich ab, als Indésirable, und lasse dich in die Zitadelle von Besançon bringen.«

Ein Indésirable ist ein Unerwünschter, und ich weiß von Bonne Nouvelle her, daß man mit diesem Prädikat als Gefangener nicht viel Gutes zu erwarten hat. Der Ausflug nach Montbéliard-Sochaux hat ein böses Ende genommen.

Sie sperren mich in die Schlafbaracke ein, aber ehe der Wagen kommt, der mich nach Besançon bringen soll, kann ich noch ein paar Worte mit Eugen Wisheu, dem Förster aus Ottobeuren, wechseln.

»Scheiße«, sagt er, als er erfährt, wie es um mich steht. »Die Zitadelle von Besançon ist ein richtiges Fort, aus dem du nicht herauskommst.«

»Macht euch keine Sorgen um mich. Schlimmer als dieser Laden hier kann es auch nicht sein.«

»Wir wollen's am Sonntag packen«, sagt Wisheu.

»Na, dann viel Glück für euch!«

Eugen druckst noch ein bißchen herum. »Sag mal, du hast doch einen Onkel in Basel. Kannst du uns nicht seine Adresse geben?«

Ich tu's nicht gern. Schlegel ist vielleicht schon unterwegs nach Basel. Andererseits sind die drei Allgäuer echte Freunde, denen man nichts abschlägt. Fragt sich nur, wie der Onkel auf eine solche Invasion reagiert. Sie kostet ihn nicht nur Geld, sondern bringt ihn auch in Konflikte. Aber wenn sie Basel erreichen, können sie Fredy wenigstens sagen, daß ich in der Zitadelle von Besançon bin.

Ich gebe ihm die Adresse, und eine halbe Stunde später sitze ich wieder in einer dieser verdammten schwarzen Citroën-Limousinen. Der Fahrer ist der Chauffeur des Direktors und genauso gehässig. Er legt mir die Handschellen so gemein an, daß sie ins Fleisch schneiden.

Da ich von der Rübensuppe heftige Bauchschmerzen und Durchfall habe, muß ich ihn auf freier Strecke um einen Halt bitten, aber er wittert eine Falle und weigert sich.

»Dann tragen Sie die Verantwortung. Ich halte es keine zwei Minuten mehr aus.«

Widerwillig bremst er. Dicht neben der Straße sind ein paar Büsche, aber so weit darf ich nicht gehen. Als er mir die Handschellen abgenommen hat, bringe ich gerade noch die Hose herunter. Mit gezückter Pistole und gerümpfter Nase steht er daneben. Kichernd fahren zwei Mädchen auf Rädern vorbei, und es ärgert ihn mehr als mich. Dann wirft er mir eine Zeitung vor die Füße.

Ich weiß nicht, warum er mir auf der Weiterfahrt die Handschellen erläßt. Vielleicht nur, um mich nicht anfassen zu müssen.

Bis Besançon spricht er kein Wort mehr. Als wir über die Brücke des Doubs fahren, sehe ich linker Hand die Zitadelle. Ich muß an Wisheus Worte denken. Wer diese gewaltigen Mauern überwinden will, muß sich schon etwas ganz Besonderes einfallen lassen.

Wo die Straße steil wird und das Kopfsteinpflaster anfängt, wird der Wagen durch einen Vorposten gestoppt. Der Chauffeur übergibt mich einem Soldaten. Es ist ein junger Algerier. Der Weg ist steil, und nach dreißig Metern bitte ich ihn, verschnaufen zu dürfen. Er hat nichts dagegen.

»Haben sie dich zurückgebracht, weil du krank bist? Du siehst käsweiß aus.«

»Ja«, sage ich. »Darmkolik. Laß mich ein bißchen sitzen.«

Er setzt sich neben mich, und ich schiele auf den Umschlag mit meinen Papieren in seiner Hand.

»Zeig doch mal her. Ich muß wissen, ob sie alle Papiere eingepackt haben.«

Einen Moment zögert er. »Ich weiß nicht, ob du das aufmachen darfst.«

»Meinst du, das wären Geheimnisse? Wenn das ärztliche Zeugnis fehlt, bin ich der Dumme.«

Das leuchtet ihm ein. Ich öffne den Umschlag und finde, was ich erwartet habe. Es ist der Personalbogen, den ich in Belfort selbst ausgefüllt habe, und ein Begleitbrief des Fabrikdirektors, den ich schnell überfliege. Vielleicht kann der Algerier gar nicht Französisch lesen und hält ihn für das ärztliche Zeugnis.

»Alles da«, sage ich und bitte ihn um eine Zigarette.

»Aber du darfst doch nicht rauchen, wenn es dir nicht gut ist.«

»Laß nur. Wenn ich zu schwach zum Qualmen wäre, hätten sie mich bestimmt ins Lazarett und nicht hierher auf die Zitadelle gebracht.«

Und während er nach Feuer sucht, verschwindet der Brief des Direktors unbemerkt in meiner Hosentasche.

Die Zigarette schmeckt, und der Soldat freut sich, daß er mir geholfen hat.

»In der Zitadelle ist es gar nicht so schlecht«, sagt er. »Es gibt oft Linsen und manchmal sogar Fleisch. Der Kommandant ist in Ordnung. Er hamstert keine schwarzen Bestände, sondern gibt den Gefangenen, was ihnen zusteht.«

Der Algerier hat recht. Fünf Minuten später stehe ich im Zimmer des Kommandanten, der nur einen flüchtigen Blick auf meine Papiere wirft.

»Du kommst wie gerufen, Junge. Gestern haben sie meinen Dolmetscher ins Lazarett gebracht, und er hat nur halb so gut Französisch gesprochen wie du. Du arbeitest im Büro des Vertrauensmannes und kannst ein eigenes Zimmer bekommen.«

Lagerdolmetscher und eigenes Zimmer! Mein Herr Eisenwerks-Direktor würde eine Gallenkolik kriegen, wenn er ahnte, was er mit dieser Überstellung angerichtet hat.

Aber der Kommandant hat meine von der Feldmütze verdeckte Glatze noch nicht gesehen.

»Ich bin Ihnen eine Erklärung schuldig, mon Commandant. Ich habe dreißig Tage Bunker hinter mir, weil ich geflohen bin.« Und zum Beweis lüfte ich die speckige Feldmütze.

»Na und? Du hast deine Strafe abgesessen, und damit ist die Sache für mich erledigt.«

Höchstpersönlich bringt er mich zum »Homme de Confiance«. Er heißt Haid, stammt aus dem schwäbischen Hechingen und ist ein alter Infanteriefeldwebel von der angenehmen Sorte, denen die Leute wichtiger sind als die Vorgesetzten. Auch er ist begeistert über diese unerwartet schnelle Beschaffung eines neuen Dolmetschers.

»Ich bin hier der deutsche Vertrauensmann. Du wirst in meinem Büro arbeiten und in erster Linie den Kontakt mit den Arbeitgebern der Kommandos pflegen. Wie du siehst, haben wir viele Außenstellen.«

Er deutet auf eine Generalstabskarte, welche die halbe Wand seines Büros einnimmt. Stecknadeln mit bunten Köpfen bezeichnen die Plätze, wo Kriegsgefangene der Zitadelle von Besançon arbeiten.

»Die roten sind Dauerkommandos«, sagt er. »Das sind zu neunzig Prozent Landarbeiter, die bei Bauern wohnen. Die gelben sind Tageskommandos in Fabriken und werden abends in die Zitadelle zurückgebracht. Du wirst ein bißchen Schreibarbeit haben, aber sie wird dir Spaß machen. Und ich sorge auch dafür, daß du genug zu essen kriegst.«

So schlittere ich unversehens in die saturierte Lagerbürokratie der Zitadelle von Besançon hinein, esse von richtigen Tellern und schlafe in einem richtigen Feldbett zwischen blaukarierten Leintüchern. Zwar gibt es morgens nicht gerade Kakao oder Bohnenkaffee, dafür aber Ersatzkaffee mit reichlich Brot und mittags zur Linsensuppe Speckbrocken.

Kriegsgefangener im Beamtenstand. Wenn die dicken Mauern nicht wären, dann könnte man die Zitadelle fast mit einem Gutshof verwechseln. Die Augustabende sind lang, und weit schweift der Blick über das Tal des Doubs und die Juraberge bis hinüber zu den Schweizer Alpen. Aber auch die blauen Kuppen des Schwarzwalds im Nordosten sind nah.

Zwei oder drei fehlen jede Woche beim Appell. Die warmen Sommernächte, in denen man in den Wäldern schlafen kann, haben ihnen die Angst vor dem Risiko genommen. Aber Grenzer und Kopfgeldjäger wissen das und sind wachsam. Und wer die Schweiz erreicht, hat noch lange nicht gewonnen. So kommen die meisten zurück, holen sich ihre Glatze und sitzen dreißig Tage ein.

Als Dolmetscher bin ich bei allen Verhören dabei, und immer wieder muß ich im Auftrag des Kommandanten das Sprüchlein von der Sinnlosigkeit der Flucht herunterleiern. Im Gegensatz zu Matschauge hat er ein Vertrauen zu mir, das mich beschämt.

Vierzehn Tage lang geht das so. Jeden Abend bin ich satt, und jeden Morgen sitze ich im Büro mit der großen Generalstabskarte und den bunten Stecknadeln. Aber die Köpfe der Nadeln, von denen jede ein Kommando bedeutet und die in den Jurabergen ganz dicht an der Schweizer Grenze stecken, fangen an, mich zu irritieren. Nie war die Gelegenheit, Fluchtwege auszuknobeln, günstiger. Jeder Feldweg ist auf dieser Karte verzeichnet.

Nach der dritten Woche bin ich noch immer keinen Schritt weiter. Es wird allmählich September, und die Getreideernte läuft auf vollen Touren. Jeden Tag werden von den Jurahöfen neue Gefangene zum Haferschneiden angefordert – die Bauern stehen Schlange vor meinem Büro. Einmal ist sogar eine katholische Schwester darunter. Haid, der Vertrauensmann, starrt sie genauso verwundert an wie ich.

»Wenn hier Leute für ein Nonnenkloster gesucht werden«, grinse ich, »hast du deinen Dolmetscher verloren. Da melde ich mich sofort!«

Aber ehe ich sie auf französisch nach ihrem Begehr fragen kann, grollt sie in akzentfreiem Deutsch: »Sie haben ein recht loses Mundwerk, junger Mann.« Dann zieht sie plötzlich aus ihrer schwarzen Ledertasche eine Büchse Ovomaltine und einen Brief. Er ist unfrankiert. Die Buchstaben fangen an, vor meinen Augen zu tanzen.

»Heißen Sie so?«

»Ja, Schwester. Und es ist die Schrift meines Onkels aus Basel.«

»Das weiß ich selbst, junger Mann. Stecken Sie ihn weg, bevor ein Franzose hereinkommt. Ich will Ihnen helfen, aber keine Scherereien.«

»Danke, Schwester.«

»Ich bin Schwester Romanoff und fahre morgen nach Einsiedeln zurück. In Basel treffe ich Ihren Onkel. Wenn Sie in fünf Minuten einen Brief schreiben können, nehme ich ihn mit.«

Ich schreibe ein paar Zeilen, und der Vertrauensmann geht solange vor die Tür, damit uns niemand überrascht. In ein paar Minuten ist alles erledigt, und nur noch die Pfundbüchse Ovomaltine auf dem Tisch und der Brief in meiner Tasche beweisen, daß etwas Außerordentliches geschehen ist.

Die Neuigkeiten aus Basel sind so atemberaubend, daß ich den Brief sofort in winzige Stücke zerreiße. Vor drei Wochen ist Wolfgang Schlegel, hungrig und abgerissen, mitten in der Nacht bei meinem Onkel aufgetaucht und schon ein paar Stunden später, neu eingekleidet, in den »Langen Erlen« durch den Stacheldraht nach Deutschland geschlüpft. Ich kann mir genau vorstellen, wo es war. Er mußte nur die Schuhe ausziehen und durch die Wiese waten, die vom Schwarzwald hereinfließt und dort kaum knietief ist.

Aber das ist längst nicht alles: Toni Fickler und Eugen Wisheu, die beiden Allgäuer, sind ein paar Tage später angekommen. Gleiche Prozedur, gleicher Grenzübergang. »Es hat alles vorzüglich geklappt«, schreibt Onkel Fredy, »aber ich hoffe nicht, daß das so weitergeht. Übrigens haben Deine beiden Allgäuer unterwegs einen verloren, und ich rechne jede Stunde damit, daß er auch noch auftaucht. Aber dann ist Schluß. Es mag sein, daß Ihr das hinter Eurem Stacheldraht anders seht, aber ich bin kein Durchgangslager! Im übrigen habe ich das Gefühl, daß Du Dich besonders blöd anstellst. Andere spazieren durch die Schweiz wie Touristen!«

Die Schachpartie, die ich an diesem Abend mit dem Vertrauensmann spiele, verkracht völlig. Schon nach ein paar Zügen bin ich matt.

»Du kannst dich heute überhaupt nicht konzentrieren. Es muß der Brief sein, den dir die Schwester gebracht hat.«

»Stimmt.«

»Schlechte Nachrichten von zu Hause?«

»Mein Onkel hat drei über die Grenze gebracht, und ich hocke hier herum und fülle Formulare aus. Du mußt dir morgen einen anderen Dolmetscher suchen!«

»Kommt überhaupt nicht in Frage! Der Kommandant braucht dich genauso wie ich.«

»Blödsinn. Jeder ist zu ersetzen. Und haben wir uns nicht oft genug darüber unterhalten, daß jeder das verdammte Recht hat abzuhauen? Außerdem habe ich jetzt gar keine Wahl mehr. Wenn du den Brief gelesen hättest, würdest du es begreifen.«

»Dann zeig ihn halt her.«

»Der liegt längst in der Latrine. Genausogut könnte ich Dynamit mit mir herumschleppen. Ihr Lagerbürokraten habt keine Ahnung von brisanten Sachen, und fast hättet ihr mir auch beigebracht, daß es nichts Vernünftigeres gibt als Linsen und Speck und eine dicke Mauer drum herum!«

»Geht es dir vielleicht schlecht hier?«

»Das hat niemand behauptet. Und ich weiß auch, daß dieses Lager gut ist, weil es einen guten Vertrauensmann hat. Du tust viel für die Leute, und sie sind dir auch dankbar. Vielleicht würde es niemand begreifen, wenn du abhauen würdest. Aber bei mir ist das was anderes. Du weißt, daß ich immer auf Achse oder im Knast war, auch wenn ich dir nicht alles erzählt habe. Aber ich habe dir von Matschauge erzählt. Glaubst du vielleicht, daß du mich schützen könntest, wenn er erführe, daß ich hier mit einer falschen Gefangenennummer untergetaucht bin? Und wer garantiert mir, daß er es nicht erfährt? Es ist gut, daß die Schwester kam, sage ich dir. Du hast kein Recht, mich hier festzuhalten!«

»Aber wenn ich dich darum bitte?«

»Laß die sentimentale Tour. Du wirst für dein Musterlager wieder einen Dolmetscher kriegen, und ich muß raus, weil ich nicht reinpasse. Vielleicht kommt es daher, daß ihr euch so etwas wie Nestwärme geschaffen habt, an der ich keinen Anteil habe, weil bei mir alles anders gelaufen ist als bei euch. Ich habe profitiert davon und mich gut erholt. Aber jetzt muß Schluß sein, glaub's mir. Erkläre dem Kommandanten morgen früh, daß ich zur Arbeit will. Wie du's machst, ist deine Sache. Aber bedenke, daß es mir beschissener als jedem anderen ergeht, wenn sie in Rouen erfahren, daß ich hier untergetaucht bin. Allein das sind tausend Gründe dafür, daß du mich laufenlassen mußt.«

»Gut«, sagt Haid nach einigem Nachdenken und packt die Schachfiguren zusammen. »Ich sorge dafür, daß du dir morgen ein Kommando aussuchen kannst.«

In dieser Nacht rechne ich vom September 46 zum September 45 zurück. Vor genau einem Jahr verurteilte mich das Tribunal Militaire von Rouen und verordnete meinen Umzug von der Einzelzelle ins Refektorium von Bonne Nouvelle. Damals stand meine Ausbruchschance 1:1000. Wie haben die Zeiten sich doch gewandelt: Hier, in der Zitadelle von Besançon, stehen die Chancen 50:50, die Grenze ist nahe, und die Zeit hat Öl auf die Wogen des Hasses gegen die Deutschen gegossen.

21

Ich kann mir das Kommando selbst aussuchen. Es muß ein Bauernhof sein, möglichst dicht an der Grenze. Auf der Generalstabskarte, die ich jeden Tag auf den neuesten Stand zu bringen habe, stecken Dutzende von Nadeln mit roten Köpfen so dicht an der Schweizer Grenze, daß man sich eigentlich über die mäßige Zahl der Ausbrecher wundern muß. Freilich ist der Doubs, der die Grenze markiert, ein reißender Fluß, und er schießt zwischen so schroffen Felswänden hindurch, daß er schon viele zum Umkehren gezwungen hat. So haben es die Experten im Belforter Knast erzählt. Aber sie berichteten auch, daß die Bewachung am Doubs viel lockerer sei als an der grünen Grenze.

Deshalb zieht mich das Felsental des Doubs an wie ein Magnet. Doch die Bauern, die am nächsten Morgen kommen, um Kriegsgefangene anzufordern, sind nicht aus der richtigen Gegend. Ich brauche einen Grenzbauern.

Er kommt schon am Nachmittag. Ein vielleicht 35-jähriger, breitschultriger Geselle mit einer Baskenmütze. Es ist Alphonse Guillaume aus dem Dorf Le Ruissey. Ein hervorragendes Dorf. Längst kenne ich die Namen der Nester, die dicht an der Grenze liegen, auswendig. Knapp fünf Kilometer vom Doubs entfernt, und auf der anderen Seite liegt in der gleichen Entfernung La Chaux-de-Fonds. Eines der besten Dörfer, die von der Zitadelle von Besançon mit Arbeitskräften versorgt werden. Dieser Alphonse Guillaume interessiert mich brennend, aber ich muß aufpassen, daß er es nicht merkt.

Er hält mir seine schwielige Pranke hin. Die meisten Bauern, die hier hereinkommen, tun es. Das ist keine Berechnung, sondern der Kriegsgefangene ist für sie zwar ein billiger Erntehelfer, aber kein Mensch zweiter Klasse.

»Ich habe zwei Gefangene, weil mein Hof ziemlich groß ist«, sagt Alphonse. »Einer ist krank geworden, ich habe ihn gerade in der Zitadelle abgeliefert. Aber ich brauche unbedingt Ersatz, denn bis in den Herbst hinein ist viel zu tun.«

»Kein Problem«, sage ich. »Sie kommen, wenn ich recht verstanden habe, aus Le Ruissey?«

»C'est exact. Sie können sich darauf verlassen, daß es

jeder gut hat, der bei mir arbeitet. Ich bin kein Ausbeuter, wir sind alle Menschen, nicht wahr?«

Dieser Alphonse ist mir ungemein sympathisch, und ich schiele zu meiner großen Wandkarte hinüber, um sicher zu sein, daß sein Dorf tatsächlich in unmittelbarer Grenznähe liegt.

»Harte Arbeit?«

»25 Kühe, Getreide, Kartoffeln. Mein Hof liegt tausend Meter hoch und völlig einsam. Ich behalte beide Gefangenen auch im Winter, obwohl da nicht viel zu tun ist. Ein bißchen Enzianbrennen bei erstklassiger Verpflegung. Ist das kein Angebot?«

»Und ob«, sage ich. Den Enzian wird er wohl schwarzbrennen und in die Schweiz schmuggeln.

»Ein bißchen melken sollte er aber schon können«, meint Alphonse, und prompt hat er meine Achillesferse erwischt. Meine einzige Berührung mit Kühen und Ochsen hat sich auf zaghaftes Streicheln der Stirn beschränkt.

Ich mache mir an der Kartei zu schaffen. Wenn ich ihm sage, daß ich keine Ahnung vom Melken habe, wird er mich ablehnen.

»Bauern sind keine mehr im Lager«, sage ich bedauernd. »Kann der Mann, der Ihnen geblieben ist, eigentlich Französisch?«

»Das nicht. Aber er ist ein richtiger Bauer aus dem Bayrischen. Er heißt Konrad, und wir nennen ihn Conny. In der Landwirtschaft macht dem keiner was vor.«

»Und wie unterhalten Sie sich mit ihm?«

»Das ist ein bißchen schwierig. Aber unter Bauern versteht man sich auch so, nicht wahr?«

»Zugegeben. Aber wenn ich keinen Bauern finde, würden Sie dann auch einen anderen nehmen, der arbeitswillig ist und womöglich noch Französisch spricht?«

»Warum nicht? Unsere Arbeit ist keine Hexerei, und wenn er so Französisch spräche wie Sie, wär's ideal. Aber das kann man natürlich nicht verlangen.«

Monsieur Alphonse Guillaume, Cultivateur aus Le Ruissey, Doubs, hat angebissen.

»Der Kommandant läßt Leute, die gut Französisch sprechen, nicht gerne zu den Bauern hinaus. Aber diese Dolmetscherei ist keine produktive Arbeit. Ich würde auch gern wieder mal etwas Vernünftiges tun. Hier verstaubt man hinter Karteikarten und Mauern.«

»Dann kommen Sie doch einfach mit.« Alphonse hat es arglos und ohne Hintergedanken gesagt.

»Ich glaube nicht, daß es geht, Monsieur Guillaume.«

»Aber du gefällst mir, ehrlich.«

»Freut mich, Monsieur Guillaume. Sie mir auch. Ich habe zwar nicht viel Erfahrung im Melken, aber sonst kenne ich mich ganz gut in der Landwirtschaft aus.«

»Was zögerst du dann noch?«

Er ist auf das vertrauliche Du übergewechselt, weil er mich schon nicht mehr als Lagerbeamten betrachtet, sondern als seinen Knecht.

»So einfach ist das nicht, Monsieur Guillaume. Man braucht mich hier.«

»Und ich brauche einen Ersatz für den Mann, den ich abgeliefert habe. Verstehst du? Es genügt, wenn Conny melken kann. Aber er versteht kein Sterbenswort Französisch, und wenn du dabei bist, wird alles wie am Schnürchen laufen.«

Daß alles schon gepackt ist, kann er nicht ahnen. Haid hat mir eine richtige Militärpacktasche geschenkt, und sie ist fast voll geworden, weil es in seinem Musterlager eine Kammer mit Handtüchern, Unterwäsche und Socken gibt.

»Mach's gut«, sagt Haid zum Abschied. »Und vor allem, komm nicht zurück!«

Vor der Zitadelle steht Alphonse Guillaumes Auto. Ein alter Renault mit Spitzkühler, für den die Fahrt zur Festung eine bemerkenswerte Glanztat war. Er stinkt und knallt Fehlzündungen durch den Auspuff.

Unten am Doubs hält Alphonse vor einem Bistro und

gibt mir das erste Zeichen seines Vertrauens. »Du wartest im Auto. Ich muß einen Freund abholen. In zehn Minuten sind wir da, und dann geht's los.«

»In Ordnung, Monsieur Guillaume.«

Ich könnte jetzt die graue Feldbluse ausziehen, den Pullover aus der Packtasche holen und losmarschieren. Bloß die Baskenmütze für den Igelkopf fehlt, aber der Haarwuchs von einem Zentimeter würde fast ausreichen, um durchzukommen. Dieser Alphonse ist ein Optimist.

Doch wäre es eine riesige Dummheit, ihm jetzt davonzulaufen, weil es bis zur Grenze keinen besseren Chauffeur gibt. Wenigstens von meinem Standpunkt aus. Als er nach fast einer Stunde mit seinem Freund aus dem Bistro kommt, hat er glänzende Augen, und herber Rotweinduft mischt sich mit dem Benzingestank. Alphonse ist glänzender Laune.

Der andere hat noch einen Grad Schlagseite mehr. Er findet es großartig, daß Alphonse sich einen Prisonnier geholt hat, mit dem man sich richtig unterhalten kann. Er heißt Etienne Taillard und ist der Nachbar meines Bauern.

Er setzt sich neben ihn und reicht mir eine Zigarette um die andere nach hinten, während Alphonse mit einem Höllenspektakel über die schmalen, gewundenen Landstraßen des Jura braust. Es dunkelt schon, als wir in Le Ruissey ankommen, aber sie verzichten auf den Dämmerschoppen, zu dem sie mich im Bistro neben der Kirche einladen wollten. Die Nähe ihrer Höfe und Frauen hat sie ernüchtert.

Le Ruissey ist eines jener weit ausladenden Juradörfer, die fast die Ausdehnung einer mittleren Stadt haben. Die Höfe liegen einsam auf sanft ansteigenden Hängen, und als Taillard, der Nachbar, abgesetzt ist, fahren wir noch fast einen Kilometer über einen holprigen Feldweg zur Ferme, die Alphonse Guillaume gehört und »La Combe aux Pages« heißt. Ich finde den Namen schön, und er quittiert es mit Besitzerstolz.

In der großen Küche, die gleichzeitig das Wohnzimmer

ist, sitzt die Bäuerin mit den beiden Kindern und Conny beim Abendessen. Es riecht nach Bratkartoffeln und Speck, und sie trinken Milch aus Tassen, die groß wie Suppenschüsseln sind.

Conny trägt eine alte Hose des Bauern und ein kariertes Hemd dazu. Sein Gesicht ist von Sonne und Wind gebräunt, und er ist so kräftig und gesund, als hätte er nie hinter Stacheldraht gesessen. Er freut sich, daß wieder ein Landsmann kommt.

»Sei froh, daß du hier gelandet bist. Prima Leute, und du kannst essen, bis du platzt.«

»Und die Arbeit? Ich habe gehört, daß du selber Bauer bist. Für mich ist das nicht so einfach. Damit du's gleich weißt: Ich habe ihm erzählt, daß ich ein bißchen Ahnung von Landwirtschaft hätte, aber ich habe keinen Dunst davon. Du mußt mir ein paar Tips geben, damit er's nicht gleich merkt.«

»Das werden wir schon schaukeln«, sagt Conny. Aber sein Blick auf meine dünn gewordenen Handgelenke entgeht mir nicht. Neben diesem fränkischen Bauernriesen komme ich mir ziemlich mickrig vor.

»Mit Melken ist nichts«, sage ich.

»Keine Sorge. Das mache ich mit der Bäuerin. Um sechs gehst du raus und treibst die Kühe in den Stall. Ein Kinderspiel, wenn du es einmal gemacht hast. Morgen früh gehe ich mit und zeig's dir. Dein Vorgänger war auch kein Bauer und hat sich prima eingearbeitet.«

Wie ein Fluchtkumpan spricht der nicht. Eher wie einer, der hier überwintern will.

»Und was wird nach dem Melken gemacht?«

»Gefrühstückt natürlich. Anschließend machst du den Stall sauber, und ich spanne den Gaul ein und fahre die Milch ins Dorf. Mit Mistgabel und Besen wirst du ja umgehen können.«

»Ich denke schon. Aber was kommt dann?«

Der Bauer, der unsere deutsche Unterhaltung nicht versteht und keine Ahnung von meinen Problemen hat, reicht seinen ledernen Tabaksbeutel und Zigarettenpapier über den Tisch. Es ist der gleiche »Tabac gris«, den damals Madame Bonnaventure in ausgehöhlten Kartoffeln ins Bonne Nouvelle schmuggelte.

»Was kommt dann?« will ich wissen. Conny schaut mich an, wie es Bauern eben tun, die ihren Feierabend mit der Gewißheit genießen, daß der neue Tag zwar Mühe und Arbeit bringen wird, aber keine sonstigen Probleme.

»Jetzt kommen noch Kartoffeln und Hafer dran. Er steht gut, der Hafer.«

»Von mir aus«, sage ich. »Wenn man dich so hört, könnte man meinen, dir gehört der Hof.«

Er schaut mich mit so treuherziger Verständnislosigkeit an, daß ich beschließe, ihm den Zweck meines Kommens nur vorsichtig zu erklären. Und auf keinen Fall gleich am ersten Abend. Zumal dies ein so unwirklich schöner Abend ist, wie ich noch keinen erlebt habe, seit Eisenstäbe, Handschellen und Stacheldraht mein Leben bestimmen. Gibt es einen friedlicheren Platz als ein Bauernhaus, durch dessen blanke Scheiben der Mond scheint?

Der Bauer dreht das Radio an für die Nachrichten. Es ist der 10. September 1946, und bald wird es kalt werden im Jura. Und dann wird auch das Wasser des Doubs kalt sein.

Man spürt, daß Conny längst zur Familie gehört, und ich werde, ehe ich überhaupt reagieren kann, von André, dem Dreijährigen, mit Beschlag belegt. Er klettert mir auf den Schoß und legt mir seine Arme um den Hals. Madame kommt nicht aus dem Staunen heraus.

»Das ist der erste Fremde, zu dem er auf den Schoß kommt«, sagt sie zu Alphonse. »Nicht einmal Etienne hat das geschafft.«

Etienne, das ist unser Nachbar Taillard. Ein Typ, der mir eigentlich besser gefällt als der etwas wortkarge Alphonse, der jetzt zu gähnen anfängt und seiner Frau Vorwürfe macht, weil der kleine André noch nicht im Bett liegt, sondern auf meinem Schoß herumkrabbelt.

»Conny wird dir zeigen, wo du schläfst. Es wird Zeit für uns alle. Morgen früh ist die Nacht vorbei.«

Wir haben neben der Küche ein geräumiges Zimmer zu ebener Erde. Das Bett ist frisch überzogen. Sauberes Leinen, dazu Woll- und Steppdecke. Man wird sie im Winter brauchen, denn der Raum ist nicht heizbar, und der Hof liegt sehr hoch. Aber im Winter will ich nicht mehr hier sein. Eigentlich würde ich das dem Conny doch noch gerne sagen. Aber nach zwei Minuten schnarcht er bereits, und ich weiß, daß es gar nicht so leicht sein wird, ihm klarzumachen, daß es doch noch wichtigere Dinge gibt als das Schneiden französischen Hafers.

Um halb sechs weckt er mich. Besteht für ihn überhaupt ein Unterschied, ob er hier melkt oder zu Hause? Ich werde den Verdacht nicht los, daß er satt und zufrieden ist und überhaupt nicht daran denkt, abzuhauen.

»Heißes Wasser zum Rasieren kannst du dir in der Küche holen. Aber ich mach's nur jeden dritten Tag, reicht völlig, oder?«

»Den Kühen wird's wurscht sein«, brumme ich und drehe mich auf die andere Seite.

»Los, du mußt raus. Wenn nicht alle Kühe um halb sieben im Stall sind, schimpft der Alte.«

»Verdammter Mist. Du glaubst doch nicht im Ernst, daß ich hierhergekommen bin, um mitten in der Nacht Kühe zu suchen! Du bist ein Bauer, gut. Aber ist dir eigentlich klar, daß wir fast auf der Schweizer Grenze hocken?«

»Natürlich. Es sind bloß fünf Kilometer bis zum Doubs. Aber man kommt nicht rüber.«

»Wer hat dir das gesagt?«

»Der Bauer. Und überhaupt, alle sagen es.«

Ich hebe den Kopf aus der emaillierten Waschschüssel. »Glaubst du vielleicht, sie erzählen dir, es wäre ein Kinderspiel?«

»Die Felswände links und rechts des Flusses sind senkrecht und mehr als hundert Meter hoch. Ich habe Fotos gesehen.«

»Bestimmt Ansichtskarten von den wildesten Stellen. Du glaubst doch nicht, daß das ganze Doubstal so ist! Ich habe in der Zitadelle mit Leuten gesprochen, die rübergeschwommen sind. Es gibt genug Stellen, wo man hinunterklettern kann.«

In diesem Moment geht die Tür auf. »Ihr sollt euch hier nicht herumstreiten, sondern die Kühe holen!«

Alphonse, ungekämmt, im wollenen Unterhemd und in Holzpantoffeln, jagt uns auf die nassen Weiden hinaus, über denen der Frühnebel dampft.

Vom Doubs sprechen wir vorläufig nicht mehr, aber ich weiß schon jetzt, daß es nicht viele Tage geben wird, an denen ich die Kühe des Monsieur Guillaume eintreiben werde. Ich werde mit Conny deutsch reden müssen.

Zum Frühstück gibt's heiße Milch, Weißbrot und Butter, und dann darf sich jeder aus Alphonses Tabaksbeutel eine Zigarette drehen. Er ist jetzt besser gelaunt, aber er hat schon längst gemerkt, daß er sich mit mir keine Fachkraft eingehandelt hat.

Das Ausmisten des Stalles erweist sich als ein hübsches Stück Arbeit, aber ich komme einigermaßen über die Runden. Dann Feldarbeit, Mittagessen, wieder Feldarbeit und Abendessen. Ein hartes Tagwerk. Doch was nützen mir, wenn ich meine Arbeit immer besser schaffe, Alphonses Anerkennung und Connys Zufriedenheit? Es wird dann Herbst sein, und der Doubs wird anschwellen von eiskaltem Wasser.

Am nächsten Tag sind wir zum Dreschen bei Etienne Taillard. Man hilft sich gegenseitig, und der Gastgeber darf sich bei solchen Gelegenheiten nicht lumpen lassen. Zum Abendessen gibt es Beaujolais und einen herrlich saftigen Schinken. Aber ich kann nicht hineinhauen wie Conny, weil ich todmüde bin von der ungewohnten Arbeit. Doch dann weckt mich der Enzian, den die Jurabauern selbst brennen und der wie Feuer die Kehle hinabläuft. Ich trommle wie die anderen zur Valse Musette, die aus dem Radio erklingt, den Takt auf die Tischplatte, und jetzt sehe ich auch, daß sich die schwarzen Augen von Taillards siebzehnjähriger Tochter nicht mehr scheu abwenden, sondern aufblitzen, wenn ich zu ihr hinüberlache.

Aber ganz wach werde ich erst, als ihr Vater sich plötzlich neben mich setzt, während Alphonse am anderen Ende des Tisches lautstark politisiert.

»Du bist doch nicht hierhergekommen, um den Hof von Alphonse hochzubringen«, sagt er leise und schaut mich eindringlich an.

»Ich verstehe Sie nicht, Monsieur Taillard.«

Etiennes Gesicht bleibt unbewegt. Aber in seinen Augen funkelt es wie in denen seiner Tochter.

»Eh bien, einer, der aussieht wie du und so Französisch spricht, kommt nicht an die Schweizer Grenze, um die französische Landwirtschaft zu sanieren. Du willst abhauen, stimmt's?«

»Das muß ich erst hinunterspülen, Monsieur Taillard.«

Er füllt zwei Gläser bis zum Rand mit Enzian und prostet mir zu. »Auf eine gute Heimkehr!«

»Das kann man auslegen, wie man will.«

»Kannst du auch. Ich wollte dir nur zeigen, daß der alte Etienne nicht so naiv ist wie der Alphonse, tu comprends?«

»Gar nichts verstehe ich.«

Jetzt lacht Taillard laut auf und läßt mir die massige Pranke auf die Schulter sausen, daß ich fast unter den Tisch kippe. Ein Spitzel benimmt sich anders, aber ich muß trotzdem aufpassen.

Den nächsten Enzian lehne ich ab.

Es ist fast Mitternacht, als uns Alphonse mit dem alten Renault nach »La Combe aux Pages« zurückschaukelt. Wein und Enzian haben auch Conny aufgekratzt, und als wir uns ausziehen, fängt er von selber an.

»Vielleicht sollte man es wirklich probieren.«

»Was probieren?«

»Abhauen natürlich. Ich habe heute zum erstenmal richtig darüber nachgedacht. Ich bin jetzt schon seit sechs Monaten hier und weiß ein bißchen Bescheid. Du darfst nicht meinen, ich hätte nie daran gedacht. Aber ich gehöre jetzt eben zum Hof, und Alphonse sagt, daß wir im nächsten Frühjahr entlassen werden.«

»Du bist schon zu lange vom Lager weg, mein Lieber. Mit wem redest du überhaupt? Wenn dir einer sagt: ›Krieg finie, bald retour‹, dann hörst du die Engel singen. Im Lager spricht man anders über die Entlassungen, und ich habe mit dem Kommandanten und dem Vertrauensmann genug Papierkram zu erledigen gehabt, um zu wissen, wie der Hase läuft. Deswegen bin ich hierhergekommen.«

»Du glaubst nicht, daß sie uns im nächsten Jahr entlassen?«

»Die denken überhaupt nicht daran! Jetzt haben sie eine Million deutscher Kriegsgefangener. Und der Ami liefert laufend weitere. Erst vor ein paar Wochen ist ein neuer Transport aus den USA in Belfort gelandet. Die haben vielleicht Gesichter gemacht! In New York hat man sie in Passagierdampfer gesetzt und ihnen erzählt, sie führen nun nach Hause. Und ihr Gepäck hättest du sehen sollen! Gefütterte Lumberjacks, Frottierhandtücher und Schlafsäcke mit Daunenfedern. In ein paar Tagen hatten sie alles für Brot und Zigaretten an die Franzosen verscheuert, weil sie zum erstenmal merkten, was Hunger ist. Jetzt schuften sie in Bergwerken und in Eisenhütten, weil sie kräftiger sind als wir. Die Franzosen sind nicht blöde, und sie haben ein Recht auf Revanche. Haben wir ihnen vielleicht ihre Gefangenen zurückgegeben? Und haben wir vielleicht fünf Jahre lang nur Parfüm aus ihrem Land herausgeschleppt? Alle Rechnungen müssen bezahlt werden!«

Conny starrt mich an. »Ich habe den Franzosen nichts getan. Ich war Landesschütze und kaum vier Wochen hier, als sie mich schnappten.«

»Merkst du immer noch nicht, daß du ausbaden sollst, was andere angerichtet haben? Was glaubst du, wie viele Offiziere und Zahlmeister mit vollgepackten Lastwagen damals noch rechtzeitig über die Rheinbrücken gefahren sind? In dieser Stunde hocken sie als Biedermänner zu Hause und bauen eine neue Karriere auf, während du dir eine Zigarette aus Alphonses Tabaksbeutel drehen darfst!«

»Aber der Alphonse ist in Ordnung, auf den lasse ich nichts kommen!«

»Klar! Der Alphonse ist in Ordnung. Genau wie du. Wir sind überhaupt alle in Ordnung, weil wir diese ganze Scheiße nicht wollten. Aber du hast doch einen Hof und eine Familie. Und dort drüben ist die Schweiz. Ist das nicht Grund genug, um etwas zu riskieren?«

»Das stimmt schon. Aber wer garantiert mir, daß wir's schaffen?«

»Es gibt keine Garantie, Conny. Aber ich haue jedenfalls ab. Und zwar in genau drei Tagen.«

»Wieso in drei Tagen?«

Der Gedanke, die Sache nur noch zweimal überschlafen zu können, erschreckt ihn. Wenn ich ihn jetzt nicht überrumple, muß ich allein gehen, und ich habe Angst davor, obwohl ich ahne, daß er mehr Ballast als Hilfe sein wird.

»Hast du mir nicht erzählt, daß Alphonse jeden Samstagabend ins Wirtshaus geht und nicht vor zwei Uhr morgens heimkommt?«

»Ja, das stimmt. Manchmal wird's sogar noch später.«

»Dann kann nichts passieren. Die Frau legt die Kinder um neun ins Bett, und spätestens um zehn schläft sie auch. Wir haben mindestens drei Stunden Zeit und können uns noch die besten Klamotten von Alphonse aussuchen. Die einzige Gefahr ist der Hund. Wenn der bellt, kann alles schiefgehen.«

»Darüber brauchst du dir keine Sorge zu machen. Der frißt mir aus der Hand und wird keinen Muckser tun. Wir hauen am Samstag ab.«

Zum erstenmal sehe ich Unternehmungslust in Connys Augen.

Am nächsten Tag wird gedroschen, und die ganze Familie Taillard kommt zum Helfen. Es wird ein harter Tag und ein langer Abend, an dem sich nun wiederum die Guillaumes nicht lumpen lassen. Hühner werden geschlachtet und Speckseiten aus dem Rauchfang geholt, wie sie ein Städter in diesen Tagen, und wenn er Perserteppiche dafür anbietet, nie zu sehen kriegt.

Man hat zwar gute Geschäfte mit den Fabrikanten aus Besançon gemacht, aber die besten Stücke sind doch immer im Haus geblieben. Die Jurabauern mögen großzügiger sein als ihre Kollegen in der Normandie, aber auf den Kopf gefallen sind sie auch nicht.

Etienne Taillard hat nicht nur Frau und Knecht, sondern auch seine bildhübsche, schwarzäugige Tochter mitgebracht. Ihre heißen Blicke gehen ins Blut. Ich glaube nicht, daß die Flucht am Samstag stattfinden würde, wenn ihr Vater mein Brotherr wäre.

Aber die Würfel sind gefallen, und ich werde das unangenehme Gefühl nicht los, daß Taillard es spürt. Als der Rotwein seine Wirkung tut und die anderen laut werden, setzt er sich neben mich und fängt zu flüstern an. Er will wissen, wann ich abhaue. Ich lache und suche die Augen seiner Tochter.

»Sie haben eine verflixt hübsche Tochter, Monsieur Taillard.«

»Ach was, red nicht. Du willst mich ja nur ablenken.«

Er weiß, daß er die Nase auf der richtigen Spur hat. Fragt sich nur, ob er Alphonse den Coup gönnt oder ob er ihn warnen will. Ich muß mit dem Wein bremsen, sonst werde ich ihn noch fragen, wo man am besten über den Doubs kommt. Zum Glück kenne ich Taillards Hobby. Er ist ein fanatischer Anhänger des Radsports und hat vor dem Krieg mit seinen Prognosen bei Zeitungswettbewerben über die Tour de France ein paar Preise gewonnen. Die Tour de

France ist sogar schon durch Le Ruissey gekommen. Taillard kennt alle Asse. Echte Begeisterung packt ihn, wenn er über sie spricht. Männer, die sich vom großen Abenteuer des Sports so faszinieren lassen wie Taillard, sollten eigentlich auch für das Abenteuer der Flucht eines Kriegsgefangenen Verständnis haben. Er kennt alle Rennfahrer, und am liebsten spricht er von René Vietto, der die »Tour« 1939 gegen den Belgier Sylvère Maes verloren hat.

Die Versuchung, mit ihm zu reden wie mit einem Vater, ist stark. Aber es geht nicht. Dreimal habe ich der glutäugigen Taillard-Tochter zugeprostet, ohne aufzufallen, weil der Rotwein für eine Harmonie gesorgt hat, die Conny und mich einschließt.

Aber ich muß Taillard antworten. Grinsend akzeptiert er die Ausflüchte.

»Warum abhauen, Monsieur Taillard? Seit ich in Gefangenschaft bin, ist es mir noch nie so gut gegangen. Ich habe nicht viel Ahnung von der Landwirtschaft, aber Monsieur Guillaume ist ein guter Chef.«

»Sehr geschickt, mein Junge. Aber eines Morgens wird er dumm gucken. Wollen wir wetten?«

»Ich wette nie, Monsieur Taillard. Schon deshalb, weil ich eine verlorene Wette nicht bezahlen kann.«

»Dann mußt du sie eben gewinnen.«

So endet der Abend. Ich glaube, daß Taillard Guillaume nicht warnen wird. Aber ich spüre auch, daß er zwischen seiner Tochter und mir keine zu freundschaftlichen Beziehungen wünscht. Ich glaube, daß er unsere Flucht als eine Art von Sport betrachtet und uns die Daumen drückt. Aber bei seiner Tochter hört der Sport auf.

Kühe eintreiben, Stall ausmisten, Hafer mähen und Kartoffeln ernten. Damit vergehen die zwei Tage vor der Entscheidung. Außer daß wir uns im Rauchfang ein paar Speckscheiben als Marschverpflegung abschneiden, können wir bis zum Tag X keinerlei Vorbereitungen treffen. Alles hängt davon ab, ob Alphonse am Samstagabend ins Wirtshaus geht.

Er macht keinerlei Schwierigkeiten. Das Problem kommt vielmehr von Madame, die ausgerechnet an diesem Samstagnachmittag einen jener Kuchen backt, zu denen keiner nein sagen kann. Das schlimme ist, daß sie ihn als Festschmaus nach dem Abendessen für Conny und mich servieren will. Es ist eine gezielte Rache für Alphonses Eskapaden. Vielleicht will sie sogar einem von uns beiden mehr als nur den Kuchen schenken, was uns um eine volle Woche zurückwerfen würde – von allen anderen Problemen ganz abgesehen.

Da ich der jüngere bin, sind meine Chancen größer. Um auch jeden Zweifel zu beseitigen, erkläre ich Conny, daß mich weder der süßeste Kuchen des Jura noch die liebeshungrigste Bäuerin Frankreichs von der Flucht abhalten werden.

Conny aber denkt seit Tagen sowieso nur noch an zu Hause – für ihn gibt es keine Versuchung, die ihn jetzt noch zurückhalten könnte.

Doch Madame Guillaume ist an diesem Tag besonders hartnäckig. Als ihr Alphonse mit dem spitzkühligen Renault-Monstrum den holprigen Feldweg hinuntergeknattert ist, macht sie schon um fünf Uhr Feierabend und zieht sich zurück, um sich schön zu machen.

»Jetzt können wir uns rasieren, ohne daß es auffällt«, sage ich zu Conny. »Sie ist stocksauer auf ihren Alten und wird sich dadurch geschmeichelt fühlen.«

Nach der Rasur zieht jeder von uns ein frisches Hemd an, und Conny legt sogar Brillantine auf, die ihm Alphonse geschenkt hat. Er duftet wie Veilchen und Lakritze, als wir die festlich hergerichtete Küche betreten.

Zum erstenmal während meiner Ausbruchsversuche ist das schlechte Gewissen größer als die Angst. Diese Frau denkt über Kriegsgefangene anders als die Menschen in den Städten, und jetzt will sie sich und uns eine Freude machen.

»Verdammt«, sagt Conny. »Wenn wir morgen früh nicht mehr da sind, kriegt sie Prügel von Alphonse.«

»Sie tut mir auch leid, aber wenn es kalt wird und der Doubs anschwillt, ist nichts mehr zu machen.«.

Draußen ist ein windstiller und lauer Septemberabend. Ein Wetter wie geschaffen für den nächtlichen Marsch über die abgeernteten, stoppeligen Felder, die sanft ansteigen zum Kamm, wo die Wälder anfangen und es dann wieder abwärts geht zum Felsental des Doubs. Conny ist schon einmal mit den Pferden oben gewesen und sagt, man hört den Fluß rauschen, wenn der Wind von Süden kommt. Ein paar hohe, weiße Wolken haben sich nach Westen verzogen. Wir werden Neumond haben.

Conny, der keine Angst mehr hat, riecht nicht nur nach der billigen Brillantine von Alphonse, sondern auch ganz hübsch nach Enzian. Er muß im Keller einen gewaltigen Schluck genommen haben, als er den Reiseproviant heraufholte und unter seinem Bett versteckte.

»Hast du dir Mut angetrunken?«

Er nickt und hat seinen Spaß daran, daß man das auf deutsch alles so offen vor der Bäuerin bereden kann, die arglos am Herd steht und Omeletts mit viel Schinken vorbereitet. Sie hat zum erstenmal Rouge aufgelegt. Das grüne Kleid und die Seidenstrümpfe haben wir auch noch nie an ihr gesehen.

Das Problem, sie früh genug ins Bett zu kriegen, drückt mich. Sie hat sich bestimmt nicht fein gemacht, um gleich nach dem Essen zu verschwinden.

»Ich glaube, daß man sie heute abend packen könnte.«

Conny sagt es mit glitzernden Augen, in die der Enzian hochgestiegen ist, aber zum Glück ist er Herr seiner übrigen Sinne, denn seine Stimme klingt nicht anders, als ob er vom Wetter oder vom Hafer spräche, der noch nicht ganz eingebracht ist. Die Marthe dreht sich nicht um und sieht deshalb auch nicht, wie er ihren strammen Hintern mit den Augen betätschelt wie einer, dem plötzlich einfällt, daß er noch etwas zu erledigen hat, ehe er das Haus verläßt.

»Du bist«, sage ich, als ob ich ebenfalls vom Hafer

spräche, »ein Trottel, wenn du jetzt erst merkst, daß sie einen strammen Arsch hat. Warum hast du's nicht früher probiert? Sechs Monate hast du Zeit gehabt!«

»Weiß ich selber. Aber du brauchst dich gar nicht so aufzuspielen. Meinst du, ich hätte nicht gemerkt, daß du auf der Taillard-Tochter stehst?«

»Stimmt. Aber ich habe keinen Enzian gesoffen, sondern nachgedacht. Wahrscheinlich ist sie noch Jungfrau, und bis du so was umlegst, brauchst du einen halben Winter. Aber ohne Garantie, verstehst du?«

»Und wo ist die Garantie, daß sie uns am Doubs nicht schnappen?«

Jetzt werde ich so wütend, daß Marthe am Herd sich umdreht.

»Freut ihr euch nicht?«

»Natürlich freuen wir uns, Madame«, sage ich höflich.

»Dann soll Conny in den Keller gehen und den besseren Wein raufholen.«

»Sauf bloß keinen Enzian mehr«, rufe ich ihm nach.

Während Conny draußen ist und der kleine André auf meinem Schoß mit seinem roten Feuerwehrauto spielt, beugt sich die Bäuerin zweimal wie zufällig über meine Schulter. Jedesmal streift sie mich wie zufällig mit der Brust. Marthe Guillaume pokert nicht erst, sondern legt ihre Karten offen auf den Tisch.

Zum Glück kommt Conny, der etwas geahnt haben muß, unheimlich schnell wieder aus dem Keller zurück. Und sie erteilt ihm gleich eine Rüge, weil er nur zwei Flaschen gebracht hat.

»Sag ihm, daß wir Franzosen nicht so geizig sind wie die Deutschen, wenn gefeiert wird!«

»Da haben Sie falsche Vorstellungen, Madame. Aber was feiern wir eigentlich?«

Einen Moment zögert sie. Sie leert, um zu verbergen, daß sie rot wird, ihr Glas Beaujolais in einem Zug, wie es ihr Alphonse zu tun pflegt.

»Neulich, bei Taillard, wart ihr doch auch nicht so bescheiden. Oder war sein Wein besser?«

»Keine Spur, Madame. Aber sehr gut hat er uns nicht getan. Sie müssen bedenken, daß wir nichts mehr gewohnt sind.«

»Aber morgen ist Sonntag, und ihr könnt ausschlafen. Wollt ihr denn gar nicht ein bißchen lustig sein?«

»Ich fürchte, daß ich heute nicht viel trinken kann. Weiß der Teufel, woher ich diese verdammten Kopfschmerzen habe.«

Aber so leicht läßt sich keine Frau von einem geplanten Fest abbringen. Sie bringt mir zwei Aspirintabletten und ein Glas Wasser, und ich muß das Zeug schlucken.

Conny bemüht sich gar nicht, sein Grinsen zu unterdrücken. Ich muß ihm auf die Füße treten, damit er nicht vor lauter Übermut doch noch in die Party einsteigt, die gar keine werden darf. Es geht schon auf acht Uhr, und außer dem Brot und den Speckseiten, die unter seinem Bett liegen, ist nichts vorbereitet.

»Gleich wird es besser«, sagt die Bäuerin und fährt mir über den Stoppelkopf.

Und schon stellt sie mir eine neue Flasche Beaujolais zum Öffnen hin. Da mir keine Ausrede mehr einfällt, bohre ich den Korkenzieher mit ganzer Kraft hinein. Conny meint, es wäre vielleicht am besten, wenn wir sie betrunken machten.

»Unmöglich. Das dauert ein paar Stunden. Ich bin einfach krank, basta! Und du mußt den Müden spielen.«

Um neun Uhr muß mir Madame einen Pfefferminztee machen, weil ich jetzt auch heftige Magenschmerzen habe, gegen die kein Aspirin hilft. Und da Conny gleichzeitig sein Maul ungeniert zum Gähnen aufreißt, gibt sie resigniert auf. Ihre schöne Party ist geplatzt.

Mit einem Gesicht, als wäre ihr die Ernte verhagelt, sagt Marthe: »Wenn Alphonse den Wagen hiergelassen hätte, führe ich jetzt zu den Taillards hinüber. Ihr seid mir ein paar schöne Versager, alle beide!«

Wie zur Bekräftigung reißt Conny sein Maul nochmals auf und fragt mit ebenso gähnendem wie unverhohlenem Interesse, was sie gesagt habe.

»Sie hat gesagt, daß wir Flaschen seien«, antworte ich ihm und wende mich dann an sie: »Wenn Sie zu den Taillards hinüberfahren, paßt ja niemand mehr auf uns auf.«

Sie lacht. »Ihr und abhauen! Halbe Portionen von eurer Sorte. Nun legt euch schön in eure Bettchen, damit ihr morgen wieder in Ordnung seid. Und ich hatte geglaubt, es mit Männern zu tun zu haben!«

Conny hilft ihr noch ein bißchen beim Aufräumen, damit Alphonse nicht merkt, wie gut hier gegessen und getrunken worden ist. Er wird Ärger genug kriegen und für jeden von uns dreitausend Francs Strafe wegen unterlassener Aufsichtspflicht bezahlen müssen.

Nach einer Viertelstunde kommt Conny in die Kammer.

»Ich glaube nicht, daß sie nochmals rauskommt.«

»Dann kannst du jetzt den Test mit dem Hund machen.«

Da wir zu ebener Erde schlafen, braucht er nur das Fenster aufzumachen, um ihn heranzulocken. Er kommt lautlos und mit wedelndem Schwanz, aber das will noch nicht viel heißen, weil er Conny schon lange kennt. Er krault ihn am Hals und schiebt ihm ein Stück Speck ins Maul.

»Jetzt mußt du ihn auch kraulen.«

Er knurrt ein bißchen, aber dann hält er still. Ich kann mit Tieren nicht so gut umgehen wie Conny und hätte mich früher mit ihm anfreunden sollen.

»Alles klar! Der wird die Schnauze halten. Wenn ich nur bei der Marthe auch so sicher wäre!«

Das Warten zerrt an den Nerven. Es ist halb elf auf dem alten Wecker. Sein lautes Ticken, das mich bisher noch nie gestört hat, fängt an, mich zu reizen.

Eine halbe Stunde können wir noch opfern, aber was passiert, wenn die Bäuerin dann noch wach ist oder Alphonse doch einmal früher aus dem Wirtshaus kommt?

Ich ziehe die Schuhe aus, aber ich weiß, daß die Diele trotzdem knarren wird. Zum Glück steht der alte Bauernschrank, in dem die Kleider hängen, nicht im Schlafzimmer.

Noch eine Viertelstunde. Wir ziehen die speckigen Hosen aus und wechseln die Unterwäsche. Ich habe fünf Garnituren aus dem Lager mitgebracht. Drei darf Alphonse behalten, aber ein guter Tausch gegen zwei komplette Anzüge ist es nicht für ihn.

»Es hat keinen Zweck mehr, länger zu warten. Wenn sie was merkt, wird sie gefesselt und geknebelt.«

»Wir hätten ihr Schlafpulver in den Wein tun sollen«, knurrt Conny und kriecht nochmals unters Bett, um den Strick aus dem Kuhstall hervorzuholen. Er ist so lang, daß man die Marthe damit wie eine ägyptische Mumie einwickeln könnte. Und ein großes Taschentuch haben wir auch, um ihr den Mund zu stopfen. Als ich die Tür ganz langsam öffne und in den Gang hinausschleiche, steht Conny da wie ein Cowboy mit seinem Lasso.

Holzböden haben ein unerforschliches Innenleben. Gestern, bei der Generalprobe, hat er längst nicht so geknarrt wie jetzt, und ich muß mich mit den bestrumpften Füßen wie ein Bergsteiger auf trügerischem Grund vorantasten. Viertelgewicht, halbes Gewicht, auftreten, halten. Mindestens fünf Minuten brauche ich für die paar Meter zum Schrank. Aus Marthes Schlafzimmer dringt kein Laut. Nur das Rauschen des Windes, der immer stärker von Osten her weht, ist zu hören.

Die schwere Schranktür klemmt ein bißchen, aber Conny hat die Scharniere geölt, und sie gibt keinen Ton von sich. Ich taste die Bügel ab und habe sofort zwei Hosen. Aber im Halbdunkel finde ich nur eine Jacke. Ich müßte den unteren Haken lösen, der die zweite Tür öffnet, aber ich weiß nicht, ob ihn Conny geölt hat.

Doch dann fühle ich die Lederjacke mit Reißverschluß, die Alphonse immer anzieht, wenn er nach Besançon fährt. Erst vor ein paar Wochen hat er sie gekauft, und ich hätte sie ihm gern gelassen. Aber es gibt keine andere Wahl. Lautlos schwingt die Tür zurück.

Conny staunt nicht schlecht über die Beute. Auch die Baskenmütze habe ich erwischt.

»Es war ganz still im Zimmer, aber wir werden noch ein paar Minuten warten. Wenn sich dann nichts rührt, ist alles klar. Um Mitternacht können wir am Doubs sein.«

Die Lederjacke sitzt wie angegossen, aber Connys Ärmel sind zu kurz, und er kann die Jacke nicht schließen, weil er größer und breiter ist als Alphonse.

Zum letzten Mal presse ich das Ohr an die Tür. Nichts rührt sich. Im Hof des Alphonse schlafen Bäuerin, Kinder und Vieh. Nur der Hund kommt wedelnd auf uns zu, als wir durchs Fenster klettern. Conny spricht leise auf ihn ein, krault ihn und gibt ihm noch eine Speckschwarte. Er springt an ihm hinauf und will mit, und es ist gar nicht so leicht, ihm beizubringen, daß er in seine Hütte zurück muß.

Dann sind wir auf den Wiesen der Ferme »La Combe aux Pages«. Wir marschieren in südwestlicher Richtung bergaufwärts, und der Große Bär steht so klar am violettschwarzen Himmel, daß die Orientierung ein Kinderspiel ist. Nach zehn Minuten sind wir fast oben am Kamm, wo der Wald anfängt, hoch über dem Dorf mit seinen weit auseinanderliegenden Höfen.

Noch ein paar stoppelige, abgeerntete Felder. Dann nimmt uns der Wald auf. Das sind nicht die ausgetretenen Wege der flüchtenden Kriegsgefangenen. Kein Dorado für Kopfgeldjäger wie im Elsaß und in Lothringen.

22

Nach einer halben Stunde hören wir das Rauschen des Flusses. Ganz leise zunächst, wie ich als Kind das Meer rauschen hörte, wenn mich mein Onkel Albert in die große

Muschel hineinlauschen ließ, die auf seinem Schreibtisch lag. Das Terrain fällt dann immer steiler ab; die Bäume werden spärlicher und der Fluß lauter.

Wir sind jetzt fast eine Stunde unterwegs, und da uns die Sterne den direkten Weg gezeigt haben, ist jeder Zweifel ausgeschlossen: Wir sind da angelangt, wo Frankreich aufhört.

Als wir das Wasser des Doubs, das sich mit wütender Kraft durch das Felsental frißt, nicht nur hören, sondern im Sternenlicht glitzern und schäumen sehen, liegt es fast hundert Meter unter uns, und die Felsen sind fast senkrecht.

Wir setzen uns unter eine Tanne. Noch spüren die Füße Erde. Aber ein paar Meter weiter fängt die Felswand an. Die Frage ist, ob wir uns links oder rechts halten sollen.

Conny schlägt vor, etwas zu essen. Die Idee ist nicht schlecht – wir brauchen Kraft. Aber der Durst ist größer als der Hunger. Lustlos kauen wir auf den salzigen Speckstücken herum.

Ich will hier nicht befehlen, aber ich spüre, daß der Weg nach links besser ist. Nach einigem Hin und Her gibt Conny nach. Zwei- oder dreihundert Meter rutschen wir an den Erdresten vor der grauen Felswand entlang, jeden Baum als Halt benützend. Ein einziger Fehltritt bedeutet den Absturz, und wenn die Wand nicht flacher wird, werden wir an ihrem Rand hängenbleiben.

Wenn es Tag wird, werden sie uns suchen. Genau an dieser Stelle. Denn wo sollten sonst zwei zu finden sein, die über die Grenze wollen? Wir müssen drüben sein, bevor es hell wird.

Ich greife nach jedem Halt, der sich bietet, und höre Connys Atem hinter mir. Obwohl ich nicht weiß, wohin der Weg führt, vertraut er mir, und es ist gut, nicht allein zu sein. Aber es gibt keinen Weg zum Fluß hinunter. Die Felsen bleiben von entmutigender Schroffheit, und wenn je ein Mensch hier über die Grenze ging, muß er mit Seil und Haken gearbeitet haben. Aber wir haben nicht einmal den Strick aus dem Kuhstall mitgenommen.

Wir machen eine Pause. Jeder umklammert, den Blick talwärts gerichtet, mit den Beinen eine Tanne. Mein rechter Fuß baumelt über dem Abgrund, aber der linke hat noch Boden. Hier fällt die Wand nicht so steil ab, und vielleicht gibt es Wurzeln und Felskanten, die zum Absteigen genug Halt bieten.

»Wir müssen's hier probieren, Conny.«

Sein Atem geht schwer, und seine Hände zittern, als er den Tabaksbeutel herauszieht und zwei Zigaretten dreht. Immer wieder bläst der Wind das Streichholz aus, aber wir riskieren nichts, wenn wir rauchen. Hier treibt sich kein Grenzer herum. Als wir die Kippen ausdrücken, ist der Entschluß gefaßt.

Der Fels, über den ich rutsche, ist auf den ersten Metern schräg und griffig genug. Als ich einen Absatz erreiche, auf dem die Füße sicheren Halt finden, klammert sich Conny noch immer an seine Tanne. Unter mir klafft ein breiter Riß im Felsen, eine Art von schrägem Kamin, den man vielleicht durchsteigen kann.

»Komm runter. Ich habe festen Halt, und hier ist Platz für zwei. Sieht viel gefährlicher aus von oben!«

Das ist gewaltig übertrieben, aber wenn ich ihm keinen Mut mache, bleibt er sitzen. Der schräge Kamin bringt uns mindestens zwanzig Meter tiefer.

Als er endlich keuchend neben mir steht, klettere ich sofort weiter.

Es gibt keine Erde und Wurzeln mehr, aber der Fels ist griffig, und der Spalt ist schmal genug, so daß man sich immer wieder links und rechts abstützen kann. Doch das Licht der Sterne ist schwach, alles hängt vom Tastgefühl ab. Als ich unten im Kamin kauere, sind es keine zwanzig Meter mehr bis zum Doubs, aber die graue Wand fällt fast senkrecht ab. Fünf Minuten später sitzt Conny neben mir.

Mit ein paar aneinandergebundenen Kälberstricken aus dem Kuhstall wäre der Rest ein Kinderspiel. Daran hatten wir nicht gedacht. Keine zwanzig Meter breit ist auch der Doubs an dieser schmalen Stelle zwischen den Felswänden, die sein Rauschen zum Donnern anschwellen lassen.

Conny ist jetzt nicht mehr der Zauderer von vorhin. Um seine blutende linke Hand wickelt er ein großes Bauerntaschentuch. Trotz der Dunkelheit sehe ich seine Augen im dreckverschmierten Gesicht glänzen.

»Wenn du mich an den Füßen festhältst, kann ich mich weit hinauslehnen und die Wand prüfen«, sagt er.

Ich packe seine Fußgelenke und stemme mich mit den Füßen gegen einen Felsvorsprung. Er hängt über der Wand, und ich brauche die letzten Kraftreserven, um nicht nachzugeben. Das Donnern des Wassers übertönt unser Keuchen. Als er in den Kamin zurückkriecht, fehlt das Taschentuch an seiner blutenden Hand, aber er hat etwas entdeckt.

»Nur ein paar Meter rechts ist ein Felsvorsprung. Wenn wir den erreichen, kommen wir ein ganzes Stück abwärts. Er ist so schräg, daß man abrutschen kann, ohne den Halt zu verlieren.«

Die Wand zwischen Kamin und Vorsprung ist fast senkrecht, aber wir krallen uns in den Fels und kommen hinüber, obwohl die Füße ein paarmal den Halt verlieren. Und dann rutschen wir bäuchlings über den schrägen Felsen bis zu der Stelle, wo er über die senkrechte Wand hinausragt.

Zehn Meter unter unseren Füßen gurgelt der Doubs. Eine einzige Tanne steht hier, ihr Wipfel streift die Felsnase. Arme und Beine zittern. Der Durst wird fast unerträglich. Soll hier alles aufhören? Der Sprung ist zu riskant, und die Wand ist zu glatt.

»Die Tanne, Conny!«

Er schaut mich verständnislos an.

»Wir müssen ihren Wipfel an den Felsen heranziehen und dann an ihr hinunterklettern!«

»Und wie willst du den Wipfel kriegen?«

»Wir machen's wie vorhin. Du bist größer als ich und kannst sie vielleicht erwischen, wenn ich deine Füße halte.«

Er schafft es, aber es ist furchtbar schwer, ihn zurückzuziehen, weil er mit beiden Händen den dünnen, biegsamen Stamm umklammert hält.

»Sie ist jung«, keucht er. »Aber ich glaube, sie trägt uns.«

»Ich muß mit. Wenn du weg bist, kann ich sie nie mehr an den Felsen heranholen. Ich werde über dir einsteigen, in der nächsten Sekunde mußt du tiefer gehen, damit sie das Gewicht aushält. Auf zerschundene Hände kommt's jetzt nicht an, aber ich werde dir wieder das Taschentuch umbinden.«

»Geht nicht, ich kann den Stamm nicht loslassen.«

Krampfhaft umklammert er, auf dem Bauch liegend, den dünnen Stamm. Ich lege mich neben ihn, um auch zuzupacken, so daß er tiefer greifen kann, ohne daß uns die Tanne entwischt. Seine linke Hand blutet stark, doch ich glaube, er spürt es gar nicht. Auch meine Hände sind von der Kletterei zerschunden, aber was ist das gegen die Chance, am Doubs zu stehen. Wenn nur der Baum hält.

»Wenn wir schnell machen, wird er halten«, sagt Conny. »Aber es kommt auf die erste Sekunde an, weil er mit unserem ganzen Gewicht hinausschnellt.«

Einen Moment später hängen wir an der Tanne, die uns vom Felsen wegschnellt. Harziges Holz reißt die Hände auf, Zweige peitschen ins Gesicht, und weit neigt sich der Baum über die weiß schimmernde Gischt des Flusses.

»Mach schneller«, brülle ich, weil meine Füße gegen seine Schultern prallen. Jetzt muß das krachende Splittern des Holzes kommen, das uns in den Fluß wirft.

Aber der Baum pendelt zurück, fast bis zum Felsen. Und wir sind jetzt tief genug.

Langsam pendelt die Tanne aus. Wir können das Wunder noch nicht fassen. Blutende Hände, aufgerissene Gesichter und zerfetzte Hosen. Nur die Lederjacke von Alphonse hat standgehalten. Conny umarmt mich, als ich mich vom letzten Ast hinunterfallen lasse und wie betäubt auf dem schmalen, kieselübersäten Streifen zwischen Felswand und Fluß liege.

Aber es gibt weder Zeit noch Grund zum Feiern. »Es ist schon mindestens zwei Uhr, Conny. Wir müssen 'rüberschwimmen. Zieh dich aus.«

»Kann sein, daß er gar nicht tief ist. Ich lasse die Klamotten an. Wenn ich schwimmen muß, brauche ich beide Hände.«

»Von mir aus. Ich will trockenes Zeug drüben.«

Barfuß wate ich vorwärts, Schuhe und Kleider über den Kopf haltend. Der Fluß reißt gewaltig, aber ich komme bis zur Mitte, ehe mir das Wasser am Hals steht. Da trete ich plötzlich in ein Loch, muß schwimmen und werde mit solcher Wucht gegen einen Felsen geschleudert, daß es mir schwarz vor den Augen wird. Fünfzig Meter weit werde ich abgetrieben, ehe ich wieder Fuß fasse und taumelnd das Schweizer Ufer erreiche. Aber meine Hände sind leer. Ich besitze nur noch eine nasse Sporthose. Sonst gar nichts. Auch mein Geld ist weg, ob an den Felsen hängengeblieben oder vom Doubs weggeschwemmt, mag der Teufel wissen.

Conny hat recht gehabt. Nasse Kleider sind besser als gar keine. Vor allem hat er Schuhe. Ich muß halb nackt und barfuß in eine neue Felswand hinein.

Das Ufer ist kaum zwei Meter breit, dann beginnen die Felsen. Aber die Wand, an der die Schweiz anfängt, ist schräger als die am anderen Ufer. Jetzt sehe ich, daß der Verlust von Kleidern und Schuhen auch eine gute Folge hatte: Ein schmaler, steiler Pfad schlängelt sich durch die kahlen Felsflanken nach oben, und wir hätten ihn wahrscheinlich nie entdeckt, wenn es mich nicht so weit abgetrieben hätte.

Spitzige Kiesel reißen mir die Füße auf, und oben auf dem Kamm, wo die abgeernteten Felder anfangen, dringen harte Stoppeln ins Fleisch. Aber jetzt, da wir heraus sind aus dem versteckten Pfad, der wahrscheinlich von den Grenzern angelegt wurde, müssen wir jeden Weg meiden. In einer knappen Stunde wird es dämmern, dann müssen wir weit genug vom Doubs entfernt sein und ein Versteck finden.

Ich spüre kaum die Kälte der Nacht, aber es ist schwer, mit den blutenden Füßen Conny zu folgen. Seine Schritte sind gleichmäßig wie die eines Bergsteigers. Nie habe ich einen Menschen mehr um ein Paar ausgetretener Schuhe beneidet.

Bei einem nassen Heuhaufen muß ich rasten. Mein Atem geht keuchend.

Im Osten zeigt sich der erste fahle Streifen der Dämmerung. Drüben schläft Alphonse neben Marthe jetzt seinen Rausch aus. Es wird noch ein paar Stunden dauern, bis sie uns vermissen. Aber selbst wenn er die Polizei des ganzen Departements alarmiert, wird es ihm nichts nützen. An den Felsen hört ihre Macht auf.

Wir gehen noch fast eine halbe Stunde, dann ist es so hell, daß wir einen Hof entdecken. Einsam steht er auf einer sanft ansteigenden Kuppe. Mit seinem weit ausladenden Dach sieht er aus wie ein Zwilling der Ferme »La Combe aux Pages«. Im Stall ist schon Licht. Wir werden einfach anklopfen.

»Die melken früh«, sagt Conny.

»Kannst ja gleich helfen, dann haben wir unser Frühstück verdient.«

Der Bauer läßt vor Schreck den Melkkübel fallen und starrt uns an, als wären wir Gespenster. Kein Wort bringt er heraus.

»Wir sind deutsche Kriegsgefangene und gerade über den Doubs gekommen. Wollen Sie uns helfen?«

Nur langsam verschwindet die Angst aus seinen weit aufgerissenen Augen, und er muß noch ein paarmal tief durchatmen, ehe er Worte findet.

»Nom d'un chien! Und wer hat euch so zugerichtet?«

In dieser Gegend des Schweizer Jura wird nur Französisch gesprochen, wie auf der anderen Seite.

»Niemand hat uns verprügelt, Monsieur. Die Felsen und der Doubs waren es.«

»Und warum haben Sie keine Kleider?«

»Die hat der Fluß mitgenommen.«

Er kratzt sich am stoppeligen Kinn und überlegt. Aber es dauert nicht lange.

»Los, kommt herein in die Küche. Meine Frau wird gleich Feuer machen. Ihr holt euch ja den Tod hier draußen!«

Den Namen dieses prächtigen Mannes habe ich vergessen, weil ich ihn nicht aufzuschreiben wagte. André hieß er mit Vornamen. Auch an Jean-Claude erinnere ich mich, einen blondhaarigen Lausbuben. Dann gab es noch zwei Mädchen, die jeden Morgen hinunter ins Dorf zur Schule mußten. Ein langer Weg, der dafür garantiert, daß keine ungebetenen Besucher hier heraufkommen. Ein ideales Versteck. Die nächste Ferme liegt zwei Kilometer entfernt.

Die Hilfsbereitschaft der Bäuerin beschämt uns fast. Zuerst stellt sie zwei riesige Tassen mit dampfender Ovomaltine auf den Tisch; dann holt sie Jod und Salbe und verbindet unsere Wunden. Später richtet sie uns ein breites, weiches Bett, wie wir seit Jahren keines gesehen haben, und sagt den staunend herumstehenden Kindern, sie sollten ganz still sein, weil die Herren schlafen müßten. Wir wachen erst auf, als die Sonne schon tief steht.

Der Hausherr blickt amüsiert in unsere verschlafenen, zerkratzten Gesichter.

»Ça ronfle là-dedans comme au régiment!«

»Was sagt er?« Conny, immer noch im Halbschlaf, aber sich durchaus der wundervollen Tatsache bewußt, gut aufgehoben zu sein, dreht sich auf die andere Seite und läßt mich aufschreien, weil er den Ellenbogen in die Rippe bohrt, die gegen den kantigen Felsbrocken im Doubs geprallt ist.

»Er sagt, daß hier drinnen ein Geschnarche wie in einer Kaserne sei.«

»Kann schon sein. Wir müssen über zwölf Stunden gepennt haben. Einmal war ich schiffen, aber du hast nichts gemerkt. Bloß über die Kante hast du mich immer drücken wollen. Deine Alte kriegt's mal nicht leicht!«

»Besser als deine schon. Aber ich glaube, wir müssen raus. Sie warten mit dem Essen auf uns.«

Madame hat jedem von uns Unterwäsche, Hemd, Hose, Strümpfe und sogar Hausschuhe hergerichtet. Es ist wie im Märchen, obwohl es gräßlich schmerzt, mit den verbundenen Füßen aufzutreten. In der großen Küche gibt es wieder Omeletts wie gestern abend bei Marthe, aber in Freiheit schmecken sie besser.

»Zuerst wollte ich einen Doktor kommen lassen«, sagt die Bäuerin. »Aber mein Mann meinte, daß es besser sei, wenn niemand etwas von euch weiß. Auch die Kinder dürfen nichts sagen, wenn sie morgen in die Schule gehen.«

»Merci, Madame. Wir wissen nicht, wie wir Ihnen danken sollen.«

»Nicht der Rede wert. Hätten wir euch in diesem Zustand vielleicht wegschicken sollen?«

»Onkel, wo hast du dein Gewehr, wenn du ein Soldat bist?« will der kleine Jean-Claude wissen.

»Ich bin schon lange keiner mehr, Jean-Claude. Und ich will auch nie mehr einer sein.«

Als die Kinder im Bett sind und der Bauer Maryland-Zigaretten von Burrus verteilt, an dessen Villa in Boncourt ich im Sommer mit Wolfgang Schlegel vorbeigeschlichen war, ehe uns die Schweizer Grenzer stellten, erzähle ich, wie wir herübergekommen sind. Immer wieder schlägt sich der Bauer vor Begeisterung auf die Schenkel.

»Was glaubt ihr, wie die heute morgen dumm geguckt haben, als keiner die Kühe zum Melken hereinholte! Übrigens, ich kenne Le Ruissey. Verdammt nah. Es liegt genau hinter dem Kamm da drüben.«

Und er deutet durchs Fenster zum Horizont hinüber, wo die roten Strahlen der untergehenden Sonne über den Wald streichen, aus dem wir herausgekommen sind.

»Ich werde jetzt einen Brief an meinen Onkel schreiben und ihn bitten, uns am nächsten Wochenende hier abzuholen. In sechs Tagen ist alles verheilt. Das heißt, wenn wir solange bleiben dürfen.«

»Von mir aus zwei Wochen. Ihr seid hier sicher und braucht nichts zu übereilen.«

Den Brief nehmen die beiden Mädchen am Montagmorgen mit auf den Schulweg. Sie müssen den Eltern versprechen, mit keinem Menschen über uns zu reden, und sie scheinen groß genug zu sein, um zu wissen, worum es geht.

Am Mittwochmorgen ist Antwort da. Fredy schreibt erleichtert, aber es klingt die Besorgnis durch, daß im letzten Moment noch etwas schiefgehen könnte: »Bleibt im Haus und werdet nicht leichtsinnig. Du hast mich genug Nerven gekostet.«

Eine blaue Hundert-Franken-Note liegt bei. Ich muß lange auf den Bauern einreden, ehe er sie annimmt.

Die Septembersonne ist noch so warm, daß ich ein paar Stunden am Tag auf einer Wolldecke im Gras liegen kann.

»Es gibt keine bessere Medizin als die Sonne«, sagt die Bäuerin und nimmt mir den Verband von den Füßen. Conny hilft im Stall und sogar beim Haferschneiden mit, obwohl er seine linke Hand schonen muß. Aber er ist eben ein Bauer, der nicht herumliegen und träumen kann. Manchmal, wenn der Wind aus Nordwest kommt, höre ich den Doubs rauschen.

Am Freitag kann ich wieder richtig auftreten, und der Verband wird durch ein Heftpflaster ersetzt. Nach dem Abendessen holt der Bauer eine riesige Flasche mit Pflümlischnaps, um den Abschied zu feiern. Fredy hat geschrieben, daß er in Le Locle übernachten wird, damit er schon am Samstagmorgen auf dem Hof sein könne.

Es ist die erste Nacht, in der ich schlecht schlafe, seit wir über den Doubs gekommen sind. Wenn uns jemand auf dem Feld gesehen hat oder die Mädchen doch etwas erzählt haben? Ich glaube, daß ich zu einem Mord fähig wäre, wenn anstatt meines Onkels jetzt ein Gendarm käme. Bei jedem Geräusch zucke ich zusammen, während Conny schnarcht. Nie werden wir Städter das Gefühl der Geborgenheit erfassen, das Mauern und Dach eines Hofes einem

Bauern geben. Ohne mein Drängen wäre er Alphonse Guillaume nie davongelaufen.

Fredy kommt am Samstagmorgen gegen zehn Uhr. Nicht mit einem Auto, denn die sind 1946 auch in der Schweiz noch rar. Ungefähr vier Kilometer unterhalb des Hofes ist eine Omnibushaltestelle, von der ein schmalen Feldweg zum Hof führt.

Dann sitzen wir alle in der Küche, und Onkel Fredy, wie eh und je auf tadellosen Habitus bedacht, zieht seine maßgeschneiderte Jacke aus und lockert die Krawatte. Er leert eine Flasche Bier mit einem Zug, der jeden Maurer beschämt hätte.

Er dankt unseren Gastgebern für ihre Hilfe und nimmt die Einladung zum Mittagessen an. »Zuvor aber will ich mit meinem Neffen einen Spaziergang machen.«

Wir gehen über die Wiesen, auf denen man weit nach Frankreich hineinsieht und leise den Doubs rauschen hört. Es ist die gleiche Landschaft wie drüben, aber erst in diesem Augenblick weiß ich, daß alles anders geworden ist. Ich spüre etwas Ähnliches wie Conny unter dem Dach des Hofes, aber es ist viel intensiver, und es befreit mich vom letzten Rest der Angst.

»Ein bißchen schmal bist du geworden«, sagt Fredy. »Nicht so schlimm, wie ich befürchtet hatte, aber was hast du für Schrammen im Gesicht?«

»Das war eine Tanne am Doubs. Wir haben ein bißchen Akrobatik machen müssen.«

»Kann ich mir vorstellen. Eine schwierigere Stelle hättet ihr euch auch kaum aussuchen können.«

»Wir hatten ja auch keine andere Wahl. Aber besser halb nackt über den Doubs als mit Hemd und Krawatte über die grüne Grenze bei Boncourt!«

»Da müßt ihr euch auch wie die Idioten benommen haben. Schlegel hat es mir erzählt. Du weißt ja, daß nach ihm noch zwei Allgäuer kamen. Ich darf doch hoffen, daß jetzt Schluß ist?«

Fredy schaut mir voll ins Gesicht, aber seine Augen werden schmal, und ich spüre, daß er nicht nur gekommen ist, um mir zu helfen, sondern um mir eine Lektion zu erteilen.

»Es war Zeit, daß du kamst. Ich habe mit den Deutschen nichts zu tun und sehe nicht ein, warum ich mich für wildfremde Leute exponieren sollte, bloß weil es deine Freunde sind. Daß ihr alle heimwollt, ist verständlich. Aber ist euch auch klar, was man in der Schweiz und in der ganzen übrigen Welt von euch hält?«

»Ich kann's mir denken. Daß du allen dreien geholfen hast, finde ich großartig. Aber ich begreife jetzt auch, daß es eine Zumutung war.«

»Gut, daß du das einsiehst. Aber jetzt müssen wir zuerst einmal praktisch denken. Ich habe komplette Anzüge und Hüte für euch im Koffer.«

»Bis jetzt habe ich mir immer mit einer Baskenmütze geholfen.«

»In der Schweiz trägt man Hüte. In Basel würde man dich sofort für einen französischen Schmuggler halten.«

»Ich habe noch nie im Leben einen Hut getragen. Schirmmütze, Feldmütze, Stahlhelm, etwas anderes habe ich vor der Baskenmütze nicht gekannt. Und ohne sie wäre ich nicht hier.«

Aber er hat keine Lust, mit mir jetzt lange über militärische und zivile Kopfbedeckungen und mein spezielles Verhältnis zu ihnen zu diskutieren.

23

Drei Stunden später marschieren wir, mit drei breitkrempigen Hüten und auch sonst gut ausgestattet, den Pfad zum Dorf hinunter. Bauer, Bäuerin und Kinder winken uns noch lange nach. Dann kommt der Omnibus nach La Chaux-de-Fonds. Ein paar Bauern steigen mit uns zu, und streng hält sich Conny an die Order, stumm seinen Stumpen zu rauchen, während sich Fredy mit den Passagieren ungeniert auf baseldütsch unterhält.

Der Bahnhof von La Chaux-de-Fonds. Kostbare Armbanduhren in Vitrinen, die nie von Bomben bedroht wurden, und am Kiosk zahllose Sorten von Schokolade, die uns den Mund wäßrig machen. Zigaretten, Stumpen, Zigarren und Leute, die Schuhe mit echten Ledersohlen und Anzüge von einer Qualität tragen, die wir seit Jahren nicht mehr gesehen haben.

Der Bahnhof Rue Verte von Rouen fällt mir ein, aber auch St. Lazare und Austerlitz in Paris, mit den armseligen Kiosken und Büfetts eines Landes, das erst wieder zu leben anfängt. Wie müssen da erst die Bahnhöfe in Deutschland aussehen?

Hier ist das Leben weitergegangen, und es ist ein seltsames Gefühl, mit Reisenden, die nichts anderes kennen, in den Zug nach Basel zu steigen. Fredy hat Zeitungen gekauft. Auch eine deutschsprachige für Conny, der unter seinem breitkrempigen Hut einen Stumpen nach dem anderen vor sich hin pafft und aussieht wie ein braver Jurabauer, der zum Wochenendeinkauf in die Stadt fährt.

Basel, SBB. Immer schon war dieser Bahnhof bedeutender als der Badische Bahnhof gegenüber von Lörrach, wo die Züge aus Deutschland ankamen und der jetzt zum reinen Güterbahnhof degradiert ist. Wer kann schon in diesen Zeiten aus Deutschland in die Schweiz reisen!

Bahnhof und Bahnhofsplatz quellen an diesem Samstagnachmittag über von Menschen. Wir müssen zum Münsterberg, und Fredy will sich bei den Leuten anstellen, die auf die Tram warten. Aber ich will Basel erleben.

»Bitte, Onkel Fredy, laß uns zu Fuß gehen. Der Koffer ist jetzt ganz leicht, ich trage ihn gern.«

Er zuckt mit den Schultern, und wir marschieren los. Es ist klar, daß er nicht begreifen kann, was in diesem Moment in mir vorgeht.

Basel: Nur ein paar Zentimeter von dem großen Strich entfernt, den die Weltgeschichte gezogen hatte. Hier konnten sie Emmentaler Käse essen und das Heulen der Sirenen hören, ohne in den Keller zu müssen. Möglich, daß es eine Zeit gab, in der sie Angst hatten, aber das ging vorbei. Hitler marschierte, aus welchem Grund auch immer, an der dünnen Grenze entlang, die den Eidgenossen ihre Freiheit ließ. Basel hörte Bomben und Kanonen brüllen, aber der Stacheldraht blieb unbeschädigt, wenn man von den verzweifelten Versuchen der französischen, russischen, polnischen und belgischen Kriegsgefangenen absieht, die ihn aufzureißen versuchten.

Die meisten von ihnen blieben darin hängen, ohne daß die Baseler ihnen helfen konnten. Die Deutschen jagten jeden mit Hunden und Maschinenpistolen, der den irrsinnigen Kampf mit dem Stacheldraht riskierte, der hier aufgebaut worden war.

»Dieser Zaun ist immer noch da«, sagt Fredy. »Stell dir doch vor, was los wäre, wenn die Deutschen jetzt in Massen nach Basel eindringen würden!«

In Fredys kleiner Junggesellenwohnung wird uns schnell klar, daß wir nur eine Nacht haben. Für drei ist kein Platz, und außerdem ist da die Aufwartefrau, die nichts zu wissen braucht und morgen nur deshalb nicht kommt, weil Sonntag ist. Er hat unser Notlager selbst vorbereitet, und im Eisschrank steht das Abendbrot.

Unser nächstes Abendessen findet nach Fredys Plan bereits in Deutschland statt.

Es ist ein Plan, der in allen Details feststeht: Ausschlafen bis neun Uhr, um zehn Uhr Frühstück, um 12 Uhr 30 Mittagessen in einem unauffälligen Lokal, zurück zur Wohnung und die Dämmerung abwarten. Dann mit der Trambahn nach Riehen, Spaziergang durch die Langen Erlen und – Grenzübertritt. Ein einfacher, logischer Plan, der keiner Diskussion bedarf. Fredy will noch einmal helfen, aber dann endlich seine Ruhe haben. Wenn morgen abend alles klappt, hat er insgesamt fünf flüchtige deutsche Kriegsgefangene hinübergeschafft.

Fredy legt ein verschnürtes Päckchen auf den Tisch. Fast einen halben Meter lang. »Euer Werkzeug für den Stacheldraht.«

Aus dem braunen Packpapier holt er eine klobige, scharfgeschliffene Stahlschere.

»Ist so viel Draht an der Grenze?«

»Leider. Es ist kein eigentlicher Zaun, sondern ein Streifen aus mannshohen Rollen in einer Breite von mindestens zwanzig Metern. Die anderen haben länger als eine Stunde gebraucht, aber mit dieser Schere schafft ihr's in ein paar Minuten.«

Ich kann es nicht lassen. Während Fredy mit Conny bei einem Glas Wein sitzt, gehe ich hinauf zum Münster. Ich schaue auf den Rhein hinunter, in dem sich die Lichter der Uferrestaurants spiegeln. Gleich wird er dort, wo Deutschland und Frankreich anfangen, sein berühmtes Knie machen und zwischen Schwarzwald und Vogesen nach Norden fließen. Die alte Münsterfähre, die ganz langsam zwischen den Ufern pendelt, ist noch da, und ein schwarzer Menschenstrom wälzt sich an diesem lauen Samstagabend über die Wettsteinbrücke. Bürger, die ihr Wochenende genießen, mit Geld in der Tasche, das noch vor dem Ersten Weltkrieg geprägt wurde. Drüben, hinter dem Badischen Bahnhof und dem Stacheldraht, gibt es nur noch wertlose Papierfetzen. Schnittpunkt zwischen Wohlstand und Chaos. Morgen abend werden wir den Draht zerschneiden.

Als ich ins Haus zurückkomme, wird nicht mehr viel geredet, auch am Sonntag nicht. Fredys Stundenplan läuft mit der Präzision einer Uhr ab. Er bedarf keiner Korrekturen.

Beunruhigend ist nur Connys Nervosität. Er kriegt noch einen Schnaps, während ich Drahtschere, Rasierzeug, ein paar Tafeln Schokolade und Zigaretten in eine alte Aktentasche packe. Sie ist unser einziges Gepäckstück. Ganz unten liegt die alte Baskenmütze von Alphonse, von der ich mich nicht trennen kann. Sie hat den Doubs mit überquert, sie wird auch durch den Stacheldraht mitkommen.

Es ist schon fast dunkel, als wir in die Tram nach Riehen steigen. Drei Kinder, die mit Vater und Mutter vom Zoo kommen, trampeln uns auf den Füßen herum, plappern von Affen, Löwen und Elefanten und wollen unbedingt, daß wir ihre Freude teilen. Conny, der sein bayrisches Maul nicht aufmachen darf, rutscht nervös auf seinem Sitz herum und atmet auf, als die Familie aussteigt.

Als wir in den Langen Erlen ankommen, ist es Nacht. Aber noch sind Leute unterwegs auf dem Sandweg, der an dem kleinen Flüßchen entlangführt.

»Auch auf der anderen Seite ist so ein Weg«, flüstert Fredy. »Und dann kommt gleich der Stacheldraht. Aber man darf diesen Weg nicht benützen. Er ist für die Grenzer reserviert. Jede Stunde fahren sie auf dem Velo eine Doppelstreife. In zehn Minuten kommen sie. Dann müßt ihr die Schuhe ausziehen, die Hosen hochkrempeln und durch den Fluß waten. Ihr habt eine volle Stunde Zeit, aber ihr werdet sie nicht brauchen. Auf alle Fälle warte ich hier im Gebüsch.«

Pünktlich wie die Schweizer Eisenbahn radeln drüben die beiden Grenzer vorbei. Es ist so dunkel, daß man sie nur schemenhaft erkennt, und so still, daß man schon von weitem das Knirschen der Reifen auf dem Sand hört.

Wir stehen im Fluß. Es geht ganz leicht. Die Hosen kriegen über den Knien nur ein paar Spritzer ab, und nur einmal läßt mich ein scharfkantiger Stein straucheln. Die Fußsohle brennt höllisch, aber da ist schon das Ufer. Im dünnen Gras liegend, trocknen wir uns ab und schlüpfen wieder in Schuhe und Strümpfe.

Matt blinkt die schwedische Drahtschere im Licht des Halbmonds. Sie schneidet fast geräuschlos, aber je weiter wir uns in dieses metallene Gestrüpp hineinwühlen, um so dichter wird es. Nach zehn Minuten ist noch kein Ende abzusehen. Tonnen von Stacheldraht sind es, die Deutsche und Schweizer auf diesen Grenzstreifen geworfen haben. Ich möchte nur wissen, wie Schlegel, Wisheu und Fickler sich ohne Schere durch dieses Labyrinth gewühlt haben.

Keuchend kriecht Conny hinter mir her. Nach etwa einer Viertelstunde machen wir Pause.

Endlich werden die Rollen spärlicher. Man kann im Zickzack zwischen ihnen durchkriechen in eine steinige Wiese. Die Frage ist, ob es hier Grenzer gibt. Südbaden gehört zu Frankreichs Besatzungszone, und wenn uns jetzt ein Franzose schnappt, sind wir die größten Narren, die sich je durch einen Stacheldraht gequält haben.

Zehn Minuten liegen wir in einer Mulde. Nichts rührt sich. Und dann schleichen wir links von den Tüllinger Höhen nach Brombach. Es mag Mitternacht sein, aber ein Bauer hat noch Licht, und ich klopfe.

Der Empfang ist keineswegs freundlich, aber als wir ihnen unsere Lage erklären, sind sie hilfsbereit. »Es sind ein paar Franzosen im Ort, aber ihr könnt hier unbesorgt schlafen. Morgen werden wir euch nach Schopfheim bringen. Dort löst ihr euch Fahrkarten und fahrt heim.«

Fredy hat mir hundert Franken mitgegeben, aber der Bauer nimmt nichts an.

Am nächsten Mittag fahren wir nach Ravensburg, wo meine Mutter mit meiner Schwester wohnt, seit sie in Freiburg ausgebombt wurde. Die Bäuerin hat einige Löcher in unseren Anzügen gestopft. Aber es wäre gar nicht nötig gewesen, denn was an den Männern in den überfüllten Zügen herumschlottert, kann sich sowieso nicht mit Fredys Anzügen messen. Und die Frauen sind, wenn man an die Eleganz der Baslerinnen denkt, kaum besser angezogen als russische Bauernweiber.

Heimfahren! Was wissen die abgehärmten Gesichter um uns herum von unserem Glück? Conny, der jetzt reden könnte, ohne aufzufallen, zieht an seinem Stumpen. Er denkt an seinen Hof, an Frau und Kind, und er tut es mit der stolzen Zufriedenheit des Mannes, der den Mut hatte, einen großen Einsatz zu wagen.

Der Zug rollt vorbei an Barockkirchen, denen der Krieg nichts von ihrer harmonischen Heiterkeit genommen hat. Stuck und Stein hat er hier verschont. Aber den Menschen legt er seine erbarmungslose Rechnung vor, und man sieht ihnen an, daß sie nicht wissen, wie sie sie begleichen sollen.

Ravensburg. Ein unzerstörter Bahnhof und keine Probleme an der Sperre. In ein paar Minuten werde ich zu Hause sein. Ein Mädchen zeigt uns den Weg zur Raueneggstraße. Sie lacht hell, als ich sie bitte, uns bis ans Haus zu begleiten.

»Auf euch zwei han i grad no gwartet. Da müßt ihr euch a Dümmere suche!«

Noch ein paar Treppen. So einfach ist das.

Es sind blankgeputzte schwäbische Treppen, und es riecht nach Bohnerwachs, als ob es nie einen Krieg gegeben hätte. Die Messingschilder an den Glastüren blitzen, die Glocke tönt schrill.

Dann schlingt mir meine Mutter die Arme um den Hals und weint.

Der Krieg ist aus, und es gibt keine Worte für dieses Gefühl.

Später, als sie uns Malzkaffee, schwarzes Brot und Himbeermarmelade vorsetzt, wird erzählt, und meine Schwester, die eine halbe Stunde später aus der Schule kommt, kann es sowenig fassen wie meine Mutter. Aber sie ist es, die sofort realistisch überlegt:

»Ihr habt natürlich keine Papiere?«

»Natürlich nicht. Aber ich bin da, und das ist die Hauptsache!«

»Eben nicht. Sie werden euch hier suchen. Ihr müßt so schnell wie möglich in die amerikanische Zone.«

»Aber doch nicht sofort! Eine Nacht im eigenen Bett wird ja erlaubt sein. Im übrigen habe ich Freiburg als Heimatadresse angegeben.«

»Das nützt nicht viel. Wir sind polizeilich gemeldet, und glaube bloß nicht, daß die nicht die Spur von Freiburg nach Ravensburg finden! Ihr müßt hier weg, und am besten wäre es, wenn dein Freund gleich weiterführe.«

Conny ist einverstanden. Er hat Mut gezeigt am Doubs, aber seither ist er eine Belastung.

»Gut«, sage ich, »meine Schwester wird dich in den Zug setzen, und ich werde morgen überlegen, was ich mache. Ich bin zwar zu Hause, aber du bist besser dran, weil Schweinfurt in der amerikanischen Zone liegt.«

In der Dämmerung gehen die beiden zum Bahnhof. Meine Mutter gießt neues Wasser in den Kaffeetopf und streicht mir das fünfte Marmeladebrot.

»Du bist schmal geworden.«

»Du auch, Mutti.«

»Wir sind ganz gut durchgekommen. Das wichtigste ist, daß du zurückgekommen bist.«

Aber die Falten an Mund und Augen können nicht lügen. Der Vater ist nicht aus dem Krieg zurückgekommen, und mehr als einen Koffer hat sie in Freiburg nicht retten können.

Es ist Nacht geworden und still auf der Straße. Kein Geräusch dringt ins Zimmer.

»Wo nur Anneliese bleibt?«

»Es ist doch noch nicht spät. Sie wird warten, bis Conny im Zug sitzt.«

»Das kann sie nicht. Jetzt ist Ausgangsverbot. Sie nehmen es zwar nicht mehr so genau wie am Anfang, aber man muß aufpassen.«

Im gleichen Moment schrillt die Glocke. »Gott sei Dank«, sagt meine Mutter und öffnet.

Meine Schwester zittert am ganzen Körper. Sie läßt sich auf einen Stuhl fallen, verbirgt den Kopf in den Händen und weint.

»So sag doch, was los ist! Die Franzosen?«

Sie nickt und nimmt die Hände vom Gesicht.

»Conny! Sie haben Conny geschnappt!«

»Verhaftet? Du hast es gesehen?«

»Ja. Ich habe ihm die Fahrkarte gekauft und ein paar Minuten mit ihm gesprochen. Er war sehr nervös und bat mich, ihn durch die Sperre zu bringen. Es sah alles ganz harmlos aus. Nirgends ein Franzose, und die Leute brauchten an der Sperre nur ihre Fahrkarten zu zeigen. Ich wollte am Haupteingang warten, bis er durch war. Es gab eine kleine Schlange, und er mußte sich anstellen. Plötzlich fuhr ein Jeep mit französischen Militärpolizisten vor. Er sah sie erst, als sie neben dem Kontrolleur standen. Ich merkte, wie er erschrak. Einen Moment glaubte ich, daß er davonrennen würde, aber er blieb in der Schlange.«

»Und was geschah dann?«

»Sie haben ihn gleich zur Seite genommen. Ein paar Minuten später brachten sie ihn zu ihrem Jeep und fuhren weg.«

»Verdammt! Da ist nichts mehr zu machen!«

»Du mußt sofort weg!«

»Fällt mir nicht ein! Sieh mal, sie haben ihn ja gar nicht gesucht. Das war eine reine Routinesache, und er hat Pech gehabt.«

»Glaubst du, daß er dichthält?« fragt meine Mutter.

»Keine Frage!«

»Dann bleibst du heute nacht hier?«

Ich überzeuge beide davon, daß es gefährlicher wäre, jetzt etwas zu überstürzen.

Es ist nicht mehr wie vorher. Aber diese eine Nacht zu Hause kann mir niemand nehmen.

Ich träume von Gendarmen und vom Doubs und bin glücklich, auf einem alten Sofa aufzuwachen und den Tag durch ein Fenster kommen zu sehen, das nicht vergittert ist. Für Conny ist der Ausblick trüber. Ich ziehe den Stuhl heran, auf dem Schweizer Schokolade und Zigaretten liegen. Die alte Standuhr schlägt sechs, im Zimmer von Mutter und Schwester regt sich noch nichts.

Ein Stück Schokolade, ein Zug an der Maryland und wieder ein Stückchen Schokolade. Es ist ein materialisierter Genuß der Freiheit. Die Zigarette glimmt noch, als die Glocke schrillt. Langgezogen, dreimal, viermal. Im Treppenhaus trampelnde Männerstiefel. Ehe meine Mutter mit zitternden Händen den Mantel übers Nachthemd geworfen hat, weiß ich, daß sie mich holen. Conny hat das Maul nicht gehalten.

Breitbeinig und grinsend steht der dicke Gendarmeriekapitän an meinem Lager, zwei andere sichern die Tür.

»Da wäre ja unser ausgeflogener Vogel. So früh hast du uns nicht erwartet, was?«

Sie lassen mir fünf Minuten Zeit. »Frühstück kriegst du im Knast, und zu rasieren brauchst du dich auch nicht. Allez, beeil dich, wir haben unsere Zeit nicht gestohlen!«

Am Spülstein in der Küche lasse ich mir kaltes Wasser über den Kopf laufen. Einer steht an der Tür und überwacht jede Bewegung. Aber sie überschätzen mich. Nie war ich unfähiger, einen klaren Gedanken zu fassen.

Für meine Mutter ist die Enttäuschung zu grausam. Sie ist ohnmächtig geworden und liegt mit kalkweißem Gesicht auf der Couch, auf der ich vor ein paar Minuten noch schlief. So sieht sie nicht, daß sie mich mit Handschellen abführen und in den üblichen Polizei-Citroën schubsen.

Ravensburg ist keine große Stadt, auch das Gefängnis ist klein. Aber seine Mauern sind dick. Ich gehe wie ein Schlafwandler durch den Hof und über einen Korridor. Die Franzosen übergeben mich einem Beamten in grüner Uniform und sorgen noch dafür, daß er mir die Zigaretten abnimmt. Dann kommt die Zelle.

Im Halbdunkel starren mich zwei junge, unrasierte Gesichter neugierig an. Sofort habe ich den dritten erkannt, der mit abgewandtem Gesicht auf seiner Pritsche hockt. Ich spüre rasende Wut. Mit einem Satz bin ich über ihm und schmettere ihm die Fäuste ins Gesicht. Er wehrt sich nicht, aber brüllt in panischer Angst und windet sich am Boden. Dann reißen mich die beiden anderen zurück.

»Du bist wahnsinnig, du bringst ihn ja um!«

Keuchend versuche ich, mich zu befreien, aber sie sind kräftig und drücken mir die Arme auf den Rücken. Plötzlich ist auch der Wärter da.

Ein wuchtiger Tritt in die Rippen nimmt mir die Luft.

Conny steht ächzend auf und wischt mit dem Ärmel das Blut ab, das aus seiner Nase fließt.

»Was geht hier vor?«

»Dieses Schwein hat mich an die Franzosen verraten. Zu Hause liegt meine Mutter, und ich weiß nicht einmal, ob sie noch lebt. Und glauben Sie bloß nicht, daß ich mich nach allem, was ich hinter mir habe, von Ihnen treten lasse wie ein Hund!«

»Es ist der andere Kriegsgefangene, Herr Wachtmeister«, sagt einer der beiden Jungen. »Sie hätten ihn besser nicht in diese Zelle gebracht.«

»Interessiert mich nicht! Die Hausordnung gilt auch für Kriegsgefangene. Außerdem ist das kein Lager, sondern ein Gefängnis.«

Zum erstenmal an diesem Tag kann ich wieder denken. Die Entladung hat mich befreit. »Ich gehöre aber in kein Gefängnis, verstehen Sie. Was die Franzosen mit uns machen, ist ihre Sache. Aber glauben Sie, daß wir heimkommen, um uns von Deutschen prügeln zu lassen?«

»Ihr habt euch doch geprügelt!«

»Und Sie haben mich getreten.«

»Weil hier nicht geprügelt wird.«

»Sie haben ja auch keine Ahnung, um was es geht.«

»Will ich auch gar nicht wissen.«

»Schlimmer als die Franzosen seid ihr! Wo ist denn ein Rechtsanwalt, wenn dies ein Gefängnis sein soll? Wo ist der Untersuchungsrichter?«

»Reden Sie keinen Stuß, Mann! Ich tue hier meine Pflicht, sonst gar nichts!«

»Immerhin reden Sie mich jetzt schon mit Sie an. Und jetzt verlange ich, daß Sie mich Ihrem Direktor vorführen.«

Der Chef macht einen besseren Eindruck. Aber über seinen Schatten kann dieser Bürokrat auch nicht springen.

»Sie haben recht, wenn Sie sagen, daß Sie eigentlich nicht hierhergehören, aber die Franzosen sind die Herren, und wir müssen unsere Pflicht tun.«

»Dann erlauben Sie wenigstens, daß mich meine Mutter und meine Schwester besuchen.«

»Das ist verboten.«

»Aber meine Mutter ist krank. Sie war ohnmächtig, als ich abgeholt wurde. Eine einzige Nacht war ich zu Hause. Begreifen Sie doch, daß sie wissen will, wo ich bin und was mit mir geschieht. Als Kriegsgefangener habe ich ein Recht darauf!«

»Es tut mir leid. Ich lasse Sie jetzt in eine andere Zelle bringen.«

Sie sperren mich mit zwei Schwarzhändlern zusammen, die mit ein paar Monaten rechnen müssen, aber bester Laune sind. Und es findet sich sogar ein Wachtmeister, der den Mut hat, einen Brief an meine Mutter zu befördern und Antwort mitzubringen. Sie ist gesund und rät mir, jetzt nichts mehr zu riskieren.

Sie wissen auch schon, in welcher Zelle ich sitze, und ein paarmal kann ich ihnen sogar zuwinken. Zwar ist es Zivilisten streng verboten, an die Gefängnismauern heranzugehen, aber niemand hat etwas dagegen, wenn Kinder unter den großen Bäumen, die dicht neben der Mauer stehen, Kastanien suchen. Meine Schwester nützt das aus und begleitet kurzerhand ein Nachbarskind hierher.

Mit einem großen Korb kommt sie bis dicht an die Mauer, und wir können einander sehen, wenn ich auf der Pritsche stehe und den Kopf an die Eisenstäbe presse. Meine Mutter bleibt im Hintergrund.

Nach acht Tagen kommen die Franzosen wieder. Zwei Gendarmen holen uns zum Frühzug nach Tuttlingen ab. Mit Handschellen an Conny gekettet, marschiere ich zum Bahnhof, vorbei an neugierig gaffenden Ravensburger Bürgern. Der Zug ist überfüllt, und die Leute, die von den Gendarmen aus dem Abteil gewiesen worden sind, werfen uns Blicke zu, die unmißverständlich sind: Zuchthäusler sitzen und unsereiner muß stehen!

Die Sache mit Conny ist erledigt. Ich weiß jetzt, daß die

Situation ihn einfach überfordert hat. Es war seine erste und seine letzte Flucht. Wenn er Glück hat, kann er im Tuttlinger Lager bleiben. Wir haben uns schon beim Spaziergang im Gefängnishof wieder ausgesöhnt. Aber immer, wenn er mich anschaut, hat er die traurigen Augen eines geprügelten Hundes.

24

Eine Stunde später, im Lager Tuttlingen, kommt die Trennung. Conny wird zur Verbüßung seiner dreißig Tage sofort in die Strafbaracke gebracht. Ich werde dem Kommandanten vorgeführt.

Er ist Elsässer, und es macht ihm Spaß, deutsch zu reden. Noch mehr Freude machen ihm die Papiere auf seinem Schreibtisch. Es ist alles da – beim Gefängnis angefangen.

»Ein dicker Hund, dein Register! Im Knast gesessen und dann dauernd unterwegs. Wenn dein Freund nicht so blöd gewesen wäre, wärst du uns tatsächlich durch die Lappen gegangen. Aber hier schlüpft keine Maus durch den Draht, verlaß dich darauf. Ich werde dich in ein hübsches elsässisches Lager verfrachten, in dem sie dir Disziplin beibringen werden!«

Die Strafbaracke für schwere Fälle ist abgesichert wie das Gold von Fort Knox. Ich zähle sieben Zäune, ehe man mich dem Posten übergibt, der vor der Strafbaracke mit einer Maschinenpistole Wache steht. Sieben bewachte Käfige bis zum Hauptzaun, flaches, übersichtliches Gelände und die MG-Posten auf den Türmen. Diese Baracke ist absolut ausbruchsicher.

Noch während mir der Friseur die neue Glatze schert, werde ich von Burschen, die nicht aussehen, als ob sie vor etwas Angst hätten, aufgeklärt: »Dreimal am Tag ist Appell, und in der Nacht umkreisen zwei Doppelposten die Baracke. Bis zum Abendappell dürfen wir uns auf den paar Metern zwischen dem ersten Zaun und der Baracke bewegen. Wir sind fünfunddreißig Mann, und jeder war schon mindestens dreimal auf Achse. Aber hier gibt es kein Loch. Unsere einzige Chance zur Flucht ist der Transport in ein Straflager irgendwo im Elsaß.«

Es ist Oktober. Um halb sieben ist es schon dunkel. Im Lager ist noch Leben, aber die Strafbaracke wird abgeschlossen. Unter der trüben Funzel in der Mitte des langen Tisches sitzen Skatspieler und ein paar Kiebitze, aber die meisten liegen auf dem faulen Stroh und starren zur Decke. Neben mir liegt ein hagerer, starkknochiger Kerl aus dem Berliner Wedding, an die dreißig, mit schwarzen Augen, die im Halbdunkel glühen, wenn er an dem Stengel zieht, von dem er sich einbildet, es sei eine Zigarette.

»Ich bin fünfmal abgehauen, zuletzt aus dem Straflager, wo sie uns jetzt wieder hinbringen«, sagt er. »Dort raucht man Tee und frißt Hunde. Aber mich werden sie so verprügeln, daß ich nichts mehr zum Fressen brauche. Wie oft bist du abgehauen?«

»Viermal. Oder eigentlich fünfmal. Ich war auch im Knast. Ziemlich lange.«

»Wo denn?«

»In Rouen.«

»Schönes Stück Weg.«

»Kann man wohl sagen. Und dann hockst du in Deutschland und bist schärfer bewacht als je zuvor.«

Ich erzähle ihm alles, was in Ravensburg passierte.

»Diesen Conny würden sie im Straflager umbringen.«

»Ich wollte es auch. Aber er kann schließlich nichts dafür. Schuld an allem bin ich selber. Ich hätte wissen sollen, daß er bei seinem Bauern im Jura zufrieden war. Jetzt wird er brav auf seinen Entlassungsschein warten.«

»Eines Tages kriegt er ihn, und wir werden im Straflager verrecken.«

»Deshalb müssen wir hier raus. Es muß einen Weg geben!«

Er setzt sich auf und bläst mir beißenden Teerauch ins

Gesicht. »Jetzt hör mal gut zu, Junge. Wenn ick dir sage, dat et keen Loch jibt, denn jibt et keenes! Hältste mich für einen Anfänger? Ich würde nicht nur bei fünfzig Prozent Chance abhauen, sondern sogar bei zehn. Aber hier gibt es nicht einmal ein Prozent, hast du das immer noch nicht kapiert? Wir müssen auf den Transport warten. Vorher läuft nichts.«

»Und wann, denkst du, geht der Transport?«

»Wahrscheinlich am Montag. Bis jetzt sind sie immer montags gegangen.«

»Dann haben wir noch drei Tage Zeit.«

Am nächsten Morgen sitze ich in der milden Oktobersonne neben Orje. Jetzt erst sehe ich, wie lang und dünn seine Beine sind. Sie haben ihn, wie mich, in Zivil geschnappt und ihm eine alte Wehrmachtshose verpaßt, die mindestens zwanzig Zentimeter zu kurz ist. Dafür ist meine zu lang. Er raucht wieder Tee, aber im Freien ist der Gestank leichter zu ertragen. Auf dem Weg, der schnurgerade am Hauptzaun vorbeiführt, sieht man hin und wieder einen Radfahrer.

»Sieht aus wie eine Uferböschung«, sage ich.

»Ist es auch. Da unten fließt die Donau, rechter Hand ist das Tuttlinger Freibad. Ich habe alles ausgekundschaftet. Aber wie willst du durch sieben Zäune an den Hauptzaun kommen?«

»Morgen ist Samstag. In Frankreich haben sie samstags immer nur die Hälfte des Wachpersonals gehabt.«

»Hier auch«, sagt Orje und bläst seinen Tee in die Luft. »Und was meinst du, was dir das hier nützt?«

»Seit einer halben Stunde beobachte ich die Posten an den großen Türen zwischen den Käfigen, Orje. Du siehst doch, daß sie anstandslos jedes Arbeitskommando durchlassen, ohne nach Papieren zu fragen.«

»Logisch, da hätten sie viel zu tun. Aber durch den Hauptzaun kommt keiner.«

»Als Berliner mußt du den Hauptmann von Köpenick kennen.«

»Klar. Bloß begreife ich nicht, wie der uns helfen könnte.«

»Seine Idee muß helfen. Im Knast von Rouen haben wir auch Leute gehabt, die sich Feilen und Meißel kommen ließen. Aber der einzige, der ausgebrochen ist, hat sich nicht einmal die Finger schmutzig gemacht, sondern ist durch die große Pforte spaziert. Wir bilden ein kleines Arbeitskommando und marschieren durch sämtliche Pforten bis zum Hauptzaun.«

Orje schüttelt den Kopf. »Bleiben immer noch zwei Zäune, der Hauptzaun und zuerst dieser hier.«

Er deutet auf den Draht, der dicht vor unseren Füßen an die drei Meter hochsteigt. »Morgen mittag steht zwar kein Posten hier, aber unsere Pforte ist verschlossen.«

»Aber du gibst zu, daß wir uns frei im Lager bewegen können, wenn wir durch diesen Zaun kommen.«

Plötzlich hat er Feuer gefangen. »Du hast recht. Nur so kann es gehen. Und was würdest du sagen, wenn der alte Orje eine Kombizange hätte?« Er deutet auf ein Grasbüschel neben dem Zaun. »Dort ist sie vergraben. Sie ist ein Vermögen wert.«

»Unser Problem ist es, das Kommando so klein wie möglich zu halten«, sage ich. »Vier oder fünf Mann, mehr nicht. Und gestartet wird morgen nachmittag, kurz vor sechs. Es dämmert dann schon, und wir haben eine gute halbe Stunde Zeit, um vor dem Abendappell an den Hauptzaun zu kommen.«

»Ich werde die Leute aussuchen«, sagt Orje.

Ein leiser Stich in der Magengrube. Ich habe gewußt, daß er kommen würde. Solange man plant und die Schnauze hält, meldet er sich nicht. Aber plötzlich ist er da wie das erste Ticken einer Zeitbombe, und man ist nicht der einzige, der ihn spürt, weil es unmöglich ist, ein solches Geheimnis vor vierzig hellhörigen Glatzköpfen zu hüten. Jeder von ihnen wird zur Radarstation, wenn ein Ausbruch in der Luft liegt. Hätten die Bewacher nur ein Zehntel des Gespürs der Männer, die in den phantasievollsten Verkleidungen durch

Frankreich und auch durch die Schweiz getrampt sind, das Unternehmen würde am ersten Zaun platzen.

Nach einer Stunde weiß es jeder in der Baracke, und nach dem Mittagsappell ist eine offene Besprechung unvermeidlich. Sie haben ein Recht darauf, denn wer bleibt, hat mit Repressalien zu rechnen.

Orje spricht mit gedämpfter Stimme, um den Posten nicht aufmerksam zu machen. Sie umdrängen uns. Hinten steigen sie auf den Tisch, um besser zu hören. Die Stimmung ist gereizt, weil die Wahl schon getroffen ist.

Orje war klug genug, nicht nur erfahrene, sondern auch kräftige Burschen auszusuchen.

»Ihr müßt bedenken, daß das Maximum mit sechs Mann schon überschritten ist. Jeder, der jetzt noch dazukäme, würde alles verderben. Unsere Chancen stehen eins zu hundert, und es wird scharf geschossen. Wenn sie uns zwischen den Drähten abknallen, wird jeder froh sein, der in der Baracke geblieben ist.«

Das zieht. Alle wissen, daß am Hauptzaun ohne Anruf geschossen wird. Orje ist ein überraschend guter Redner. Der erste Kampf ist gewonnen, weil er die richtigen Worte gefunden hat.

Die Mehrzahl der Zurückbleibenden ist für das Unternehmen. Die anderen enthalten sich der Stimme.

Vier schlüpfen schneller durch ein Loch als sechs. Doch der Trupp läßt sich nicht mehr reduzieren. Wichtiger ist, daß wir die Unterstützung haben, ohne die es keinen Weg aus der Strafbaracke gäbe.

Jetzt rüstet sich ein halbes Dutzend zum Ausbruch. Sie gefallen mir alle, aber Orje ist ein Glücksfall, ohne den das Unternehmen sinnlos wäre. Der Morgen verrinnt mit quälender Langsamkeit. Doch Orje gewinnt auch dieser Warterei eine gute Seite ab: »Die Wolken kommen von Westen. Es wird früh dunkel werden.«

»Und was hast du davon, wenn der Posten am Nachmittag vor der Baracke bleibt?«

»Er bleibt nicht. Jeden Samstag haut er ab.«

Es ist unmöglich, ein Loch in den Zaun zu schneiden und sechs Mann durchzuschleusen, wenn es einen Posten im schmalen Terrain der Strafbaracke gibt.

Der Mittagsappell dauert eine halbe Stunde länger als sonst, weil sie sich verzählt haben. Aber die Rechnung stimmt schließlich doch, und wir können einrücken zum Suppenempfang.

Orje löffelt die graue Brühe mit den Rübenbrocken wie immer in sich hinein. »Viel Kraft gibt sie nicht«, sagt er. »Aber wenn du durch sieben Zäune willst, mußt du fressen.«

Gegen zwei Uhr verläßt der Posten die Umzäunung, in der die Strafbaracke steht, und schließt das Tor ab. Alle anderen Tore bleiben bewacht, doch sieht man, wie die Wachmänner mit den blauen Stahlhelmen und den Maschinenpistolen allmählich auf die Hälfte der sonstigen Stärke zusammenschrumpfen. Der Mann auf dem Turm ist fünfzig Meter entfernt.

Einen kleinen toten Winkel kann er nicht einsehen. Wenn sich sechs Mann an die Stirnseite der Baracke pressen, geht sein Blick über sie hinweg, fängt sie aber wieder ein, wenn sie die drei Schritte bis zum Zaun machen. Für ein paar Minuten muß dieser tote Winkel vergrößert werden. Orje meint, daß in drei Minuten alle sechs draußen sein können, und er will das Loch schneiden.

Es ist nicht einfach, ihm das auszureden, aber er gibt nach, als die anderen meine Argumente unterstützen. Mit seinen 1 Meter 90 ist er zu lang. Die Zange wandert in meine Tasche.

Draußen, im nächsten Käfig, stehen ein paar alte, ziemlich morsch aussehende Bänke. Sie sind an die fünf Meter lang und gehören zu den groben Tischen, mit denen die Baracken ausgestattet sind. Ich schlage vor, daß wir eine dieser Bänke auf die Schulter nehmen und im Gänsemarsch davontragen wie ein richtiges Arbeitskommando.

»Wenn der Posten nicht blöd ist«, sagt einer, »muß ihm

auffallen, daß sechs Mann für eine so lächerliche Bank zuviel sind. Zwei würden völlig genügen.«

Ich lasse das nicht gelten, weil ich die Stumpfsinnigkeit der Beschäftigungstheorie in den Lagern studiert habe. »Überhaupt nichts wird ihm auffallen. Alles, was nach Arbeit aussieht, ist gut. Glaubst du, daß einer, der hier Posten schiebt, sich die Mühe macht, darüber nachzudenken, ob eine Arbeit sinnvoll ist oder nicht? Wenn er uns mit einer Bank sieht, dann muß uns eben jemand den Befehl gegeben haben, diese Bank zu transportieren. Basta.«

»Er hat recht«, sagt Orje. »Wenn wir die Bank erst haben, werden wir ungestört bis zum Hauptzaun marschieren. Viel wichtiger ist, daß die Sache mit den Decken klappt.«

Von ein paar grauen Wehrmachtsdecken hängt es ab, ob der Posten auf dem Turm stillhält. Mit einer Art von spanischer Wand soll der tote Winkel für ihn so vergrößert werden, daß ich das Loch in den Zaun schneiden kann. Ein improvisiertes Revierreinigen am Samstagabend zeugt lediglich von deutscher Sauberkeit.

Kurz vor sechs, als die Dämmerung anfängt, kommen die Männer mit den Decken und fangen zu klopfen und zu schütteln an. Hinter den beiden, die ihre Decke mit ausgestreckten Armen in der Abendbrise wehen lassen, krieche ich zum Zaun. Dem Posten auf dem Hochsitz ist die Sicht versperrt.

Es geht leichter, als ich gedacht hatte, das Klopfen der Männer übertönt das Knirschen des Drahts. Zwei von denen, die zurückbleiben, robben heran, um den Draht hochzuhalten, und einer nach dem anderen zwängt sich durch die Öffnung. Bewegungslos bleiben wir liegen und warten auf das verabredete Zeichen. Erst muß der Mann auf dem Turm den Kopf abwenden.

»Genau sechs«, flüstert Orje. »Wenn sich der Affe nicht bald umdreht, wird's kritisch.«

Nach drei Minuten kommt das erlösende Zeichen. Wir stehen auf und gehen langsam hinüber zu den Bänken. Es gibt keinen Weg mehr zurück. Das Loch im Zaun ist schon wieder zu, die Decken sind zusammengefaltet.

Die Bank, die wir aufnehmen, hat Moos angesetzt. Ich bin der erste und spüre am Wackeln des Holzes auf der Schulter, wie sie hinter mir den Gleichschritt suchen. Es stehen nur drei oder vier Baracken in dieser Umzäunung, vermutlich Depots, und alles kommt jetzt darauf an, wie der Posten an der Drahttür reagiert.

Links-zwei-drei-vier, links-zwei-drei-vier. Noch fünfzig Meter. Ich steure direkt auf ihn zu, und bei zehn Meter weiß ich, daß uns die Bank tatsächlich von jedem Verdacht befreit. Mechanisch und ohne mehr als einen flüchtigen Blick auf uns zu werfen, öffnet der Posten die Tür.

Wir marschieren an einem Arbeitskommando vorbei, das Holz sägt. Hinter mir zieht Orje an der Bank.

»Langsamer«, flüstert er. »Es ist erst 6 Uhr 06. Wir haben Zeit. Läuft wie am Schnürchen, was?«

Achtlos kreuzen uns ein paar Landser. Schnellen Schrittes überholt uns ein französischer Unteroffizier in Ausgehuniform. Der Posten öffnet ihm die Tür und läßt sie gleich offen für uns.

Nach dem dritten Käfig der vierte. Die Bank ist die beste Tarnung, und alles geht glatt. Es ist nicht zu glauben. Wir passieren die Baracke des Kommandanten, und die nächste Tür öffnet sich genauso wie die übernächste – wie in einem absurden Film.

Dann kommt der Hauptzaun. Das große, von einem Doppelposten bewachte Tor wird gerade für einen Jeep geöffnet, aber hier hört der Spaß auf. Mehr dem Instinkt als einer Überlegung folgend, dirigiere ich die Kameraden nach rechts, wo sich die Franzosen einen Sportplatz mit behelfsmäßigen Fußballtoren angelegt haben. Fünf oder sechs sind vor dem entfernteren Tor versammelt und schießen Elfmeter, obwohl der Ball im Zwielicht kaum noch zu sehen ist.

Ganz dicht am Hauptzaun, auf der Höhe der Mittellinie,

steht eine verwahrloste Baracke mit eingeschlagenen Fensterscheiben. Es bedarf gar keiner Beratung. Ich spüre, daß Orje hinter mir die gleiche Idee hat. Wir marschieren mit unserer Bank in die Baracke hinein, ohne daß die Fußballer von uns Notiz genommen hätten. Die Bank kommt in eine Ecke, und wie auf Kommando legt sich jeder flach auf den Boden.

»Sechs Uhr vierzehn«, flüstert Orje. »In sechzehn Minuten ist Abendappell, und in zehn Minuten müssen wir draußen sein.«

Keine acht Meter entfernt ist der Hauptzaun. Wenn man sich auf den Rücken legt, kann man in der einfallenden Nacht durch die leeren Fensterhöhlen den Draht blinken sehen. »Hoffentlich haben uns die Fußballer nicht gesehen«, sagt einer.

In diesem Moment wird es ruhig auf dem Platz, und wenig später kommen die Spieler, von der Dunkelheit vertrieben, dicht an der Baracke vorbei. Wir liegen wie erstarrt. Die Nerven sind zum Zerreißen gespannt. »Sechs Uhr neunzehn«, sagt Orje, als die Schritte verhallt sind.

Ich bin schon zur Tür vorgekrochen, die ausgehängt und nur noch ein schwarzes Loch ist. In fünf Minuten müssen wir draußen sein.

Im Halbdunkel robbe ich zum Zaun vor, und verdammt scharf sind noch die Umrisse des nächsten Hochsitzes zu sehen.

Knapp fünfzig Meter sind das, und wenn der Bursche gute Augen und Ohren hat, braucht er kein Licht, um mich abzuknallen. Der Draht knirscht erschreckend laut unter dem Griff der Zange. Der ganze Zaun zittert, und ich warte, bis er wieder still wird. Auf dem Turm rührt sich nichts.

Nach zwei Minuten kann ich durchschlüpfen, aber dieses Lager ist besser abgesichert als alle anderen. Dem inneren Zaun folgt, durch einen Streifen von anderthalb Meter Breite getrennt, der äußere. Diesen Streifen haben sie mit Stacheldrahtrollen vollgepackt.

Der äußere Zaun scheint ganz neu zu sein. Es sind breitmaschige Quadrate von etwa 20 Zentimeter Durchmesser, und die Versuchung durchzuckt mich, sofort weiterzumachen und einfach hochzusteigen wie an einer Leiter. Aber das wäre gegen die Abmachung. Jeder hat schwören müssen, daß er keinen Alleingang macht. Ich muß warten, bis alle durchs Loch geschlüpft sind. Orje kommt als letzter.

»Fünf vor halb«, flüstert Orje. »Es wird höchste Zeit!«

»Dann hat es keinen Sinn, weiterzuschneiden. Man kann leicht rüberklettern. Ein geschlossener Sprung dauert fünf Sekunden, und blutige Finger heilen wieder.«

Alle sind einverstanden, und dann knirscht der Draht unter zwölf Händen und zwölf Stiefeln, unter hastigen Griffen und Tritten. Knappe drei Meter sind es, und jeder läßt sich auf der anderen Seite hinunterfallen zur Uferböschung der Donau. Dann rasen wir am Fluß entlang und warten auf das Rattern des Maschinengewehrs. Es ist unvorstellbar, daß der Mann auf dem Hochsitz nichts gehört hat.

Aber als wir uns nach rechts wenden und über die Barrieren des Tuttlinger Freibades klettern, rührt sich immer noch nichts. Wir laufen an leeren Schwimmbecken vorbei, die wie riesige, dunkelgrüne Trichter aussehen. Gleich hinter dem Bad kommt die schützende Wand des Waldes. Steil steigt das Gelände an. Taumelnd und keuchend erreichen wir die ersten Bäume.

Jeder ringt nach Atem, bis Orje hervorstößt: »Drei Minuten nach halb, und noch kein Licht und kein Appell!«

Kaum zweihundert Meter unter uns liegt das riesige Areal des Lagers wie eine Geisterstadt. Aus einigen Baracken dringt mattes Licht, aber die Nacht hängt undurchdringlich über den Zäunen.

»Vielleicht geht deine Uhr falsch«, flüstert einer.

»Quatsch! Die geht auf die Sekunde!«

Orje hat eine andere Erklärung: »Es ist Samstag, und der

Wachhabende nimmt es nicht so genau, weil die Chefs nicht da sind.«

In diesem Moment kommt Leben ins Lager. Schrilles Pfeifentrillern und grelle Lichtkegel, die den Draht aufblitzen lassen. Ohne ein Wort stolpern wir weiter.

Brombeersträucher zerren an den Kleidern, und immer steiler wird der Anstieg. Aber die Richtung stimmt. Wir halten uns genau nördlich, in dieser ersten Stunde müssen wir so weit wie möglich aus der Bannmeile des Lagers herauskommen.

Orje ist der Schnellste. Trotz seiner Größe sind seine Bewegungen geschmeidig, und immer wieder muß er anhalten, um den Trupp nachrücken zu lassen. Dicht unter dem Kamm, wo das Gelände flacher wird, ist eine Verschnaufpause nötig. Zwei sind so schlapp, daß sie sich aufs Moos fallen lassen.

Man sieht das Lager nicht mehr, aber man spürt seine Unruhe, weil der Wind Geräuschfetzen in den Wald treibt.

»Jetzt haben sie mindestens schon dreimal gezählt«, grinst Orje. »Sie wissen, daß sechs aus der Strafbaracke fehlen, aber nicht, wo wir raus sind, wenn die Kumpels das erste Loch richtig geflickt haben. Vor morgen früh haben die Franzosen praktisch keine Chance, das Loch am Hauptzaun zu finden. Sie haben nicht den geringsten Anhaltspunkt und müssen ein paar Kilometer Draht absuchen. Was nützen ihnen morgen früh Schweißhunde? Da gibt's keine Spur mehr, und vielleicht regnet's sogar noch.«

»Sechs Mann aus der Strafbaracke, das ist ihnen noch nie passiert und bedeutet Großfahndung«, sage ich. »Ich bin dafür, daß wir uns in drei Gruppen zu je zwei Mann aufteilen. Sechs kommen nirgends unter. Vergeßt nicht, daß wir uns tagsüber bei Bauern verstecken müssen.«

Orje nickt. »Du hast recht, aber zuerst brauchen wir was zu essen. Das machen wir noch gemeinsam. Es ist kurz vor acht. Da schläft noch kein Bauer, und hinter diesem

Wald muß es Höfe geben. Außerdem habe ich noch nie einen so irrsinnigen Durst gehabt.«

Alle sind einverstanden. Der Haufen wird in drei Gruppen aufgeteilt, und mein Partner ist Orje.

25

Die letzte gemeinsame Aktion ist nicht ungefährlich. Nach dem Wald kommen steinige Wiesen und eine halbe Stunde später die Lichter eines einsamen Hofes.

»Vielleicht ist es besser, wenn erst mal einer anklopft und die anderen sich verstecken«, sage ich zu Orje.

Seine schwarzen Augen werden schmal. »Wenn der Bauer nicht will, dann nehmen wir uns, was wir brauchen. Einen Prügel kriegt er übers Hirn, wenn er nicht spurt. So wird das gemacht, und deshalb habe ich auch gewollt, daß wir alle sechs diese erste Station anlaufen.«

Orje ist ein Ganove. Keiner von uns wäre auf die Idee gekommen, einen Bauern, der nicht spurt, zu überwältigen. Trotzdem nötigt mir seine wilde, eiskalte Entschlossenheit Bewunderung ab. Er läßt mir den Vortritt, aber ich weiß, daß er einen faustgroßen Felsstein in der Tasche hat.

Der Bauer, der auf mein Klopfen öffnet, erschrickt so, daß er die Tür sofort wieder zuschlagen will. Aber Orje hat den Fuß dazwischen und drückt ihn mit der schweren Eichentür in den Flur hinein. Sekunden später ist der Hof besetzt. Sechs feldgraue Glatzköpfe mit blutigen Händen fordern Speise und Trank.

Der Bauer starrt uns wie Gespenster an und hält sich mit zitternden Händen an einem Schrank fest. Dann fällt Licht auf uns, weil die Bäuerin die Küchentür öffnet, um zu sehen, was es gibt.

»Jesus Maria«, schreit sie und hebt die Hände. Aus der Küche dringen die hellen Stimmen von Kindern.

»Wer ist noch im Haus?« fragt Orje, und ich sehe, daß seine rechte Hand in der Tasche den Stein umklammert.

»Niemand.« Die Stimme des Bauern zittert. »Es ist niemand da außer meiner Frau und den Kindern. Aber unten im Ort sind Franzosen.«

Orje nimmt die Hand aus der Hosentasche und tritt ganz nahe an ihn heran. »Jetzt hör mal gut zu«, sagt er. »Wir wollen nichts anderes, als etwas zu essen und zu trinken. Milch oder Wasser, dazu einen Laib Brot und eine Speckseite.«

Der Bauer atmet auf und kriegt wieder etwas Farbe im Gesicht.

»Bring die Kinder ins Bett«, sagt er zu seiner Frau. »Ich werde holen, was sie brauchen.«

Fünf Minuten später sitzen wir am Küchentisch und trinken Most. Im Herd knistert dürres Holz.

»Noch einen Krug, Bauer! Wir haben einen weiten Weg vor uns!«

»Und hinter euch das SS-Lager bei Balingen, stimmt's?« Sein Blick ist nicht mehr ängstlich, sondern ein bißchen verschlagen. »Natürlich seid ihr dort ausgebrochen.«

»Wir kennen kein SS-Lager bei Balingen«, sage ich. »Vor zwei Stunden waren wir noch im Tuttlinger Lager, wenn Sie's genau wissen wollen, und die blutigen Hände kommen vom Stacheldraht.«

»Und warum habt ihr keine Haare?«

»Weil wir aus der Strafbaracke kommen.«

Aber jetzt wird es Orje zu dumm. »Soll das vielleicht ein Verhör sein? Wo wir herkommen, ist scheißegal für dich, verstanden! Jetzt wollen wir nichts anderes als ein bißchen Essen und Trinken von dir. Ist das vielleicht zuviel verlangt?«

Der Bauer zuckt ängstlich zusammen. Er redet nicht mehr vom SS-Lager, sondern tuschelt mit seiner Frau. Sie verschwindet in der Küche und kommt mit einer Speckseite zurück, die mindestens fünf Pfund wiegt.

»Hol noch zwei Brotlaibe«, sagt der Bauer und wirft Orje einen scheelen Blick zu. Brot und Speck werden in sechs gleiche Teile geschnitten. Wir werden unterwegs essen.

Draußen hat es zu nieseln angefangen. Dieser dünne Regen ist gut. Er verwischt die Spuren.

»Der Bauer wird das Maul halten«, sagt Orje. »Er hat Beihilfe zur Flucht geleistet, aber nur, weil er Angst vor uns hatte.«

Wir kauen im Regen feuchtes Brot und warten, bis sich die Augen an die Dunkelheit gewöhnt haben. Die Orientierung wird schwierig. Einer schlägt vor, in dieser Nacht noch zusammenzubleiben, und selbst Orje wird unschlüssig.

Aber ich bin gegen die Sechsergruppe. »Wenn's Tag wird, steht ihr da wie die Ochsen. Kein Bauer versteckt sechs Männer einen ganzen Tag lang, und im übrigen liegt dieses SS-Lager bei Balingen genau in unserer Richtung. Alle werden glauben, daß wir dort abgehauen sind. Der Plan wird eingehalten, wir trennen uns jetzt. Allgemeine Richtung Norden. Versucht, heute nacht noch über Spaichingen hinauszukommen. Laßt es links liegen und geht über den Heuberg. Da gibt es nur kleine Dörfer, die man leicht umgehen kann. Wer Glück hat, findet einen Bauern, der ihm Zivilklamotten gibt. Marschiert wird nur nachts und nie auf der Straße. Wer sich anstrengt, kann nach drei Nächten in der amerikanischen Zone sein.«

Wir schütteln einander die Hände, aber Adressen werden keine ausgetauscht. Wer geschnappt wird, darf keinen Fetzen Papier bei sich tragen.

Dann bin ich mit Orje allein. Wir warten ein paar Minuten, bis die Nacht die anderen verschlungen hat.

Der Westwind ist kalt und böig, und auf freiem Feld peitscht er die Regentropfen wie Nadeln ins Gesicht. Im Wald ist es so stockdunkel, daß man sich mit den Fingerspitzen den Weg ertasten muß.

Wir kommen gut vorwärts, und nach Mitternacht, als der Regen aufhört und die Sterne zwischen schwarzen Wolkenfetzen aufblinken, wissen wir, daß die Richtung stimmt. Die kahlen, steinigen Berge der Alb sind hier an die tausend Meter hoch. Gegen drei Uhr sehen wir tief unter uns ein paar Lichter.

»Spaichingen«, sage ich. »Viel weiter werden wir nicht kommen.«

Ehe es Tag wird, brauchen wir ein Quartier, und wir müssen uns in ein Dorf wagen, weil es hier oben, wo der Wind über kargen, steinigen Boden pfeift, keine Höfe gibt.

Das Dorf heißt Denkingen. Es ist halb fünf, als wir uns am Ortseingang an ein Haus heranschleichen, in dem schon Licht ist. Wenn es Franzosen im Dorf gibt, sind sie im Zentrum. Außerdem bleibt uns keine Wahl.

Die Frau, die uns öffnet, erschrickt, aber sie läßt uns eintreten. Als sie den Mann geholt hat, gibt es keine Schwierigkeiten. Er sieht mit einem Blick, was los ist, und will gar nicht viel wissen.

»Wie lange wollt ihr bleiben?«

»Einen Tag. Nur schlafen. Wenn es dunkel wird, gehen wir weiter.«

»Balingen?«

»Nein, wir kommen nicht aus dem SS-Lager. Wir sind gestern abend in Tuttlingen abgehauen.«

Der Bauer zuckt mit den Schultern. »Im Grund ist es gleich, wo ihr herkommt. Es ist zwar verboten, Kriegsgefangene zu verstecken, aber ich war selber einer. Ihr könnt jetzt frühstücken und nachher in der Scheune schlafen.«

Es gibt heiße Milch und Schwarzbrot, und dann werden die Glieder so schwer, daß es große Überwindung kostet, nicht am Küchentisch einzuschlafen. Jeder kriegt eine Wolldecke, und das Stroh in der Scheune ist nicht feucht und grau wie im Lager, sondern gelb und trocken. Ein paar Minuten liegen wir noch wach und sehen durch die Ritzen im Gebälk den Tag grauen.

Als uns der Bauer weckt, ist es draußen schon wieder

Abend. Er bringt eine große Kanne mit heißer Milch, dazu Brot und Speck.

»Ihr müßt hier essen. In der Küche ist es zu gefährlich. Man weiß nie, wer kommt. Wann wollt ihr weiter?«

»So nach zehn, wenn es still ist draußen.«

»In Ordnung. Ich habe ein paar alte Klamotten für euch gefunden. Schön sind sie nicht, aber auf alle Fälle besser als eure zerrissenen Uniformen.«

»Sie tun viel für uns«, sage ich dankbar.

Der Bauer winkt ab. »Jeder will heim. Ich habe mehr Glück gehabt als ihr. Warum sollte ich euch nicht helfen?«

Dann liegen wir satt im Stroh. Es wird still auf der Straße, und aus dem Stall klingt das metallene Klappern der großen Milchkannen. Ich muß an Alphonse denken und an Marthe. Und ich habe das sichere Gefühl, daß der pfiffige Nachbar Taillard jetzt über Alphonse grinst und ihm sagt, er habe von Anfang an gewußt, was kommen würde. Taillard hatte alles durchschaut, aber nichts gegen die Flucht unternommen. Vorhin, als Orje die Milch literweise in sich hineinschüttete, hat der Bauer von Denkingen genauso gegrinst wie Taillard, als ich damals nach dem Dreschen seinen Wein getrunken hatte.

Mit einem Rülpser, hinter dem drei Liter Milch, ein halber Laib Brot und ein halbes Pfund Speck stecken, wacht Orje auf. Und jetzt will ich es genau wissen.

»Sag mal Orje, du kennst doch den Knast?«

Seine Offenheit ist entwaffnend. »Natürlich. Ich bin dreimal in Moabit gesessen.«

»Und warum?«

»Diebstahl und Einbruch. Aber ich habe keine Lust, dir Vorträge darüber zu halten.«

»Brauchst du auch nicht. Ich hab's bloß gemerkt, weil ich auch im Knast war.«

»Du hast es mir gesagt, aber ich habe nie etwas darüber wissen wollen. Und weißt du auch, warum?«

»Nein.«

»Weil du kein richtiger Knastologe bist. Du hast vielleicht ein bißchen hineingerochen, aber du bist ein Spießer geblieben, und wenn ich dem Bauern gestern einen Prügel über den Schädel gehauen hätte, dann hättest du geweint. Stimmt's?«

»Geweint nicht, aber ich wäre dagegen gewesen.«

»Das ist das gleiche. Und jetzt hör mal gut zu, du behütetes Bürgerlein. Ich nehme an, daß du in einer braven Provinzstadt als Sohn unbescholtener Eltern aufgewachsen bist.«

»Stimmt ungefähr.«

»Siehst du. Aber mein Alter war Kommunist und ist im KZ verreckt. Und meine Mutter ging auf den Strich. Was weißt du vom Berlin der dreißiger Jahre?«

»Nichts. Ich bin im Krieg zweimal hingekommen. Einmal 1943 für drei Tage und dann 1945, als der Russe schon in Köpenick stand.«

»Dann weißt du überhaupt nichts, aber du kannst froh sein, daß du jetzt auf der Schwäbischen Alb in einer Scheune hockst und nicht in einem sibirischen Lager.«

»Bin ich auch. Und ich bin sogar froh, daß du dabei bist.«

»Ganz meinerseits«, grinst Orje. »Die Hauptsache ist, daß jeder sich auf den anderen verlassen kann. Im Knast ernt man das besser als draußen, stimmt's?«

»Es stimmt, Orje.«

Kurz nach neun holt uns der Bauer in die Küche. Es gibt Fleisch und Kartoffeln, und wir können uns waschen, rasieren und umziehen. Der Abschied ist herzlich. Er riskiert es sogar, ein Stück mit uns zu gehen, bis wir freies Feld vor uns haben. Zur Rechten sieht man im Mondlicht die kahlen, felsigen Flanken des Heubergs.

Wieder meiden wir Straßen und sogar die schmalsten Pfade, denn die Nacht ist hell und das Straflager für SS und politische Häftlinge nicht weit. Es geht zügiger voran als gestern. Nach Mitternacht ist es hier auf der »Rauhen Alb« so still wie im Hochgebirge.

Einen besseren Kameraden als Orje aus dem Berliner Wedding könnte es für diese Wanderung nicht geben. Er hat ein Ohr für Geräusche wie der beste Kriminalist.

Nach einem pausenlosen sechsstündigen Marsch müssen wir uns an die Landstraße heranschleichen, um ein Ortsschild zu finden. Es gibt keines, aber nahe einer Zementfabrik finden wir einen verwitterten Kilometerstein: »Balingen 3 Kilometer.«

Das Lager kann nicht weit sein. Und auch Menschen, die wach sind und arbeiten, sind nicht weit. Zehn Minuten lang liegen wir hinter Büschen am Rande eines steinigen Feldwegs.

»Viel Zeit haben wir nicht mehr. In zwanzig Minuten kommt die Dämmerung. Wenn wir in Balingen den richtigen Bauern erwischen, ist das so gut wie in jedem anderen Nest.«

Wir finden ihn in Schömberg. Der Bauer erschrickt, weil wir wie Landstreicher aussehen. Aber er läßt mit sich reden.

»Wenn ihr tatsächlich Kriegsgefangene seid, verstecke ich euch einen Tag lang.«

»Wir kommen aus Tuttlingen, Ehrenwort.«

»Warum habt ihr dann keinen Umweg gemacht? Hier seid ihr in der gefährlichsten Gegend der ganzen Alb. Ein paar Kilometer von hier ist ein Riesenlager mit Politischen.«

Orje kneift die Augen zusammen, und ehe ich ihm ins Wort fallen kann, tritt er ganz nahe an den um einen Kopf kleineren Bauern heran: »Wir haben nichts mit den Politischen zu tun. Und woher sollen wir wissen, daß hier ein großes Lager ist? Wir wollen in die amerikanische Zone, und die liegt, von Tuttlingen aus gesehen, genau nördlich. Jetzt sind wir zwei Nächte marschiert und wollen schlafen. Und, wenn's geht, ein bißchen essen. Mehr nicht. Heute abend sind Sie uns wieder los. Einverstanden?«

Der Bauer nickt und führt uns in die Küche. »Wenn ihr mir garantiert, daß ihr keine Politischen seid, ist die Sache in Ordnung. Bei den Franzosen kann ich mich rausreden.

Ihr seid Zivilisten, und ich habe kein Recht, eure Papiere zu kontrollieren. Aber ich habe das Recht, euch aufzunehmen.«

Richtige Nachtmenschen sind wir geworden. Der Tagesschlaf in der Scheune ist lang und erholsam, und die Bauern bleiben hilfsbereit. Haigerloch ist die nächste Station, und dann bleibt, im Grenzgebiet der französischen und der amerikanischen Besatzungszonen, Herrenberg rechts liegen. Die Würm, die sich zwischen Schwarzwald und Schönbuch nach Pforzheim schlängelt, zeigt uns hinter Nufringen und Gärtringen den Weg.

Die Zonengrenzen sind nachts so gut wie unbewacht, sagen die Bauern. Nur an den Hauptstraßen und Bahnhöfen wird kontrolliert. Aber wir sind jetzt noch vorsichtiger und suchen beim leisesten Geräusch Deckung. Man kommt auch barfuß durch Bäche, und man gewöhnt sich an dieses Marschieren nach den Sternen durch Wälder und über Wiesen und Äcker.

Weil der Stadt bleibt rechts liegen, und in dieser Nacht glitzern die Sterne wie Brillanten.

Im Schutz von Hecken und Wäldern erreichen wir gegen fünf Uhr das Dorf Merklingen, ein paar Kilometer nordwestlich von Weil der Stadt. Es wird die letzte Etappe vor dem Ziel. Der Bauer hat nichts gegen eine kurze Einquartierung einzuwenden und bestätigt, daß wir hier schon in der amerikanischen Zone sind. Zum erstenmal seit Tuttlingen gibt es kein Stroh, sondern richtige Betten.

»Die Franzosen haben hier nichts zu melden«, sagt der Bauer. »Warum sollte ich euch verstecken?«

Ich wache erst auf, als es schon wieder dunkel wird. Orje schnarcht noch, aber jetzt ist die Lage ganz anders als in der französischen Zone. In zwei Stunden können wir am Ziel sein, und ich habe keine Lust, auch nur eine Minute zu vertrödeln.

Splitternackt liegt Orje im Bett, um die sauberen Leintücher zu genießen, und als ich ihn wecke, flucht er wie ein

Fuhrmann: »Kommt es jetzt vielleicht auf eine halbe Stunde an?«

»Ja, weil ich heim will.«

Niemand wartet auf mich. Aber ist das von meiner Tante Martha bewirtschaftete Forsthaus Seehaus, keine fünfzehn Kilometer von hier in einer großen Waldlichtung gelegen, nicht ein Stück Heimat? Ein idealer Unterschlupf, knapp fünf Kilometer von Pforzheim entfernt.

Zum erstenmal seit Tuttlingen ist das Abendessen unwichtig. Seehaus: das ist wie ein Magnet. Familiensitz seit dem vorigen Jahrhundert. Mein Großvater war der erste Seehauswirt. Hier wurde mein Vater geboren, und mein Vetter Erich wird das Seehaus übernehmen, wenn er aus der russischen Gefangenschaft zurückkehrt. Tante Martha führt es, bis er zurückkommt.

Nach dem Abendessen, als schwere Regenwolken die Sterne verdecken, gehen wir auf der Tiefenbronner Straße zum Seehaus. Später sind es moosige Waldwege, und in der Luft liegt der harzige Duft frisch geschlagenen Holzes. Zum erstenmal ist es nicht Orje, der das Tempo angibt.

Aber dann, als wieder der staubige Schotter der Tiefenbronner Straße unter unseren Füßen knirscht, ist dumpfes Motorengeräusch zu hören, dazu helle, kichernde Mädchenstimmen.

Was sich da unten, wo das Seehaus steht, abspielt, ist unfaßbar. Lachende Mädchen und brüllende Motoren von schweren Lastwagen. Einer davon entfernt sich in Richtung Pforzheim und röhrt, daß wir die Köpfe einziehen, ehe der Fahrer krachend den zweiten Gang einlegt. Im Schutz der Tannen tasten wir uns weiter, bis wir die Scheinwerfer der Lastwagen und die erleuchteten Fenster des großen Saals sehen.

Kreischend lassen sich die Mädchen von amerikanischen Soldaten aus den Lastwagen heben. Aus der offenen Tür dringen Musikfetzen.

»Lauter Neger«, flüstert Orje.

»Mindestens eine halbe Kompanie. Da kommen wir nicht rein. Das Seehaus ist blockiert.«

»Gibt es keinen anderen Eingang?«

»Doch, vorn an der Stirnseite. Aber er wird verriegelt sein. Wir müssen warten, bis sie besoffen sind.«

Eine Stunde lang liegen wir im Wald. Es ist wie ein Spuk aus der Goldgräberzeit des Wilden Westens, nur daß vor dem grölenden Drugstore, der Seehaus heißt, keine Fuhrwerke mit Planen, sondern Lastwagen stehen. Gegen Mitternacht kommen vier Neger heraus und laden Kisten ab.

Wir schlagen einen großen Bogen ums Haus und finden die Tür bei den Toiletten offen. Aus einem breiten Spalt fällt Licht. Doch immer wieder kommen schwankende Schritte die Treppe herunter, und erst nach zwanzig Minuten ist das Pissoir für einen Moment leer.

In fünf Sekunden schlüpfen wir durch und erreichen die Treppe. Es stinkt nach Urin, Whisky und kaltem Rauch. Das Gegröle im Saal übertönt unsere Schritte. Der lange Korridor im ersten Stock ist dunkel, aber ein schmaler Lichtstreifen dringt zwischen Fußboden und Tür aus dem letzten Zimmer.

»Das Zimmer deiner Tante?«

Ehe ich eine Antwort flüstern kann, geht die Tür auf, und eine alte Frau starrt uns an. Angst steht in ihren Augen. In ihrem langen weißen Nachthemd sieht sie aus wie ein Gespenst.

Ich spüre, daß sie in der nächsten Sekunde um Hilfe schreien wird, aber Orje ist schneller. Wie ein Raubtier stürzt er sich auf sie, hält ihr den Mund zu und drängt sie ins Zimmer zurück. Sie will sich wehren, will schreien, doch Orjes Arme sind wie ein Schraubstock.

Dann kann er sie endlich lockern, weil mich Tante Martha erkannt hat. Aber es dauert noch ein paar Minuten, ehe sie zu zittern aufhört und ich ihr den Grund dieses nächtlichen Überfalls erklären kann. Unten im Saal hat das Vergnügen seinen Höhepunkt erreicht, der alte Holzboden vibriert ächzend vom stampfenden Gejohle der Soldaten und ihrer Mädchen. Meine Tante zieht einen Morgenrock über und schließt die Tür ab.

»Ihr müßt hierbleiben«, entscheidet sie. »Nur hier seid ihr sicher. Dies ist das einzige Zimmer, das sie respektieren.«

»Und was ist mit den anderen Zimmern?«

Sie zuckt mit den Schultern. »Könnt ihr euch nicht vorstellen, was jetzt passiert? Sie haben getrunken und getanzt und brauchen Betten. Wenigstens die Unteroffiziere. Was kann ich machen? Ich bin eine alte Frau und muß froh sein, daß sie mich in Ruhe lassen.«

»Aber es sind doch lauter Neger!«

»Na und? Die Mädchen kriegen Schokolade, Zigaretten und Erdnußbutter. Es sind sogar verheiratete Frauen dabei. Die Stadt ist kaputt, und sie haben Hunger. Das reinste Bordell ist das hier geworden, wenn ihr's genau wissen wollt.« Sie geht zum Schrank und wirft uns zwei Riegel Schokolade auf den Tisch. »Ihr habt sicher Hunger. Auch Chesterfields könnt ihr haben.«

Aber ihre ausdruckslosen Augen passen nicht zu dem, was sie sagt. »Am Anfang, ja, da habe ich mich noch gewehrt, doch sie haben mich eingesperrt und in der Küche Schlachten mit Tellern und Gläsern veranstaltet. Und dann haben ihre Mädchen die Küche übernommen. Was soll ich machen? Jetzt lassen sie mich in Ruhe. Tagsüber räume ich auf, und abends kommen sie. Hier im Wald können sie machen, was sie wollen. Außerdem gibt es in der Stadt keine Lokale. Weißt du, wie sie aussieht?«

»Nein, aber es soll schlimm sein.«

»In zwanzig Minuten war alles kaputt. Nur in Brötzingen und in der Nordstadt stehen noch Häuser. Zwanzigtausend Tote, oder auch dreißigtausend.«

»Hier im Wald ist alles wie früher.«

Sie zuckt mit den Schultern. »Tagsüber schon. Aber du siehst ja, wie die Nacht ist. In einer Stunde fahren sie ab.

Aber zwei oder drei werden hier mit ihren Mädchen schlafen und noch frühstücken.«

»Und wo schlafen sie?«

»Hier auf diesem Stock. Deshalb könnt ihr aus diesem Zimmer nicht raus.«

Sie legt uns Decken auf den Fußboden, und ich höre noch Kichern und schwankende Schritte auf dem Korridor, ehe ich einschlafe.

Als ich aufwache, ist die Tante schon angezogen. Orje schläft noch, und es ist so still im Seehaus, daß man die alten Kastanienbäume rauschen hört.

»Sie sind alle weg«, sagt Tante Martha. »Ihr könnt jetzt runterkommen zum Frühstück. Aber was geschieht dann?«

»Mein Freund geht weiter. Er muß nach Berlin. Aber ich würde gerne ein paar Tage bleiben.«

Damit hat sie nicht gerechnet. Sie will keine Scherereien. Der nächtliche Bordellbetrieb verträgt keine illegalen Gäste, und wer will wissen, wie die Amis reagieren, wenn sie einen kahlköpfigen Flüchtling entdecken?

Nach einem langen Gespräch unter vier Augen ist Tante Martha bereit, mich in einer Dachkammer unterzubringen unter der Bedingung, daß ich nach ein paar Tagen verschwinde.

Orje geht schon am Nachmittag. Er will mit der Bahn weiter, und ich zeige ihm den Fußpfad nach Pforzheim.

»Den schnappt keiner«, sage ich zu meiner Tante, ohne zu ahnen, daß die Bestätigung schon so bald folgen wird. Denn abends, ehe die Neger mit ihren Mädchen anrücken, kommt Besuch aus Merklingen.

Die Bäuerin, bei der wir zuletzt übernachteten, hat den ganzen Weg zu Fuß gemacht und funkelt mich mit bösen Augen an: »Geben Sie sofort meine Armbanduhr heraus! Sie ist ein Hochzeitsgeschenk meines Mannes! Wenn ich geahnt hätte, was für ein diebisches Pack ihr seid, hätte ich euch die Tür vor der Nase zugeschlagen!«

Wie vor den Kopf geschlagen stehe ich vor ihr, und ich

sehe, daß meine Tante böse Augen bekommt und ihr Mund schmal wird. »Ich weiß nichts von einer Uhr!«

»Aber ihr habt sie doch gestohlen, gib's zu.«

»Nichts gebe ich zu! Die einzige Möglichkeit ist, daß mein Kamerad die Uhr geklaut hat, aber ich gebe mein Ehrenwort, daß ich nichts davon weiß!«

Die beiden Frauen schauen mir mit so impertinenter Überlegenheit ins Gesicht, daß ich vor Wut rot werde. »Wenn ihr mir nicht glaubt, kann ich's nicht ändern. Wenn ich Geld hätte, würde ich den Schaden ersetzen.«

»Geld?« Die Bäuerin lacht höhnisch. »Entweder stellen Sie sich so blöd, oder Sie wissen wirklich nicht, daß man mit den Papierfetzen nichts anfangen kann! Entweder kriege ich meine Uhr, oder ich zeige Sie an!«

Jetzt weiß ich, warum es Orje mit dem Weggehen so eilig hatte. Aber diesen Abschluß hätte er mir wirklich ersparen können.

»Sie glauben doch nicht, daß ich Ihnen gesagt hätte, wo Sie uns finden können, wenn ich etwas von der geklauten Uhr geahnt hätte! Gibt ein Dieb vielleicht seine Adresse an?«

Das wirkt, und obwohl beide nicht restlos von meiner Unschuld überzeugt sind, räumen sie ein, daß es so gewesen sein könnte. Als die Bäuerin geht und ich mich vor den Negern und ihren Mädchen in die Dachkammer zurückziehe, weiß ich, daß das Seehaus kein dauerhafter Unterschlupf sein kann. Die Tante bringt mir zwar Schokolade und Zigaretten, aber wir haben einander nicht mehr viel zu sagen.

Ich darf das Licht nicht einschalten, weil sich eine dieser kleinen Huren oder ein Soldat über die erleuchtete Dachkammer wundern könnte. Orje ist ein Schwein, weil er die Uhr geklaut hat. Aber hat er nicht recht gehabt, als er sagte, daß die Weiber die Beine breit machen und die Männer das Genick einziehen müssen, wenn der Krieg vorbei ist? Er hat noch siebenhundert Kilometer vor sich und sich auf seine Art geholt, was er braucht. Die Weiber holen sich's auf ihre Art.

Im Seehaus herrscht nur noch das Recht der Sieger. Aber sie haben nur das Haus übernehmen können und nicht den Wald. An diesem sonnenüberfluteten Herbsttag rauschen die Wipfel wie früher, und der Bach, der über die breite, von hohen Tannen eingerahmte Wiese hinunterfließt zur Würm, bahnt sich plätschernd seinen Weg durch das Gras wie in den Zeiten, in denen Hunderte von Sonntagsausflüglern zum Seehaus gewandert waren aus der Stadt, die jetzt ein Trümmerhaufen ist.

Später liege ich auf dem Bett und rauche. In der Wirtschaft sind die polternden Schritte von Holzfällern zu hören, die sich Dünnbier geben lassen und dann so lange auf die Tante einreden, bis sie eine Flasche Whisky holt. Vielleicht werden sie auch etwas Holz dafür bringen, damit die Neger nicht Stühle und Tische verheizen. Angefangen haben sie schon damit, denn der Oktober geht zu Ende, und auf der großen Wiese liegt Rauhreif, wenn sie morgens in die Stadt fahren. Hier, wo der Schwarzwald anfängt, ist es kälter als in der Normandie. Es wird bald schneien.

Ich schreibe meiner Mutter einen Brief nach Ravensburg und lüge. Sie soll glauben, daß es mir gut geht und daß alle Probleme beseitigt sind. Morgen früh werde ich in die Stadt gehen und den Brief einwerfen. Und meine Tante wird froh sein, wenn ich nicht zurückkehre.

In dieser Nacht sind die Neger und ihre Mädchen besonders laut. Der Geburtstag eines Sergeanten wird gefeiert, und zum Frühstück kriege ich ein Stück Buttercremetorte, das die Tante für mich gerettet hat. Im Korridor bin ich einem der Mädchen, die morgens länger bleiben, über den Weg gelaufen.

»Hat sie dich ausgefragt?« frage ich Tante Martha, aber sie hat nur Augen für die dampfende Kanne und gießt mir amerikanischen Bohnenkaffee nach. Mit zitternden Händen stellt sie die Kanne auf den Tisch und schaut an mir vorbei.

»Ich habe ihr gesagt, daß du mein Neffe bist. Sie wird nichts verraten.«

»Und natürlich hast du ihr auch gesagt, wo ich herkomme.«

»Sie wird nichts verraten, glaub's mir.«

»Und wer gibt mir die Garantie dafür? Du vielleicht?«

Endlich hält sie meinem Blick stand und macht keine Ausflüchte mehr. »Garantieren kann ich natürlich für nichts. Es ist besser, wenn du gehst.«

»Das weiß ich selber. In einer Stunde bist du mich los.«

Sie windet sich noch ein bißchen, dann ist die Diskussion mit ein paar Tränen, die mir nichts nützen, beendet. Sie macht mir ein Päckchen mit Schokolade und Zigaretten, und wenn sie nicht noch höchst überflüssig hinzugefügt hätte, daß viele Deutsche zu dieser Stunde froh wären, solchen Proviant zu haben, wäre mir der Abschied vom Seehaus schwerer gefallen.

Aber so wird es fast eine Flucht.

Nur fünf Kilometer sind es bis zur Stadt, in der ich genug Freunde und Verwandte habe.

Nichts hat sich im Wald verändert. Der »Hutpfad« mit seinen blauen Markierungen an den Stämmen führt an dem Felsen vorbei, auf dem wir als Kinder herumturnten, und durch die grünen Lichtungen, auf denen man Maiglöckchen und Waldmeister suchte. Dann kamen Erdbeeren und Brombeeren, und im Herbst, ehe der Schnee alles zudeckte, suchte man Steinpilze, wenn man abends vom Seehaus durch den Wald heimging.

Aber dann liegt mir plötzlich das, was einmal die Stadt Pforzheim gewesen war, als ein Trümmerhaufen von entsetzlicher Trostlosigkeit in der bleichen Oktobersonne zu Füßen. Es ist unvorstellbar, daß in diesem Chaos Menschen leben. Aber schon auf der St.-Georgen-Steige, die hinunter zur Altstadt führt, begegne ich so vielen, daß ich es aufgebe, darüber nachzudenken. Sie hausen in Kellern und in Bretterverschlägen, und zwischen hohen

Trümmerhaufen winden sich Straßen, in denen sogar die Elektrische fährt.

Die Stadt lebt tatsächlich weiter.

26

Pforzheim. – Nach dem Schloßberg der Bahnhof. Kaum ein Stein steht da mehr auf dem anderen, aber die Geleise sind ebenso geflickt wie die Brücke zur Nordstadt, wo ganze Straßenzüge unversehrt geblieben sind.

Zähringer Allee, Hohenstaufenstraße, Kronprinzenstraße, Hohenzollernstraße. In diesem Revier sind die Bomben spärlicher gefallen, und das Schaufenster des Schusters Golicki ist intakt. Es muß die gleiche Scheibe sein, die mein Vater bezahlte, als ich vor zehn Jahren einen Fußball mit solcher Wucht daraufkickte, daß sie klirrend zusammenfiel und der alte Golicki mit seinem polnischen Spitzbart ein Theater machte, als ob die Welt zusammengebrochen wäre. Ein paar Monate später ist er ausgewandert. Aber der Bäcker Zorn und der Metzger Bock sind noch da, und auf der Wiese neben dem Fabrikanten Übelhör spielen ein paar Buben Fußball auf das gleiche Tor, in das ich den Elfmeter nicht hineinbrachte, als es beim Großkampf zwischen der Zähringer Allee und der Kronprinzenstraße 3:3 stand.

Bei der Familie Knössel kriege ich ein Abendessen. Der Empfang ist herzlich. Früher haben wir unter einem Dach gewohnt. Aber übernachten kann ich hier wegen des Raummangels nicht.

Nach dem Essen ziehe ich weiter. Gute Wünsche begleiten mich, aber sie sind wertlos in diesen Tagen, in denen ein Mensch ohne Zuzugsgenehmigung und Lebensmittelkarten praktisch nicht existiert. Die Verwandten sind entweder ausgebombt oder in ihren Wohnverhältnissen so beengt, daß es nach ein paar Stunden des Bettelns nur zwei Lösungen gibt: entweder zurück zum Seehaus oder nach Frankreich. Beides ist gleich unsinnig.

Von der deutschen Polizei droht kaum Gefahr. Auch der engstirnigste Büttel wird Verständnis für einen aufbringen, dem außer dem Wunsch nach Heimkehr nichts vorzuwerfen ist. Bei der amerikanischen Militärpolizei ist das anders. Sie arbeitet mit der französischen zusammen und liefert pflichtgemäß jeden aus, der den Franzosen durch den Stacheldraht geschlüpft ist.

In den Kellern, die ich fast jede Nacht wechsle, ist es wärmer. Aber ich habe verdammt wenig zu essen.

Vielleicht hat Conny doch recht gehabt. Bei Alphonse im Herbst Hafer zu mähen und im Winter Enzian zu brennen war nicht schlechter, als in Pforzheimer Kellerlöchern herumzuhocken. Außerdem gab's genug zu essen, und man wurde gut behandelt.

Entlassungspapiere kann man auf dem schwarzen Markt nicht kaufen. Dafür aber Kennkarten. In München, heißt es, sei das eine Kleinigkeit. Aber man muß ein Paßbild mitbringen, und mit Glatze wird man auch dem naivsten Hüter des Gesetzes suspekt. Mein Haar ist jetzt fünf Millimeter lang – bis es zu einem Paßbild reicht, wird es Frühjahr.

Doch dann kommt meine Schwester mit einem Koffer aus Ravensburg. Ohne Passierschein, versteht sich. Sie ist nachts durch den Wald über die Zonengrenze gegangen, und außer einem Anzug bringt sie tausend Reichsmark mit. Viel mehr als eine Stange Chesterfield kann man dafür zwar nicht kaufen, aber mir könnte das Geld zu einer Kennkarte verhelfen.

»Man müßte eine Perücke haben«, sage ich.

Zwei Tage lang sucht meine Schwester in Pforzheim eine Perücke, doch die Leute haben entweder Haare, oder sie haben keine. Und die Requisitenkammer des Theaters ist ausgebrannt.

Schließlich weiß ein alter Freund unserer Familie und Besitzer einer halbwegs intakten Klischieranstalt Rat.

»Kein Problem«, sagt er. »Ich mache ein Foto von dir, male Haare drauf und fotografiere das Ganze nochmals. Kein Gendarm der Welt wird den Haaren ansehen, daß sie falsch sind.«

Am nächsten Tag fahre ich in einem überfüllten Zug nach München. In der Brusttasche knistert Cellophanpapier, das zwei kostbare Paßbilder umschließt. Bei den Schwarzhändlern am Mathäser kaufe ich für achthundert Mark eine Kennkarte, die ziemlich echt aussieht. Aber mein Retuscheur, der Chemigraph Meyle, ist gar nicht zufrieden, als ich ihm die gestempelte Lockenpracht zeige.

»Wenn ich geahnt hätte, daß die ihre Stempel aus Kartoffeln schneiden, hätte ich ihn selber gemacht. Diese Kennkarte kannst du zerreißen.«

»Und wer soll mir eine bessere verschaffen?«

»Die Polizei natürlich. Ich hätte dich gar nicht nach München fahren lassen sollen. Als du weg warst, habe ich mir die größten Vorwürfe gemacht. Ich habe deinen Vater gekannt, und ich kenne dich, seit du zu laufen anfingst. Aber erst als du nach München fuhrst, ist mir klargeworden, daß ich dir mit aufgemalten Haaren nicht helfen kann. Ich habe deshalb mit einem wichtigen Mann von der Polizei gesprochen. Du wirst morgen hingehen, um dich anzumelden.«

»Aber dazu brauche ich einen Entlassungsschein.«

»Eben nicht. Beziehungen sind heute wichtiger als alles andere. Sie werden dich nicht ausliefern, sondern dir Zuzugsgenehmigung, Lebensmittelkarten und Kennkarte geben wie jedem, der sich ordnungsgemäß aus der Gefangenschaft zurückmeldet.«

»Und wie haben Sie das erreicht?«

»Das ist meine Sache«, sagt der Mann, der mir falsche Locken auf den Kopf gemalt hat. »Willst du weiter herumstreunen wie ein herrenloser Hund?«

Das Polizeibüro ist schäbiger als das des deutschen Vertrauensmanns in der Zitadelle von Besançon. Aber der Mann, der mich hinter seinem wackligen Schreibtisch anhört, hat mehr Macht.

»Es gibt Leute, die mir Ihre Identität bestätigt haben. Warum sind Sie eigentlich nicht früher gekommen?«

»Weil ich vor der Polizei Angst hatte. Ich weiß, daß Sie mich ausliefern müssen.«

»Man muß heutzutage vieles. Aber man muß nicht unbedingt wissen, was man tut.«

»Wie soll ich das verstehen?«

»Sollen Sie ja gar nicht. Am besten wäre es, wenn Sie mich die Fragen stellen ließen. Ich habe nämlich von dem, was Sie bisher sagten, gar nichts gehört, verstehen Sie?«

»Nein.«

»Auch gut.« Er reicht mir einen Apfelschnitz über den Tisch. »Schmeckt ein bißchen mehlig, weil die Bauern ihre besten selber essen, aber man muß nehmen, was man kriegt, stimmt's nicht?«

»Stimmt. Ich hab's in den Kellern gemerkt. Ohne Papiere und Lebensmittelkarten ist man eine Null. In Frankreich war ich wenigstens eine Nummer.«

»Wieso in Frankreich?«

Ob er nicht ganz normal ist? Haarklein habe ich ihm erzählt, wo ich herkomme, und auf sein Verständnis gehofft. Vielleicht ist er wegen eines Kopfschusses frühzeitig vom Militär entlassen worden. Seinem Alter nach muß er im Krieg gewesen sein. Jetzt sitzt er auf einer Behörde, ißt Äpfel und kann nichts behalten.

Will er mir eine Falle stellen? Der Gedanke durchfährt mich wie ein Elektroschock. Wenn er jetzt zum Telefon greift, werde ich ihm den Schreibtisch ins Gesicht kippen und davonlaufen.

Aber vielleicht ist er nur ein harmloser Spinner. Behutsam erinnere ich ihn deshalb daran, daß ich aus französischer Gefangenschaft geflüchtet und auf Empfehlung von Herrn Meyle zu ihm gekommen bin.

Seine Reaktion ist von verblüffender Gleichgültigkeit. Er beginnt, an einem neuen Apfel herumzuschneiden, und wenn das so weitergeht, werde ich, wenn ich Glück habe, wieder in einen Keller kriechen. Mit dem Unterschied, daß die Polizei jetzt weiß, wo sie mich festnehmen kann.

»Ich sagte Ihnen doch«, grinst er und schiebt ein sauber geputztes Stück Apfel über den Tisch, »daß ich von Frankreich nichts gehört habe. Ob ich taub bin oder ob Sie nichts davon gesagt haben, können Sie sich aussuchen.«

»Ich verstehe Sie wirklich nicht.«

»Habe ich Ihnen nicht gesagt, daß es besser wäre, wenn Sie mich die Fragen stellen ließen?«

»Und warum tun Sie's nicht?«

»Komme ich vielleicht dazu? Sie beißen sich an Dingen fest, die ich gar nicht zur Kenntnis nehmen darf. Was ich hören will, ist etwas ganz anderes. Und deshalb werden Sie sich jetzt meine Fragen anhören.«

Im nächsten Moment weicht dieser Druck, der die Kehle zuschnürt.

»Eigentlich können wir auch ganz auf die Fragen verzichten«, sagt er und schiebt ein Formular über den Tisch. »Sie unterschreiben hier, daß Sie aus russischer Gefangenschaft geflüchtet sind, und alles andere ist meine Sache.«

»Wieso aus russischer Gefangenschaft?«

»Weil ich Ihnen dann Papiere ausstellen darf. Kämen Sie aus amerikanischer, französischer oder englischer Kriegsgefangenschaft, müßte ich es melden. Sie können es auch ausliefern nennen. Aber wie soll ich nachprüfen, was Sie mir erzählen? Flüchtende Kriegsgefangene pflegen nicht mit Marschbefehlen zu reisen, und Sie sind nicht der erste, der auf diesem Stuhl sitzt.«

Er fängt an, meine Personalien aufzunehmen. In der Ecke qualmt ein Kanonenofen wie im Krankenrevier des Camp de la Tubize. Zum erstenmal, seit ich in Deutschland bin, spüre ich etwas von der Geborgenheit, die wir in russischen Unterständen oder Bauernkaten empfanden, wenn harziges Holz knisterte und beißender Rauch die Augen rötete. Auch in La Tubize war dieses Gefühl von Glück gewesen, manchmal sogar in Bonne Nouvelle, wenn man den Surveillants einen Streich gespielt hatte oder schwarzer Tabak aus den präparierten Kartoffeln von Madame Bonnaventure rieselte. Sicher ist, daß der Mann, der die Formulare ausfüllt, mich frei macht. Ein paar kratzende Federstriche, ein paar Stempel. Ein Staatsdiener? Es gibt keinen Staat. Ein Mensch nur, der einem anderen hilft.

Später muß ich noch ein paar Gänge machen. Es gibt Karten für Lebensmittel und Rauchwaren. Erst jetzt habe ich eine Existenzberechtigung.

27

An einem heissen Juliabend der fünfziger Jahre fange ich an, ein »Insider« unter den Sportjournalisten zu werden. Nach der Volontärszeit bei der Stuttgarter »Sportwelt« kamen die ersten Auslandsreisen. Es ist die zweite Tour de France, die ich miterlebe. Noch bin ich am Abend jeder Etappe hypnotisiert von der Arbeitsweise der Routiniers, denen druckreife Sätze vom Mund gehen, und wenn ich am nächsten Morgen ihre Zeitungen kaufe, komme ich mir vor wie ein Lehrling, der noch alles zu lernen hat.

Aber an diesem Abend habe ich das Gefühl, etwas geleistet zu haben. Grund genug für einen etwas tieferen Griff in die bescheidene Spesenkasse in der großen Brasserie gegenüber dem Hauptbahnhof von Metz.

Ich kenne sie gut, diese Brasserie. Damals, an einem nebligen, naßkalten Morgen im Februar 1946, hatte Kaiser hier frühstücken wollen. Aber mir war das Büfett im Hauptbahnhof sicherer erschienen.

Jetzt quillt der Bahnhofsplatz über vom lärmenden Leben der Tour de France, die hier für eine Nacht Quartier macht und dann vom Lothringischen ins elsässische Land hineinrollen wird. St. Avold, wo ich mich in eine amerikanische Sargkiste verpacken lassen wollte, wird man links liegenlassen, aber über Straßburg nach Besançon kommen.

Erich Baumann aus Ludwigsburg, der als Fotograf seine erste Tour de France erlebt, teilt die Flasche Wein, die ich zur Feier des Tages bestellt habe, so redlich mit mir, daß ich mich sputen muß.

»Einen ganz schönen Zug hast du.«

»Warum hast du keinen billigeren Wein bestellt?«

»Weil ich mir heute eine kleine Feier leiste. Die große kommt übermorgen in Besançon. Ob sie gelingt, weiß ich noch nicht. Aber wenn du Lust hast, kannst du mitkommen.«

»Kommt drauf an, was du ausgibst.«

»Vielleicht gar nichts. Aber es ist viel zu umständlich, dir das zu erklären.«

Es ist einer jener Juliabende, an denen die Hitze aus den Mauern der Häuser kriecht, wenn die Sonne verschwindet. Im Sommer 1945 war sie aus der Zelle von Bonne Nouvelle nicht zu vertreiben, und immer tropfte nur lauwarmes Wasser aus dem Hahn.

»Garçon, noch eine Flasche. Und viel Eis in den Kübel, s'il vous plaît.«

Viel Volk staut sich vor dem Hotel nebenan, in dem die französische Nationalmannschaft wohnt. Aber Louison Bobet gibt keine Autogramme mehr. Der Star hat sich massieren lassen und liegt im Bett, weil er weiß, daß nur der seine Popularität konservieren kann, der ausgeruht an den Start geht. Und wer eine Etappe von 250 Kilometern in den Beinen hat, kann auch schlafen, wenn die Reklamekarawane mit quäkenden Lautsprechern durch die Straßen zieht und am Festplatz die Valse Musette erklingt und

Raketen in den schwarzen Himmel steigen. Die Tour ist ein Volksfest, das erst nach Mitternacht ein paar Stunden ruht.

Heute abend ist mein Fest, und niemand hat eine Ahnung davon, daß ich vor ein paar Jahren beinahe die Etappe Metz – Saarbrücken gewonnen hätte. Aber in Forbach haben sie mich geschnappt. »Klick«, machten die Handschellen, und das Rennen war vorbei.

»Wer aufgibt, ist erledigt«, sage ich zum Fotografen, und ich merke, daß die Zunge schwer wird.

»Richtig«, sagt er und läßt den Traminer hinunterlaufen. »Wer bei einem solchen Wein aufgibt, ist ein Rindvieh.«

Zwei Tage später sind wir in Besançon. Die Abendsonne taucht die Zitadelle in ein unwirkliches, goldrotes Licht, als wir über die Brücke des Doubs fahren.

»Wenn du willst, fahre ich dich ins Hotel«, sage ich. »Aber ich komme nicht mit und brauche heute nacht den Wagen für meine Fahrt nach Le Ruissey.«

Ich hatte ihm inzwischen von meiner vorletzten Flucht einiges erzählt.

»Wie weit ist es bis zu deinem Nest?«

»Vierzig oder fünfzig Kilometer. Eine gute Stunde.«

»Gut, ich komme mit. Aber wir hätten uns wenigstens waschen und umziehen können.«

Hinter der großen Schleife des Doubs blasen Fabrikschornsteine schwarzen Rauch in den Abendhimmel, und die Zitadelle verschwindet, als die Straße anfängt, sich in den Jura hineinzuwinden. Es ist die gleiche Straße, auf der mich Alphonse Guillaume und Etienne Taillard mit dem alten Renault nach Le Ruissey brachten. Seltsamerweise habe ich das Gefühl, heimzufahren, wie damals, als wir in den Fronturlauberzügen saßen. Es geht nicht schnell genug, und immer wieder muß ich den Motor drosseln, weil sich die schmale Straße wie ein Korkenzieher in das ansteigende Gelände bohrt.

An einem Ortsausgang winken zwei Mädchen in weißen

Röcken. Sie wollen ins nächste Dorf zum Ball, und Baumann öffnet die Wagentür mit einer Grandezza, die sie kichern läßt.

»Vous-êtes du Tour de France?«

»Oui, Mademoiselle.«

Sie haben die große Plakette am Kühler gesehen. Man ist jemand, wenn man die Tour begleitet.

»Sie sind Deutsche?«

»Oui, Mademoiselle.«

»Siehst du«, sagt sie zu ihrer Freundin, »sogar die Deutschen sind wieder dabei.« Und zu mir gewandt: »Wir sind auch am Ziel in Besançon gewesen.«

Aber Baumann interessiert sich für praktischere Dinge. »Warum gehen wir nicht mit ihnen tanzen? Wäre mal was anderes, als jeden Abend im Hotel herumzusitzen.«

»Kommt überhaupt nicht in Frage«, sage ich und schalte in den dritten Gang. Die Mädchen sind ein bißchen enttäuscht, aber sie verabschieden sich im nächsten Dorf mit unbefangener Herzlichkeit.

Es geht schon auf elf, als wir Le Ruissey erreichen. Im Bistro am Platz vor der Kirche ist noch Licht, aber die meisten Häuser sind schon dunkel. Wir müssen noch einen Kilometer bis zu der Stelle fahren, wo die Milchkannen von Taillard stehen.

In der Ferme brennt noch Licht, sie liegt viel näher an der Straße als die von Guillaume. Das Gatter, von dem ein breiter Weg durch die Wiesen hinaufführt, ist nicht verschlossen. Links geht es noch fast einen Kilometer hinauf zur »Combe aux Pages«, aber es ist besser, zuerst bei Taillard anzuklopfen.

Beim drittenmal öffnet er, er tut es mit der Vorsicht der Bauern, die auf abgelegenen Höfen leben. Aber das Licht, das aus der Küche dringt, ist hell genug, um alles Mißtrauen zu verscheuchen. Ich kriege einen Schlag auf die Schulter, der mich wanken läßt, dann zieht er mich in die Küche und schreit: »Mutter, steh wieder auf, wir haben Besuch!«

Ein paar graue Haare mögen dazugekommen sein, aber es ist das gleiche Mannsbild, zu dem ich vom ersten Augenblick an Zutrauen hatte. Unter den buschigen schwarzen Brauen funkeln klare Augen, in deren Winkeln der Schalk sitzt.

»C'est pas vrai«, sagt Taillard, und er zieht mich, mein Handgelenk noch immer wie ein Schraubstock umklammernd, ans Licht. »Das gibt es doch einfach nicht. Besuch aus Deutschland um Mitternacht. Unser Prisonnier ist wieder da! Wie hast du das gemacht? Erzähl, setz dich hin!«

Die Bäuerin schlurft in Pantoffeln und Morgenrock in die Küche und küßt mich auf beide Backen.

»Er ist nicht allein, Etienne. Siehst du nicht? Sicher haben die Herren Hunger. Ich werde Omelett mit Schinken machen.«

»Richtig, Frau. Natürlich haben sie Hunger. Und erzählen muß er. Ich gehe den guten Wein holen.«

Jetzt kriegt auch Baumann seine Begrüßung, dann verschwindet Taillard im Keller. Bepackt kommt er zurück, und das Fest beginnt. Das erste, was er mir verbietet, ist das »Sie«.

»Als du Prisonnier beim Alphonse warst, hatte ich das Recht, dich zu duzen. So ist das bei Gefangenen, pas vrai?«

»Natürlich ist das so. Sie dürfen auch dabei bleiben.«

»Nur, wenn du es auch machst. Ich bin ein einfacher Bauer und müßte dich jetzt eigentlich wie einen Monsieur behandeln, aber ich bring's einfach nicht fertig, tu comprends? Ich habe von Anfang an gewußt, daß du dem Alphonse ausrücken würdest.«

»Du hattest eine gute Nase, Etienne.«

»Eh bien, zumindest kann sie einen schlechten von einem guten Wein unterscheiden. Weißt du noch, daß du schon einmal von ihm getrunken hast?«

»Ich weiß. Damals, als ich mit den Guillaumes zum Dreschen kam.«

»Weißt du auch, warum ich damals froh darüber war, daß du beim Alphonse warst und nicht bei mir?«

»Du hast nie davon gesprochen.«

»Aber du weißt, daß du meiner Tochter den Kopf verdreht hast?«

»Nur ein bißchen, Etienne.«

»Ich hätte ja gar nichts gegen dich einzuwenden gehabt, aber so, wie die Dinge lagen, war das ein Grund mehr, zu wünschen, daß du dem Alphonse davonläufst.«

»Wie geht's deiner Tochter?«

»Sie ist gut verheiratet und hat zwei Kinder. Morgen werden wir sie besuchen.«

»Ich fürchte, daß das nicht geht. Wir müssen um elf beim Start in Besançon sein, und Alphonse hätte ich auch gern begrüßt. Er hat mehr Ärger mit mir gehabt als du.«

Taillard haut sich auf die Schenkel, als ob er nie einen besseren Witz gehört hätte.

»Er hat es einfach nicht fassen können, verstehst du? An diesem Sonntagmorgen kam die Marthe mit verheulten Augen herüber, weil er wie ein Wilder tobte. Wir haben dann gemeinsam bei der Gendarmerie die Meldung gemacht, und sie haben ein bißchen nach euch rumgesucht. Alphonse hoffte natürlich, daß sie euch schnappen würden, weil seine Lederjacke fehlte und er je dreitausend Francs Strafe zahlen mußte. Aber ich habe euch, vom rein sportlichen Standpunkt aus, Glück gewünscht.«

»Wir hatten damals die erste Etappe gewonnen, Etienne. Aber nachher kamen ein paar andere, bei denen Conny auf der Strecke blieb.«

Der Morgen graut schon, als Flasche um Flasche geleert ist. Madame schläft längst, und ich erzähle ihm die ganze Geschichte. Um sechs meint Etienne, daß ein handfestes Frühstück mit schwarzem Kaffee jetzt sicher besser sei als das Bett.

»Nachher gehen wir zum Alphonse. Ein richtiger Bauer war er nie, sonst hätte er dich durchschaut wie ich. Er hat die Ferme verkauft und betreibt jetzt ein Fuhrunternehmen mit ein paar Lastwagen.«

Taillard zeigt uns am frühen Morgen den Weg. Ein bißchen steif und mit erstaunlich klarem Blick nach der langen Nacht sitzt er neben mir.

Als wir vor Alphonse Guillaumes Haus halten, wird der Wagen mit den Tour-de-France-Plaketten von Buben umringt, die zur Schule gehen. Die meisten von ihnen sind in der Zeit geboren worden, in der ich mit Conny Guillaumes Hafer schnitt und den Heimweg über den Doubs vorbereitete. Sie streiten sich darüber, ob wir Deutsche, Italiener oder Schweizer seien, und grinsend öffnet Etienne Taillard die Tür.

Aber wir sind zu spät gekommen. Nur Marthe ist im Haus. Alphonse ist mit dem Lastwagen unterwegs, der Junge ist in der Schule und das Mädchen im Büro.

»Sie ist Sekretärin«, flüstert mir Taillard zu. »Es gibt jetzt Industrie in Le Ruissey!«

Marthe erkennt mich sofort, aber die Überraschung mißlingt, weil sie keine Bäuerin mehr ist und sich darüber ärgert, daß man ihr keine Zeit ließ, Rouge aufzulegen.

Taillard hat vergessen zu sagen, daß sie eine alte Frau geworden ist. Damals hatte sie keine Zahnlücken, und sie hatte lachen können wie ein junges Mädchen, wenn ich den kleinen André, der jetzt in der Schule ist, bis zur Küchendecke hinaufwarf und ihn wieder auffing.

»Willkommen in Le Ruissey!« Ihre Stimme klingt verlegen, als ob sie sich schämte, nicht jung geblieben zu sein. Die Zeit, in der wir an ihrem großen, blankgescheuerten Küchentisch saßen und heiße Milch tranken, wenn der Nebel von den schwarzen Wäldern des Kammes herunterschlich, ist längst vorbei. Jetzt hat sie einen polierten Tisch wie die Leute in der Stadt und eine Tischdecke mit farbigen Fransen, auf die sie Cognac und Gebäck stellt.

»A votre santé, messieurs!«

»Santé, Marthe!«

Taillard langt ungeniert in den Teller. »Vornehm seid ihr geworden, das muß man euch lassen!«

In den Augen der Marthe blitzt ein bißchen Stolz auf. Aber sie bleibt verlegen. Taillard hätte ihr doch vorher etwas sagen sollen! Wir schweigen, bis Marthe nach Conny fragt.

»Ich habe keine Ahnung, Madame. Unsere Verbindung ist abgerissen.«

Das versteht sie nicht, aber es bringt das Gespräch in Fluß, weil es auch Taillard nicht versteht. Für diese Leute, die nie aus ihrem Juradorf hinausgekommen sind, gehören wir zusammen. Alle Menschen, die etwas Gemeinsames unternehmen, gehören hier zusammen.

»Sie wissen nicht einmal«, fragt die Marthe, »ob er wieder auf seinem Hof ist?«

»Ich bin sicher, Madame, aber es interessiert mich nicht. Damals mußte jeder sehen, wo er bleibt, und er hatte es leichter, weil er wußte, wo er hingehörte.«

»Einmal habt ihr auch gewußt, wo ihr hingehört«, sie zeigt hinauf, wo die Ferme liegt.

»Aber man hat uns nicht gefragt, ob wir wollten.«

»Ist es euch vielleicht schlecht gegangen?«

»Nein, Madame. Wir haben uns nur schlecht benommen. Deshalb möchte ich gern meine Schulden begleichen.«

Jetzt lacht sie plötzlich wie früher, als wir zusammen am Küchentisch saßen.

»Es gibt weder etwas zu bezahlen noch zu entschuldigen, Monsieur. Sie hatten nicht viel Zeit, sich zu entscheiden, nicht wahr? Bald nachdem Sie weg waren, kam der Schnee.«

Jetzt, da man wieder reden könnte wie damals, müssen wir aufbrechen. Um elf geht die Tour de France unter der Zitadelle von Besançon in eine neue Etappe.

Als wir einsteigen und die Buben sich die Nasen an den Scheiben platt drücken, kommt ein alter Mann vom Platz herüber. Auf den zottigen, weißgrauen Haaren sitzt eine speckige Baskenmütze, und schon von weitem ruft er: »Dis-donc, Etienne, sind das nicht die Deutschen, die bei Guillaume waren?«

»Sicher, das sind sie«, sagt Taillard, »aber sie haben keine Zeit mehr. Sie müssen zum Start der Tour nach Besançon.«

»Gar nichts müssen sie! Oder wollt ihr einem alten Mann ein Glas ausschlagen?« Und er schiebt uns in den Bistro, als hätte er noch die Befehlsgewalt von 14/18, als er als Sergeant bei Verdun stand und die Deutschen nicht passieren ließ. Zu viert gehen wir hinein, aber bald muß der Wirt Tische zusammenschieben, weil die Männer mit uns anstoßen wollen. Zwei Dutzend bringen die Buben mit ihrem Geschrei auf die Beine, zum Schluß fehlt nur noch Alphonse, der mit seinem Lastwagen unterwegs ist.

Als ich sage, daß ich ihm gerne den Anzug bezahlt hätte, mit dem ich aus Le Ruissey aufbrach und der dann von den Wellen des Doubs davongetragen wurde, krachen breite Bauernfäuste auf den Tisch, daß die Beaujolais-Flaschen tanzen, und ihr dröhnendes Lachen lockt neue Gäste an.

Der Alte mit der Baskenmütze muß vor Begeisterung nach Luft schnappen. »Bezahlen will er! Habt ihr das gehört! Man sollte den Notar holen, damit er eine Urkunde kriegt.«

»Für deutsche Gründlichkeit«, brüllt Taillard und haut auf die Tischplatte. Längst rollt die Tour de France von Besançon nach Dijon, doch als ich auf die Uhr blicke, packt mich der Alte mit der Baskenmütze am Kragen. »Nichts zu machen, Freundchen. Jetzt haben wir dich zum zweitenmal verhaftet, aber diesmal gibt's keinen Ausbruch, verstanden?«

Viele Bäuerinnen von Le Ruissey warten an diesem Tag auf ihre Männer ebenso vergeblich wie die Redaktion zu Hause auf meinen Bericht vom Rennen. Denn in diesem Bistro schließt sich der Kreis des großen Abenteuers.

»Ich habe zwei Kriege mitgemacht«, sagt der Alte. »Den nächsten sollen die hohen Herren in Paris und Berlin unter sich ausmachen.«

»Unsere Hauptstadt heißt jetzt Bonn.«

»Von mir aus. Dann eben die Herren in Bonn. Kennst du Bonn?«

»Flüchtig. Paris ist etwas anderes.«

»Ich bin in siebzig Jahren nicht hingekommen. Nur bis Verdun. Kostenlose Fahrt, aber ohne Retourbillet, verstehst du?«

»Sie werden nie mitgeliefert«, sage ich. »Mein Heimweg war ziemlich umständlich. Eigentlich verdanke ich ihn nur der Baskenmütze. Aber das ist eine lange Geschichte.«

Beim Abschied bitte ich ihn, mir seine Baskenmütze zu schenken, und er gibt sie mir ein bißchen verwundert mit der entschuldigenden Bemerkung, daß sie abgeschabt und speckig sei und noch aus dem Krieg stamme.

Als wir am Platz vor der Kirche wenden und wegfahren, winke ich mit ihr zum Fenster hinaus. Die Straße windet sich durch die Felder der Franche Comté, auf denen gelber Weizen steht. Der Hafer, den man erst im September schneiden wird, ist noch grün.

Nach einer Stunde belebt sich die Straße, hell ragen die weißgrauen Mauern der Zitadelle von Besançon in den Horizont. Ein Gendarm, der von weitem die Tour-de-France-Plakette erkannt hat, hält den Gegenverkehr auf.

Er gibt uns Vorfahrt und salutiert.

EIN PAAR DATEN ZUR ERINNERUNG

1939

1. September: Beginn des Zweiten Weltkriegs, deutscher Angriff gegen Polen. Forderung Englands und Frankreichs, die deutschen Truppen auf deutsches Gebiet zurückzuziehen (Grundlage: Bündnis Frankreich–Polen vom 19. 2. 1921).

2. September: Generalmobilmachung in Frankreich.

3. September: 11 Uhr Ablauf des englischen, 17 Uhr des französischen Ultimatums. Damit auch Kriegszustand im Westen.

26. September: Verbot der Kommunistischen Partei Frankreichs durch die französische Regierung.

1940

10. Mai: Beginn des deutschen Angriffs im Westen.

14. Juni: Besetzung von Paris durch deutsche Truppen.

17. Juni: Marschall Philippe Pétain (1856–1951) bildet ein neues französisches Kabinett.

18. Juni: General Charles de Gaulle (1890–1970) verkündet von London aus die Fortsetzung des französischen Widerstands. In Frankreich entstehen Widerstandsgruppen, die später (Mai 1943) unter dem »Conseil National de la Résistance (CNR)« zusammengefaßt werden.

20. Juni: Nach Schätzung der deutschen Militärverwaltung sind 7–8 Millionen Franzosen (ein Fünftel der Gesamtbevölkerung) als Flüchtlinge in Frankreich »in Bewegung«; Ende August befinden sich noch etwa zwei Millionen Flüchtlinge im unbesetzten (vgl. 22. Juni) Gebiet.

22. Juni: Abschluß des Waffenstillstands zwischen Deutschland und Frankreich. Frankreich wird nördlich und westlich der Linie Genf–Dôle–Tours–Mont-de-Marsan–spanische Grenze von deutschen Truppen besetzt. – 3 Millionen Franzosen sind deutsche Kriegsgefangene. 1 Million davon wird noch im Sommer 1940 zur Einbringung der Ernte entlassen. 2 Millionen werden nach Deutschland gebracht. – Pierre Laval (1883–1945) wird zum Vizepräsidenten des französischen Kabinetts ernannt. – General de Gaulle wird aus der französischen Armee ausgestoßen.

28. Juni: Das Nationalkomitee der Freien Franzosen, unter de Gaulle in London gebildet, wird von England anerkannt.

1. Juli: Die französische Regierung erreicht auf der Suche nach einer neuen Residenz den Kurort Vichy, 50 Kilometer südlich der Demarkationslinie, der vier Jahre lang zur provisorischen Hauptstadt Frankreichs wird. Der Name »Vichy« wird gleichbedeutend mit dem Regime, das dort entsteht: Marschall Pétain erhält als Chef des »État français« Vollmachten wie ein absoluter Monarch. Damit tritt Frankreich in die Reihe der autoritär regierten Staaten ein.

3. Juli: Vernichtung des vor Oran liegenden französischen Kriegsmarinegeschwaders durch die britische Marine. Abbruch diplomatischer Beziehungen Vichys zu England. Hitler erlaubt den Franzosen bewaffnetes Vorgehen gegen England im Mittelmeer, Bombenangriff der französischen Luftwaffe gegen Gibraltar.

10. Juli: Bisher führende Staatsmänner Frankreichs werden verhaftet und Prozesse gegen sie durch die Regierung Pétain vorbereitet.

17. Juli: Arbeitsbeginn des »Einsatzstabes Rosenberg«, der u. a. die öffentlichen und die privaten Kunstschätze Frankreichs plündert. Der letzte Transport nach Deutschland, Anfang August 1944, gerät in die Kampfhandlungen nach der Invasion und wird schließlich aufgehalten. – Ebenfalls bis 1944: Deportierung von etwa 65000 Juden aus Frankreich nach Vernichtungslagern im Osten. Nach dem Krieg kehren davon nur 2800 zurück.

24. Juli: Durch ein Gesetz der Vichy-Regierung werden die seit dem 10. Mai 1940 ins Ausland geflohenen Franzosen ausgebürgert.

8. August: Deutschland richtet an die französische Waffenstillstandskommission in Baden die Forderung, Besatzungskosten in Höhe von täglich 20 Millionen Reichsmark zu zahlen, außerdem als Abschlagszahlung für die Zeit vom Waffenstillstand bis zum 20. August 1940 die Summe von 27,2 Milliarden Francs.

Ende August: Fast ganz Französisch-Äquatorialafrika geht zu de Gaulle über.

25. September: Ein britisch-gaullistischer Angriff auf das westafrikanische Dakar wird von vichy-französischen Truppen abgeschlagen. – Hitler äußert, Elsaß und Lothringen sollten im Lauf von zehn Jahren völlig deutsches Gebiet werden. Es sind bereits etwa 30000 Elsässer und 24000 Lothringer über die Demarkationslinie ins unbesetzte Frankreich abgeschoben.

24. Oktober: Besprechungen Hitlers mit Pétain und Laval in Montoire. Die Verhandlungen (mit Unterbrechungen bis Juli 1941) über militärische Zusammenarbeit scheitern am Gegensatz der Interessen.

30. Oktober: Pétain erklärt in einer Rundfunkansprache, er betrete jetzt, um die französische Einheit zu wahren, den Weg der »Kollaboration«.

11. November: Erste antideutsche Studentendemonstrationen in Paris. Das Lothringerkreuz (Symbol des Gaullismus) taucht auf. Weite Teile der Öffentlichkeit lehnen die Kollaborationspolitik ab.

13. Dezember: Laval wird von Pétain entlassen und inhaftiert. Der deutsche Botschafter Otto Abetz (1903–1958) holt den als deutschfreundlich geltenden Laval aus dem Gefängnis in die französische Hauptstadt. Da Laval der hauptsächliche Verfechter der Kollaborationspolitik war, hat seine Entlassung die Aufhebung aller Vorteile für die französischen Kriegsgefangenen zur Folge.

1941

9. Februar: Admiral François Darlan (1881–1942) wird Nachfolger Lavals, behält daneben den Oberbefehl (seit 1939) über die französische Kriegsmarine.

17. April: Flucht des französischen Generals Henri-Honoré Giraud (1879 bis 1949) aus deutscher Kriegsgefangenschaft auf der sächsischen Festung Königstein nach Lyon, Besuch bei Pétain. Deutschland droht Aufhebung von Erleichterungen für französische Kriegsgefangene an, wenn Giraud sich nicht stelle. Pétain verlangt von Giraud lediglich schriftliche Loyalitätserklärung. Deutschland hebt sämtliche Erleichterungen für französische Kriegsgefangene auf: keine Rücksicht mehr auf Familienverhältnisse, keine Einzelentlassungen, keine Besuche, keinen Urlaub, Generäle in Einzelkasematten.

15. Mai: Aufruf der Kommunistischen Partei Frankreichs an das Volk, jede Regierung zu unterstützen, die für die nationale Befreiung des Landes kämpft. Bildung der Nationalen Front Frankreichs auf Initiative der Kommunistischen Partei. Im Sommer des Jahres entsteht die organisierte französische Partisanenbewegung PTPF.

21. August: In der Pariser Untergrundbahn wird der deutsche Marineverwaltungsassistent Moser bei einem Attentat erschossen. Beginn der Erschießungen französischer Geiseln (bis dahin relative Zurückhaltung der Deutschen auch bei der Verhängung von Todesurteilen und deren Vollstreckung).

23. Oktober: De Gaulle beschwört in einer Rundfunkansprache aus London die Franzosen, von weiteren Attentaten abzusehen.

1942

19. Februar: In Riom beginnen Prozesse des Vichy-Regimes gegen Personen, die für die Niederlage Frankreichs verantwortlich gemacht werden (Daladier, Léon Blum, Gamelin u. a.), am 14. April abgebrochen.

Frühjahr: In Frankreich arbeiten 170000 Franzosen in deutschen Wehrmachtdienststellen, Werkstätten usw., 275000 beim Bau von Befestigungsanlagen und Flugplätzen, 400000 in der Rüstungsindustrie für Deutschland. Gleichzeitig sind noch 1 Million französische Kriegsgefangene in Deutschland überwiegend in Landwirtschaft und Rüstungsindustrie beschäftigt. Ferner sind bis zum 31. 5. 1942 bereits fast 185000 Franzosen freiwillig zur Arbeit nach Deutschland gegangen. Der deutsche »Generalbevollmächtigte für den Arbeitseinsatz«, Fritz Sauckel, verlangt im Mai 1942 250000 weitere französische Arbeitskräfte, erreicht, eine Anregung von Laval aufgreifend, von Hitler die Entlassung von 50000 französischen Kriegsgefangenen aus der deutschen Landwirtschaft gegen 150000 weitere französische Zivilarbeiter für die deutsche Rüstungsindustrie. – Zweite »Sauckel-Aktion«: bis 31. 3. 1943 250259 französische Arbeiter (davon

157 200 Facharbeiter) nach Deutschland; dritte »Sauckel-Aktion«: bis 31. 7. 1943 156 246 Arbeiter; vierte »Sauckel-Aktion«, begonnen August 1943, bleibt hinter den Forderungen zurück, da statt der je Monat verlangten 100 000 nur etwa 5000 französische Arbeiter je Monat nach Deutschland gelangen. 1944 kommen statt der geforderten 1 Million Arbeiter nur noch etwa 50 000 französische Arbeiter nach Deutschland.

18. April: Laval kehrt als Innen- und Außenminister an die Spitze des Vichy-Kabinetts zurück. Darlan bleibt designierter Nachfolger von Pétain.

7. Juni: Das Tragen des Judensterns auch in Frankreich angeordnet.

Juli: Beginn der »Razzien« auf Juden in Frankreich zum Abtransport meist in das Vernichtungslager Auschwitz.

28. August: Deutscher Schießbefehl gegen Elsässer, die sich der Zwangsgermanisierung durch Flucht aus ihrer Heimat in französisches Gebiet entziehen wollen. Deportationen ihrer Angehörigen unter Trennung der Familien.

14. September: Die Vichy-Regierung verkündet Arbeitspflicht für Deutschland, die französischen Männern von 18–65 und unverheirateten Frauen von 20–35 auferlegt wird.

9. November: Einmarsch deutscher Truppen in das noch unbesetzte Frankreich. Zusammen mit italienischen Truppen werden Nizza und Korsika besetzt. Korsika wird bis zum 4. 10. 1943 von 11 700 bewaffneten Partisanen (gegen 80 000 italienische und 11 000–15 000 deutsche Soldaten mit 150 Panzern) befreit.

16. November: Darlan durch Pétain abgesetzt.

18. November: Landung von Amerikanern und Engländern an der nordafrikanischen Küste. Pétain befiehlt Widerstand.

25. November: Vereinbarung zwischen General de Gaulle und dem Zentralkomitee der Kommunistischen Partei Frankreichs über ein gemeinsames Aktionsprogramm zur nationalen Erhebung gegen die deutsche Besatzung.

27. November: Selbstversenkung der französischen Kriegsschiffe in Toulon, um sie nicht in deutsche Hände fallen zu lassen.

24. Dezember: Darlan, seit 1. Dezember selbsterklärter Staatschef im französischen Nordafrika, wird in Algier von einem Anhänger de Gaulles ermordet.

1943

Bildung des Französischen Nationalen Befreiungskomitees außerhalb Frankreichs durch die Generäle de Gaulle und Giraud (letzterer ab 1942 Oberkommissar in Afrika).

24. Januar: Auf deutsche Anordnung »Bereinigung« von Marseille: Sprengung des Quartiers am Vieux-Port.

Ende Mai: General Georges, früherer französischer Generalstabschef, setzt sich nach dem befreiten Nordafrika ab. Viele Demobilisierte vollziehen diesen »Übergang zur Dissidenz«.

11. Juni: Aufruf der Kommunistischen Partei Frankreichs zum bewaffneten Aufstand.

22. Juni: Ein französisches Gesetz bestimmt, daß sich Franzosen freiwillig zur Waffen-SS melden dürfen. Die Einheit erhält (im März 1945) den Namen 33. Waffen-Grenadierdivision der SS »Charlemagne«.

Herbst: Über drei Viertel aller in Deutschland beschäftigten männlichen Fremdarbeiter sind Franzosen (605 000 Zivilarbeiter, 736 000 Kriegsgefangene).

3. September: Alliierte Landung in Süditalien.

8. September: Italien kapituliert.

8.–11. September: Deutsche Truppen besetzen den noch nicht von den Alliierten eroberten Teil Italiens.

15. Oktober: Die Einwanderungszentralstelle Paris schätzt die Zahl unehelicher Kinder von deutschen Besatzungsangehörigen auf 85 000.

Ende des Jahres: Frankreich hat von allen westeuropäischen Ländern die niedrigsten Lebensmittelzuteilungen: wöchentlich 120 g Fleisch (Deutschland 250 g), 70 g Fett (Deutschland 210 g) und monatlich 500 g Zucker (Deutschland 900 g).

1944

Februar: Gründung der Force Françaises de l'Intérieur (FFI) mit Generalstab auf nationaler Ebene, sie führen unter de Gaulles Leitung koordinierte Operationen durch. Zum erstenmal werden die Résistanceaktionen von einem polizeilichen zu einem ernsten militärischen Problem. Dazu kommt ein terroristischer Bürgerkrieg zwischen der Widerstandsbewegung auf der einen und Kollaborationisten, Miliz usw. auf der anderen Seite.

März: Pierre Pucheu, ehemaliger Innenminister der Vichy-Regierung, wird in Algier zum Tode verurteilt und hingerichtet. Im Zusammenhang damit umfangreiche Deportationen »präventiv« Verhafteter auf Grund der Befürchtungen des Vichy-Regimes, das bereits die Nachkriegsjustiz der Gegenregierung in Algier vor Augen zu haben meint. Hitler bietet Pétain und Laval zur abschreckenden Hinrichtung Léon Blum, Georges Mandel und Paul Reynaud an. Vichy lehnt ab; Mandel wird im Juli der französischen Miliz übergeben und von ihr ermordet.

Frühjahr: Höhepunkt der »präventiven Verhaftungen« mit Deportation, auch um im Fall der erwarteten Invasion Aufstände zu verhindern. 1943 waren aus diesem Grund von der deutschen Polizei schon 34977 Personen, von der französischen 9117 verhaftet worden. Bis August 1944 wurde die Zahl von 1943 wahrscheinlich noch übertroffen.

Juni: Der seit Frühjahr 1943 vorbereitete Aufstand der nationalen Widerstandsbewegung mit über 500000 Kämpfern wird ausgelöst. Durch die allgemeine Arbeitsdienstpflicht in Frankreich zugunsten der deutschen Wirtschaft hatten Geheimarmeen und Maquis starken Zustrom erhalten.

Am 3. Juni proklamiert sich de Gaulles Komitee der nationalen Befreiung zur provisorischen Regierung der französischen Republik.

6. Juni: Landung der Alliierten in Nordfrankreich. – Zur Zeit der Landung befinden sich auch 32 selbständige sowjetische Partisanenabteilungen, aus nach Frankreich verschleppten sowjetischen Kriegsgefangenen rekrutiert, auf französischem Territorium, von denen bis September 1944 mehr als 5000 Mann unmittelbar am Kampf teilnehmen, 900 davon unter französischem Kommando. Außerdem sind in Frankreich in den Jahren 1940 bis 1944 20000 polnische Antifaschisten unmittelbar am Kampf gegen die deutsche Besatzung beteiligt.

Juli: Unterstellung der Widerstandsbewegung unter den alliierten Oberbefehlshaber.

5. Juli: »Gemeinsame Erklärung zur politischen Lage« der faschistischen französischen »Ultra-Kollaborationisten« in Paris gegen Pétain und Laval, die versuchen, einen Übergang zu einem neuen Regime in Frankreich zu finden und dem Land einen Bürgerkrieg zu ersparen.

Ende Juli: Die französischen Partisanen binden acht deutsche Divisionen, die für die Sicherung der rückwärtigen Gebiete von den Deutschen verwendet werden müssen.

9. August: Laval versucht in Paris, die Nationalversammlung einzuberufen, um die Ausgangssituation von 1940 wiederherzustellen und de Gaulle den Weg an die Macht in Frankreich zu versperren. Mit Hilfe von Abetz wird der Präsident der Abgeordnetenkammer Edouard Herriot (1872–1957) aus Nancy nach Paris geholt. Die deutsche Regierung befürchtet eine Übereinkunft zwischen der Nationalversammlung und den Alliierten und befiehlt deshalb die Rückkehr Herriots nach Nancy.

15. August: Landung der Alliierten in Südfrankreich.

20. August: Pétain wird in Vichy von den Deutschen in Gewahrsam genommen. Verlegung des Sitzes der vichy-französischen Regierung nach Belfort.

19.–25. August: Aufstand der französischen Widerstandsbewegung in Paris. Kapitulation des deutschen Wehrmachtbefehlshabers von Groß-Paris, General Dietrich von Choltitz, vor dem französischen General Leclerc. Einzug de Gaulles.

August/September: »Französische Tage« in Ostpreußen, Schloß Steinort am Mauersee bei Angerburg, dem sog. »Hauptquartier im Felde« des Reichsaußenministers Joachim von Ribbentrop. Deutscher Versuch, eine von Pétain zu ernennende »nationale« französische Regierung dem »bolschewistischen« Frankreich unter de Gaulle entgegenzustellen.

2. September: Erste französische Kabinettsitzung im befreiten Paris.

September: Inflation nötigt die Regierung Frankreichs zu einer Steigerung der Löhne um 50%. Im November 1944 Preisstopp. April 1945 abermalige Lohnerhöhungen. 5. April 1945 Rücktrittsgesuch des Wirtschaftsministers Pierre Mendès-France (geb. 1907).

7. September: Verlegung des Sitzes der Pétain-Regierung von Belfort in Frankreich nach Schloß Sigmaringen in Deutschland.

9. September: Umbildung der Regierung in Paris: Außenminister wird der Präsident des Conseil national de la Résistance, Georges Bidault (geb. 1899). – Regierung am 23. 10. 1944 von den Alliierten anerkannt.

16. Oktober: Umfrage des Französischen Instituts für öffentliche Meinung (IFOP): »Soll Marschall Pétain bestraft werden?« Von den befragten Franzosen verneinen 58%, bejahen 32%, ohne Meinung 10%.

21. Oktober: Aachen von den Alliierten erobert.

29. Oktober: Auflösung der kommunistisch orientierten Partisanenverbände von de Gaulle angeordnet, bis Januar 1945 ausgeführt.

6. November: Dekret über die Begnadigung des Generalsekretärs der Kommunistischen Partei Frankreichs, Maurice Thorez (1900–1964), der fünf Jahre vorher verurteilt und dann in die UdSSR geflohen war.

7. November: Zusammentritt der konsultativen Nationalversammlung, Ausschreibung allgemeiner Wahlen für Februar 1945 (wird später verschoben).

23. November: Straßburg von den Alliierten erobert.

16. Dezember: Ardennenoffensive der Deutschen mit Überraschungserfolg, bleibt jedoch am 22. Dezember vor der Erreichung des Maasbogens stecken. Die letzten deutschen Reserven sind verbraucht.

Jahresende: 100000 Franzosen sind wegen Kollaboration in Haft, jeder zehnte Beamte ist im Zug der »Säuberung« entlassen worden. – Abgesehen von summarischen Hinrichtungen: Es wurden 768 Gnadengesuche für 2071 zum Tode Verurteilte von de Gaulle abgelehnt. Zu den Hingerichteten gehört der Schriftsteller Robert Brasillach (1909–6. 2. 1945). Es werden 40000 Freiheitsstrafen verhängt (davon 2777 Zuchthaus auf Lebenszeit); 1947 sind noch 20685 Personen in Haft, 1950 noch 4791 (davon 539 mit lebenslänglichen Strafen). 48723 Urteile auf Aberkennung der bürgerlichen Ehrenrechte.

1945

1. Januar: Frankreich als Mitglied der Vereinten Nationen anerkannt.

22. Februar: Einführung der Betriebsräte durch de Gaulle.

2. März: Verstaatlichung aller Energiequellen und des Kreditwesens von de Gaulle angekündigt.

April: Ehrengerichtliche Untersuchung des politischen Verhaltens ehemaliger Gemeindevertreter unter der deutschen Besatzung.

30. April: Laval fliegt mit einem deutschen Flugzeug von Bozen nach Spanien, kehrt am 30. 7. 1945 nach Innsbruck zurück und wird von den amerikanischen Besatzungsbehörden nach Frankreich ausgeliefert.

30. April: Selbstmord Hitlers.

2. Mai: Kapitulation Berlins.

7. Mai: Gesamtkapitulation der deutschen Wehrmacht in Reims (am 9. Mai in Berlin-Karlshorst).

18. Mai: Bekanntgabe der Verwaltung einer der vier Besatzungszonen in Deutschland durch Frankreich.

14. August: Hochverratsprozeß gegen den wegen Feindbegünstigung und Behinderung der Widerstandsbewegung angeklagten Pétain. Todesurteil mit einer Mehrheit von 14 zu 13. Die Todesstrafe wird am 17. August in lebenslängliche Haft umgewandelt. Pétain zuerst in der Festung Fort du Portalet, wo Paul Reynaud, Georges Mandel und Édouard Daladier auf Pétains Befehl eingekerkert gewesen waren. Am 14. 11. 1945 wird Pétain auf die Ile d'Yeu gebracht.

4. Oktober: Prozeß gegen Laval wegen Hochverrats und Feindbegünstigung. Urteil: Todesstrafe, nationale Unwürdigkeit, Konfiskation allen Besitzes. Laval hingerichtet am 15. 10. 1945.

25. Oktober: Otto Abetz, bis dahin in Baden versteckt, wird verhaftet und am 22. 7. 1949 vom französischen Obersten Gerichtshof zu 20 Jahren Zuchthaus verurteilt. Freilassung im April 1954.

1946

Abgeordnete, die 1940 für Pétain stimmten, werden für national unwürdig erklärt.

16. Januar: De Gaulle, seit 13. 11. 1945 gewählter Regierungschef, tritt wegen des Parteienkampfes zurück.

24. Dezember: Neue Verfassung (IV. Republik), Menschen- und Staatsbürgerrechte nach der Deklaration von 1789 bestätigt.

1947

16. Januar: Vincent Auriol zum Präsidenten der Republik gewählt.

1948

6. Februar: General Otto von Stülpnagel, der erste deutsche Militärbefehlshaber in Frankreich, erhängt sich in französischer Untersuchungshaft.

1951

23. Juli: Tod Pétains auf der Ile d'Yeu.

1952

12. März: Abgeordnete, die 1946 wegen ihrer Einstellung zugunsten Pétains für national unwürdig erklärt wurden, erhalten einige politische Rechte zurück.

1953

11. März: Amnestie ehemaliger Abgeordneter, Senatoren und Räte, die ihnen die Wählbarkeit zurückgibt. Rehabilitation von über 10000 Beamten.